흔해빠진 직업으로 세계최강 제로

ARIFURETA SHOKUGYOU DE SEKAISAIKYOU ZERO

시라코메 료
shirakome ryo

illust.**타카야Ki**
takayaki

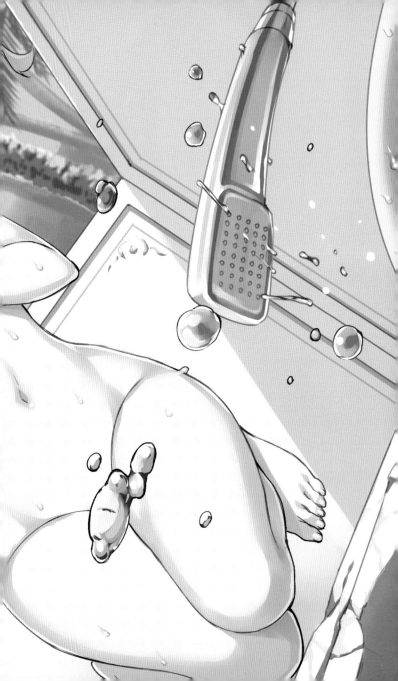

"나는— 평범한 **연성사**야."

오스카 오르크스

흔해빠진 직업으로 세계최강

ARIFURETA SHOKUGYOU DE SEKAISAIKYOU
ZERO

#1

시라코메 료 지음
타카야Ki 일러스트
김장준 옮김

CONTENTS

새하얀 방 중앙에 누군가가 추욱 늘어져 누워 있었다.

얼핏 보아 이상한 존재였다. 스마일 마크가 그려진 가면을 썼고, 금색 로브 사이로 엿보이는 팔다리는 정밀하게 만들긴 했으나 인간의 것이 아닌 금속의 광택을 발했다.

골렘— 그것이 그자의 정체였다.

"으~, 이제야 수리가 끝났네. 그 건방진 소년, 마지막에 폭탄을 던지고 가? 진짜 미쳤나 봐!"

젊은 여성의 목소리였다. 소리가 들리는 곳은 골렘—【라이센 대미궁】의 창설자이자 일찍이 신에게 도전했던 해방자 중한 명, 밀레디 라이센이었다.

밀레디는 천장을 향해 돌아누워 외쳤다.

"다음에 만나면 밀레디의 무서움을 알려주겠어!"

팔다리를 버둥거리는 모습이 흡사 떼쓰는 어린애였다.

로브가 마구 펄럭였고, 무슨 원리인지 스마일가면의 표정이 휙휙 바뀌었다.

잘 보면 로브는 군데군데 타거나 그을렸고 가면도 살짝 구부러지고 금이 갔다.

밀레디가 힘없이, 그리고 적당히 엉망이 되어 쓰러져 있는 이유는 그녀가 분노를 표출하는『그 소년』이 원인이었다.

이 7대 미궁 중 하나—【라이센 대미궁】의 공략자.

그 소년은 밀레디에게 미궁을 공략했으니까 전 재산을 넘기라고 협박했다.

이미 줄 예정이었던 것은 모두 넘겼다. 이제는 미궁 유지, 관리에 필요한 물건밖에 남지 않았다고 말했지만 소년은 봐주지 않았다.

영락없는 강도였다. 위대한 미궁의 수인에게 「가진 거 다 내놔」가 웬 말인가? 정말로 악마 같은 소년이었다.

당연히 딱 잘라 거절한 밀레디는 반쯤 재미 삼아 만든 『변소형 쇼트컷 장치』로 그와 그의 동료를 한꺼번에 지상으로 배출했지만…… 흘러내려 가기 직전, 소년은 굴욕에 대한 보복으로 수류탄을 선물로 두고 갔다.

소중한 미궁 심층부이자 바로 옆에 주거 공간도 있는 방이었다. 그곳의 벽을 거하게 폭파당한 밀레디는 반쯤 울면서 지금까지 온 힘을 다해 수리에 힘쓰고 있었다.

"그냥 변소 물로 내려보내려고 했을 뿐인데 그렇게 화낼 건 뭐람? 너무했어!"

누가 더 너무한지 모를 발언이었다. 잠시 발부림, 몸부림을 쳐 대며 울분을 풀던 밀레디는 이윽고 몸을 딱 멈췄다.

쥐 죽은 듯 고요한 정적이 방을 가득 메웠다.

단 한 사람을 위한 방이었다. 【라이센 대협곡】이라고 불리며 기피되는 장소의 가장 깊숙한 곳. 빛 한 줄기 들지 않는 어둠 속 구렁텅이였다.

밀레디가 입을 다물면 더는 어떤 소리도 나지 않는다. 골렘이기에 자신의 숨소리도 심장 소리도, 아무것도 들리지 않는다.

정적에 잠긴 밀레디는 드러누운 채 느리게 한쪽 손을 천장으로 뻗었다.

금속광택이 아름다운 팔. 소중한 사람들이 힘을 합쳐 만든 기술의 결정체. 그 옛날 인간이었을 시절과는 달라도 너무 다른 팔.

"정말로…… 나타났어……. 우리의 시련을 뛰어넘는 사람이……."

실감을 거머쥐듯, 현실을 부여잡듯 들어 올린 손을 꽉 쥐었다.

밀레디의 시선이 벽 한쪽으로 돌아갔다.

이 방은 공략자를 맞이하는 최심부 옆에 있는 밀레디의 방이었다. 당연히 밀레디의 개인적인 물건도 이곳에 있었다.

그 눈이 향하는 곳에는 벽걸이 선반에 놓인 사진 액자들이 있었다. 옛날 희대의 연성사가 발명한, 풍경을 고스란히 기록해 보존하는 아티팩트이자 그가 선물한 밀레디의 보물이었다.

밀레디는 몸을 일으켜 사진 앞에 섰다. 끝에서부터 하나하나 찬찬히 바라봤다. 몇천 번, 몇만 번이나 반복한 일이었다. 하지만 오늘은 감회가 조금 달랐다.

"그로부터…… 우리가 패배를 인정하고, 하지만 미래로 이어나가기로 결정한 그날로부터…… 얼마나 시간이 지났을까? 수백 년……은 아니겠지? 천 년? 2천 년? 아하하, 이젠 나도 모르겠어……."

사진은 대개 한 소녀를 중심으로 찍혀 있었다. 마을 안, 어딘지 모를 비경, 웅대한 자연, 그것들을 배경 삼아 다양한 인종의 사람들과 함께, 남녀노소를 불문하고 언제나 웃는 얼굴로…….

이 사진을 찍은 사람은 소녀가 가장 빛나는 순간을 누구보다 잘 알던 것이 분명했다.

밀레디의 눈길이 한 장의 사진 앞에서 멈췄다. 언덕 위에서 아침 햇살을 등진 일곱 남녀가 찍힌 사진이었다.

금발 소녀와 그 소녀가 팔을 잡아당겨 당황한 안경 쓴 청년이 중심에 있었다. 그 주변으로 무표정하지만 따뜻한 눈빛을 가진 거구의 사내와 요염한 분위기로 미소 지은 삼인족 여인, 엄격해 보이는 대머리 남성, 당당하게 웃는 모습이 어울리는 해인족 여성, 팔짱을 끼고 어이없는 표정으로 소녀와 청년을 보는 마인족 남성이 있었다.

"……드디어 움직이기 시작했어. 우리의 멈춰 있던 시간이. 꿈도 환상도 아니야. 우리가 걸었던 길은…… 확실하게 미래로 이어지고 있었어."

밀레디가 사람의 육신을 가졌더라면 틀림없이 그 뺨에는 눈물이 흘렀을 것이다. 떨리는 목소리가 그것을 분명히 말해줬다.

밀레디의 손가락이 사진 속 청년을 훑었다.

"오 군. 믿어져? 그 아이들, 처음에 오 군의 미궁을 공략했대. 다른 미궁을 공략하고 그 성과를 발휘하기 위한 미궁인데 말이야. 게다가 리더인 남자애는 오 군이랑 똑같은 연성사야. 희한한 우연도 다 있지?"

먹먹한 목소리건만 밀레디는 재미있다는 투로 키득키득 웃었다. 성격은 정반대였다. 어처구니없는 아이들이었다. 엄청난 아티팩트였다. 오 군의 기술과 도구를 이어받았다…… 밀레디는 줄줄이 쏟아지는 감정을 담아 말을 풀어나갔다.

이윽고 할 말도 떨어지자 말로 하지 못하는 감정을 곱씹다가 자신의 가슴에 손을 얹었다.

그리고 시선을 마지막 사진으로 옮겼다.

희대의 연성사뿐 아니라 『재생』을 관장한 동료에게도 힘을 빌려 과거를 옮겨 담은 특별한 사진이었다. 메이드복을 입고 생긋이 웃는 붉은 머리 여성과 조금 어리지만 방금 사진 속 금발 소녀가 난감한 표정을 지은 모습이 찍혀 있었다.

"모든 것은 당신으로부터 시작됐어. 내가 계승한 기나긴 여행도 끝나 가려고 해."

남은 힘은 얼마 되지 않았다.

자신의 특기인 중력 마법을 써서 전력으로 싸울 수 있는 것도 아마 앞으로 한 번뿐이리라.

하지만 그거면 충분했다.

각오라면 수천 년도 전부터 되어 있었다.

밀레디는 무심히 천장을 올려다봤다. 기다려 마지않았던 공략자들을 마음에 그리며…….

그리고 조용히, 하지만 뜨거운 열망과 염원을 담아—.

"미래 사람들이, 자유로운 의지와 함께하기를……."

그렇게, 중얼거렸다.

【베르카 왕국】의 왕도 베르니카.

북부 대륙 중앙에서 조금 남서쪽에 위치한 이 나라는 왕도 중심부에 대규모 지하 갱도를 가진 별난 특징을 가졌다.

이 갱도는 옅은 녹색 빛을 뿜는 『녹광석』이 풍부하여 지하인데도 따로 조명이 필요 없어 흔히 【녹색 대갱도】라고 불렸다.

【녹색 대갱도】는 간혹 마물이나 좋지 않은 생각을 품은 인간이 출몰하는 위험한 장소지만, 그만큼 종류가 풍부하고 품질 좋은 광물을 대량으로 채굴할 수 있는 명소였다.

【베르카 왕국】은 이 【녹색 대갱도】 주변에 만든 채굴장이 양질의 광물을 구하러 온 일꾼들로 발전하여 마을을 이루고, 그것을 사러 온 상인들로 더욱 발전하여 끝내는 도시 국가가 됐다는 역사를 가졌다.

지금도 무구와 생필품, 비싼 마법 도구부터 건축 자재에 이르기까지 거의 모든 물품의 재료를 자국 내에서 충당할 수 있는 이 왕국은, 주변 국가들로부터 부러움과 시기를 담아— 기술과 직공의 왕국이라고 불렸다.

그런 기술 대국, 【베르카 왕국】의 왕도에서는 매일 같이 직공들이 불똥 튀는 경쟁을 벌였는데, 그중에서도 특히 유명한 직공 집단이 몇 군데 있었다.

그중 하나가 바로— 오르크스 공방이었다.

『연성사』라는 천직을 가진 이들 중에서도 특출한 인재가 모인 이 공방은, 귀족이나 타국 직공들까지 문하생으로 들어오길 갈망하는 명문 중의 명문이었다.

　특히 무구 제작이 활발해 정세가 불안한 이 시대에는 왕성에서도 신임을 사고 있었다.

　오늘도 주변 건물이 오두막처럼 보일 정도로 거대한 공방은 직공들이 외는 주문이 낭랑하게 울리고, 연성 마법의 빛이 난무하며 열띤 기술론, 비판, 칭찬이 오가는 등 피부로 느껴질 만큼 활기와 열기로 가득했다.

　높이 뚫린 천장이 특징적인 오르크스 공방에서는 소속 직공 개개인에게 전용 공간이 할당되었다. 그래서 그 구역에 있는 제품이나 소재, 공구를 보면 대체로 그 직공의 전문 분야를 알 수 있었다.

　보통 직공들은 무기 또는 방어구에 관한 소재와 시작품, 혹은 상품 더미에 묻혀 살았다.

　오르크스 공방이 무구 생산을 주로 한다는 점을 생각하면 당연하다면 당연한 일이었다. 얼마나 좋은 무구를 만드느냐에 따라서 공방 내 지위도 자연스레 결정되기 때문이었다.

　그런 공방 안에서 한 사람, 대단히 특징적인— 아니, 이색적이라고 표현해도 과하지 않은 물품으로 자신의 구역을 메운 자가 있었다.

　『부드러운 남자』— 언뜻 보아 그렇게 표현해도 지장이 없는 마르고 큰 키, 산뜻하고 깔끔한 외모를 가진 청년이었다.

얼굴에는 얇은 검은 테 안경을 꼈고 어깨까지 내려오는 흑발은 목 뒤로 가볍게 묶었다.

옷은 감색 셔츠와 유백색 바지를 입었는데, 그 위에 주머니가 유난히 많이 달린 작업용 앞치마를 걸쳤다. 그 주머니에서는 용도를 알 수 없는 도구가 엿보이기도 했다.

뛰어난 지성을 느끼게 하는 길게 째진 눈은 진지하기 이를 데 없이 마법진과 소재를 바라보고 있었다.

잠시 후.

연성 마법의 빛이 살짝 날렸다. 순백색…… 조금 달랐다. 어떤 따스함이 묻어나는 색. 비유하자면 따사롭고 포근한 봄볕 같은 마력광— 태양빛을 닮은 색이었다.

아름다운 곡선, 한 치 오차도 없는 균형, 사용자를 배려한 손잡이, 틀림없이 불편함이라고는 느끼지 못할 테두리.

청년은 순식간에 완성된 그것을 무섭도록 날카로운 눈빛으로 확인하고는—.

"……좋아. 멋진 『냄비』야."

만족스러운 표정으로 자화자찬했다. 회색 냄비를 손에 들고서…….

청년은 옆에 있는 상자 안에 냄비를 조심스럽게 담았다. 상자 안에는 그밖에도 큰 육수 냄비며 프라이팬, 접시 등의 요리 도구가 들어 있었다.

그것 말고도 청년의 구역에 있는 물건은 랜턴이나 세련된 탁상, DIY에서 쓸 것 같은 공구, 가위 같은 문방구 등등 척 보아도 일용품뿐이었다.

무구 생산을 주로 하는 명문 공방인데…….

나라에서 신망이 두터운데…….

일단은 칼도 있었다. 하지만 그것을 무기라고 부르기는 어려웠다.

어떻게 봐도 식칼이나 과도였다. 사각 식칼이나 빵 칼 등 종류도 다양하고 완성도도 좋아 보였다.

그러나 요리 도구는 아무리 잘 만들어도 요리 도구였다.

모든 직공이 조금이라도 좋은 무구를 만들기 위해 절차탁마하는 가운데 홀로 냄비에 온 정성을 쏟는 직공…….

당연히 눈에 띄지 않을 리 없었고 그 시선이 곱지 않은 것도 당연지사였다.

특히 청년은 이 오르크스 공방에서 제법 후한 대우를 받는 처지라 질투나 악의를 사는 것은 일상다반사였다.

"……쯧."

"흥."

혀를 차거나 불쾌하게 콧방귀 뀌는 소리가 들렸다.

눈만 살짝 돌려서 그곳을 보자 이 공방에서도 일류에 속하는 중년 직공 두 명이 청년을, 아니, 정확하게 말하면 그의 작품을 보고 있었다.

두 직공은 청년이 난처하게 배시시 웃자 더더욱 불쾌한 표정이 되어 무시하듯 눈을 홱 돌려 자기 구역으로 돌아갔다.

직공 대부분은 일부러 시비를 걸지 않았다. 자기 할 일도 바쁜 마당에 그럴 여유는 없었다.

그러나 무슨 일에든 예외나 소수파는 있는 법. 이 이단아에게 시비를 걸지 않고는 못 배기는 자도 있었다.

아니나 다를까, 냄비를 채운 상자 사이에 열심히 완충용 톱밥을 채우던 청년에게로 어김없이 귀찮은 사건이 굴러들었다.

"거기『패배자』. 언제까지 잡동사니나 만질 생각이냐? 내가 시킨 일은 어떻게 됐지?"

어떤 강한 집착이 느껴지는, 명백한 악의와 경멸이 담긴 음성이었다.

목소리의 주인은 펑퍼짐한 체형에 키가 작은 사내였다. 그의 양옆에는 극단적으로 후리후리한 남자와 유난히 눈이 큰 사팔눈 남자가 있었고, 세 명이 모두 비웃음을 숨기려고도 하지 않은 채 기분 나쁘게 실실 웃고 있었다.

"……수고가 많으시네요, 월레스 씨. 그 일이라면 다 끝났습니다."

둥글둥글하고 짜리몽땅한 남자— 월레스 자작 가문의 삼남 핑 월레스의 악의가 듬뿍 담긴 말에 청년은 그저 난처하게 웃을 뿐 화도 내지 않고 머리를 숙였다.

그리고 열심히『시킨 일』— 정확히는 핑이 할 일이었지만, 그가 기술적으로도 의욕적으로도 귀찮아서 내던진 일 — 의 성과가 담긴 상자를 꺼냈다.

"뭐? 벌써? 야,『패배자』. 너 설마 일을 대충 한 건 아니겠지? 이건 홀딘 백작이 나를 지명해 의뢰한 중요한 일이라고.

일부러 『패배자』인 너에게 거들게 해줬는데 은혜를 원수로 갚을 생각이냐?"

참고로 백작님은 핑을 지명하지 않았다. 그의 의뢰는 사설 병단의 플레이트 메일을 수리하라는 것이었고 개인이 아닌 오르크스 공방에 맡긴 일이었다.

대규모 수리는 다른 직공이 담당했으며 핑이 담당한 일은 걸쇠 따위의 가공이었다.

다시 말해, 단순히 분담 작업을 맡은 것뿐이었다.

청년은 그 사실을 알지만 괜한 풍파를 일으키지 않기 위해 점점 더 난처하게 눈썹을 팔자로 내렸다. 그 어색한 웃음이 이상하게 어울리는 이유는 이미 익숙해진 탓이리라.

청년이 상자를 건네며 직접 확인해 보라고 말하려 했으나, 그 전에 핑의 추종자인 꺽다리가 악의를 쏟았다.

"어허, 핑 씨. 『패배자』라고 하면 불쌍하잖아요? 적어도 『한때 신동』이라고 불러주자고요."

꺽다리— 퍼슨 남작 가문의 차남 토르파는 이죽거리며 말했다.

그러자 사발눈— 스토레아 남작 가문의 사남인 로울이 마치 무대 배우라도 된 것처럼 과장스러운 몸짓으로 혀를 굴렸다.

"기다리게, 토르파. 이왕이면 똑바로 『신동』이라고 불러줘야지. 설령 고아 주제에 편수에게 스카우트 됐음에도 불구하고 무기 하나 제대로 만들지 못한 빛 좋은 개살구였다고 해도! 잡동사니를 만드느라 소재와 시간을 낭비하는 주제에 뻔뻔하게 급료를 받아먹는다고 해도! 분명히 앞으로 실력을 발휘할 테지! 그는 우대받고 있어. 이봐, 이제 그만 알려주면 안 될까? 언제 편수에게 인정받은 그 대단한 실력을 보여줄 거지? 설마 어릴 때만 천재 소리를 듣고 끝나는…… 그런 사람은 아닐 거 아닌가? 안 그래? —오스카."

로울이 설명하는 투로 장황하게 떠벌린 내용에 주변 직공들이 실소를 흘렸다.

그들에게는 핑 일당처럼 강한 악의는 없었다. 그러나 청년—오스카가 고아 출신이면서도 믿어지지 않는 행운을 붙잡은 것은 사실이었고, 현재 상황에 안주하는 그의 태도는 적어도 실력을 제일로 여기는 직공들이 보기에 좋은 감정을 품을 만한 것이 아니었다.

눈앞에는 악의, 주변에서는 비웃음이라는 고립무원 속에서 오스카는 점점 더 팔자 눈썹을 내리깔 뿐 특별히 반론도 하지 않은 채 다시 떠맡은 일의 결과물을 살며시 내밀었다.

"……무슨 말이라도 해 보시지?"

상자에 든 물건을 확인한 핑은 한순간 벌레 씹은 표정이 되더니 오스카가 내놓은 결과물에는 아무 언급도 없이 되레 불쾌함을 드러냈다.

"여러분 말이 맞습니다. 제가 모자란 것도, 편수님의 호의를 받고 현실에 안주하는 것도."

"그렇다면 당장 여기서 나가야지. 너 같은 무능한 인간이 명예로운 오르크스 공방에 속해 있는 것만으로도 우리에 대한 모욕이란 사실을 모르나!"

오스카의 겸허한 말은 오히려 핑의 비위를 거스르고 말았다.

쩌렁쩌렁한 호통에 주변 직공들이 무슨 일인가 하고 돌아봤다.

핑이라는 사내는 통통하고 키가 작으며, 덧붙여 소인배였다. 언제나 뒤에서 남을 헐뜯거나 사소한 심술을 부리는 그런 성격이었다.

지금처럼 주목을 살 만큼 고함을 지를 인물이 아니었다.

'아무래도 오늘은 저기압 같은데……. 무슨 실수라도 했나?'

오스카는 어색한 웃음을 유지하고 내심 원만한 해결 방법을 모색했다.

그런 오스카의 속내는 모르고 핑은 속사포처럼 비아냥거렸다.

"나 원 참. 이런 무능한 녀석을 신동이라며 공방에 들이다니, 천하의『오르크스』도 실수는 하는 모양이군."

시야가 좁은 핑은 알아차리지 못했다. 비판의 화살이 오르크스 공방 대표에게 향한 순간, 미세하게 분위기가 변했다는 사실을……. 직공들의 눈길에 깃드는 싸늘한 열기를…….

상황을 파악하지 못하고 스트레스를 발산하는 핑 옆에서 추종자인 토르파와 로울이 딱딱한 웃음을 지은 채 안절부절 못하고 있었다.

오스카는 직공들이 존경하는 편수— 이 시대의『오르크스』에 대한 모욕으로 그들이 폭발하기 전에 어떻게든 핑을 말리려고 입을 뗐다.

그때였다.

"오호, 내 눈이 옹이구멍이다, 이 말이냐? 당대 『오르크스』가 사고를 쳤다고? 핑, 내가 모르는 사이에 많이 컸다?"

"헉?!"

드래곤이 사냥감을 앞에 두고 으르렁거리는 것처럼 몸속을 떨리게 하는 목소리였다.

딱히 고함을 치지도 않았다. 그렇건만 그 목소리가 들리자 핑의 퉁퉁한 몸이 공처럼 튀어 올랐다. 얼굴에서는 핏기가 싹 가셨다. 토르파와 로울도 마찬가지였다.

돌아보자 그곳에는, 곰이 있었다.

그렇게 착각할 만한 거구와 수북한 털, 통나무 같은 팔다리였다.

실제로 수인족의 나라 【하르치나 공화국】에 사는 웅인족 전사로 오해받는 일도 가끔 있었지만, 이래 보여도 엄연한 인간이었다. 그 증거로 곰 귀가 없었다.

차마 감출 수 없는 동요를 비굴한 웃음으로 가린 핑이 떨리는 목소리로 물었다.

"펴, 편수님. 무, 무슨 일로 이곳에 계신지요?"

"내가 내 공방에 있는 게 그렇게 이상하냐?"

"아, 아뇨, 당치도 않습니다! 오늘은 왕궁 쪽에 일이 있다고 들었던지라……."

곰으로 오해받은 오르크스 공방의 우두머리— 커그 D. 오르크스는 예정보다 일찍 돌아온 이유는 말하지 않고 흥, 하며 콧방귀를 뀄다. 그리고 아직 오스카가 들고 있는 상자 속으로 눈길을 돌렸다.

천천히 부품 하나를 꺼내 여러 각도에서 찬찬히 뜯어봤다.

숨 막히는 정적에 다른 직공들조차 손을 멈췄다.

이윽고 만족했는지 커그는 눈을 굴려 핑을 쏘아봤다.

"핑, 이 일은 네 담당이었을 텐데? 왜 오스카가 했지?"

"오, 오해입니다, 편수님. 이 녀석이 잡동사니만 만드는 터라 조금 돕게 했을 뿐입니다."

핑은 알랑거리는 눈빛으로 변명했다.

커그는 오스카를 힐끔 봤다. 오스카는 여전히 난감하게 웃을 뿐이고 별다른 말이 없었다.

그런 오스카를 본 커그는 작게 한숨 쉬며 핑에게 말했다.

"오호, 그렇다면 다음 일도 기대해도 되겠군그래?"

"아? 네?"

당황한 핑에게 커그는 손에 든 부품을 눈앞에 들이밀고 어디 한번 보라는 식으로 웃었다.

"이 걸쇠의 접합 부분이 정말로 멋지군. 충격이 전해지기 쉬운 곳에는 충격을 완화하는 소재를 적정량 섞었고, 전쟁에서 망가져도 간단한 연성 마법으로 바로 접합할 수 있게 만들었어."

"그, 그렇습니까……."

커그의 말을 들은 직공들이 흠칫 반응을 보였다. 그 시선은 노골적이지 않을 정도로만 오스카에게 향했다. 눈빛에는 형용하기 어려운 감정이 담겨 있었다.

그러나 핑은 커그의 말뜻을 이해하지 못한 모양이었다. 더 당혹스러운 눈치였다.

커그는 그런 핑에게 어떻게 보면 사약이나 다름없는 말을 건넸다.

"자기 실력을 과시하기보다 사용자의 편의성을 우선했어. 화려함은 없지만 틀림없는 일류의 솜씨야. 핑, 너에게는 다음에도 이 수준의 작업을 맡기겠다고 물었다. 어때?"

"……."

핑은 보는 사람이 안쓰러울 정도로 식은땀을 흘렸다. 분수에 맞지 않는 기대였다. 솔직히 말해 불가능했다. 걸쇠 같은 작은 부품에 그만한 공을 들일 기술력은 그에게 없었다.

"펴, 편수님, 높이 평가해주셔서 감사합니다. 하지만 그건 제가 생각해도 회심의 역작이었습니다. 항상 그 수준의 결과를 내라고 하셔도, 저기, 그게…… 어렵기도 하거니와 다른 일에도 지장이……."

"그래? 알았다. 그럼 네 일을 해라. 항상 이 수준을 유지할 수 있도록 연습해. ……동료와 떠들 시간이 있다면 말이야."

드래곤도 꼬리를 내리고 도망갈 듯한 안광이 핑에게 꽂혔다.

"힉?! 아, 알겠습니다! 이만 가 보겠습니다!"

핑은 오스카에게 상자를 받아들고 금방이라도 고꾸라질 것처럼 달려갔다. 토르파와 로울도 허둥지둥 자리를 떴다. 다른 직공들도 관심을 잃은 것처럼 다시 자기 일로 돌아갔다.

"저…… 편수님, 중재해주셔서—."

"사무실로 따라와."

오스카가 감사의 말을 끝맺기도 전에 커그는 돌아서서 걸어 갔다.

커다란 등이 말없이 따라오라고 재촉하고 있었다.

오스카는 한 차례 한숨짓고는 난감하게 웃으며 커그를 뒤 따라갔다.

"오스카, 너 뭐 하는 거냐?"

사무소에 들어오자마자 커그는 어이없고 짜증 난다는 어조 로 말했다.

그가 오래된 소파에 난폭하게 앉자 소파의 스프링과 다리 가 비명을 질렀다.

"무슨 말씀이신지……."

"여기 우리밖에 없어. 존대하지 마. 그리고 그 얼굴 집어치 워. 기분 나쁘니까."

"너무하시네, 아저씨."

오스카의 말투는 본래대로 돌아왔지만, 커그에게 지적받은 팔자눈썹은 그대로였다. 최근 몇 년간 끊임없이 처세술로 사 용해 온 대가였다.

"넌 예전부터 폐가 되니까 공방을 나가겠다고 했고 난 계속 널 말렸어. 그렇지만 그건 자작가의 덜떨어진 아들놈이나 거 들게 하기 위해서가 아니었어."

"알아. 하지만 그 정도는 일하는 짬짬이 후다닥 해치울 수 있어. 대신 월레스 씨가 조용해진다면 차라리 그게 낫겠다 싶어서……"

"어이구, 미련퉁이야. 그런 녀석은 한번 봐주면 밑도 끝도 없이 기어올라. ……네 일에 방해되지 않도록 내가 직접 월레스 자작에게 말해서 파문시키든 해야지."

핑 말고도 토르파나 로울도 친밀한 월레스 자작의 부탁으로 공방에 들어온 이들이었다. 비록 연성사 천직은 가졌으나, 명문 오르크스 공방에 들이기에는 실력이 턱없이 모자랐고 인성에도 문제가 있었다.

귀족을 함부로 대하면 귀찮은 일이 생기므로 지금도 어쩔 수 없이 재적을 허용하고 있었지만……

"내가 몇 번을 말하냐? 차기 『오르크스』는 오스카, 너밖에―."

"아저씨."

온화하게, 하지만 확고한 의지를 느끼게 하는 음성이 말을 잘랐다.

커그는 예나 지금이나 변함없는 오스카의 태도에 한숨 쉬었다.

오르크스 공방에서 『오르크스』란 당대 편수를 가리키는 이름이다.

그리고 오르크스 공방에서 당대 『오르크스』를 뛰어넘는 사람이 나타날 경우, 그 사람이 차기 『오르크스』의 이름을 계승한다.

당대 『오르크스』인 커그가 차기는 오스카라고 말한 그 의미…….

"네 실력은 이미 날 뛰어넘었어. 아니, 허세를 부렸군. 난 이미 네 발끝에도 못 미쳐. 말 그대로 네 연성 실력은 수준이 달라."

"……."

오스카는 역시나 잘 어울리는 그 웃음을 지을 뿐이었다. 하지만 그것은 커그의 말을 부정하지 않는다는 뜻이기도 했다.

"너를 모린의 고아원에서 처음 봤을 때 놀라 자빠지는 줄 알았어. 꼬마들의 장난감을 연성해 만드는 것도 모자라 실력은 공방 직공 이상…… 난 내가 노망이 났나 의심했다."

오스카는 갓난아기 시절 모린이라는 여성이 경영하는 고아원 앞에 버려져 있었다.

몇 년 사이 대규모 전쟁은 없었지만 작은 다툼이나 국지적 분쟁은 끊이지 않았다. 긴박감과 정세 불안에 흔들리는 현대에는 고아도 고아원도 계속해서 늘어나는 추세였다.

당연히 나라의 원조에도 미흡한 부분은 있었다. 커그는 당시부터 이미 오르크스 공방의 편수였기 때문에 개인적으로 알고 지내던 모린의 고아원을 원조하고 있었다.

그날도 원조 겸 모린과 친분을 쌓던 커그는 별 생각 없이 아이들을 돌아보다가 깨달았다.

어찌 된 일인지 얼마 전까지 못 보던 장난감이 엄청 늘어나 있었다.

다른 원조자라도 생긴 것일까? 모린에게 물은 커그는 경악스러운 사실을 알게 됐다.

당시 막 열 살이 된 오스카가 연성 마법으로 만들었다는 이야기였다.

돈 많은 원조자가 생겼다고만 생각한 커그는 놀라서 말문이 막혔다. 왜냐면 그렇게 예상할 만큼 장난감의 품질이 **너무 좋았기 때문**이었다.

조형에 한 치의 오차도 없는 완벽한 나무 블록.

눈이 휘둥그레질 만큼 정교하고 예술적인 도자기 인형.

칼싸움용으로 만들어진 모형 검의 밸런스에는 말문이 막힐 지경이었다.

여자아이가 가지고 놀 소꿉놀이용 요리 도구는 실제로 요리에 써도 아무런 지장이 없으리라.

그것을 열 살 소년이 연성 마법으로 만들었다?

도저히 믿을 수 없던 커그는 실제로 오스카에게 연성을 보여 달라고 했다. 그리고 봐 버렸다. 현실을 인정할 수밖에 없었다. 지금 당장 공방에 들여도 다른 직공과 어깨를 나란히 하며 국가에서 맡긴 일을 해낼 수 있는 수준이었다.

어디서 연성 마법을 배웠는가? 어떻게 이렇게 고도의 기술을 익혔는가? 그렇게 캐묻는 커그에게 오스카는 대수롭지 않게 대답했다.

"전에 커그 씨가 왔을 때 냄비를 고치는 걸 보고 배웠어. 어쩐지 나도 할 수 있을 것 같아서."

기억났다. 분명히 **한 달 전**에 부서진 냄비를 연성 마법으로 수리했다. 그때 오스카도 호기심에 찬 눈으로 구경하고 있었다.

커그는 그때 일을 기억해 냄과 동시에 아연실색했다. 마치 머리 위로 벼락이 떨어진 듯한 충격, 등에 얼음덩어리를 집어넣은 듯한 오한이 몰려왔다.

한 번 본 것만으로 연성 마법을 익혔다?

고작 한 달 만에, 혼자서 시행착오를 겪은 것만으로 일류 직공과 같은 수준에 도달했다?

그렇다면 연성사 기술을 제대로 가르친다면 이 꼬마는 얼마나 크게 성장하는 거지?

그 천부적 재능에 커그는 두려움과 동시에 엄청난 고양감을 느꼈다.

그리고 그 순간 확신했다.

오스카야말로 차기 『오르크스』라고…….

그리하여 약 3년, 커그는 오스카를 개인 지도한 후 오르크스 공방 직공으로 맞아들였다.

"네가 공방에 들어오고 시간이 많이 지났어. 마음 같았으면 진즉에 『오르크스』의 이름을 넘겼을 거다. ……이봐, 오스카. 나는 한때 이 공방을, 아니, 연성사 일마저 포기하려고 했던 널 뜯어말렸지만…… 만약 정말로 힘들다면 이번에는 말리지 않으마. 나라고 널 괴롭히고 싶어서 이러는 건 아니니까."

"……나는…… 아저씨한테 고마워하고 있어. 공방 사람들의 시선이 곱지 않은 건 사실이지만, 그건 어쩔 수 없지. 난 받아들였어. 괴롭다는 생각은 안 해."

"아무리 그래도……."

인상을 찌푸리는 커그에게 오스카는 이어 말했다.

"나는 연성사 일이 좋아. 일할 기회를 주고, 그 일로 마을 사람들에게 도움이 되고. 팔자에도 없는 돈을 만졌고, 그 돈으로 고아원도 어려워지지 않고…… 뭘 더 바라겠어?"

"……오스카. 이유가 뭐야? 왜 실력을 발휘하지 않냐? 네가 마음만 먹으면 『오르크스』라는 이름조차 필요 없는 지위와 명예를 거머쥘 수 있다고. 전쟁을 위한 도구를 만들고 싶지 않다? 사람 위에 설 그릇이 못 돼? 그래, 그것도 본심이긴 하겠지. 그렇지만 날 너무 얕보지 마라. 네가 지금 상황에 안주하는 가장 큰 이유를 내가 모를 줄 아냐?"

"……."

오스카가 난감하게 웃었다.

웃어서 얼버무리겠다, 더는 말할 생각 없다, 그런 의사 표시였다.

"……내가 마음대로 그렇게 생각할 뿐이다만…… 난 너를 아들처럼 생각한다. 난 그냥 네가 재능을 꽃피우고 많은 사람에게 인정받는 훌륭한 사람이 되는 모습을 보고 싶어. 내 소원은 네 소원과는 부합할 수 없는 거냐?"

오스카도 커그와는 오래 알고 지냈다. 커그의 심정은 잘 알았다.

쑥스러워서 직접 말할 수는 없지만, 오스카는 어느 순간부터 『커그 씨』를 『아저씨』라고 부르게 되었다. 그 시기는 자신에게 아버지가 있으면 이런 느낌이지 않을까, 라고 생각하기 시작했을 무렵부터였다.

훌륭한 사람이 되길 바란다는 기대는 무척 기뻤다.

실력을 발휘하지 않는 진짜 이유를 말할 수 없어 무척 마음이 무거웠다.

하지만—.

"아저씨…… 방금 내 실력은 수준이 다르다고 했지만, 그건 아니야."

"이제 와서 겸손할 이유가 어딨어? 네 실력은 내가 잘 아는데."

"수준의 문제가 아니라— 비정상이야."

"……."

이번에는 커그가 입을 다물었다.

오스카가 고쳐 말한 자기 평가가 그 이유의 하나임을 알았기 때문에…….

어쩐지 오스카의 표정이 차갑게 식어 있었다. 먼 곳을 보는 듯한 눈은 실력을 발휘한 뒤 기다릴 미래를 보는 것일까?

분위기로 보아 도저히 밝은 미래라고는 할 수 없을 것 같았다.

뭐라고 말을 건넬까. 그 속내는 종잡을 수 없지만 무슨 말이라도 해야겠다고 생각해 커그는 입을 열었다.

하지만 그 전에—.

"어쨌든! 나는 지금 즐겁게 일하고 있어. 모른다고는 하지 마. 내가 만드는 일용품은 마을 사람들에게 아주 평판이 좋아. 오르크스 공방의 평판에도 꽤 보탬이 되고 있을걸?"

오스카가 무거운 분위기를 걷어내려는 듯 밝은 목소리로 말했다.

커그는 오늘 이야기는 여기서 끊어야겠다고 생각하고 한숨 쉬며 고개를 끄덕였다.

"……쩝, 틀린 말은 아냐. 리미스터 공방도 바고네 공방도 서민가 쪽은 거들떠보지도 않아. 광석 반입이나 그 외 잡다한 일을 하는 사람들이 있으니까 우리가 최고의 환경을 향유할 수 있는 건데 말이야."

커그가 말한 공방은 오르크스 공방과 비슷한 지위를 가진, 왕도 베르니카 3대 공방 중 두 곳이었다. 그들은 귀족과 왕족, 그리고 준 귀족급 대상인이 아니면 주문을 받지 않았다.

손님층을 제한하는 것을 싸잡아서 나쁘다고 할 수는 없으나, 마을 사람이 보기에 기분 좋은 일은 아니었다. 그리고 연대감이 강한 서민들에게 『상부상조』에 일절 관여하지 않는다는 것은 그것만으로 백안시당할 일이었다.

그 점에서 오르크스 공방은 의뢰에 딱히 제한을 두지 않았다. 실제로는 귀족에게서 온 주문을 우선하지만 일이 없으면 마을 사람의 주문도 받았다. 당대 『오르크스』부터 고아원에 기부할 정도였다.

그래서 오르크스 공방은 마을 사람들을 위해 일부러 전문 직공을 준비했다는 평판까지 얻어 그들이 오르크스 공방을 보는 눈은 언제나 호의적이었다.

물론 그 전문 직공이란 오스카였다.

일 처리가 빠르고 정성스러운 데다가 임기응변으로 대응하는 능력이 뛰어나다고 호평이었다.

직공 집단이기에 3일 밤낮으로 집중해서 일하는 경우가 흔한데, 그럴 때면 오르크스 공방에는 자연스럽게 마을 사람들이 새참을 주거나 물건 값을 깎아줬고, 부족하기 일쑤인 소재를 우선해서 팔거나 작업복 따위도 솔선해서 준비해주기도 했다.

오스카가 하는 일은 사소한 것 같으면서도 의외로 공방에 기여하는 바가 컸다.

너무 눈에 띄지 않아 그 고마움을 눈치채지 못하는 사람이 많은 게 문제지만…….

"아저씨. 슬슬 납품하러 가야 해."

"알았다, 알았어. 이제 그만하자. 얼른 가서…… 아, 그러고 보니—"

"……?"

이야기를 끝맺으려던 커그가 뭔가 떠오른 것처럼 말을 멈췄다.

"몇 개월 전부터 마을에서 행방불명되는 사람이 꽤 나오고 있잖아?"

"……응. 들었어."

"될 수 있으면 고아원 아이들한테 신경 써줘라. 주로 어리고 젊은 애들이 사라진다고 해. 빈민가 사람이 대부분이라서 일확천금이라도 노리다가 어디서 죽었겠지, 라는 말이 나오지만."

커그는 이유 모를 나쁜 예감이 드는 모양이었다. 충고에서 진지함이 느껴졌다.

"오늘은 그만 들어가 봐도 돼. 가족들에게도 얼굴 한번 비춰주고."

"괜찮아. 오늘은 원래 갈 예정이었어. 아무튼 기억은 해 둘게. 그럼 수고했어, 아저씨."

머리를 숙인 오스카는 마지막으로 자꾸 걱정 끼쳐서 미안하다는 표정으로 돌아섰다.

"……마음대로 웃을 수도 없다면 차라리 네 생각대로 살아봐라. 이 미련한 아들내미야."

아버지나 다름없는 남자의 나지막한 목소리는 닫힌 문에 막혀 아들에게 들리지 않았다.

커그와 이야기를 마친 후 그날 주문품을 납품한 오스카는 고아원에 와 있었다.

고아원은 왕도 외곽에 있어서 중심가에 있는 공방과는 제법 거리가 있었다.

오스카는 이미 독립했고 자택은 중심가에 가까워 고아원에 오는 것은 제법 번거로운 일이었다.

물론 그 정도로 고향 집이라고도 할 수 있는 곳과 소원해지는 일은 없었다. 커그도 말했다시피 행방불명되는 사람이 속출하는 터라 최근에는 특히 자주 상황을 보러 왔다.

왕도라고 해도 외곽 지역은 삭막한 분위기를 씻을 수 없었다.

아니, 직설적으로 말하자면 낙후됐다. 얼핏 봐도 빈민가임을 알 수 있었다.

고아원은 많은 아이가 생활하는 곳이라서 주변 주택보다는 컸다. 하지만 역시 외관은 낡은 목조 건물이었다. 왕도 중심가였다면 경관을 헤친다는 이유로 철거당해도 할 말이 없는 궁색함이었다.

물론 그것은 어디까지나 외견뿐이었지만…….

시각은 이미 저녁이었다. 불그스름한 하늘이 그림자를 짙게 드리웠다.

고아원 앞에 멈춰 선 오스카는 고아원이 한눈에 들어오도록 바라봤다. 그리고 바로 안으로 들어가지 않고 바깥쪽을 돌기 시작했다.

"……경보, 함정에 이상 무."

바닥을 손으로 짚고 중얼거렸다. 곧장 일어서서 고아원 사방에서 같은 행동을 하고, 마지막으로 건물 자체에 손을 대고 눈을 감았다.

"강도, 열화…… 문제없어. 결계, 연동, 마력 집적…… 정상."

오스카는 안도의 한숨을 쉬었다.

언뜻 봐서는 의미를 알 수 없는 행동이었지만 그는 안도할 만한 결과를 얻은 것 같았다.

오스카는 오늘도 이상은 없다며 희미하게 웃고 나서야 드디어 고아원의 문을 두드렸다.

모린은 이곳은 네 집이니까 어려워하지 말고 들어오라고 했지만, 일단 집을 나간 처지인 오스카는 매번 노크를 빼먹지 않았다.

"……?"

평소라면 아이 중 누가 활기찬 목소리로 누구냐고 물어볼 텐데, 어째선지 반응이 없었다.

들리지 않았나 싶어서 한 번 더 문을 두드렸다.

반응은— 없었다.

심지어는 아이들의 기운 넘치는 목소리도 들리지 않았다.

"설마?!"

식은땀이 좍 나왔다.

무슨 일이 일었다. 소중한, 이 세상 무엇보다 소중한 가족에게!

"얘들아! 엄마!"

머리 한쪽에서 신중하게 내부를 살피라고 호소했다.

하지만 몸은 제멋대로 움직였다. 가만히 있을 수 없었다.

현관문을 벌컥 열자 실내는 쥐 죽은 듯 고요했다. 오스카는 경악했다.

"딜런! 콜린! 루스! 케티! 누구 없어! 엄마!"

아이들의 이름을 부르며 평소라면 이 시간에 저녁을 먹기 위해 모이는 식당으로 뛰어갔다.

아직도 대답이 없다는 사실에 심장이 터질 것 같은 불안을 맛보며 식당으로 가는 문을 열어젖히자—.

"어서 와요♡ 여·보♡ 밥부터 먹을래요? 목욕부터 할래요?

아니면…… 밀레디☆부터~?"

난생처음 보는 여자가 하늘하늘한 앞치마를 입고 샤랄라거리며 헛소리를 하는 광경을 목격했다.

나이는 열넷에서 열다섯 정도 같았다.

금발 포니테일은 중력을 거스르는 듯 둥실둥실 나부꼈고, 오버 니 삭스가 감싼 가늘고 긴 다리는 한쪽만 귀엽게 접었다. 민소매 옷에서 뻗은 양팔은 희고 가냘팠고 한 손에는 국자, 다른 한 손에는 옆으로 눕힌 V사인을 윙크한 눈가에 대고 있었다.

키랏[1], 하고 반짝이는 별이 보일 정도로 완벽한 포즈였다.

이런저런 이유로 있을 수 없는 광경을 목격한 오스카는 일단 이렇게 말했다.

"죄송합니다. 잘못 왔네요."

그러고는 조용히 식당 문을 닫았다.

내가 집을 잘못 찾았구나. 피곤했나 보다. 하하, 요즘 너무 과로했나? 그렇게 마음속으로 중얼거리며…….

하지만 반짝반짝하고 하늘하늘한 낯선 소녀는 오스카를 보내줄 생각이 없는 것 같았다.

"잠깐잠깐잠까아아안! 왜 문을 닫아?! 이런 공전절후 초절정 미소녀가 신혼 분위기로 맞아주는데?! 감동에 벅차 눈물

#1 키랏 일본어로 「반짝」을 뜻하는 의태어. 애니메이션 『마크로스 프런티어』에서 노래 가사로 등장하며 윙크와 함께 별이 반짝이는 장면으로 유명하다.

흘릴 장면이라고! 우리 솔직해지자. 사실 밀레디의 니 삭스와 앞치마 사이의 절대 영역을 응시하고 싶지? 그치? 오 군도 참 변태라니까!"

짜증난다. 언제 봤다고 친한 척이지? 그리고 정신 상태도 이상하다.

오스카는 순간적으로 눈앞에서 히죽거리며 떠드는 소녀의 평가를 내렸다.

그리고 가능한 한 자극하지 않도록 조심하면서 안경을 고쳐 썼다.

"밀레디 씨라고 하시는군요? 집을 잘못 찾으신 모양이네요. 이제 곧 날도 저무는데 어서 집으로 돌아가셔야죠. 만약 잘못 들어온 게 아니라면 불법 침입입니다. 이건 베르카 왕국에서 규정한 법률에 반하는 엄연한 범죄예요. 3초 안에 나가지 않으면 신고할 테니까 그런 줄 아세요."

싱긋 웃으며 당장 나가라는 말을 돌려 말했다.

"그게 돌려 말한 거야?! 온몸에서 『꺼져』라는 무언의 압박이 느껴지는데! 너무해! 난 오 군과 만나기 위해 태어났는데—"

"3초 지났습니다. 신고할게요."

오스카가 주머니에서 작은 도구를 꺼냈다. 그것은 통신기였다. 거리는 왕도 내부로 한정되지만 그래도 귀족이라도 아닌 한 가질 수 없는 어마어마한 고액의 물건이었다. 물론 오스카는 직접 만들었다.

그것을 통신기라고 알아봤는지 소녀는 허둥지둥했다.

동시에 아이들의 당황한 목소리도 들렸다.

"으아아아아아! 형, 잠깐만 기다려!"

"그 사람은 수상한 사람이 아니라— 아니, 수상하고 이상한 사람이지만, 일단 손님이야!"

"오빠, 용서해줘. 콜린도 잘못했습니다 할게! 언니가 짜증나는 사람이라서 미안해!"

"오빠! 난 잘못 없어! 저 시끄러운 사람이 다 잘못한 거야!"

아이들이 우르르 식당에서 몰려나왔다.

사실 오스카가 소녀와 콩트에 가까운 대화를 나눌 정도로 냉정해진 이유는, 밀레디가 반겨줄 때 식당 안쪽에 숨어서 장난기 어린 얼굴을 내민 아이들이 얼핏 보였기 때문이었다.

"아, 아이들의 무심한 본심에 밀레디는 상처 입었어……."

당황하며 신고하지 말라고 매달리는 아이들과 눈앞에서 네 발로 엎드린 이상하고 짜증나고 전부 잘못한 소녀를 바라보며 오스카는 한숨을 뱉었다.

"엄마까지 이런 장난을……. 무슨 일이야?"

"미안해. 그래도 밀레디 씨가 엄청 즐겁게 제안하지 뭐니. 오스카가 놀라는 모습은 거의 못 보니까 모처럼 기회다 싶어서……."

"뭐가 기회야……. 정말로 걱정했다고."

오스카는 어처구니가 없어서 한숨 쉬었다.

그런 오스카를 보고 즐겁게 미소 짓는 여성은 이 고아원의 원장 겸 어머니인 모린이었다. 이미 예순이 다 되어 가는 나이지만, 즐겁게 미소 짓는 모습은 훨씬 젊은 인상을 줬다.

그 후 사태를 수습한 오스카는 우선 고아원에서 저녁을 함께 먹었다.

물론 밀레디라는 소녀도 함께였다. 그녀는 오스카에게 볼일이 있어 찾아왔다고 했다. 목적은 들었지만, 천천히 이야기 나누고 싶다고 하고 모린이 권하기도 하여 먼저 저녁을 먹기로 한 것이었다.

식사하는 모습에서 어쩐지 기품이 엿보이는 그녀는 옆에 앉은 어린아이― 올해 일곱 살이 된 콜린과 케티에게 귓속말을 속닥였다.

두 사람은 뺨을 새빨갛게 물들이고 오스카를 힐끗 보더니 꺄악, 하고 비명인지 환호인지 모를 소리를 질렀다.

자신에 관한 무언가 달갑지 않은 이야기로 신이 난 분위기였다. 오스카는 미간에 주름을 깊게 잡고 밀레디를 노려봤지만…… 그녀는 빙그레 웃으며 마주 봤다.

무지하게 짜증났다.

무지하게 「재수 없어」라고 소리 내서 말하고 싶었다.

그래도 오스카는 그러지 않았다. 귀여운 동생들을 생각해서…….

오스카를 흉내 내서 붉은 머리를 뒤로 짧게 묶은 콜린은 고아원에서 가장 낯을 가리는 아이였다. 그녀의 처진 눈은 가족이 아닌 사람을 앞에 둔 순간 언제나 눈물로 글썽거렸다.

그리고 밤색 머리를 양 갈래로 묶은 케티는 기가 세 보이는 눈에 불신감을 품고 다니는 아이였다. 오스카나 고아원 가족이 아니면 기본적으로 인간을 불신하는 성격이었다.

그런 두 사람이 경계심을 풀고 이야기에 빠져 있었다. 그것을 보자 그녀, 초면에 뜬금없이 장난질을 시도한 밀레디라는 소녀는 기묘하며 짜증나기는 해도 나쁜 사람은 아니라는 생각이 들었다.

그런 상대에게 동생들 앞에서 욕을 할 수는 없었다.

"그래그래. 오 군은 착하고 믿음직스러운 오빠구나?"

"으, 응! 오빠는 뭐든 다 할 수 있어!"

콜린이 해죽이 웃고 오스카를 자랑했다.

오스카도 해죽이 웃었다.

밀레디가 빙그레 웃었다.

오스카는 울컥했다.

아이들은 식사도 제쳐 놓고 자신들의 『오빠 자랑』을 시작했다.

"맞아요, 밀레디 누나. 이 집에 있는 장난감이나 도구는 거의 다 형이 직접 만들었어요. 그것도 우리 정도 나이 때!"

고아원에서 가장 나이가 많아 맏형 노릇을 하는 딜런이 가슴을 펴고 말했다. 콜린처럼 오스카를 흉내 내서 묶은 적동색 머리가 살랑거렸다.

"오빠는 그 유명한 오르크스 공방 직공이야! 편수 아저씨가 스카우트했어! 대단하지!"

케티가 고양이처럼 앙칼스러운 눈을 초롱초롱 빛내며 말했다.

"우린 다 오빠 동생이라는 『증거』도 받았어."

그렇게 말하면서 콜린이 목에 건 작은 코인을 들어 보였다. 다른 아이들도 씩 웃으며 오스카에게 받은 코인을 보여줬다. 겉보기에는 싸구려 같았다. 고아가 가지고 있어도 아무도 빼앗으려고 하지 않으리라.

"오, 대단해! 좋은데? 끈끈한 정이 느껴져!"

하지만 밀레디는 딱히 우습게 여기지 않고 감탄사를 섞어 칭찬했다.

아이들은 자랑스럽게 웃고는 흥분하여 더 오스카 자랑을 늘어놓았다.

"애, 애들아, 그 정도 하고—"

이쯤 되자 오스카도 멋쩍어서 말리려고 했지만 그 전에 밀레디가 말을 꺼냈다.

"더 들려줘, 오빠! 오빠 멋지다! 그런 오빠에게 눈독 들인 밀레디는 대단해! 오빠도 그렇게 생각하지? 응? 응? 오빠—."

"한 번만 더 오빠라고 부르면 죽여 버릴 겁니다?"

싱긋 웃으면서 관자놀이에 핏줄을 세우고 경고했다. 가족들 앞에서는 예의 바른 말을 쓰도록 신경 썼으나, 분노를 차마 감출 수 없었다.

"어머, 어쩜 좋아. 오 군, 의외로 와일드한 일면도……."

밀레디는 왠지 홍조 띤 뺨에 손을 대고 고개를 도리도리 젓고 있었다.

"오 군이라고 부르지 말아줄래?"

귀여운 동생들이 보고 있었다. 살짝 튀어나온 난폭한 일면을 꾹 눌러 넣고 가능한 한 온화한 어조로 말했다. 「초면에 친한 척 하지 마라」라는 생각을 눈빛에 담아서……

밀레디는 그것을 빤히 바라보고는─.

"싫은데!"

환하게 웃으며 잘라 말했다.

쨍강, 하는 소리가 들렸다. 오스카가 든 쇠 포크가 부러져 있었다.

아이들의 시선이 오스카의 손으로 모이려고 했다.

순식간에 이루어지는 연성.

포크는 아무 일도 없었다는 양 원상 복구 되어 있었다. 아이들은 고개를 갸웃거렸다.

"오, 대단해! 멋진 실력이야!"

힘들게 마력광까지 억제해 순식간에 연성했건만 밀레디가 아무렇지 않게 폭로했다. 오스카의 짜증이 최고조에 달했다.

하지만 그때 문득 그 열에 찬물을 끼얹는 듯한, 오스카 이상으로 짜증 섞인 목소리가 들렸다.

"지금은 그냥 『패배자』잖아?"

아이들이 놀라서 목소리가 난 곳을 돌아봤다.

뚱하게 얼굴을 찌푸리고 앞에 놓인 접시만 바라보는 그는─ 루스. 삐죽삐죽한 흑발이 특징인 열한 살 소년이었다.

"야, 루스!"

딜런이 루스의 말에 화가 나 소리쳤다.

그러나 루스는 오히려 딜런을 매섭게 째려보고 대들었다.

"뭐가? 사실이잖아! 오르크스 공방 직공이면서 무기 하나 못 만들어서 마을 사람들밖에 상대해주지 않는『패배자』! 사람들도 전부 다 알아!"

루스는 도리어 성을 내며 떠들었지만 절대로 오스카와 눈을 맞추려고 하지는 않았다.

이 루스라는 아이는 사실 오스카와 같은『연성사』천직을 가졌다.

그래서 옛날에는 고아원에서 가장 오스카를 따르던 아이였다. 아직 오스카가 고아원에 있을 무렵에는 그야말로 병아리처럼 오스카를 졸졸 따라다녔다. 머리도 같은 흑발이라 마치 친형제 같다고 말하는 이도 있었다.

"루스. 오스카한테 사과하렴. 그런 말 하면 못써."

쭉 싱글벙글 웃으며 아이들의 대화를 듣던 모린이 부드럽지만 단호한 목소리로 루스에게 말했다.

루스는 겁먹은 것처럼 눈을 굴렸지만 곧바로 다시 고집을 피웠다.

"진짠데, 뭐! 아니면 보여주면 되잖아!『패배자』라고 깔보는 인간들한테 혀— 네 실력을 보여주면 될 거 아니냐고! 그래도 넌 아무것도 안 했어! 못 하니까! 항상 무슨 말을 들어도 바보 같이 웃거나 하고! 넌 사람들을 돌아보게 할 기개도 없는 그냥 겁쟁이라고!"

한번 쏟아진 말은 멈출 줄 몰랐다. 무너진 제방에서 새는 물이 멈추지 않듯이······.

그것은 루스가 오스카를 누구보다 존경했고 그 마음이 얼마나 컸는지를 보여주는 반증일 것이다.

그 사실을 알기에 오스카는 그저 난감하게 미소 지을 수밖에 없었다. 사실 실력이 있다고 말하면 그럼 증명해 보라고 달달 볶을 것이다. 실력이 없다고 말하면 더 상처받을지도 모른다.

그렇지만 그런 말을 듣고도 오스카는 한마디 말도 되받아치지 못했다. 내심 자기 말에 반론해주길 바라던 루스는 그런 모습에 괜히 더 화가 치밀었다.

도저히 못 참겠다 싶었는지 루스는 식사도 하다말고 자리에서 일어나려고 했다.

"네 생각은 틀리지 않아~."

대단히 가볍고 늘어지는 말이었다.

"루스 군, 사실 오 군은 지금도 대단한 사람이라고 생각하지? 그 생각은 틀리지 않아."

"누, 누가 그런 생각을 한다고!"

"아니, 넌 하고 있어~. 밀레디 아이(Eye)는 뭐든지 꿰뚫어 본다네! 보인다, 보여~. 루스 군의 진짜 마음이! 오 군의 대단함이!"

밀레디는 당당하게 가슴을 폈다.

모두가, 오스카조차 살짝 눈을 크게 뜬 가운데 태도는 여전히 가볍지만 어딘지 모르게 진솔함이 느껴지는 목소리로 밀레디는 말을 이었다.

"나는 그래서 오 군을 만나러 온 거야. 쭉 찾았어. 오 군 같은 사람을."

밀레디의 눈길이 오스카에게 향했다. 똑바로.

그리고 조용히 이어졌다.

마치 비밀을 털어놓는 듯한 음성으로…….

"드디어 찾았어."

가늘게 뜬 눈. 희미하게 미소를 머금은 입.

너와 만나 기쁘다. 그런 감정이 말없이도 전해졌다.

심장이 요동친 느낌이 들었다.

이 여자는 대체 나를 얼마나 아는 거지? 그런 경계심 때문에…….

'절대로 다른 이유는 없어. 있을 리 없어!'

오스카는 자신에게 되뇌었다. 안경을 고쳐 쓰면서 손으로 표정을 가렸다.

하지만 밀레디 아이는 뭐든지 꿰뚫어 본다!

"우웅? 이것 봐라~? 오 군, 지금 설렜어? 내 스마일에 막 설렜어? 밀레디 스마일에 뿅 갔어? 응? 응? 말해 봐~."

"재수 없어."

결국 본심이 튀어나왔다.

밀레디의 분위기에 밀려 험악했던 식탁은 원래대로 돌아왔고 밀레디와 오스카의 대화로 화목함이 돌아왔다.

루스도 조금 진정했는지 눈은 여전히 마주치지 않으려고 했지만, 자리에서 일어날 기색은 없었다.

그저 문제가 있다면 방금 밀레디가 한 말이었다.

그게 어떤 감정이든 거기에는 분명히 큰 감정이 실려 있었다.

모르는 사람이 듣는다면 사랑 고백으로 들릴지도 몰랐다. 적어도 콜린과 케티를 필두로 한 고아원의 여자아이들은 그렇게 받아들인 모양이었다.

그녀들은 엄청나게 호기심에 찬 눈으로 밀레디와 오스카를 번갈아 보고 있었다.

"으음, 어흠, 밀레디 씨, 식사는 이제 충분히 하셨죠? 슬슬 방문한 이유를 들려주셨으면 합니다만⋯⋯."

"뭐야~, 딱딱하게 굴긴⋯⋯. 나랑 오 군 사이잖아. 자, 더 친밀하게! 애정을 담아서!"

"무슨 사이요? 초면이잖아요? 그보다 이야기를—."

"싫어! 오 군이 마음을 담아서 밀레디라고 불러주지 않으면 안 해!"

"하, 하하. 이러시면 곤란합니다. 농담은 그만하시고—."

슬슬 오 군의 인내력이 레드 존에 돌입할 판국이었다.

하지만 그래도 눈치를 보지 않는 것이 밀레디란 여자였다.

"혁, 설마 오 군⋯⋯ 나에게 넘어오지 않는 이유는 이미 마음에 둔 사람이 있어서?!"

"뭐?"

"그렇구나. 나 알았어. 밀레디의 우수한 두뇌는 진실을 파헤치고 말았어. 그래. 바로— 오 군은 콜린과 케티랑 결혼할 생각이구나!"

"그만하지 않으면 그 실보다 가벼운 입을 꿰매 버릴 겁니다."

더는 상대해주지 못하겠다고 생각한 오스카가 반쯤 진심으로 그렇게 말한 직후, 경악에 찬 어린 목소리가 들렸다.

눈을 돌리자 그곳에는 홍당무처럼 익어 머뭇거리는 콜린과 눈이 심하게 떨리는 케티가—.

"……오빠. 콜린이랑 결혼할 거야?"

"나, 나는 싫지만! 오, 오빠가 꼭 하고 싶다면야……."

여동생들은 곧이곧대로 믿고 있었다. 그리고—.

"……형. 나, 형은 존경하지만, 아무리 그래도 그건 좀……."

"쳇. 『패배자』도 모자라 변태였나."

남동생들에게서도 주가가 대폭락했다. 돌아보니 아이들이 그렇게 안 봤는데, 하는 표정으로 보고 있었다.

거기에 던져진 한마디.

"오 군도 참…… 이 로리콘!"

오스카는 안경을 쓱 고쳐 썼다.

"따라 나와, 이 자식아! 쳐 죽여 버리겠어!"

일단 오스카는 혼돈의 화신 같은 소녀의 목덜미를 움켜잡고 바깥으로 집어 던졌다.

구름 협곡에서 달님이 반쪽짜리 얼굴을 내밀고 있었다. 아름다운 반달의 빛이 그림자를 드리운 고아원 뒷마당. 오스카와 밀레디는 그곳에 있었다.

고양이처럼 잡혀 내던져진 밀레디는 무슨 원리에선지 중력을 무시한 것처럼 느릿한 동작으로 몸을 돌려 부드럽게 착지했다.

"오 군, 거칠어! 여자를 던지다니, 사람이 어떻게 이럴 수 있어! 그러고도 인간이냐!"

"지금 막 물리 법칙을 무시한 인간 같지 않은 행동을 보여놓고 할 소리야?"

탄식을 뱉었다.

이 불가사의하기 짝이 없는 소녀에게 주도권을 잡히면 영영 이야기가 진행되지 않을 것 같았다. 오스카는 고아원 아이들 앞에서는 절대 보여주지 않은 날카로운 눈초리로 밀레디를 쏘아봤다.

"그래서 나한테 무슨 볼일이야? 네 생각대로 어울려줬어. 이제 그만 이야기해줄 때도 됐잖아?"

은연중에 가족을 인질로 삼는 것은 끝이란 뜻으로 말했다.

모린이나 가슴에 상처를 품은 아이들이 마음을 허락한 상대였다. 나쁜 사람은 아니라고 생각했다.

하지만 오스카에 관해 무언가를 알고 만나러 온 소녀는, 중심가에서 가까운 오스카의 자택이 아니라 먼저 가족을 찾아왔다.

객관적으로 보면 「언제든 가족에게 손을 댈 수 있다」라는 간접적인 협박으로도 볼 수 있는 상황이었다.

그래서 오스카는 분위기를 180도 바꾸고 말했다.

만약 좋지 않은 생각을 한다면…… 용서하지 않겠다며…….

"그렇게 노려보지 마~. 여자는 상냥하게 대해야 한다는 거

안 배웠어~?"

"……."

오스카의 위압감이 강해졌다. 『패배자』라고 욕먹는 청년이라고는 도저히 생각할 수 없는 강렬한 압박감이었다.

"아하하, 조금 더 진지해지지 않으면 위험하겠네. 그럼 우선 이것부터 말할게. 미안해. 오해하게 해서. 그래도 맹세컨대 오 군이 소중하게 여기는 사람들에게 위해를 가하려는 생각은 없어. 정말이야. 밀레디 누나는 거짓말을 안 한답니다."

무지막지 거짓말 같다— 오스카는 그렇게 생각했지만 말없이 계속하라고 눈짓했다.

"오 군 가족을 먼저 만나러 온 이유는 오 군을 알기 위해서야. 마을 사람들에게도 조금 물어보고 다녔어."

"……알고 있으니까 만나러 온 게 아니고?"

"처음에는 그랬어. 황금알을 찾아왔지. 부모를 여읜 아이들 중에서도 엄청난 재능을 가진 아이는 분명히 있어. 나는 이런 저런 나라의 이런저런 마을을 돌고 있어. 재능을 찾아서. 뭐, 재능을 꼭 아이들에게서만 찾지는 않지만……."

오스카는 속으로 납득했다.

장난스럽기는 해도 어딘지 모르게 기품이 느껴지는 몸짓에서 어쩌면 귀족, 혹은 그게 준하는 지위를 가지지 않았을까 예상했었다. 아주 틀리지는 않았나 보다. 사회적 지위가 높은 사람은 흔히 인재를 발굴하고 싶어 하니까.

달을 바라보면서 등을 보인 밀레디는 고개만 돌려 어깨 너머로 말했다.

"이 집 아이들을 보러 왔다가 뜻하지 않게 알았어. 네 힘을……."

오스카의 눈이 살며시 가늘어졌다. 안경 안쪽의 눈동자에 험악한 빛이 자리 잡기 시작했다.

"내 힘? 일용품밖에 못 만드는 무능한 연성사의 힘 말이야?"

"아하하~, 오 군 재밌네. ……이런 대단한 마법 도구, 아니, 이미 아티팩트의 영역에 달한 비보를 만들면서 무능하다니."

밀레디가 깔깔 웃으면서 하는 말에 오스카는 눈을 크게 떴다.

밀레디가 말하는『오스카의 힘』이란 과거 신동이라고 불릴 적 소문이나 실력을 숨겼다는 그 사실 자체라고 생각했다.

설마 지금 이 자리에서 방범 장치를 눈치채리라고는 생각하지 못했다.

오스카의 경계심이 부쩍 상승했다.

"그러니까 그렇게 노려보지 말라니까! 알면서도 난 여기 있는 거라고."

"으, 그건……."

오스카의 장치는 흉악했다.

고아원 부지 내에서는 한 단어의 주문만으로 대상에게 바람 포탄, 뇌격, 빙결, 폭파 등 온갖 공격을 퍼부을 수 있었다.

더불어 한번 부지 밖으로 튕겨 나가면 즉시 전개되는 5중 장벽이 모든 침입을 거부하며 요란한 경보를 울린다.

가령 장벽을 돌파해도 장벽 전개와 연동해 고아원의 모든 출입구가 무시무시한 내성을 자랑하는 광석 방벽으로 봉쇄된다.

얼핏 보아서는 낡은 목조 건물이었지만, 실은 오스카가 개조해 강철보다 훨씬 높은 내구성을 자랑하는 금속 벽에 나무판을 붙인 해괴한 구조였다.

더군다나 이 금속 벽은 공격하면 뇌격으로 반격한다. 이른바 반응 장갑이란 것이다.

이것이 오스카의 진짜 실력이었다. 보통 연성사는 흉내 낼 수 없는, 광물에 갖가지 능력을 부여해 아티팩트마저 만들어내는 능력.

─신대 마법.

일반적으로 체계화된 마법으로는 절대로 도달할 수 없고 신들이 사용했다고 전해지는 마법. 각성한 자는 신들의 피를 잇는 자손이라는 말이 있으며 흔히 『격세 유전』이라고도 불렸다.

정말로 수준이 다르다를 넘어서 비정상이라고 칭해도 무방한 터무니없는 능력이었다.

게다가 덤으로 오스카는 마력을 다룰 때 영창이 필요하지 않았고, 마법 구축에도 마법진을 쓰지 않았다. 일류 직공이 비기라고 부르는 기술조차 오스카에게는 잔재주에 지나지 않았다. 그만큼 큰 격차였다.

"단언하는데 왕궁 방어 체계보다 훨씬 우수해. 어떻게 연성하면 이런 기절초풍할 성능의 아티팩트가 만들어져?"

밀레디는 모든 것을 꿰뚫어 보고 있는 듯했다. 이러면 더욱 방심할 수 없었다. 짜증나는 언동 뒤에 헤아릴 수 없는 역량이 얼핏 보였다.

"나를 믿을 수 없고 이야기할 필요도 없다고 생각한다면 이 요새 같은 집의 기능을 총동원해서 날 없애면 돼. 하지만 나는 이야기를 나눌 때까지 내 발로는 절대로 안 나갈 거야."

—아, 그런 뜻이었나.

오스카는 마음이 납득하는 것을 느꼈다.

밀레디는 정말로 오스카와 터놓고 이야기하고 싶을 뿐이었다.

우연히 이 집에서 뛰어난 장치를 발견하고 찾아 헤매던 사람을 발견했다고 환희하며 정보를 수집해 오스카에 관해 알았다. 그래서 이 안에서 만나기로 선택했다.

뒷마당에는 나와도 절대로 고아원 부지에서 나가려고 하지 않는 것은 그녀가 보내는 최대한의 경의였다.

"언동을 고치는 편이 좋지 않을까? 내가 봤을 때 너는 오해받기 쉬운 사람이야."

오스카가 어깨에서 힘을 뺐다. 가늘게 떴던 눈에는 온화함이 되돌아왔다.

"무슨 말인지 모르겠네요~! 밀레디는 「밝고 활기차게」가 신조인 평범한 초절정 미소녀인데~?"

눈에서 별이 튀는 강렬한 윙크. 완벽한 포즈. 그래서 오히려 울컥했다.

나는 이 장난기 많고, 꼬마 악마 같으며, 알면서 이런다는 사실이 미친 듯이 짜증나지만, 한편으로는 한없이 성실한 이해하기 어려운 소녀에게 찍혔다⋯⋯. 오스카는 두통을 느끼고 관자놀이를 꾹꾹 눌렀다.

"그래서 할 이야기가 뭐야? 짐작하건대 나에게 아티팩트를 만들어라, 뭐 이런 건가?"

"잘못 짚었네요~. 만드느냐 마느냐는 오 군 마음이잖아? 헉?! 설마 오 군, 미소녀가 명령하면 흥분하는 사람? 미안. 밀레디 누나는 그런 특수한 관계는 좀……."

"―『뇌사(雷蛇)』."

"아바바바바, 아바아아아아아아아악―?!"

오스카는 몸을 꼬며 자신을 변태 취급한 밀레디에게 가차 없이 고아원 방어 시스템을 기동했다. 땅을 기는 뱀처럼 땅에 묻힌 철사를 타고 뇌격이 밀레디에게 직격했다.

밀레디는 털썩 쓰러졌다.

오스카는 안경을 고쳐 쓰고 외쳤다.

"누구더러 변태래!"

"고, 공격한 뒤에 말할 줄이야……. 밀레디 누나도 예상 못 했어……."

연기가 모락모락 피어오르는 밀레디는 갓 태어난 새끼 사슴처럼 후들거리는 다리로 간신히 일어섰다.

"너는 일일이 장난치지 않으면 이야기도 못 해?"

"밀레디 누나의 양보할 수 없는 차밍 포인트라구. 받아들여 줘, 오 군."

오스카는 말도 안 되는 소리 하지 말라고 무언으로 거부했다. 밀레디는 과장스럽게 슬퍼한 뒤 살며시 옷깃을 바로잡았다. 그리고 식당에서 오스카에게 보인 것과 같은 눈빛, 뜻하지 않게 심장이 요동칠 것 같은 그 눈빛을 보냈다.

"내 목적은 하나야. ─오스카, 널 원해."

"뭐……? 무슨 소리야?"

이 녀석, 쓸데없이 예뻐서 더 열 받네. 오스카는 속으로 어떤 감정을 얼버무리듯 투덜대면서 되물었다.

밀레디는 눈길을 하늘에 뜬 반달로 옮겼다.

"세계가…… 잘못됐다고 느낀 적 없어?"

"──."

오스카는 그 질문에 대답할 수 없었다.

왜냐면 그것은…….

"오 군. 넌 상식을 초월한 연성사야. 세상으로 나가면 넌 틀림없이 명예를 손에 넣을 수 있어. 그뿐만이 아니야. 역사에도 이름을 남길지 몰라. 하지만 넌 실력을 드러내길 완강히 거부하고 있어. 뭘 무서워하는 거야?"

뻔했다. 실력을 드러내면 권력자들은 하나같이 오스카에게 눈독을 들일 것이다.

명예는 있을지 모른다. 부와 명성도 얻을 수 있겠지.

하지만 자유는 확실히 사라진다.

무엇보다─.

"엘버드 신국, 더 정확히는 그 배후에 있는 성광 교회?"

"내 힘을 아니까 역시 짐작이 가나 보지?"

무심결에 쓴웃음이 나왔다.

그랬다. 오스카는 권력자들에게 자유를 빼앗기는 것도 두려웠지만, 그보다도 성광 교회가 두려웠다.

성광 교회— 창세신 에히트를 유일신으로 받들고 인간 외 종족 배척을 주창하며, 북쪽 대륙에 사는 인간족이라면 나라를 불문하고 신앙하는 인간족 최대 규모 종교다.

교회는 신대 마법에 각성한 자, 혹은 신대 마법까지는 아니더라도 그에 준하는 특별한 힘— 고유 마법에 각성한 자를 『신의 권속』이라며 보호해 대우한다.

본인의 의사와 관계없이, 말이다. 오스카도 이 힘이 발각되면 예외일 수 없다.

이 성광 교회는 하나의 국가가 될 정도의 힘을 가졌다. 교회의 우두머리인 교황이 국주(國主)를 맡은 【엘버드 신국】이 그곳이었다. 오스카가 신대 마법 사용자라도 홀로 도망칠 수는 없었다. 도망치면 가족이 어떻게 될지 모르니까.

밀레디는 이해한다는 식으로 씁쓸하게 웃으면서 계속 말했다.

"교회에게서 도망치는 건 아주 어려워. 어느 나라, 어느 마을에나 교회는 반드시 있어. 나라에 관계없이 그들의 눈은 어디든 존재해."

한번 말을 끊은 밀레디는 뱉어내듯 말했다.

"무서운 게 당연해. 그도 그럴 게 이상하잖아. 종교라고 해도 국가야. 그런데 타국에 교회를 세워도, 내정에 간섭해도, 어느 나라든 지극히 자연스럽게 받아들인다니⋯⋯."

"야, 야! 큰일 날 소리—."

오스카는 주위를 휙 돌아보며 주의했다.

교회 비판은 가장 손쉬운 자살 방법이었다. 누가 듣는다면 변명의 여지도 미래도 없었다.

그렇지만 밀레디의 말은 멈추지 않았다.

"전쟁을 해도 신국이 말하면 종전돼. 설령 평화로워도 신국이 말하면 전쟁이 일어나. 법이나 사람으로서 가져야 할 윤리보다 이단이냐 아니냐가 중시돼. 신의 가르침이 절대적이고 그 앞에서는 사람의 인연과 정, 마음과 인의도 모두 무가치해져."

"밀, 레디…… 너는……."

어느샌가 반달을 바라보던 밀레디의 아름다운 푸른 눈이 오스카를 지그시 바라보고 있었다. 숲 속 호수처럼 등골이 서늘해지는 깊고 맑은 눈에 빨려 들어갈 것만 같아, 오스카는 무심코 마른침을 삼켰다.

밀레디는 그런 오스카를 보고 부드럽게 미소 지었다.

"오 군. 너는 그 이상함을 알고 있었을 거야. 권력자보다도 너는 그 이상함을 긍정하는 교회를 두려워했고, 그래서 자신을 숨겼어. 자기 때문에 교회가 소중한 사람들에게 손을 뻗지 않도록."

교회 비판을 입에 담으면 보통은 이단이라고 비난당한다. 비난하지 않으면 그 또한 이단이므로 가족이나 아주 막역한 사이가 아닌 한 신앙심과 보신을 위해 반드시 그렇게 한다.

하지만 오스카는 부정하지 않았다. 동요는 해도 밀레디의 말을 말리지 않았다.

그 행동이 무엇보다 확실하게 오스카의 속마음을 대변해주고 있었다.

오스카가 생각대로 신앙에 심취한 사람이 아니라고 확인했기 때문인지 밀레디는 더욱 기쁘게 웃으며 말했다.

"나는 어떤 조직에 소속해 있어."

"조직?"

"그래. 법과 사람이 당연히 가져야 할 윤리, 거기서 비롯되는 질서 있는 사회. 이상한 것을 이상하다고 말할 수 있고 무엇이 옳은지 대화할 수 있어. 다양한 의견에서 새로운 가치를 만들어 내. ―사람이 자유로운 의사를 가지고 살아갈 수 있어. 그런 세계를 염원하는 사람의 모임이야."

"신흥 종교라도 세우려고 그래?"

오스카는 딱딱해지려는 표정을 가까스로 막았다. 어떻게든 농담으로 치부하고자 장난스럽게 받아친 자신을 칭찬하고 싶을 정도였다.

그도 그럴 수밖에.

밀레디가 말하는 조직의 이념은 틀림없이― 현대 사회에 반발하는 반사회적 조직이었다. 성광 교회가 가져온 절대적인 규칙에 이의를 제창하는 이단자 집단이었다.

끔찍한 이야기였다.

인간족 전체에 싸움을 거는 조직에서 권유가 오다니, 정말로 끔찍했다.

"정신 나간 인간들의 모임, 아니면 테러 조직…… 그렇게 생각해? 아하하~. 아예 틀린 말은 아니지~."

"돌아가."

깔깔 웃는 밀레디에게 오스카는 진지하기 그지없게 말했다.

"네 권유에 대한 답은 NO야. 나는 아무것도 못 들은 셈 칠게. 그러니까 앞으로는 나한테도, 우리 가족한테도 접근하지 마."

조용히, 하지만 더없이 진지한 말이었다.

밀레디는 잠시 오스카를 빤히 바라본 후—

"……그렇구나."

그렇게만 중얼거리고 조용히 돌아섰다.

작은 등이라고, 오스카는 생각했다.

그렇게 작은 몸으로 세계에 반역을 꾀하겠다고 한다. 대체 무엇 때문에 그녀는 그런 파멸의 길을 선택한 것일까.

그냥 정신이 나갔을 뿐이라고 오스카는 속으로 되뇌었다.

그녀의 말에 흔들리는 자신을 외면한 채.

"아, 맞아. 저녁 맛있었다고 말해줄래?"

"……꼭 전할게."

어깨 너머로 돌아본 밀레디는 환하게 웃고 있었다. 그리고 그대로 달빛이 닿지 않는 밤의 어둠 속으로 사라졌다.

마치 환상이었던 것처럼…….

오스카는 왠지 흘러나올 것 같은 말을 꾹 삼켰다.

앞으로 두 번 다시 만날 일은 없다. 이거면 됐다고 자신의 마음을 다독이며…….

다음 날.

"오르크스 공방 여러분, 안녕하세요! 세계의 아이돌☆밀레디예요! 나의 오 군은 어딨나요~!"

밀레디는 아무렇지 않게 오스카 앞에 나타났다.

공방 반입구에서 폴짝폴짝 뛰는 금발 포니테일 미소녀를 보고 건장한 직공들이 하나같이 어리둥절해 있었다.

그들이 딱딱하게 굳은 동안에도 밀레디는 『사양』이라는 말을 부모님 배 속에 두고 온 것처럼 뻔뻔하게 공방 안으로 들어왔다.

"오~, 역시 기술 대국 베르카 왕도 3대 공방 중 하나야. 일류 직공뿐이네~."

밀레디는 감탄하면서 주위를 두리번두리번 돌아봤다.

두 번 다시 만나지 않으리라 생각한 소녀가 아무 일도 없었다는 양 출현했다. 가장 안쪽 구역에 있던 오스카는 당황한 나머지 순간적으로 숨어 버렸다.

오늘은 큰 납품물이 있어서 큰 상자를 준비해 뒀던 것이 다행이었다.

'왜, 왜왜, 왜 여기 있어?!'

당황한 나머지 안경을 고치고 고치고 또 고쳐 썼다.

겨우 직공들이 저 여자는 누구냐며 얼굴을 마주 봤다.

싱글벙글 붙임성 좋은 웃음을 흩뿌리고, 여행복에 가깝지만 척 보기에도 알 수 있는 고급스러운 옷을 입었으며, 얼굴에서도 몸짓에서도 묘하게 기품이 느껴지는 아가씨…….

일반인이 뻔뻔하게 공방에 들어오면 보통은 내쫓아 버리겠지만 밀레디의 당당한 언동이 그것을 주저하게 했다.

혹시 어딘가의 귀족 영애라면 함부로 대할 수는 없었다.

누가 편수를 불러오라고 직공들이 눈빛 교환을 하는 동안 권력이나 연줄에 민감한 둥글둥글 짜리몽땅한 남자가 앞으로 나섰다.

그래도 귀족인데 마치 상인처럼 손을 싹싹 비비며 다가갔다. 한눈에 알 수 있는 아부 섞인 웃음이었다.

"아가씨, 아가씨. 무슨 용무로 오셨나요? 괜찮다면 제가 듣겠습니다. 아, 소개가 늦었군요. 저는 월레스 자작가의 핑입니다."

"……안녕! 밀레디야."

밀레디는 한순간 관찰하는 눈으로 핑을 훑어봤지만 바로 웃음을 지어 보였다.

그러나 분명 알 만한 사람은 알 것이다. 방금까지 보인 웃음과는 전혀 다른, 완벽한 억지웃음인 것을…….

"밀레디 아가씨인가요. 아름다운 당신에게 잘 어울리는 이름이군요. ……실례지만, 어느 가문의……."

"그게 중요해?"

활짝 핀 웃음. 하지만 묘한 박력이 있었다. 상급 귀족에게도 통할 박력이…….

핑도 딴에는 귀족이라 그것을 느꼈는지 허둥지둥 변명했다.

그리고 자작가라고 소개했는데 눈 하나 깜빡하지 않는 태도 때문에 멋대로 상급 귀족 영애라고 판단한 모양이었다.

"아뇨아뇨, 당치도 않습니다. 제가 큰 실수를 했군요. 그나저나 무슨 용무로 오셨나요? 분부만 내려주시면 저 월레스 자작가의 핑이 해결해드리죠!"

핑은 대놓고 가문과 자신의 이름을 어필했다. 토르파와 로울이 늦게나마 자신들도 끼어들고자 잰걸음으로 다가오고 있었다.

그러나 그들이 도착하기 전에 밀레디가 폭탄을 툭 던졌다.

"오 군— 오스카 군 없어? 그 사람을 만나러 왔는데……."

"네? 오, 오스카, 말입니까?"

핑이 눈을 크게 떴다. 토르파와 로울은 걸음을 멈췄다. 직공들도 손을 멈췄다.

그리고 오스카는—.

'저 여자가 무슨 소리야! 가뜩이나 입지가 좁은 나한테 치명상을 줄 생각이야?!'

귀족 같은 분위기를 풍기는 젊은 아가씨가 『패배자』로 통하는 저급 연성 직공을 지명했다. 그것도 누가 들어도 느낄 수 있는 친밀감 담긴 애칭으로…….

직공들의 시선이 오스카 쪽으로 스윽 돌아갔다.

"저, 거듭 죄송하지만, 오스카에게 무슨 용무가 있으신지요? 아시는지 모르겠지만, 그는 조금…… 실력에 문제가 있어서요……. 일을 의뢰하시겠다면 그밖에도 우수한 직공이 있습니다."

"응~? 오 군의 솜씨를 보고 싶어서 왔을 뿐이지, 다른 용무는 없는데? 저기가 오 군 작업장이지? 월핑 씨, 고마워~."

"네? 아뇨, 전 월레스 자작가의 핑─."

핑이 정정했지만 밀레디는 이미 쌩하고 안쪽 구역으로 달려가고 있었다.

직공들의 시선으로 오스카의 작업장을 짐작한 모양이었다.

남겨진 핑은 멍하게 그녀를 바라볼 수밖에 없었다.

그저 만나고 싶다는 이유로 오스카를 찾아온 것이 확실한, 아마도 상급 귀족 영애의 뒷모습을⋯⋯.

그리고 그 영애(?)는 짐 뒤에 숨은 오스카를 발견하자마자 오해에 박차를 가하는 발언을 던졌다.

"아, 오 군 발견! 나야! 밀레디! 어젯밤에 보고 또 보네!"

오스카의 표정이 돌처럼 딱딱하게 굳었다.

"오스카 저 자식, 귀족 영애한테 손을 댔어?!"

직공들이 웅성거린다!

핑의 눈꼬리가 치켜 올라갔다. 눈은 질투와 증오로 불타고 있었다. 오스카와 밀레디 곁으로 척척 걸어와서 겉으로는 미소를 만들며 말을 걸었다.

"밀레디 아가씨. 그는 분명히 오르크스 공방의 직공이지만, 조금 전에도 말씀드렸다시피 편수님의 동정을 사서 이곳에 있을 뿐인 삼류 직공입니다. 더구나 그는 고아라서 교양도 예의도 없죠. 아가씨처럼 고귀한 분께서는 사람을 골라 사귀시는게 좋습니다. 적어도 이 녀석에게 그런 가치는─."

"응? 핑레스 씨 아직 있었어? 나는 됐으니까 일하러 가 봐도 되는데? ……그게 아니면 혹시 할 일이 없어?"

"―으."

직공 중 몇 사람이 웃음을 터뜨리는 소리가 작게 들렸다. 사실 정말 그랬기 때문이었다.

알고 그랬는지 모르고 그랬는지 모르겠지만 밀레디의 말은 핑에게 치명타였나 보다. 핑의 얼굴이 새빨갛게 달아올랐다. 가까스로 참고 있으나 눈가가 파르르 경련하고 있었다.

"실례지만, 저는―."

"아앗, 밀레디 씨! 어젯밤 상담하신 물건이라면 문제없습니다. 마침 지금 납품하러 가려던 참이었어요! 자, 갑시다! 일을 맡겨주셔서 감사합니다! 앞으로도 『오르크스 공방』을 잘 부탁드리겠습니다!"

핑이 따지려고 하자 오스카가 말을 자르고 끼어들었다.

싸움으로 번지기 전에 입에서 나오는 대로 얼렁뚱땅 무마시켰다. 더불어 『일』과 『오르크스 공방』을 강조해 개인적인 친분은 없다고 강하게 어필했다.

오스카의 반응에 밀레디는 어리둥절한 눈치였다.

"엥? 일? 오 군, 무슨 소리―."

"자, 갑시다!"

경이적인 속도로 납품 상자를 짐수레에 실은 오스카는 활짝 웃는 얼굴이지만 웃음기를 찾을 수 없는 무기물 같은 눈으로 밀레디를 보며 출발하라고 재촉했다.

"아, 너무 까불었나……."

밀레디는 식은땀을 흘리면서 중얼거리고는 허겁지겁 오스카를 쫓아갔다.

이 사건이 얼마 동안 공방 직공들의 입방아에 오른 것은 두말할 필요도 없었다.

그래서 아무도 눈치채지 못했다. 남겨진 남자가 끈적끈적한 악감정이 찬 눈으로 오스카를 보고 있다는 것을…….

"잠깐만, 오 군. 오 군. 듣고 있어? 무시하지 마~. 부르잖아~."

"……."

오스카는 납품할 물건을 쌓은 소형 짐수레를 끌며 서민가를 말없이 빠르게 걷고 있었다.

그 뒤에서는 오른쪽에서 쏙, 왼쪽에서 쏙 얼굴을 내밀며 끊임없이 말을 거는 금발 포니테일 미소녀— 밀레디가 있었다.

오르크스 공방의 서민가 전담 직공인 만큼 서민가에서 오스카의 지명도는 꽤 높았다. 납품하기 위해 짐수레를 끌 때는 물론이거니와 그냥 걸어 다닐 때도 친밀하게 말을 붙일 정도였다.

물론 지금은 쉽게 말을 거는 사람은 없었다. 평소 이상으로 주목을 모으는 데도 불구하고…….

원인은 두 가지. 오스카 주위를 알짱거리는 낯선 소녀와 얼굴 근육이 죽은 게 아닌가 싶을 정도로 무표정한 오스카 본인이었다.

붙임성 좋고 언제나 온화한 웃음을 잃지 않는 인상 좋은 청년으로 통하는 오스카가 무표정으로 다니니 솔직히 은근 무서웠다.

"화났어? 많이 났어? 공방에 인사하러 간 게 그렇게 싫었어? 응? 응? 오 군! 공방 사람들에게 여자관계에 문제가 있다고 오해받은 오 군! 오후부터 고생이네! 그래도 괜찮아! 밀레디는 책임감으로 똘똘 뭉친 여자니까! 내가 같이 가서 공방 사람들한테 사정을 설명할게! 나에겐 오 군이 필요할 뿐이에요, 라고!"

"내 입장에 치명상을 줄 생각이냐!"

오스카는 무심코 멈춰 서서 옆으로 얼굴을 빼꼼히 내미는 밀레디에게 촙을 날렸다.

그러나 정작 밀레디는 이상하게 기뻐 보였다. 포니테일이 그녀의 기분을 표현하듯 살랑살랑 흔들렸다.

"오오, 드디어 반응해주는구나, 오 군♪"

"상대해주지 않으면 네가 밑도 끝도 없이 깐족댄다는 걸 알았거든. 에효, 너는 정말로 살아 있는 재앙이야."

"에헤헤~, 뭘 그 정도까진~."

"칭찬 아니야. 절대로 칭찬 아니야. 부탁하니까 조금은 상식적인 반응을 보여줘."

오스카는 머리가 아픈 것처럼 관자놀이를 문질렀다.

밀레디의 말마따나 공방으로 돌아가려니 우울했다. 순간적으로 상황을 모면했는데 그게 과연 언제까지 먹힐까? 솔직히 그다지 기대할 수 없었다.

　더는 오해에 박차를 가하지 않기 위해서라도 이 미소녀의 탈을 쓴 재앙의 화신을 절대로 공방에 접근하도록 둬서는 안 된다고 오스카는 결심했다.

　"오 군, 왜 그래? 고개를 들지 못하는 해고 직전의 공직자 같은 얼굴로."

　"그렇게 보인다면 그건 전부 너 때문이야. 제발 자각해줘. 그나저나 너는 약속을 깼어. 조금 더 믿을 수 있는 사람이라고 생각했는데, 아무래도 내 과대평가였나 보다."

　오스카는 다시 걸으며 비아냥거렸다.

　"무슨 소리! 밀레디는 못 지키는 약속은 안 한다구."

　"무슨 소리야? 너는 그때 나한테도 우리 가족한테도—."

　거기서 오스카의 마음에 제동이 걸렸다. 그러고 보니 접근하지 말라는 말에 밀레디가 뭐라고 했던가?

　"나는 『그렇구나』라고밖에 안 했지롱~."

　다시 말해 「그렇구나. 오 군은 그래주길 바라는구나! 뭐, 약속은 안 하겠지만!」이라는 의미였나 보다.

　"너, 너란 인간은……!"

　오스카는 아득바득 이를 갈았다. 대답을 듣지 않은 것은 분명히 자기 실수지만 괜히 화가 났다. 특히 마지막에 붙은 「롱~」에서 부아가 치밀었다!

　그러나 여기서 감정적으로 나가면 밀레디의 의도에 놀아나는 것이었다. 오스카는 애써 냉정해지자고 주의하면서 안경을 고쳐 쓰고 말했다.

"그럼 다시 한 번 말할게. 앞으로 나한테도 내 관계자한테도 접근하지 마. ……네 사상은 지금 세상에는 너무 위험해. 부탁할게. 나와 내 소중한 사람들을 말려들게 하지 마."

밀레디는 종종걸음을 치며 앞으로 나왔다.

그리고 등허리로 깍지를 끼고 뒷걸음질하면서 똑바로 오스카를 바라봤다.

"위험한 건 내 사상이 아니야. 지금 이 세계야. 오 군, 외면하지 마. 나랑 관계없이 이 삐뚤어진 세계가 만들어 내는 불합리한 일은 언제든 너희 바로 옆에 존재한다는 걸 넌 알고 있을 거야."

"……그게 네가 위험을 불러들이지 않는다는 이유는 못 돼. 실제로 지금 우리는 평화롭게 살고 있어. 얌전히, 눈에 띄지 않고, 분수를 파악하고 살면 문제없어."

"……오 군, 겁쟁이."

"겁쟁이가 아니야. 현실적이라고 해줘. 아무튼 앞으로 절대 내 앞에는……."

"단호히 거절한다!"

"……경비병에게 넘긴다?"

오스카가 뺨을 움찔거리며 그렇게 말하자 밀레디는 빙그레 웃었다.

"싫어! 오 군, 날 버리지 마! 뭐든지 할 테니까!"

"밀레디, 너?! 기, 길 한복판에서 무슨 소리야!"

서민가 사모님들이 오스카와 밀레디를 보고 「어머어머, 저것 좀 봐! 오스카가 여자애를 울렸어! 못된 남자!」라며 수선을 피우고 있었다. 호기심으로 눈이 몹시 빛나고 계신다.

　시선이 집중됐다. 이대로 가면 오스카가 경비병과 대면하게 될지도 몰랐다.

　"젠장!"

　오스카는 욕을 내뱉으면서도 밀레디를 끌어안고 자리를 떴다.

　"언제까지 따라올 생각이야?"

　"오 군이 내 제안에 OK해줄 때까지?"

　"그럼 영원히 따라다니겠다는 뜻이잖아……. 일단 지금부터 손님에게 납품하러 갈 건데, 제발 이상한 짓 하지 마. 아니, 오히려 한마디도 하지 말았으면 좋겠어. 그러지 않으면 정말로 신고할 거야."

　"네~! 후후~."

　제법 매정하게 대하고 있을 텐데 왠지 기쁘게 웃는 밀레디를 보고 오스카는 의심스러운 표정을 보였다.

　"내 언동이 그렇게 재미있어?"

　"딱히? 그냥 나를 위험인물이라며 관련되기 싫다고 했으면서 진심으로 신고하진 않는구나 해서."

　"……다른 뜻은 없어. 신고하면 그건 그거대로 귀찮은 일에 말려들기 때문이지. 네가 자연스럽게 떠나길 바라고 있을 뿐이야."

"그래~?"

밀레디는 전혀 믿지 않는 분위기로 싱글싱글 웃었다. 오스카는 머리를 흔들고 가능한 한 밀레디를 무시했다.

그 직후ㅡ.

"오 군. 어젯밤 떠나는 나한테 뭐라고 하려고 했어?"

"무, 무슨 말인지 모르겠는데?"

설마 자기가 삼킨 말을 알아차렸으리라고는 생각지도 못해 오스카는 그만 동요하고 말았다. 그런데도, 놀리기에는 절호의 기회인데도, 밀레디라는 소녀는 이럴 때만 웃지 않았다.

웃지 않고 마치 태양의 거대한 소용돌이처럼 끌어당기는, 신기하게 마음을 꿰뚫는 눈빛을 보내 왔다.

"네가 하려다 만 말을 제대로 들려줄 때까지 떨어지지 않을 거야."

"……할 말 없어. 굳이 한다면 어서 인연을 끊고 싶다는 거 겠지."

오스카는 왠지 저항하기 힘든 밀레디의 눈동자에서 간신히 눈을 떼고 모질게 대답했다.

"그래?"

밀레디는 그렇게만 중얼거리고 아무 일도 없었다는 듯 원래 분위기로 돌아왔다.

"저기, 오 군. 지금부터 만날 손님한테는 어떤 상품을 가져다줄 거야?"

"……곧 도착해. 우선 거기 있는 식당 주인에게 줄 요리 도구부터야."

"그렇구나."

밀레디는 관심을 보이고 짐수레를 들여다봤다. 오스카는 다시 한 번 절대로 괜한 짓은 하지 말라고 당부하며 발주자가 있는 서민가 대중식당 뒷문을 노크했다.

나온 사람은 풍채 좋은 부인이었다.

"어머, 오스카, 어서 오렴! 뒷문으로 온 걸 보면 납품이니?"

"네, 데이지 아주머니. 주문하신 사각 식칼과 새 프라이팬을 가져왔습니다. 확인해주실래요?"

오스카는 그렇게 말하고 요리 도구가 든 상자를 건넸다. 그것을 받아든 식당 주인 데이지는 그 내용물을 확인하며 감탄조로 말했다.

"여전히 일이 빠른걸. 그저께 맡겼는데 말이야. 정말로 고맙구나. ……어라? 그 사람은?"

오스카 옆으로 빼꼼히 얼굴을 내민 밀레디를 재빠르게 발견한 데이지가 호기심 어린 눈빛을 보냈다.

무심코 오스카가 속으로 혀를 찼다. 어물쩍 넘기려고 미소 지으면서 입을 열었지만, 그 전에―.

"안녕하세요! 오 군 친구인 밀레디예요! 오늘은 오 군이 일하는 모습을 구경하고 있어요~."

의외로 평범한 인사라서 가슴을 쓸어내렸다. 동시에 이제 됐으니까 빠져 있으라고 눈짓했지만 데이지의 시선은 밀레디를 록 온 했다.

"어머나! 오스카가 이런 귀여운 아가씨를 친구로 사귀었어? 언제 친해진 거니?"

"어제부터요! 오 군을 만난 순간 찌릿하게 느낌이 왔죠. 아주머니, 그런 느낌 알아요?"

"얘도 참, 당연히 알지! 나도 우리 남편과 만났을 때는 몸에 전기가 통한 줄 알았지 뭐니! 그래, 잘됐구나, 오스카. 다들 걱정했었어. 넌 실력도 좋고 얼굴도 잘생겼는데 여자 이야기가 도통 안 들리잖니. 정 안 되면 자기 집 딸내미라도 소개시켜줘야겠다고 동네 아줌마들끼리 얘기하던 참이었어!"

여자 셋이 모이면 접시가 깨진다고 했던가. 데이지 아줌마와 밀레디는 초면인데도 불구하고 순식간에 의기투합해 오스카에 관해 시끄럽게 이야기꽃을 피웠다.

거북하다. 엄청나게 거북하다.

서민가의 주부 네트워크는 우습게 볼 수 없었다. 그곳에서 자신의 애인 찾기를 의논한 것도 웃을 수 없지만, 밀레디가 은근슬쩍 자신과의 관계를 그쪽 방면으로 오해시켜 이야기를 진행하는 것도 웃을 수 없었다.

설마 주인 아줌마도 찌릿한 느낌의 정체가 『반사회적 조직의 일원에 어울려!』라는 내용이라고는 생각하지 못하리라.

"데이지 아주머니! 죄송하지만, 우선 물건에 관해 설명해도 될까요?"

"응? 아, 그럼. 미안하구나, 오스카. 나도 모르게 흥분해서. 그래도 좋은 애잖니. 잘해줘야 해. 알았지?"

오스카는 철벽의 난처한 웃음으로 은근슬쩍 대답을 피했다. 시야 한쪽으로 히죽히죽 웃는 밀레디가 보이는 것 같지만 무시했다.

"새 식칼 말인데요. 표면을 울퉁불퉁한 모양으로 특수하게 가공했어요. 지금까지 쓴 식칼처럼 고기가 달라붙는 귀찮은 점이 개선됐을 거예요. 그렇지만 장기간 사용은 시험해 보지 못했으니까 한 달쯤 뒤에 감상을 들려주실 수 있을까요?"

오, 하며 주인 아줌마뿐 아니라 밀레디까지 감탄했다.

추가 설명으로는 프라이팬 쪽에도 특수한 가공을 하여 기름이 없어도 거의 눌어붙지 않는다고 했다. 이런 실사용에서 사소하지만 귀찮은 부분을 해결하는 점이 오스카의 인기 요인 중 하나였다.

"매번 그렇지만, 오스카는 가려운 곳을 잘 찾아주더라. 알았어. 남편한테도 말해 둘 테니까 때를 보고 감상을 말해줄게. 그런데 또 이상한 이름이 새겨진 건 아니겠지?"

주인 아줌마가 묘하게 경계하며 식칼과 프라이팬을 빤히 들여다봤다.

밀레디가 무슨 얘기냐고 고개를 갸웃거리는 옆에서 오스카는 탄식하며 대답했다.

"네. 요청에 따라 상품명은 새기지 않았어요. ……그런데 왜 안 되는 거죠?"

주인 아줌마는 오스카를 힐끔 보고 물었다.

"……참고로 오스카는 이 식칼과 프라이팬에 어떤 이름을 붙었니?"

오스카는 잘 물어봤다는 듯이 가슴을 폈다.

"사각 식칼은『내장아 안녕 3세』고, 프라이팬은『미끄러집니다 알파』예요. 어떤가요? 역시 각인할까요? 지금 당장 할 수도—"

"됐어."

딱 잘라 거절당한 오스카가 미묘하게 뻣뻣한 표정으로「왜지?」라고 중얼거렸다.

"오 군…… 이름 짓는 센스는 처참했구나~."

"처참하다니?! 하다못해 없다고 말해!"

연민 가득한 밀레디의 말에 오스카가 걸고넘어졌다. 그러나 주인 아줌마가 진지하게 고개를 끄덕이는 터라 더는 아무 말도 하지 못했다.

서민가에서 인기 있는 직공인 오스카였지만, 물품에 오스카 특유의 이름이 새겨지는 점에 관해서는 혹평이 이만저만이 아니었다.

오스카는 대단히 불만이었지만 손님이 애원에 가까운 요청을 해 오니 상품명을 새기지 않고 있었다. 게다가 공방에서는 제작한 상품의 판매 기록을 적게 되어 있는데, 거기에 기재하는 상품명은 자제해서 가능한 한 간단하게 지었다.

간단하게 하지 않으면 대체 무슨 상품인지 알 수 없기 때문이었다.

오스카는 요금을 받고 석연치 않은 마음으로 얼른 다음 납품 장소로 향했다.

　그 후 순조롭게 납품을 해결해 갔지만 정신력은 역대 최악으로 피폐해져 있었다. 납품 장소에 갈 때마다 붙임성 좋은 밀레디와의 관계를 아줌마, 아저씨들에게 오해받았고 그걸 해명하느라 진을 뺐기 때문이었다.

　겨우 모든 납품을 마쳤을 즈음에는 몸보다 마음이 녹초가 되어 있었다.

　"오 군. 오 군. 많이 지쳤구나?"

　"주로 너 때문에."

　"벌써 점심시간이야. 추천하는 가게는 어디야? 밀레디 누나는 배가 너무너무 고파."

　"사람이 이야기를 하면— 어휴, 말을 말자. 나도 뭘 좀 먹지 않으면 몸이 못 버티겠어."

　지긋지긋하지만 화낼 기력도 없었다. 오스카는 가까운 곳에 있는 아는 식당으로 들어갔다.

　점심시간이라서 손님이 제법 자리에 앉아 있었다. 서민가 식당치고는 상당히 청결한 가게였다. 드물게 메뉴 그림까지 걸어 놨다.

　운 좋게 구석 자리가 비어 있어서 오스카는 그곳에 앉았다. 밀레디도 싱글벙글 따라와 앉았다.

　"응? 왠지 사람들이 쳐다보는데?"

　밀레디가 주위를 돌아보며 고개를 갸웃거렸다.

　얼핏 봐도 서민가 주민이라고 알 수 있는 사람 외에도 모험가 같은 자들, 젊은 여성으로만 구성된 그룹도 있었다. 손님 층이 다양한 가게였지만 그런 이들이 모두 놀란 것처럼 오스카와 밀레디를 보고 있었다.

조금 전까지 납품처에서 오스카의 정신을 마모시키던 것과 같은 이유였으나 오스카는 무시하고 가게 안쪽에 있는 점원을 불렀다.

"네~. 오스카 씨, 어서 오⋯⋯세, 요?"

명랑한 목소리로 총총히 걸어온 사람은 10대 중반쯤 되는 귀여운 소녀였다. 청결함이 돋보이는 새하얗고 하늘거리는 프릴 앞치마가 잘 어울렸다.

"아샤 씨, 안녕하세요. 정식 세트 두 개 부탁할게요."

밀레디 것도 마음대로 주문해 버렸다. 그녀에게 괜히 말할 기회를 주지 않기 위해서였다.

하지만 그 거리낌 없는 주문은 아샤— 이 가게의 간판이기도 한 그녀의 가슴에 칼을 꽂은 모양이었다. 가게 안쪽에서 나오자마자 오스카와 밀레디를 번갈아 보면서 입을 떡 벌린 채로 멈춰 선 그녀는 갑자기 눈물을 찔끔 흘렸다.

흠칫 놀라는 오스카. 속내를 짐작하고 피식 웃는 밀레디. 「아이고, 울렸네」라며 재미있어하는 손님들.

"오, 오스카 씨. 사, 사사사, 사귀는 분이 계셨군요⋯⋯."

"네? 앗, 아뇨. 아니에요. 이 녀석은—"

"이 녀석?! 누구에게나 정중한 오스카 씨가 『이 녀석』이라 니⋯⋯ 얼마나 허물없는 사이길래⋯⋯!"

아샤가 한 손을 입가에 대고 힘없이 쓰러졌다. 이번에는 밀레디도 소녀의 마음을 헤아려 진지하게 오해를 풀려고 했다.

"아니야, 오해야. 나랑 오 군은—."

"오 군?! 오 군이라고 불러요?! 나도 부른 적 없는, 그런 친밀한 이름으로!"

"어, 아, 그게—."

밀레디가 뭐라고 하기도 전에 아샤는 홱 돌아섰다.

"으아아아아아아아앙! 계속 노리고 있었는데에! 아빠, 정식 두 개애애애애!"

점원 아가씨는 울면서 가게 안으로 사라졌다. 주방 쪽에서 「정식 둘! 고맙습니다!」라는 중년 남성의 목소리가 들렸다.

그 상황에서도 제대로 주문을 받는 점은 역시 식당의 딸다웠다. 딸이 우는데 태평하게 주문을 받는 점은 역시 식당 주인답다고 해야 할까? 그 아버지에 그 딸이었다.

이어서 가게 한쪽에서 무거운 분위기가 흘러들었다.

그쪽을 보니 아까 그 젊은 여성 그룹이 식탁 위에 엎드려 있었다. 원인이 무엇인지는 일련의 과정을 생각하면 일목요연했다.

"……오 군. 인기 많네."

"……노코멘트."

대외적으로 명문 공방 직공에 서민가에서 신망과 인기가 있으며 얼굴도 성격도 좋다면 그야 여성도 어느 정도 주목할 만하다. 특히 연애 이야기가 전혀 나돌지 않는 오스카였기에 어쩌면 자기에게도 기회가 있을지 모른다고 생각한 사람이 제법 있었다.

　오스카는 안경을 올려 쓰면서 손으로 표정을 가렸다.

　그런 그곳으로 모험가로 보이는 남자 두 명이 히죽거리며 다가왔다.

　"야, 오스카. 너한테도 드디어 봄날이 왔나 보다?"

　"축하한다, 짜샤. 여자를 소개시켜준다고 해도 매번 거절하길래 설마 그쪽 취향인가 싶어서 요즘 의뢰하기가 꺼려졌는데 이제야 좀 안심이 되네."

　스스럼없이 어깨를 퍽퍽 치며 웃어 대는 모험가 둘은 오스카의 단골이었다. 의뢰 내용은 물론 무기, 방어구 제작이 아니라 여행용 잡화였다.

　요리 도구나 랜턴 등 여행에 필요한 물건은 소소한 편의성이 무엇보다 만족감을 주는 법이었다. 그런 점에서 오스카표 여행 도구는 인기가 대단했다. 이 서민가를 거점으로 하는 중견 이하 모험가는 대개 오스카표 여행 도구를 가지고 있었다.

　"글쎄, 저는 딱히—."

　"그래서 아가씨, 이 목석같은 녀석을 어떻게 구슬린 거야?"

　오스카가 오해를 풀기 전에 화살이 밀레디를 향했다.

　밀레디는 이 식당에 있는 손님은 모두 오스카를 알고 호의적인 감정을 품었단 것을 알았다.

　그래서 방금 본 점원 아가씨나 어두운 분위기를 내뿜는 여성 그룹도 생각하여 솔직하게 대답하기로 한 모양이었다.

"사실은 있지, 아직 안 넘어왔어. 현재 절찬 설득 중이야."

여성 그룹이 벌떡 몸을 일으켰다. 형형히 빛나는 눈으로 이쪽을 바라본다!

아샤가 모습을 드러냈다. 기둥 뒤에서 형형히 빛나는 눈으로 이쪽을 바라본다!

"밀레디…… 너 또 불난 집에 부채질이야? 가뜩이나 공방을 혼란의 도가니로 만들었으면서 이번에는 단골 가게까지……. 내가 있을 곳을 얼마나 망가뜨려야 속이 시원하겠어?"

머리가 아파 관자놀이를 문질렀다.

그런 오스카를 보고 모험가 두 명은 오스카의 현재 상황과 밀레디의 성격을 대충 짐작했나 보다. 쓴웃음을 섞으며 이번에는 상냥하게 오스카의 어깨를 톡톡 두드렸다.

모험가 중에는 거친 사람이 많지만 기본적으로 친한 사람에게는 대단히 싹싹한 친구들이었다.

밀레디처럼 겉모습에서 기품마저 느껴지는 미소녀가 남몰래 좋아하는 사람을 노린다는 사실을 알고 육식 동물 같은 눈으로 오스카를 바라보는 여성들의 관심을 돌리려고 하는지, 두 모험가는 화제 전환을 시도했다.

"아, 공방이라고 하니까 생각났는데, 걸핏하면 너한테 시비거는 그 꼴 보기 싫은 귀족들 말이야."

"음? 핑 씨 그룹 말인가요?"

"그래그래, 그것들. 얼마 전부터 서민가를 어슬렁거리는 모습이 목격되고 있어. 그것도 꼭 밤에만."

"그 사람들이 밤늦게 서민가를?"

핑 그룹은 자존심으로 똘똘 뭉친 자들이었다.

오스카를 멸시하는 것으로도 알 수 있듯이 서민 그 자체를 깔보는 경향이 있었다.

그들은 절대로 서민가에서 놀 인물이 아니며 서민가 사람과 거래할 리도 없었다. 밀레디에게 말했다시피 사귈 사람을 가리는 것이 그들이었다.

"그래. 이상하지? 무슨 생각인지 모르겠지만, 일단 조심해. 그것들이 서민가에 관심을 가질 이유가 있다면 아마 너일 테니까."

"맞아. 요즘 분위기도 흉흉하고 말이야."

"행방불명이 속출한다는 이야기요?"

"그래, 그것도 있지. 그리고 대갱도 중층 부근에서 신전 기사님이 자주 보여. 그런 엘리트 중의 엘리트들께서 설마 채굴을 할 리는 없잖아? 모험가 사이에서는 강력한 마물이라도 숨어 있는 게 아니냐는 소문이야. 우리도 지금은 깊이 들어가지 않으려고 조심하는 중이지."

"그랬나요……."

꺼림칙한 이야기에 육식 동물로 변하기 직전이던 여성들의 혼란스러운 마음이 진정된 듯했다.

음식이 나온 것을 계기로 두 모험가는 밀레디에게 응원을 보내고 자기 자리로 돌아갔다.

오스카는 바로 먹기 시작했으나, 시선을 들자 배가 고프다

던 밀레디는 음식에 손을 대지 않고 있었다.

"밀레디?"

"응? 오오! 맛있어 보인다. 잘 먹겠습니다~!"

밀레디는 뜨거운 음식을 입에 넣고 맛있게 먹었다.

오스카는 밀레디가 한순간 보인 고뇌 어린 얼굴에서 왠지 안 좋은 예감을 느꼈다.

점심을 먹은 후.

설마 정말로 밀레디가 공방까지 따라올 생각은 아니겠지, 하며 경계했지만―.

"오늘은 고마웠어! 내일도 만나러 와도 돼?"

밀레디에게 그런 말을 듣고 김이 샜다.

"오지 말라고 해도 마음대로 올 거잖아?"

그래서 그만 안 된다고는 말하지 못하고, 은연중에 와도 된다고 허락하는 투로 말해 버렸다.

"에헤헤. 그럼 내일 또 봐!"

아차 싶었지만 이미 엎질러진 물이었다.

불러 세울 틈도 없이 밀레디는 인파 속으로 사라지고 말았다.

오스카는 뭐라고 표현하기 힘든 표정으로 머리를 긁적이고는 공방에 뭐라고 변명할지 생각하며 발걸음을 돌렸다.

그로부터 일주일 후.

가끔 훌쩍 사라지기는 했으나, 대부분의 시간을 오스카 주변에서 어슬렁거리는 데 소비한 밀레디는 서민가에서 유명인이 되어 있었다.

오스카는 노골적으로 싫은 표정을 짓는 일이 대부분이었지만, 누구에게나 친절한 사람이 감정을 드러낸다는 사실이 오히려 친밀한 사이라는 인식을 퍼뜨리는 실정이었다.

실제로 두 사람은 일주일 동안 많은 이야기를 나누었다.

기본적으로는 밀레디가 일방적으로 떠들 뿐이었지만 이따금 던져진 질문에 오스카도 무심결에 대답하곤 했다. 실속 없는 이야기가 대부분이었으나 두 사람은 확실히 서로를 이해해 가고 있었다.

그리고 어떻게 밀레디를 떨어뜨려 놓을지 생각하는 데도 지쳤을 무렵, 오스카는 일주일 만에 고아원을 방문하고자 황혼녘 골목길을 걷고 있었다.

오렌지색으로 불타는 하늘과 길게 드리운 그림자, 그리고 하늘에 울려 퍼지는 새소리가 공연히 마음을 헛헛하게 했다.

그날, 밀레디가 고아원을 찾은 날부터 오스카는 한 번도 고아원을 찾지 않았다.

아무리 마음의 거리가 줄었다고 한들 밀레디는 교회에 알려지면 틀림없이 이단자로 낙인찍힐 위험인물이었고 그에 대한 최소한의 경계심이 있었다.

그러면 얼쩡거리지 않도록 어서 아티팩트라도 써서 떨어뜨리면 될 것 아닌가? 하지만 왠지 그 점에 대해서는 오스카 본인도 명확한 답을 내놓지 못했다.

'그녀는 평범한 인물이 아니야. 아티팩트를 써도 없앨 수 있을지 모르고 괜히 일이 꼬일 가능성도 있어. 그래, 나는 신중

하게 행동하고 있을 뿐이야. 신중하게 대처법을 생각하고 있을 뿐이라고.'

일주일이나 주변을 어슬렁거리는 그녀에게 모진 말이나 태도 외에는 구체적인 대처를 세우지 않는 이유를 속으로 변명처럼 중얼거렸다.

다만, 슬슬 한계가 됐다고 생각했다.

밀레디는 이미 서민가에서 상당히 얼굴이 알려졌다. 만약 그녀가 큰일을 일으켰을 때, 필연적으로 오스카와는 어떤 관계며 오스카 본인이 연루되지 않았는지 의심받을 가능성이 컸다. 더는 얼렁뚱땅 넘길 수 없었다.

"정말이지 골치 아픈 애라니깐……."

무의식중에 흘러나온 혼잣말에 오스카는 스스로 놀랐다.

목소리에 혐오의 감정이 전혀 없었다. 그렇기는커녕 조금 즐거워하는 뉘앙스까지 섞였다.

아무리 모질게, 혹은 건성으로 대해도 밀레디는 즐겁게 웃었다. 쫄랑쫄랑 따라다니고 언동은 하나하나 짜증나는데도 왠지 마음은 무척 가벼웠다. 마치 응어리졌던 무언가가 녹아내리는 것처럼.

"……내가 무슨 생각을 하는 건지, 원."

자신의 속마음에 어이없이 웃으며 오스카는 고개를 휘휘 저었다.

내일이다. 내일 정말로 그녀와 인연을 끊자.

필요하다면 아티팩트를 쓴 무력행사도 불사한다는 각오도

보이겠다.

그녀는 태도가 장난스럽고 밀어붙이는 데 능하지만 오스카가 각오하고 거절하면 분명히 물러나 줄 것이다.

그걸로 그녀와의 신기한 일상도 끝난다.

다시 바보 취급 받으면서도 실력을 숨기며 정성을 다해 일용품을 만들고, 마을 사람들과 교류를 쌓는 변함없는 일상으로 돌아간다.

그거면 됐다. 그거면 됐지 않은가. 아무…… 문제도 없다.

"안녕, 오 군! 저녁 버전 밀레디야!"

"내 결의를 돌려내. 저녁 버전 밀레디는 또 뭐야?"

"아하하~."

아무런 전조도 없이 얼굴을 쏙 내민 밀레디에게 오스카는 조건 반사처럼 대답했다. 즐겁게 웃는 밀레디를 보자 힘이 빠졌다. 각오를 굳히고 어깨와 마음에 들어가 있던 힘이…….

약간 그림자가 진 오스카에게 밀레디가 싱글벙글 웃으며 물었다.

"이쪽으로 가는 걸 보면 오늘은 옛집으로 돌아가는 날이구나!"

"……그렇지, 뭐."

"저기, 오 군. 밀레디는 오랜만에 모린 엄마가 해주는 밥이 먹고 싶어."

입으로 「힐끔힐끔」이라고 말하며 초대해달라고 어필했다. 평소라면 노골적으로 짜증 난다는 표정이 드러나거나 울컥해서 안경을 고쳐 쓰거나 했을 것이다.

밀레디도 그렇게 예상했겠지.

그래서 놀랐다. 오스카가 그저 똑바로 밀레디를 바라본다는 사실에…….

진지하고, 뭔가를 결의한 눈으로…….

그래서 밀레디는 알았다. 분명히 여기가 갈림길이다.

"……오 군. 잠깐만 내 얘기를 들어줄 수 있을까?"

밀레디도 조용히 오스카를 마주 쳐다봤다.

잠시 침묵이 흐른 후 오스카는 알겠다고 대답했다.

두 사람은 말없이 걸었다. 머지않아 조그만 광장이 보였고 그들은 작은 벤치에 앉았다.

태양은 하루의 마지막 빛이란 이유에선지 강하게 불탔다. 밀레디의 옆얼굴이 오렌지색으로 물들었다. 맑고 푸른 눈동자는 이곳이 아닌 훨씬 먼 곳을 보는 것 같았다.

이윽고 밀레디는 말을 툭 흘리듯 새삼스럽게 자기 이름을 밝혔다.

"나는 라이센. 밀레디 라이센. 그랜더트 제국 라이센 백작가의 딸이야. 라이센 대협곡이라는 처형장을 관리하는 『처형인 일족』의 마지막 남은 한 명이지."

오스카는 숨을 훅 들이켰다. 타국의, 그것도 서민가 주민이라도 한 번은 들어본 적 있는 유명한 일족이었다. 수년 전에 멸족했다는 일족의…… 생존자…….

경악하는 오스카에게 살며시 미소 짓고 밀레디는 조용히 이야기를 풀었다.

지금까지 나눈 실없는 수다와는 다른 그녀의 모든 것을. 그 시작을…….

밀레디 라이센에게 세계는『절대』로 가득했다.

법은 절대적. 법을 만드는 나라는 절대적. 나라를 좌지우지
하는 교회는 절대적. 유일신은 절대적이고 그 교의는 절대적
이고 사상도 가치관도 집안의 규율도 아침 기상 시각도 가정
교사가 하는 말도 아버지의 명령도, 그리고— 마땅히 해야 할
본분도 절대적이었다.

이곳 【그랜더트 제국】은 대륙 중앙부터 동쪽에 걸쳐 【라이
센 대협곡】을 끼고 존재하는 마법 대국이었다. 마인족 정도는
아니더라도 일개 국민까지 고도의 마법 기술을 보유한 강국
이라 할 수 있었다.

방출되는 마력을 무산시키는 성질을 가진 【라이센 대협곡】
은 그곳에 득실대는 마물의 흉악함도 한몫하여 종족, 국가를
불문하고『처형장』이라는 인식을 가진 곳이었다.

불편한 존재가 있다, 죄를 저질렀다, 범죄를 은폐한다……
사정이 뭐가 됐건 한번 【라이센 대협곡】에 떨어뜨리면 별다른
수고 없이 시체조차 남기지 않고 처리되니 어찌 보면 그 인식
은 정확했다.

그런 세계에서 손꼽히는 위험 지대를 마치 국토를 분단하듯
끌어안은 【그랜더트 제국】에는 그 땅만큼이나 세계적으로 유
명한 일족이 있었다.

라이센 백작가.

별칭 『처형인 일족』. 【라이센 대협곡】에 거대한 감옥 시설을 두고 유지, 관리하는 일족이었다. 더불어 제국뿐 아니라 교회나 타국의 의뢰로 보내진 죄인을 처리하는 일을 맡기도 했다.

그 역사는 어쩌면 제국 건국보다 오래되지 않았을까, 【라이센 대협곡】에서 가명(家名)을 따온 것이 아니라 가명에서 대협곡에 라이센이라는 이름이 붙지 않았을까, 라는 말이 나올 정도였다.

일족의 무자비함과 냉혹함은 유명한 바였고 『처형인 일족』이라는 별명에는 단순한 사실 이상으로 사람들의 경외감이 담겨 있었다.

그렇게 누구나 두려워하는 라이센 백작가의 딸이, 바로 밀레디였다.

중력에 간섭하고 마력 직접 조작이나 마법진 없이 마법을 구사 가능한 『격세 유전』이라고 불리는 천재.

원칙적으로는 교회에서 보호해 『신의 권속』으로 떠받들어야 했지만, 라이센 백작가의 특수성을 고려해 그녀는 차기 당주로서 가문에 속해 있었다. 초대 라이센도 신대 마법 사용자로서 이 감옥 겸 처형장 창설을 맡은 역사가 있기에 특별한 이의는 제기되지 않았다.

조부, 부모, 숙부와 사촌, 인형 같은 사용인, 가정교사, 사병, 그리고 죄인들……. 밀레디가 아는 사람은 그들이 전부였다.

바깥세계와 단절되어 라이센 백작가에 어울리는 교양과 능력을 키운다.

그것만이 밀레디에게 요구되는 사항이었고, 그 이상도 그 이하도 바라거나 주어지지 않았다.

세간에서 보면 도저히 가족이라고 부르지 못할 만큼 기계적이며 정이라고는 느껴지지 않는 일족이었지만, 행운인지 불행인지 그『세간』을 모르는 밀레디는 자신을 불행하다고 생각하지 않았다.

일족의 직무는 고작 여덟 살부터 시작됐다.

죄인과 면회할 때마다 마주하는 것은 쏟아지는 욕지거리와 비통한 목숨 구걸, 절망에 흐려진 눈동자였다.

상대방은 범죄자다. 이건 누군가 반드시 해야 하는 역할이다. 모두 절대적인 법 아래서 철두철미하게 처리해야 한다.

교육받은 대로 밀레디는 죄목을 읽고 매일 같이 그들을 골짜기 아래로 떨어뜨렸다.

도망치려는 자는 스스로 처단했다.

골짜기 밑바닥에서 기어 올라오려는 자는 자비 없이 도로 떨어뜨렸다.

1년 사이에 밀레디의 얼굴에서는 감정이 사라졌다.

어차피 무의미하다. 그들은『절대』에 저촉하고 저항했기에 이곳에 왔다. 그렇다면『절대』로 도망칠 수 없다. 운명은『절대적』이니까.

그러니까, 무의미하니까, 그렇다면 아무것도 느끼지 않는게 낫다.

열 살이 되었을 즈음에는 말, 표정, 감정이 없는 어린 라이센이 완성되어 있었다.

그러던 어느 날이었다. 밀레디는 아버지이자 당주인 콜트에게 호출 받았다.

"아버지. 밀레디입니다."

"들어와라."

집무실 문을 두드리고 이름을 말하자 평소와 다름없는 무감정한 목소리가 돌아왔다.

딱히 신경 쓰지 않고 입실했다.

"다음 사형수다."

"네."

그렇게 말하며 어린 밀레디에게 서류를 건넸다.

밀레디는 속으로 고개를 갸웃했다. 사형이 결정되기 전에 죄목 확인과 해명, 참회 등 명목상 절차를 거친다. 하지만 그것은 이미 끝난 이야기였다. 이제 와서 사형수에 관한 서류를 받아도 솔직히 어쩌라는 것인지 모르겠다.

"처형은 확정됐다. 정시에 실행한다. 하지만 그 전에 마지막 질문을 해라."

"질문이요?"

밀레디는 서류로 시선을 떨어뜨렸다.

"이단자다. 하지만 그냥 이단자가 아니라 이단자 집단의 일원일 가능성이 있다."

"가능성?"

"제도 교회가 포박해 조직에 관해 심문했지만 모르쇠로 일관할 뿐이었다. 그래도 신의 대행자에게 심문받고도 발뺌할 순 없겠지. 그러므로 처형은 결정됐지만, 교회 측은 여전히 의심하고 있다."

"……."

『심문』이란 말에 밀레디는 입매가 살짝 굳어졌다. 알기 때문이었다. 『심문』이란 것의 실체는 『고문』이며 그것을 받은 이들이 어떤 상태로 도착하는지. 서류에 적힌 남자는 콜트가 담당했으므로 밀레디는 면식이 없었다. 하지만 보나 마나 꼴이 말이 아니리라.

"어떻게 질문하면 될까요?"

왜 제가, 라고는 묻지 않았다. 당주에게 명령받았다면 의문은 필요 없었다. 그저 라이센의 인간으로서 역할을 수행할 뿐…….

"아이답게."

아버지의 말에 밀레디는 하마터면 헛웃음을 터뜨릴 뻔했다.

사용인들이 뒤에서 자신에 관해 뭐라고 수군대는지 알고 있었다. 그녀만큼 아이답지 않은 열 살 소녀는 세상에 또 없을 것이란 얘기였다.

모두 라이센 가문의 교육이 낳은 결과물이었다. 그런데 이제 와서 아이답게 굴라니……?

그래도 겉모습은 분명히 어린아이였다. 상대방이 정에 이끌려 입을 열 가능성이 아예 없지는 않을 것이다.

"반드시 캐내란 것이 아니다. 일단 시도는 해 봐라."

"알겠습니다."

지체 없이 명을 받들겠다며 머리를 숙였다. 이 또한 라이센 가문의 교육이 낳은 결과였다.

뒤로 돌아 방을 나온 밀레디는 처형 대상에 관해서는 머리 한쪽 구석으로 몰아넣고 과연 아이답다는 것이 무엇인가 고민에 빠졌다.

그날 저녁.

밀레디와 라이센 가문 사병 두 명, 그리고 만신창이인 남자 한 명이 협곡 위의 부두처럼 돌출된 처형대 위에 있었다.

이제는 이곳에서 떨어뜨리면 끝이었다. 마법을 못 쓰므로 대개는 죽는다. 시체는 마물이 처리해준다. 어린애도 할 수 있는 일이었다.

물론 두 사병 사이에 있는 죄인 남성은 쓰러진 채 꼼짝도 하지 않았다. 이미 숨이 끊어지기 직전이었다. 떨어뜨리기도 전에 죽을 지경이었다.

하지만 일은 일이었다. 규칙은 절대적. 주어진 절차와 역할을 준수했다.

"죄인, 데이비 컨스먼. 죄명, 이단. 죄상, 유일하며 절대적인 교의를 거스르고 신관에게 폭력을 행사하였다. 이는 우리의 위대한 신에 대한 반역과 진배없다. 따라서 사형에 처한다."

밀레디는 담담한 목소리로 손에 든 서류를 읽었다.

반응은 없었다. 보통은 여기서 원망 어린 말 한마디라도 던지기 마련이건만…….

잠깐 시간을 두고 밀레디는 사병에게 눈짓으로 신호했다.

"여러분, 뒷일은 제가 맡겠어요. 먼저 돌아가세요."

"밀레디 님?"

"이유가 뭡니까?"

사전에 협의해 놓은 반응이었다. 밀레디는 이어서 명령이라고 덧붙여 사병들을 돌려보냈다.

그리고 그럴싸하게 주저하는 느낌으로 뜸을 들였다.

"……저기, 여쭤 봐도 되나요?"

가능한 한 어린아이처럼 어물어물 남자에게 말을 걸었다.

감정이 온전히 담기지는 않았지만 방금 처형 진행이 너무 기계적이었던 터라 제법 갭이 있었다.

남자─ 데이비가 움찔 반응했다. 축 늘어진 앞머리 너머로 퀭한 눈동자가 보였다.

"……뭐냐?"

뜻밖에도 대답이 돌아왔다.

"왜 신관님에게 폭력을 쓰셨죠? 이렇게 될 줄 아셨을 텐데."

듣고 싶은 내용은 배후에 있을지도 모르는 이단자 조직에 관해서였다. 하지만 직구는 위험하므로 일단 사건의 경위부터 물었다.

데이비는 물끄러미 밀레디를 쳐다봤다. 퀭한 눈에 어느새 빛이 깃들어 있었다.

"살기 힘든 세상이군."

"……? 네, 힘드셨겠어요. 아시면서 왜—."

"그 나이에 그런 얼굴을 하고 말이야."

"네?"

예상하지 못한 말에 밀레디는 순간 연기도 잊어버렸다.

데이비는 그런 밀레디에게 작게 웃음 지었다. 등 뒤로 손이 묶이고 핏물 섞인 기침을 토하면서도 꿇어앉은 채 힘겹게 엉덩이를 들어 몸을 세웠다.

"왜냐고? —간단하지. 아가씨가, 그런 얼굴을 하니까."

무슨 말인지 이해할 수 없었다.

내가 원인? 시간 순서가 뒤죽박죽이지 않은가.

놀리는 건가? 아니면 고문 때문에 정신이 이상해졌나?

뭐가 어쨌거나 아이에게 마음을 허락하고 비밀을 털어놓는 상황은 바랄 수 없을 것 같았다.

이제 됐다. 끝내자. 평소대로.

밑져야 본전, 『마지막에 시험해 본다』 정도의 가벼운 역할이었다. 이만하면 됐겠지—.

"아이가 웃지 못하는 세상에 무슨 가치가 있지?"

"——."

밀레디가 입을 열기 전에 오히려 질문이 돌아왔다.

대답할 수 없었다.

그녀답지 않게 말문이 막혔다. 작은 가시 같은 것이 가슴에 박힌 느낌—.

정신을 차리자 어느새 데이비는 일어나 처형대 끝자락까지 이동해 있었다.

가만히 둬도 조만간 죽을 만큼 다쳤는데 어떻게 일어설 수 있단 말인가?

"미안하지만, 아가씨가 듣고 싶은 말에는 대답해줄 수 없어."

휘청휘청. 또 한 발자국, 죽음의 늪으로 뒷걸음질했다.

하지만 데이비의 눈에는 기묘하게 강한 빛이 있었다.

"다만, 나는 믿어. 언젠가 사람은 자유로운 의지를 갖고 살아갈 수 있다고."

"자유로운 의지?"

순간적으로 이해할 수 없는 미지의 말이었다.

데이비는 쿨럭 피를 쏟았다. 한계가 왔다. 그럴 텐데⋯⋯.

그는 씩 웃었다.

"이봐, 꼬마 아가씨. 너도 웃으면서 살고 싶지?"

"아―."

데이비는 갑자기 힘을 빼고 뒤로 쓰러졌다. 대협곡의 바닥을 향해⋯⋯.

스스로 종지부를 찍겠다는 것처럼.

혹은 밀레디에게 처형시키지 않겠다는 것처럼.

바람이 불었다. 처형대에는 아무도 없었다. 밀레디는 잠시 그곳에 우두커니 서 있었다.

그날부터 밀레디는 생각에 빠지는 일이 많아졌다.

역할은 수행했다. 하지만 죄인과 잠깐 이야기를 나누게 됐다. 알 필요가 없던 사실 이상의 사정, 그들의 심정을 들었다.

자신도 왜 그렇게 하려고 생각했는지 모르겠다. 하지만 그렇게 함으로써 밀레디 안에 무언가가 조금씩 쌓여 갔다.

어떤 남자는 북쪽에 있는 호수 마을 출신이었다. 호수를 사랑하고 그곳에 깃들었다는 무언가에게 나날이 감사하며 살았다. ─그것은 죄였다.

어떤 상인은 상처 입은 마인족에게 약을 양보했다. 그 마인족은 대단히 감사했고 그들은 종족을 초월한 우정을 키웠다. ─그것은 죄였다.

어떤 아이의 어머니는 재능 때문에 징병되는 자식을 생각해 적어도 성인이 될 때까지 기다려 달라고 애원했다. ─그것은 죄였다.

청년에게는 짐승의 귀와 꼬리가 자라 있었다. ─그것은 죄였다.

정말로…… 죄일까?

죄인 중에는 정말로 처벌받아 마땅한 이도 있었다. 하지만 꼭 죽어야만 하는 자들이었을까?

이런 의문을 가져선 안 된다. 모든 것은 『절대적』이다. 왜냐하면 나는 라이센이니까.

그렇게 속으로 되뇌어도, 그날 밀레디 안에 싹튼 것은 조금씩 조금씩 커지고 있었다.

그러던 어느 날, 밀레디 앞에 한 시녀가 나타났다.

"오늘부터 아가씨의 전속 시녀가 된 벨입니다. 잘 부탁드리겠습니다."

새로운 시녀는 숙녀답게 공손한 인사를 올렸다. 뒤로 묶은 붉은 머리에는 리본을 맸다. 얼굴이 단정한 그녀의 첫인상은 『아름다운 사람』이었다.

왜 갑자기? 그 의문에는 콜트가 답해줬다.

그의 설명은 이러했다.

너는 열 살이 되었고 라이센이란 이름을 쓰기에 부끄럽지 않은 교양도 어느 정도 익혔다.

앞으로 몇 년 후면 지금처럼 당주인 자신을 거치지 않고 라이센의 사람으로서 황제 폐하나 교회 관계자와 직접 만나 이야기할 필요가 있다.

벨은 제국 귀족의 서녀(庶女)지만, 출신 성분이 분명하고 예법에 철저하여 소개받았다. 시녀 겸 가정교사로 붙일 테니 잘 보고 배워라.

바라던 바였다. 밀레디에게 거부권은 없었고 거부할 이유도 없었다.

하지만 생각에 빠지는 일이 잦은 요즘, 예법을 넘어 평소 행동에도 기품을 갖추기 위해 콜트의 명령을 받은 이가 하루 종일 붙어 있으니 조금 갑갑하기는 했다.

그렇지만 한 달이나 함께 지내자 그녀가 유능한 교사임을 잘 알 수 있었다.

어떤 때라도 숙녀의 자세를 잊지 않는 그녀는 조금 딱딱한 인상은 있으나 기품 넘치는 여성이었다.

자연스럽게 밀레디도 숙녀다운 행동, 기품을 익히게 됐다.

온종일 붙어 있어도 쓸데없는 참견을 하지 않는 점도 좋았다.

다만, 이따금 관찰하는 듯한 눈길을 보내와서 몹시 거북했지만…… 교사가 학생의 품행을 관찰하는 것은 당연하다고 생각해 포기했다.

어쩐지 그런 것과는 다른 종류의 시선 같기도 했지만 어차피 서로 직무에 충실할 뿐이라고 생각하기로 했다. 친해질 이유도 없거니와 깊이 생각할 필요도 없었다.

밀레디가 새로운 시녀에게 그런 결론을 내린 다음 날.

웬일로 벨이 붙어 있지 않았지만 일이 끝나서 방으로 돌아왔다. 별다른 생각 없이 방문을 열었고…… 그 직후―.

"어머? 밀레디, 어서 와~. 쪼끄만데 매일 고생이구나~."

가볍기 짝이 없는 인사가 날아들었다.

숙녀이자 선생님인 벨에게서. 혼자 케이크를 우걱우걱 먹어대는 전속 시녀에게서…….

그건 그렇고 『밀레디』?

"……"

"어라? 어라라? 밀레디, 왜 그래? 『숙녀라고 생각한 선생님이 표변해서 어떻게 해야 할지 모르겠어요』 같은 얼굴로."

"……"

본 적 없는, 평소라면 생각도 할 수 없는, 즐겁기 짝이 없다는 듯한 능청스러운 웃음. 비유하자면 장난에 성공한 악동 같은 표정이었다.

그리고 경악이 지나가자 어째선지 느껴지는—.

"여보세요~? 밀레디? 부르잖아, 밀레디! 볼이 말랑말랑한 밀레디! 대답해~. 벨이 외로워서 울면 어떡하려구~."

엄청난 짜증.

어깨동무를 하고 볼을 콕콕 찌르고 쪼물쪼물 만져 댔다.

이런 친밀한 스킨십을 태어나서 받아 본 역사가 없는 밀레디는 내심 무지막지 짜증이 솟구쳤지만, 어떻게 대처해야 할지 몰랐다.

일단 이건 무례했다. 제국 귀족이라고는 하나 그녀는 첩의 자식이었고 자신은 백작가의 딸이었다. 심지어 라이센 가문은 평범한 공작가보다 큰 영향력을 가졌다.

그러므로 이런 식으로 뺨에 검지를 대고 빙글빙글 돌리는 행위는 결코 용납할 수 없었다.

"처형할까?"

의외로 당황했는지 자기도 모르게 그런 말이 튀어나왔다.

처형인 일족이 말하면 웃어넘길 수 없는 내용이었다.

하지만 정작 벨은—.

"뭐야~? 분위기 못 맞추네. 가슴이 작아서 속도 좁구나!"

"시끄러워!"

태어나서 처음으로 언성을 높인 이유는 가슴 크기 때문이었다.

참고로 벨은 대단했다. 언덕을 넘어서 마운틴. 아니, 이미 【신산】이었다.

밀레디는 어리니까 당연한 차이였지만 그래도 지적받으니 울컥했다. 의외로 이런 여성 의식이 있다는 사실에 밀레디 스스로도 놀랐지만……

벨은 밀레디에게서 훌쩍 물러나더니 「화났다! 밀레디가 화났다!」라며 막 태어난 망아지가 일어서는 모습을 목격한 목장 주인처럼 기쁨을 드러냈다.

밀레디는 한 번 크게 심호흡하고 마음을 가다듬었다.

"그게, 당신 본모습이야?"

"이게 내 본모습이랍니다!"

여 보란 듯 사람을 짜증나게 하는 웃음!

참아라, 나! 밀레디는 스스로를 다독였다!

"무슨 속셈인지는 모르겠지만, 이런 무례한 짓을 저지르고 그냥 넘어갈 줄 알아?"

"응!"

중력 마법 발동! 벨은 바닥에 쓰러졌다. 푹신푹신한 고급 융단이라서 오히려 편안해 보였다.

"무슨 생각이야?"

상대하기 피곤하다는 것처럼 마법을 해제했다. 일단 쏘아보긴 했지만 벨은 융단에 누운 채 빙긋 웃으며 밀레디를 바라봤다.

"밀레디와 친구가 되고 싶어서 그래."

"……"

또 이해하지 못할 말이 들렸다.

"한 달 동안 너를 지켜봤어. 그 결과, 나는 너를 무척 좋아하게 됐어. 그러니까 친구가 되고 싶다고 생각했어. 이상해?"

무슨 말 같지도 않은 소리냐며 일소에 부쳐야 할까? 이럴 때 어떻게 대답하면 좋을지는 배운 적이 없었다. 라이센의 교육에 이런 상황의 대처법은 없었다.

밀레디는 지금까지 느껴 본 적 없는 혼란에 휩싸였다.

"밀레디. 일단 이리로 와. 여기 엄청 폭신해."

그렇게 말하며 벨은 대자로 드러눕고 옆자리를 탁탁 두드렸다.

자신이 『처형인 일족의 딸』에게 돌이킬 수 없는 실수를 했다는 자각이 없는 것일까? 지금 당장 이 라이센 가문에 어울리지 않는 시녀를 쫓아내…….

"후후훗. 어서 와. 귀염둥이 밀레디."

"그렇게 부르지 마."

어느샌가 몽유병 환자처럼 그녀 옆에 와 있었다.

그리고 이성과 감정이 분리된 것처럼 털썩 바닥에 누워 버렸다.

융단이 푹신푹신하다지만 바닥에 눕는 것은 첫 경험이었다. 귀족 영애로서 해서는 안 될 행위였다.

그렇지만—.

"어때? 의외로 편하지?"

왠지 인정하기 싫어 무시했다. 시야 한쪽에서 벨이 자신을 보고 부드럽게 미소 짓는 것이 보였다. 대단히, 몹시, 표현하기 힘든 이상한 감정이 밀려 올라왔다.

밀레디는 고개를 획 돌려 버렸다.

하지만 이건 하나의 발견이라는 생각이 들었다.

─대자로 누우면 가슴이 뻥 뚫리는 기분이 든다.

엄청나게 무례한 행동을 당했는데 왠지 처벌할 수도, 내쫓을 수도, 보고할 수도 없던 밀레디는 그대로 벨과의 이상한 관계를 질질 끌고갔다.

그녀와 있으면 언제나 냉정해질 수 없었다. 무덤덤하게 유지하던 감정이 다양한 색을 입고 날뛰었다.

예를 들면 벨은 밀레디와 두 명만 있을 때 말고는 완벽한 숙녀였고 우수한 시녀였다.

그렇지만 가끔 몰래 다른 사람이 있어도 본색을 내비칠 때가 있었다.

콜트에게 명령받는 도중 그의 시선이 다른 곳을 향한 순간 눈꺼풀을 밑으로 잡아당기고 혀를 쭉 빼문 것도 모자라 자랑스럽게 엄지를 치켜들었을 때는 심장이 멎는 줄 알았다. 상황을 가리지 않는 스릴 넘치는 행위에 무심코 중력 마법을 쏠 뻔했을 정도였다.

또 어느 때는 밀레디 방에서 디저트를 우걱우걱 먹고 있었다. 그녀는 자기가 사 온 것이라고 말했지만…… 얻어먹은 디저트의 맛은 아무리 생각해도 라이센 가문 요리사의 솜씨였다. 훔쳐 먹고 당당하게 거짓말을 하는 그녀를 중력 마법으로 묶어 놓고, 그녀가 보는 앞에서 다 먹어치웠을 때의 절망한 표정은 두고두고 기억할 것이다.

그 복수를 할 작정이었는지 다른 날에 밀레디는 벨에게 책을 받았다. 최근 마을에서 유행하는 연애 소설이라고 했다. 짜증 날 정도로 권하는 탓에 어쩔 수 없이 읽어 봤으나…… 내용은 관능 소설이었다. 그것도 상당히 수위가 높은…….

침대 위에서 수치심에 몸을 떠는 밀레디를 보며 벨은 히죽히죽하며 골려 댔다. 「밀레디, 감상을 들려줄래? 지금 어떤 기분이야? 응? 응? 밀레디. 결국 마지막까지 엄청 집중해서 읽은 밀레디! 지금 어떤 기분이야? 응? 응? 말 좀 해 봐!」라면서…….

당연히 중력 마법을 갈겼다.

그런 나날이 이어지고 밀레디는 자신이 조금 변했다는 사실을 깨달았다.

표현은 잘 못 하겠지만 구태여 말하자면『가벼워졌다』, 혹은『부드러워졌다』일까? 마음이 그렇게 느꼈다.

그것을 확신한 것은 벨의 본성을 알고 약 두 달이 지났을 무렵일 것이다.

아침에 일어나 벨이 밀레디의 머리를 손질할 때 밀레디는 문득 거울에 비친 자신을 봤다.

그곳에는 아직 잠이 덜 깨서 흐리멍덩한 눈을 한 자신이 있었다.

놀랐다. 충격을 받을 정도로…….

이게 나? 언제부터 이렇게 해이한 얼굴을 하게 됐지?

물끄러미 거울 세계의 자신을 바라보던 밀레디가 문득 시선을 들자 부드럽게 미소를 머금은 벨과 눈이 맞았다.

이유도 없이 얼굴이 뜨거워져 바로 눈을 떴지만 절대로 나쁜 기분은 아니었다.

그 나쁘지 않은 기분이 밀레디의 운명을 크게 바꿀 줄은 모르고…….

그날도 밀레디는 콜트의 명령으로 죄인과 면담을 하러 왔다.

죄인은 젊은 남자였고 죄상은 수인 여성과 사랑을 키운 것. 즉, 이단자였다.

"신의 가르침에 거스르는 행위. 죽어 마땅한 죄다. 자신의 죄를 인정하는가?"

죄상을 읽고 명목상 질문을 던졌다.

어떻게 대답하든 결론은 정해져 있었다. 그러나 청년은 그 말에 납득할 수 있을 리 없으니 원망스럽게 소리쳤다.

"뭐가, 뭐가 죽어 마땅한 죄야! 그딴 걸 어떻게 인정하냐고!"

"하지만 너는 수인 여성을―."

"사랑한 게 죄냐?!"

"―."

밀레디는 입을 다물었다. 얼마 전이었다면 죄라고 대답할 수 있었다.

그러나 지금은…… 따스함을 알아 버렸으니까…….

정신을 차리고 보니 말도 안 되는 소리를 꺼내고 있었다.

"만약 그 여성과의 관계를 당신이 직접 부인한다면, 설령 본심이 아니더라도 신에 대한 신앙을 증명한다면 아직 가능성이 있을지도 몰라."

"—뭐?"

청년도 예상하지 못한 대답이었겠지. 자신은 이미 살아남을 가망이 없다는 것을 알기 때문에 백작가 인간에게 소리쳤던 것이었다.

갈등 때문일까? 괴롭게 표정을 일그러뜨리는 소녀를 앞에 두고 청년은 희한한 것을 본다는 눈이었다.

"기대는, 하지 마. 재심을 요청해 볼게. 만약 이루어지면 그녀를 위해서 최선을 다해 본심을 숨겨."

"어? 앗, 야!"

청년이 부르는 말에 대답도 하지 않고 밀레디는 돌아섰다.

밀레디가 처음으로 『절대』를 깬 순간이었다.

결론부터 말하자면 이단자 인정 재심 요청은 교회에 요청하기도 전에 콜트에게 단박에 거절당했다.

당연하다면 당연한 결과였다.

처형은 신속하게 이루어졌고 청년은 그날 안에 대협곡 아래로 사라졌다.

하지만 사건이 그대로 끝나지는 않았다.

중요한 것은 『밀레디가 이상한 행동을 취했다』는 점이었다.

그 높은 능력 때문에 차기 당주로 예상되던 사람이 죄인을 감싸려고 했다.

도저히 간과할 수 있는 사태가 아니었다.

누구냐? 누가 라이센의 차기 당주를 망가뜨렸나? 누가 이상한 바람을 넣었나?

콜트는 일족의 총력을 기울여 조사에 착수했다.

그 결과—.

"벨!"

"밀레디, 님……."

밀레디는 갑자기 자기 방으로 우르르 밀려든 사병이 벨을 포박하는 광경을 봐야 했다.

밀레디는 뒤늦게 들어온 콜트를 추궁했다.

"아버지, 이게 무슨 일인가요? 그녀는 제—."

"너의, 뭐냐?"

얼음보다 싸늘한 목소리에 밀레디는 무심코 흠칫 떨었다.

말문이 막힌 밀레디에게 콜트는 집어던지다시피 보고서를 건넸다.

그것을 주워 읽은 밀레디의 눈이 휘둥그렇게 커졌다.

"그 여자는 반교회 조직의 멤버다. 지금 이 여자의 출신을 보증한 자작가에도 조사가 들어갔다. 귀족에게 빌붙어 조종하는 재주가 있나 보군. ……데리고 가라."

콜트의 명이 떨어지자 벨은 난폭하게 연행됐다.

"베, 벨!"

"모두 진짜야, 밀레디."

이런 상황인데도 벨은 싱긋 웃었다.

콜트와 사병들은 그 말이 폭로당한 비밀을 가리키며 밀레디에게 사실을 털어놨다고 생각하는 모양이지만, 밀레디는 알수 있었다. 그녀의 진의를……

진짜란 건 지금까지 보낸 나날, 그리고 나눈 정.

밀레디는 무심코 쫓아갈 뻔했지만 콜트가 심장에 꽂히는 비수와 같은 말을 던졌다.

"이단자에게 놀아났더냐? 추태를 보였군. 한 번만 더 기회를 주겠다. 네 본연의 모습을 되찾아라, 밀레디 라이센. 제 기능을 하지 않는 라이센에게는 아무런 가치도 없다."

밀레디는 허공에 박음질 당한 듯 움직임을 멈췄다.

콜트는 불쾌하게 콧방귀를 뀌더니 실망한 눈초리를 보내고 방을 나갔다.

답답한 정적이 깔린 방에서 밀레디는 망연히 서 있을 뿐이었다.

그날 밤.

밀레디는 사람의 눈을 피해 감옥으로 갔다. 벨을 만나기 위해서였다.

"……"

그녀가 갇힌 감옥 앞에서 밀레디는 입을 다물지 못했다.

벨은 심문을 받는지 심하게 다쳤다. 양팔은 벽에 매달린 수갑에 묶였고 무릎 꿇은 채로 힘없이 늘어져 있었다.

"어머~? 밀레디? 나 보러, 와줬어?"

더듬더듬 끊어지는 말과 목소리에는 숨길 수 없는 고통이 섞였다. 그래도 그녀는 고개를 들어 평소와 같이 헤벌쭉이 웃어 보였다.

밀레디의 눈가에 자연스럽게 눈물이 고였다.

여기에 올 때까지 무슨 말을 해야 할지, 혹은 무엇을 물어야 할지 계속 고민했다.

그래도 막상 그녀를 앞에 두자, 하고 싶은 말은 자연스레 흘러나왔다.

"벨. 내가 어떻게든 할게. 그러니까 전부 말해. 교회가 바라는 대로 해. 내가 꼭, 목숨만은 구해 볼게!"

복종의 뜻을 내비치고 유용한 인재로 여기게끔 하여 배후 조직을 타도할 무기로 삼는다.

하지만 불리한 도박이리라.

밀레디는 진심이었지만 너무 엉성한 계획이었다. 가문과 머리에 각인된『절대』, 바깥세상을 모르는 무지가 그녀의 마음을 옭아맸다. 이 유치한 호소가 지금 그녀가 할 수 있는 전부였다.

그러나 눈에 눈물을 머금고 철창에 매달리는 밀레디를 보며 벨은 무척 기쁘게 웃었다. 그러고는―.

"거절할게~."

"어?"

밀레디는 자기도 모르게 얼빠진 소리를 냈다. 믿을 수 없어서 눈이 동그랗게 커졌다.

"푸푸풉~. 얼굴이 그게 뭐야? 예쁜 얼굴도 그러니까 영 아니다. 밀레디는 얼굴값도 못 한대요~. 진짜 웃겨~."

"베, 벨!"

장난칠 때가 아니었다. 밀레디는 얼굴을 확 붉히며 윽박질렀다.

벨은 대뜸 상냥하게 미소 지었다. 그리고 밝혔다.

"밀레디. 내 진짜 이름을 알려줄게."

"진짜 이름?"

"그래. 내 이름은 벨타 리에브르. 원래는 성광 교회 총본산 대사교 자리에 있던 리에브르 가문의 사람이야. —신탁을 받는 무녀지."

"신탁의 무녀……."

할 말을 잃었다.

신탁의 무녀. 그것은 창세신 에히트의 신탁을 전하는 인물이자 교회에서도 가장 높은 지위에 속하는 자였다. 권력은 전혀 없지만 영향력은 교황에게도 필적했다.

"네 나이쯤에 나도 역할을 부여받았었어. 그리고 나한테도 격세유전의 힘이 있었어. 고유 마법 『운명시(運命視)』. 그 사람이 가진 미래의 가능성을 보는 마법이야."

"사람의 미래……."

밀레디는 멍하게 따라 말했다. 왠지 무척 인상적인 말이었다.

"매일매일 운명이 뒤틀리는 사람들을 봐 왔어. 사실은 행복으로 가는 길이 있었을 텐데 그게 모두 통일된 가치관, 이념,

사상, 교회의 이해관계, 그리고 그 존재의 의지에 의해 뒤틀려 버린 사람들을……."

그 존재. 밀레디는 이해했다. 창세신 에히트다.

"그렇지만 나는 믿었어. 그게 분명히 대다수 사람의 행복으로 이어진다고. 비탄과 원성이 메아리치는 가운데, 교회 인간들에게 『오늘도 바른 운명으로 이끌었다』고 칭찬받으면서."

―몹시, 불쾌했어.

그렇게 말하며 벨타는 힘없이 웃었다.

아……. 밀레디는 생각했다.

"나랑 닮았다. 그렇게 생각했어?"

"……응."

"나도 그렇게 생각했어. 냉혈하고 비정하기로 유명한 라이센 가문의 후계자가 그런 마음을 가졌단 걸 알고 놀랐지만."

솔직하게 고개를 끄덕이는 밀레디에게 벨타도 말을 덧붙였다.

그건 그렇다며 밀레디도 살며시 웃었다.

"밀레디가 그랬듯이 나한테도 계기가 있었어."

이 세계가 삐뚤어졌다고 깨닫게 된 계기.

"보고 말았어. 어떤 사람의 운명을. 아니, 그게 아니구나. 정확하게 말하면 보이지 않았어. 아무것도. 그녀의 미래에는 아무것도 보이지 않았어. 있는 건 그냥 어둠. 그녀는 살아 있는 것처럼 보여도 살아 있지 않았어. 그건…… 그래, 그건― 사람이 아니었어!"

비명 같은 말이었다. 벨타의 눈동자는 심하게 떨리고 있었다.

과거를 떠올리고 머리에 각인된 공포에 시달리는 것처럼…….

"벨! 벨타!"

"━━!"

벨타는 깊게, 또 한 번 깊게 심호흡했다. 초점을 바로잡은 눈동자가 밀레디에게 고정됐다. 쾌활하고 장난치길 좋아하고 명랑한 그녀를 이토록 겁먹게 하는 상대란 대체 누구인가…….

"교회 신관복을 입은 그, 그 무섭도록 아름다운, 이 세상의 존재가 아닌 『무언가』. 나는 공포에 사로잡혀 매달리다시피 기도했어."

그 결과 신탁이 내려왔다.

━너는 지나치게 눈이 좋다.

그 직후, 그녀의 가슴으로 단검의 칼끝이 튀어나왔다.

혼란이 머릿속을 뒤덮으며 벨타는 쓰러졌다. 자신의 피가 어떤 소중한, 예컨대 생명의 원천 같은 것과 함께 빠져나가는 감각을 맛보았다. 그것은 틀림없는 죽음의 감각이었다.

마지막으로 벨타는 쉰 목소리로 물었다.

━주여, 어찌하여 이러시옵니까?

정말로 대답이 돌아왔다.

━내가 내 도구를 어찌 쓰든 나의 자유가 아닌가?

"나는 분명히 그때 죽었어. 하지만 신기하게도 죽은 나는 신국 골목길에서 눈을 떴어. 누더기를 걸치고."

"그건……"

"살아난 이유는 모르지만, 신의 자비가 아닌 건 확실해. 그건 그런 존재가 아니야. 게다가 잘은 모르겠지만, 상냥한 남자 목소리가『도망쳐』라고 말한 기분이 들어."

　무슨 영문인지 살아남은 벨타는 신의 진의를 가슴에 품고 고아의 신분으로 살아갔다. 한 번 죽은 탓인지 고유 마법은 사라졌고 마법 실력도 떨어졌지만, 그래도 조금씩 이 세계의 부조리나 신의 의지에 저항하는 사람들을 모았고 그것은 이윽고 조직이라고 부를 만한 규모가 됐다.

　"여기에 온 이유는⋯⋯."

　"동료와 새로운 동료가 될 사람의 구출 계획을 위해서 내부 사정을 알고 싶었어."

　설마 그곳에서 옛날 자신을 떠올리게 하는 소녀와 만날 줄은 생각하지 못했다며 벨타는 웃었다.

　"밀레디. 나는 저항가야. 그러기로 정했어. 내 의지로. 나는 절대로 나를 양보하지 않아. 설령 그게 죽음으로 이어진 길이라고 해도."

　밀레디는 깨달았다. 그녀는 꺾이지 않는다. 겨우 자신의 말로는 그녀를 흔들 수 없다.

　"⋯⋯꼭, 꼭 구해 낼게."

　마치 아이가 우기는 듯한 말이었다. 고개를 숙이고 눈도 마주치지 않았다.

　"밀레디. 웃어."

　밀레디의 말에는 대답하지 않고 벨타는 그렇게만 말했다.

　가능할 리 없었다.

밀레디는 한 번 더 기어드는 목소리로 「꼭 구할게」라고 말하고 돌아섰다. 반드시, 반드시 뭔가, 벨타를 구할 방법이 있을 거라고 애써 자신을 달래며…….

아무런 방법도 떠올리지 못한 채로…….

자기 방에서 곰곰이 생각했다. 침대에 몸을 웅크리고 어떻게 하면 좋을지, 뭘 해야 좋을지 계속 생각했다.

얼마나 그러고 있었을까?

밀레디는 문득 고개를 들고 일단 콜트에게 탄원해 보자고, 전과 같은 실패를 구태여 의식하지 않으며 방을 나섰다.

자신은 라이센이라는 하나의 기능이다. 죄인을 처형하는 톱니바퀴 중 하나. 그거면 충분하다. 그것은 절대적이다. 기계 같은 마음의 소리가 아버지의 집무실로 향하는 발걸음을 멈추려고 했다.

그렇지만 그녀만은, 따스함을 준 그 사람만은 포기하고 싶지 않았고…….

정신을 차리니 어느새 집무실 앞에 와 있었다. 심호흡했다. 긴장으로 손이 축축해진 것이 느껴졌다.

밀레디는 결의를 다지고 노크했다.

"……?"

대답은 없었다. 평소라면 아직 있을 시간인데…….

"아가씨, 왜 그러십니까?"

지나가던 사용인이 집무실 앞에 우두커니 선 밀레디에게 말을 걸었다.

"아버지는 어디 계시죠?"

"……? 듣지 못하셨습니까? 처형을 참관하고 계실 텐데요."

등골에 얼음을 쏟은 것 같은 오싹함이 올라왔다.

"이런 시간에?"

"예. 그만큼 그 여자가 위험하다는 뜻일 테지요. 아가씨 전속 시녀면서 이단자 집단 간부였다니……."

밀레디는 단숨에 뛰쳐나갔다. 뒤에서 「아가씨?!」라고 부르는 소리가 들렸지만 신경 쓸 겨를이 없었다.

식은땀이 멈추지 않았다. 초조해 미칠 것 같았다.

너무 빠르다. 빨라도 너무 빠르다. 심문도 아직 충분하지 않을 텐데. 그런데 왜…….

열심히 달려 마침내 처형대 다리에 도착했다.

밤하늘에서 초승달이 빛났다.

처형대 앞에 콜트가 있었다. 사병도 함께였다.

벨타는…… 없었다. 처형대에는 아무도 없었다.

"허억, 허억, 아버지. 벨은, 벨타는요?"

부탁이에요, 제발 제 착각이라고—.

"처형은 끝났다."

소리가 사라졌다. 눈앞의 풍경이 흐려졌다.

콜트가 뭐라고 하고 있었다. 벨타와 내통하던 귀족에게 전부 들었다. 그래서 벨타는 이제 필요 없어졌다. 더 이상 라이센에 악영향이 미치기 전에 처분을—.

밀레디는 달렸다.

"밀레디! 무슨 생각이냐!"

밀레디는 대답하지 않고— 처형대에서 뛰어내렸다.

웅웅, 하는 바람 소리가 귀를 찔렀다. 마법을 쓸 수 없는 이 대협곡에 뛰어내린다는 것은 보통 자살과 동의였다. 하지만 밀레디라면 압도적인 마력으로 밀어붙일 수 있었다.

"—『흑와(黑渦)』."

임의의 장소에 중력장을 발생시키거나 중력을 증감할 수 있는 기본 마법이었다.

급격하게 추락 속도를 줄인 밀레디는 깃털처럼 착지했다.

밤의 대협곡에는 초승달의 가늘고 차가운 빛밖에 들지 않았다. 어둠의 구렁텅이에는 수많은 죄인의 죽음이 쌓여 있었다. 자연스럽게 기이하고 불쾌한 분위기를 느꼈다.

빛 속성 마법으로 빛나는 구슬을 만들어 주위를 둘러보았다.

"……없어."

최악의 경우 낙하 충격으로 뭉개진 벨타를 보게 될 줄 알았건만, 그녀의 모습은 보이지 않았다. 어쩌면 벌써 마물에게 먹힌 것일까…….

그 순간 멀지 않은 곳에서 마물이 울부짖는 소리가 들렸다.

"설마!"

밀레디는 다시 달렸다.

그 광경은 바로 시야에 들어왔다.

벽에 기대어 앉은 벨타였다. 어떻게 했는지 낙하 충격에서 몸을 지키고 어떻게든 도망치려고 했겠지.

늦대를 닮은 수십 마리 마물이 그녀를 에워싸고 있었다. 떨어진 직후 그것들에게 쫓긴 게 틀림없었다.

"벨!"

"으응? 밀레……디?"

목소리에 힘이 없었다. 빛의 구슬을 앞으로 보내 그곳을 밝혔다. 그리고 밀레디는 깨달았다. 벨타가 주저앉은 자리에 피웅덩이가 고여 있는 것을……. 한눈에 알았다. 치사량이다.

"크어어어어엉!"

마물들이 새 먹잇감을 인지하고 환희하며 포효했다.

그 입가와 발톱이 피로 붉게 물들어 있었다. 누구의 피인가? 뻔하다.

뚝, 하고 밀레디는 자기 안에 있는 뭔가가 끊어지는 소리를 들었다.

"—꺼져."

단 한마디. 절대영도의 명령.

다음 순간, 수십 마리 마물은 일제히 땅바닥의 얼룩으로 변했다. 그들이 있던 일각이 통째로 함몰되었다. 비명조차 용납받지 못했다.

"아하, 하하. 역시…… 밀레디야."

"벨! 벨, 정신 차려!"

밀레디는 벨타를 뛰어들다시피 껴안았다.

가까이에서 보자 확신할 수밖에 없었다. 이래서는 이미…….

그래도 밀레디는 회복 마법을 사용했다. 속공으로 쓸 수 있는 것 중에서 최고위 회복 마법을 골랐다. 하지만 대협곡의 성질이 그 효과를 현저히 감퇴시켰다.

"젠장, 젠장, 젠장!"

지금까지 한 번도 해 본 적 없는 욕이 튀어나왔다.

무산하는 회복 마법을 울면서 억지로 써 보려는 밀레디에게 벨타는 피에 젖은 손을 뻗었다. 그리고 살며시 뺨을 어루만졌다.

"밀레디. ……손을, 잡는 게…… 죄일까?"

"뭐?"

"정을…… 나누는 건? ……서로 웃는…… 건? 좋아하는 걸…… 좋아한다고 말하는…… 건?"

"……죄가, 아니야!"

밀레디는 뺨에 닿은 손에 자기 손을 겹쳤다.

"그래, 죄가 아니야. ……농락당하고…… 짓밟혀도, 될…… 것들이 아니야. 우리는…… 사람은…… 그 자식의 장난감이…… 아니야."

보고만 있어도 알 수 있었다. 벨타의 눈동자에서 빛이, 생명의 등불이 꺼지고 있었다.

안 된다고 울며 소리쳐 봐도 운명은 변하지 않았다.

벨타의 비취색 눈동자가 밀레디를 비췄다.

"동생같이…… 생각했어."

"……언니처럼 생각했어."

벨타는 기쁜 듯이 웃었다.

"부디…… 사람이, 자유로운 의사를 가지고…… 살 수 있는, 세계가…… 되기를……. 이 아이가, 웃을 수 있는…… 세계가—."

벨타의 손에서 힘이 빠졌다.

대협곡에 소녀의 통곡이 메아리쳤다.

그곳에는 콜트가 있었다. 그뿐 아니라 어머니, 조부, 삼촌, 사촌, 사병들. 그리고 구속당해 늘어선 남녀들이 있었다.

콜트의 눈이 차갑게 식어 있었다.

원래 친딸을 보는 눈은 아니었지만, 벨타의 시체를 안은 밀레디를 보는 눈은 그 이상으로 쓰레기를 보는 듯했다.

"네가 무슨 짓을 했는지 이해하나?"

밀레디는 콜트의 물음에는 대답하지 않고 망연한 눈으로 조용히 뒤에 있는 죄인들을 바라보고 있었다.

죄인들은 모두 엉망이었지만 눈을 커다랗게 뜨고 밀레디를 마주 보고 있었다. 대협곡에서 마법으로 올라온 것도 놀라웠으나, 무엇보다 놀라운 점은 라이센 백작가의 영애가 위험을 무릅쓰고 협곡까지 내려간 이유가 **동료**를 구하기 위해서였음을 알았기 때문이었다.

대답하지 않는 밀레디를 보고 콜트는 뭔가를 포기한 표정이었다.

"그 쓰레기를 버려라."

밀레디의 시선이 콜트 쪽으로 돌아갔다. 나직이 「쓰레기?」라고 중얼거렸다.

하지만 콜트에게는 들리지 않았는지 반응하지 않고 말을 이었다.

"이게 마지막이다. 라이센의 기능을 수행해라. 그 쓰레기의 한패를 직접 처단해라."

그것 외에 너에게 존재 가치는 없다. 그렇게 잘라 말하는 콜트를 앞에 두고 밀레디는 고개를 숙였다.

그리고 벨타의 얼굴을 상냥하게 바라봤다.

"이제 지긋지긋해."

"……뭐라고?"

콜트의 눈가가 움찔 경련하더니 작게 손가락을 흔들었다. 라이센 일족과 사병들이 조용히 마력을 집중했다. 신대의 힘을 가진 밀레디를 상대로 임전 태세에 들어갔다!

하지만 밀레디는 신경 쓰는 척도 않고 고개를 슥 들었다.

"나는 밀레디 라이센. 한 사람의 인간이야. 내 일은 내가 결정해."

그건 명백한 반역의 말이었다.

이제 라이센 백작가의 명령에는 따르지 않는다.

한 사람의 인간으로서 살아가겠다는 결별 선언.

콜트는 한숨 쉬었다. 라이센 일족과 사병이 주문을 외기 시작했다.

"신대 마법은 아깝지만, 썩은 가지를 치지 않으면 뿌리까지 썩는다. ……너는 폐기 처분이다."

마지막까지 『딸』에게 할 말이 아니었다.

밀레디는 벨타의 시체를 꽉 끌어안고 눈동자에 결의를 품었다. 그리고 예전의 그녀를 떠올리며 씩 웃어 보였다.

입꼬리를 억지로 끌어올린 대단히 어색한 웃음이었지만 지금까지 한 번도 그런 얼굴을 본 적 없던 이들은 크게 당황했다.

그런 그들에게 밀레디는 온힘을 다해 마음을 담아서 말했다.

"폐기 처분? 할 수 있으면 해 보든가?"

더 없이 짜증나는 말투로 선전 포고를 선언했다.

해는 진작에 저물어 밤의 장막이 세상을 오롯이 뒤덮었다.

긴 이야기를 끝낸 밀레디는 한 번 말을 맺었다.

"그래서 나는 라이센 백작가를 없애 버리고 벨의 동료를 풀어줘서 『해방자』라는 조직에 들어갔어. 신의 진실을 확인하러 갔다가 은발 수녀에게 죽을 뻔한 걸 간신히 도망쳐 나오기도 했고, 그 얼굴만 반반한 수녀를 다음에야말로 혼쭐내주기 위해 수행하기도 했고, 『해방자』와 같은 생각을 품은 사람들을 돕거나 보호하거나 맞이하기도 했고…… 그러다 보니 어느샌가 『해방자』의 리더가 되어 있더라? 아하하."

오스카는 그렇게 웃으며 말하는 밀레디를 곁눈질했다.

쓸개 빠진 인간처럼 밝은 그녀의 내면에서 빛나는 확고한 신념. 세계를, 신을 앞에 두고도 흔들리지 않는 결의. 그 근간을 형성한 경험의 무게에 말을 잃었다.

밀레디는 호수처럼 투명한 눈으로 오스카를 돌아봤다.

"벨이 한 이야기는 진실이었어. 그래서 나는 계속해서 찾았어. 나와 함께 세계와 싸워줄 사람을. 내 옆에 나란히 서줄, 나와 동등한 힘을 가진 누군가를."

그리고 말했다.

"드디어 너라는 사람을 찾았어."

침묵이 깔렸다.

밀레디는 모든 사실을 밝히고 조용히 오스카의 대답을 기다렸다.

오스카는 안경을 밀어 올리고 손바닥으로 표정을 가렸다.

"……밀레디."

"응."

오스카는 결코 눈을 마주치려고 하지 않았다. 필사적으로 자신을 억누르려는 것처럼……

잠시 후.

"나는…… 너와 함께 갈 수 없어."

"─."

밀레디의 가냘픈 주먹에 힘이 들어가는 것을 알았다.

"너에게 그 사람이 있던 것처럼, 나에게는 나의 소중한 사람들이 있어. 네 이야기가 진실이라고 해도 가족을 말려들게 하면서까지 관여하고 싶지 않아."

오스카는 일어섰다. 밀레디에게서 앗, 하고 작은 목소리가 새어나왔다.

"더는 너와 있는 모습을 남들에게 보이고 싶지 않아. 이해해줘."

오스카는 밀레디에게 등을 돌리고 걸어갔다. 명확한 거절 의사를 보이며……

"나, 남들에게 보이지 않으면 내일도, 내일도 만나러 가도 돼?"

멈춰 선 오스카는 뭔가를 참듯 살짝 고개를 숙이고는—.

"두 번 다시, 안 봤으면 좋겠어."

그렇게 말하고 다시 걸어 나갔다.

평소처럼 뒤를 쫓는 발소리는 들리지 않았다.

고아원으로 가는 동안 오스카는 시종일관 말이 없었다.

걸음은 느리기만 했다. 더불어 어느샌가 고아원으로 멀리 돌아가는 길을 걷고 있었다.

하염없이 혼자 있고 싶었다.

머릿속으로는 이걸로 됐다, 나는 잘못하지 않았다, 가족을 위험에 노출시킬 수는 없다, 라며 변명 같은 말을 반복했다.

한편, 사실은 그녀의 힘이 되어주고 싶었던 게 아닌가, 라는 속삭임이 환청처럼 들렸다.

—사실 자기 힘을 마음껏 펼칠 수 있는 곳을 원하지 않는가?

—이 힘을 필요로 하는 사람들을 위해 쓰고 싶지 않은가?

—무엇을 위해 이런 힘을 가지고 태어났나? 그저 숨기기 위해?

—그녀를 내버려 둘 생각인가?

"시끄러워!"

환청에 대고 소리쳤다.

얼마나 마음의 소리에 동요했던 것일까. 정신을 차리고 보니 고아원 근처까지 와 있었다. 아무도 없는 밤길, 고아원 옆에서 갑자기 버럭 소리치는 젊은 남성― 이래서는 신고당해도 할 말이 없었다.

"이거면 된 거야."

설령 신이 악마 같은 존재라고 해도, 우리 인간이 유희를 위한 말이라고 해도, 테러리스트와 한패가 되어 정면으로 싸움을 거는 것보다 평범한 사람으로 있는 편이 위험하지 않은 것은 자명한 이치였다.

자기 때문에 가족이 노려진다면 평생 후회할 것이다.

그러니까 이걸로 됐다.

연거푸 그렇게 되뇌며 마음을 다잡았다.

내일부터는 또 평소의 일상을 살면 된다.

오스카는 힘이 들어간 발걸음으로 고아원을 향해 걸었다.

이미 악의와 부조리의 손길이 뻗친 줄 모른 채.

얼마 가지 않아 고아원이 보였다.

하지만 여느 때와는 상황이 달랐다. 저녁 먹을 시간이 지났는데 고아원 앞에 사람이 나와 있었다. 불안한 시선으로 두리번거리는 낯익은 인물― 모린이었다.

그녀는 오스카의 모습을 보자마자 허둥지둥 달려왔다.

"오스카!"

"아, 응. 엄마, 나 왔어."

급하게 뛰어오는 모린을 보고 오스카는 의아한 표정을 지었다.

"엄마, 왜 그래? 왜 그렇게 허둥대?"

불안에 흔들리는 모린의 눈동자가 불길한 예감을 불러일으켰다.

모린은 오스카의 주위를 확인하듯 두리번거리며 입을 열었다.

"오스카, 딜런이랑 애들 못 봤니? 아직 그 애들이 안 돌아왔어."

"애들이? 아니, 못 봤는데……."

사정을 들으니 딜런, 루스, 콜린, 케티 네 사람이 돌아오지 않았다고 했다.

고아원 아이들은 일정 나이가 되면 서민가 공방이나 상점에서 청소 따위의 간단한 잡일을 하며 용돈을 벌거나 고아원 운영을 돕게 된다.

그중에서도 그 네 아이는 직장이 가까웠고 돌아올 때는 대개 함께였다.

그리고 평소라면 해가 저물기 전에는 돌아왔다. 적어도 그중 한 명이라도…….

그런데 아무도 돌아오지 않았다. 좋지 않은 일이 생겼다고밖에 생각할 수 없었다.

오스카는 심장이 불안감에 펄떡이는 소리를 들으면서도 안경을 밀어 올리며 냉정함을 유지하려고 했다.

"엄마, 병사에게 연락은?"

"당연히 했지. 그렇지만 상대도 안 해주잖니. 고아를 위해 쓸 인력은 없다면서……."

입술을 깨무는 모린에게서 억울함이 배어 나왔다.

"그렇지만 오스카, 그게 다가 아니야. 뭔가 상태가 이상했어."

"상태가? 무슨 말이야?"

"그건…… 그래, 마치 귀찮은 일에서 눈을 돌리고 있는 느낌이었어. 고아가 없어졌다는 일이 아니라 다른 더 귀찮은 일. 관련되기 싫다는 감정이 뻔히 보였어."

모린의 사람 보는 눈은 확실했다. 그렇다면 분명히 경비들은 아이들이 고아란 사실이 아닌 별개의 이유로 개입을 꺼렸지 싶었다.

오스카의 뇌리에는 최근 자주 들리던 실종 사건이 떠올랐다. 경비대도 실종 사건에 관한 이야기는 들었을 것이다. 그러면서 개입하길 꺼린다?

'가당키나 한 소리야……? 설마 경비대가, 아니, 경비대를 압박할 수 있는 『높은 곳』이 얽혔다고?'

초조함이 박차를 가했다.

오스카는 이미 이것저것 따질 때가 아니라며 품속에서 철판을 한 장 꺼냈다.

손바닥 크기의 은색 철판은 언뜻 일반적인 신분증명서, 스테이터스 플레이트처럼 보이기도 했다. 하지만 그 기능은 전혀 달랐다.

"1번 기능 기동. 지정 대상, 딜런, 루스, 콜린, 케티—『추적』."

통상적인 마법과는 달리 몹시 간결하고 기계적인 주문이었다.

은색 플레이트가 한순간 희미하게 빛났다. 그 직후, 플레이트 표면에 네 개의 불이 들어왔다.

—아티팩트 은반.

아이들에게 선물한 작은 코인은 대상을 마킹하는 빛 속성 마법 『추적』을 부여한 광석으로 제작했고, 여차하면 아이들의 위치를 은반에 표시하는 발신기 역할을 한다.

대상을 미행하거나 시야 확보가 어려운 상황에서 아군의 위치를 정확하게 파악하기 위한 마법이었지만, 당연히 추적 마법이 효과를 발휘하기 위해서는 미리 마킹할 필요가 있었다.

또한, 마법이 사라지면 마킹도 사라지므로 지속하기 위해서는 항시 마법을 발동해야만 하여 그 편리한 효과에 반해 사용하기 까다로웠다.

그리고 그런 효과를 가진 광석이 존재하지 않기 때문에 필요할 때 즉석에서 상대의 위치를 식별할 수 있는 이 아티팩트는 별거 아닌 것 같으면서도 그만한 곳에 내놓으면 확실하게 거금이 움직일 전설급 아티팩트였다.

"네 사람이 함께 있잖아⋯⋯. 이 거리, 이 방향⋯⋯ 대갱도?"

"오스카?"

불안에 떨리는 모린의 목소리에 오스카는 고개를 들었다. 그때 보인, 평소라면 절대 보이지 않을 날카로운 눈매에 모린이 흠칫했다.

"엄마. 걔들은 내가 반드시 데리고 올게. 고아원 방어 기구의 발동 조건은 기억하지?"

"으, 응. 괜찮아."

고개를 크게 끄덕인 오스카가 이어 말했다.

"오늘 밤은 절대로 고아원에서 나오지 마. 경비병이건 누구

건 간에 엄마가 믿을 수 없다고 생각한 사람에겐 망설이지 말고 방어 기구를 사용해. 다른 애들을, 부탁할게."

"……그래, 알았어. 그렇지만 오스카, 너도 조심하렴. 넌 가족을 위해서라면 무슨 일이든 참으려는 아이니까……."

"괜찮아. 난 괜찮아, 엄마."

오스카는 모린을 안심시키듯 미소 지었다.

하지만 모린은 슬픈 미소를 되돌려줄 뿐, 조금도 안심한 기색이 아니었다. 당연하다면 당연했다. 모린은 알고 있었다. 오스카가 그 범상치 않은 재능을 가족을 위해서 봉인하고 있다는 사실을…….

사실은 물건 만들기를 무엇보다 좋아하고, 자신이 만든 물건으로 누가 기뻐해 주는 것을 참을 수 없이 기뻐해 옛날에는 순수하게 웃었는데…… 어느샌가 그 어색한 웃음이 얼굴에 붙어 버려서는…….

돌아서서 밤의 어둠 속으로 달려가는 아들의 등을 보며 모린은 많이 컸다는 생각과 동시에 또 자기 마음을 억누르는 것이 아닐까, 라는 불안을 느꼈다.

고아원을 뒤로한 오스카는 한번 집으로 돌아갔다. 혹시 몰라 장비를 갖추기 위해서였다.

준비를 마친 오스카의 모습은 온통 검정 일색이었다. 검은 바지에 이너 웨어, 부츠, 코트. 그리고 왠지 검은 우산. 머리카락도 검으니 정말로 온몸이 새카맸다.

야음 속 보호색을 노렸다면 충분한 효과를 발휘하리라.

안경을 고쳐 쓰고 한 손에 우산을 든 모습은 어느 세상의 신사 같기도 했다.

"네 명 모두 움직이지 않아……."

그렇게 중얼거린 오스카는 살짝 무릎을 굽혔다. 그러고는 단숨에 수 미터나 도약해 건물 지붕 위에 착지했다. 초인적인 도약 후, 미끄러지듯 달려 나가는 그 속도 또한 초인적이었다.

─아티팩트 검은 부츠.

각력 강화, 바람 속성 마법으로 도약 보조, 신발 밑창에 장벽을 펼쳐 공중 점프를 가능하게 하는 능력을 갖췄다.

오스카는 달빛이 비치는 왕도 베르니카를 바람처럼 질주했다.

【녹색 대갱도】입구에 도착하기까지 오랜 시간은 걸리지 않았다.

【녹색 대갱도】는 이 기술 대국 베르카의 경제 기반을 구축하는 곳임과 동시에 직공이나 상인, 더 나아가서는 모험가들의 중요한 소재 채집 및 돈벌이 장소인 까닭에 언제나 출입이 자유로웠다.

비록 그렇지만, 해가 완전히 넘어간 이 시간에 【녹색 대갱도】부근은 인기척이 거의 없었다.

오스카는 수상한 눈길 한 번 사지 않고 내부로 들어갔다.

잠시 은반의 불빛을 쫓아 내부를 나아갔다. 녹광석의 빛이 오늘 밤만은 어쩐지 으스스했다.

이윽고 1층 끝까지 왔을 즈음, 오스카를 나타내는 불빛과 아이들을 나타내는 불빛이 거의 하나로 겹쳐졌다.

"……제길. 상하 거리를 고려하지 못한 건 실수였어."

불빛의 거리로 보아 아이들을 눈으로 확인할 수 있어야 하건만 오스카의 눈에 비친 것은 익숙한 갱도의 벽뿐이었다. 즉, 은반은 아이들이 지하에 있다고 가리키고 있었다.

바로 아래에 있는 것은 확실하지만 은반에 상하 거리를 측정하는 기능은 달려 있지 않았다. 아이들이 몇 층에 있는지 알 수 없는 오스카는 애가 타서 욕을 뱉었다.

"……잠깐. 그러고 보니……."

오스카의 뇌리에 모험가에게 들은 이야기가 스치고 지나갔다. 갱도 중층에서 신전 기사가 자주 목격된다는 그 이야기. 중층이란 대개 50층에서 70층까지를 말했다.

만약 아이들이 사라진 것과 뭔가 관계가 있다면—.

"우선 목표는 중층이군……. 시간을 들이고 싶지 않아. 별수 없지. 그 애들의 안전과는 바꿀 수 없으니까. 반칙을 좀 쓰자."

한 호흡 후.

【녹색 대갱도】일각이 일시적으로 태양을 방불케 하는 강렬한 마력광에 휩싸였다.

한편, 그 무렵.

【녹색 대갱도】65층 어딘가에서 아이가 흐느끼는 소리가 메아리처럼 울리고 있었다.

복잡하게 얽힌 동굴 안쪽에 암반을 파내어 직접 철창을 박은 듯한 형태의 감옥이 있었다. 감옥 안에서는 간소한 통옷만 주어진 아이들이 무릎을 끌어안고 불안과 슬픔에 표정을 일그러뜨린 채 오열했다.

그중 단 한 사람, 당장에라도 울음을 터뜨릴 것 같지만, 절대로 눈물을 흘리지 않으려는 꿋꿋한 소년이 있었다. ─루스였다.

오스카가 상상한 대로 딜런과 아이들은 귀가 도중 납치당해 이곳으로 끌려왔다. 이곳에 도착하자마자 그들은 어떤 마법적인 검사를 받았고 곧 루스만 다른 아이들과 찢겨 이곳에 갇혔다.

가족은, 형제자매는 어떻게 됐을까?

왜 나만 떨어뜨려 놓았을까?

우리는 앞으로 어떻게 되는 것일까?

불안은 사라지지 않고 너무나도 무서워 루스는 미칠 것 같았다.

하지만…….

루스는 한 번 자기 주위에서 우는 아이들을 봤다. 자신과 엇비슷한 나이일 것이다. 그저 공포에 떨며 우는 모습을 보자니 자연스럽게 고아원 동생들이 떠올랐다.

─동생을 지키는 게 형의 역할이야.

지금은 치가 떨리도록 싫은, 자신의 동경을 배신한 『그 자식』의 말이 머릿속을 스쳤다.

"그런 헤실헤실 웃기만 하는 놈과 난 달라!"

루스는 짜증을 연료로 삼아 마음에 불을 지폈다. 그리고 결심한 것처럼 철창살 쪽으로 다가갔다.

아이들이 주목하는 가운데 루스는 감시자가 없다는 것을 확인하고 감옥 안에 떨어진 돌멩이를 주웠다. 그러고는 철창 아래 바닥을 벅벅 긁기 시작했다.

바닥에 그려진 것은 옛날『그 자식』에게 배운 가장 간단한 마법진.

—루스는 나랑 똑같구나. 연성사의 재능이 있어.

언젠가 들었던 목소리가 저절로 머리에 울렸다. 기쁘게 웃으며 정성스럽게 연성 마법의 기초를 가르쳐줬었다.

대단한 사람이라고 생각했다.

착하고, 재능이 넘치고, 노력을 게을리하지 않고, 그 손으로 온갖 물건을 만들어 내며 명문 공방 편수에게 직접 스카우트된……

어떻게 동경하지 않을 수 있었을까.

자랑스러운 형이었다.

언젠가 그 사람과 어깨를 나란히 하고 전 세계에 이름을 떨치는 연성사가 되는 꿈을 꿨었다.

"나는 포기 안 해! 너 같은『패배자』는 되지 않아! 나는 위대한 연성사가 될 거라고, 반드시! —『연성』!"

손끝으로 피를 흘리면서도 바닥을 깎아 만든 연성 마법진은 루스의 의지에 응답하여 발동했다. 희미한 오렌지색 마력광이 어둑어둑한 감옥 안을 비췄다.

아이들이 긴장했다. 루스가 탈출하기 위해 힘쓰는 것을 알기 때문에. 기대에 찬 눈으로 기도하며 지켜봤다.

그러나—.

"안 돼……? 대체 왜!"

루스의 연성 마법은 분명히 발동하고 있었다. 하지만 철창도 주변 바닥도 전혀 반응하지 않았다. 루스는 주문을 반복하며 더 많은 마력을 불어 넣었다. 고갈 직전까지, 이마에 땀이 흐르고 몸이 떨려도 필사적으로.

하지만 현실은 비정했고…….

"왜 안 되냐고……!"

루스의 마력광이 흩어졌다. 휘청 쓰러진 루스가 이마를 철창에 찧었다.

없는 용기까지 쥐어짠 루스의 발버둥은 결국 철창에 흠집 하나 내지 못했다.

"집에, 못 가?"

한 소녀가 중얼거렸다. 가슴에 품었던 희망이 눈앞에서 허망하게 흩어지자 절망이 더 깊어진 모양이었다. 다른 아이들도 역시 틀렸다며 눈빛에 체념이 깃들기 시작했다.

—괜찮아. 내가 있잖아.

옛날이라면 믿었다. 그 짜증나는 난처한 웃음을 짓기 전의 형이었다면 무슨 말을 해도 믿을 수 있었다. 믿고 다른 아이들에게도 희망을 나눠줄 수 있었다.

지금은…… 그럴 수 없었다. 『패배자』의 오명을 받아들인 형의 모습이 옛날 형 위에 덧씌워지고 말았다. 그래서 아무 말도 할 수 없었다. 루스 본인이 절망에 삼켜질 것 같았다.

그런 그때—.

"야, 지금 무슨 짓 했냐?"

의심에 찬 목소리였다. 화가 난 고함 소리는 아닌데 아이들은 공포에 움찔 떨었다.

아무래도 떨어져 있던 감시자가 이상을 감지하고 온 듯했다. 모습을 드러낸 사람은 이 대갱도 지하에 어울리지 않는 호화로운 전신 갑주와 휘장을 단 기사였다.

아이들은 순간적으로 알아차리지 못했지만 마을 사람이라면 그것이 무엇인지 누구나 알았다. 그것은 성광 교회 직속 기사, 신전 기사가 입는 장비였다.

헬멧은 쓰지 않았지만 건장한 성인 남성이 전신 갑주를 입고 다가오면 아이들에게는 그것만으로도 공포였다. 게다가 이 상황이 더해지니 감히 입을 열 엄두가 나지 않았다.

그건 루스도 마찬가지여서 자기도 모르게 쇠창살에서 떨어졌고 그러다가 그만 엉덩방아를 찧었다.

가장 큰 움직임에 반응해 신전 기사의 시선이 루스에게 향했다.

그리고 그것을 발견했다.

루스 발 사이에 새겨진 연성 마법진을…….

"너…… 탈주를 시도했군?"

"힉."

신전 기사의 목소리가 한층 낮아졌다. 살벌한 분위기가 깔리자 루스는 몸이 덜덜 떨렸다.

"결국은 부적격자군. 신의 종복이 될 복을 타고났으면서 그것을 이해조차 하지 못하다니……. 다른 용도로 쓸 테니까 죽이지 말라고 했지만, 이건 신벌을 조금 내려줘야겠지?"

신전 기사의 손이 조용히 올라갔다. 건틀릿 손등에 새겨진 마법진이 희미하게 빛을 뿜었다.

알 만한 사람은 아는 『화구』의 마법진이었다.

신전 기사의 눈길이 루스의 팔다리를 훑었다. 무슨 생각을 하는지는 뻔했다.

하지만 루스는 저항은커녕 공포에 몸이 묶여 미동조차 할 수 없었다. 할 수 있는 일은 그저 눈을 질끈 감는 것뿐.

아이들도 지금부터 일어날 참상을 상상하고 작게 비명 지르며 머리를 감쌌다.

"신의 위대함을 뼈에 새겨주마!"

"아니야. 사양할게."

뜬금없이 새침한 목소리가 끼어들었다. 동시에 신전 기사의 입에서 『화구』 주문 대신 「끄악?!」 하는 비명 소리가 났다.

상상과는 다른 사태에 루스는 조심조심 눈을 떴다.

그곳에는…… 쓰러진 신전 기사와 그 뒤에서 검은 우산을 앞으로 뻗은 오스카가 있었다.

"어, 뭐야? 혀, 형?"

"오랜만에…… 그렇게 불러주는구나. 데리러 왔어, 루스."

상황에 어울리지 않게 미소는 부드러웠다.

그렇지만 루스는 곧바로 눈앞에 있는 사람이 오스카라고 알아보지 못했다.

어쩌면 당연한 일이었다. 척 보기에도 고급스러운 옷과 신발, 검은 코트에 검은 우산. 평소의 어수룩하고 순진한 분위기는 온데간데없고 평온하지만 찌르는 듯 날카로운 분위기였다. 반듯한 얼굴과 안경 너머 이지적이고 날카로운 시선을 합치면 어디 사는 청년 귀족이라고 해도 믿을 법했다.

믿어지지 않는 마음으로 빤히 바라보는 사이, 오스카는 쇠창살을 살펴보고는 천천히 손을 뻗었다.

"아, 그거 연성이 안 먹혀서……."

"응, 그런 광석을 썼으니까. 더 정확하게 말하면—"

태양빛 마력광이 터져 나왔다. 마법진은 보이지 않았고 주문을 왼 것 같지도 않았다.

하지만 그 결과는—.

"마력을 분산시키는 성질의 광석, 봉인석이야. 구속용 도구에 자주 쓰여. 그렇지만 한계는 있어. 가공에 특화한 연성 마법으로 허용량을 넘는 마력을 넣으면 제아무리 봉인석이라도 버티지 못해."

루스가 전력을 쏟아 연성을 시도했던 쇠창살은 아까와는 다른 물건인 양 쉽게 변형하여 주괴가 되어 바닥에 떨어졌다.

말을 잃은 루스 앞에서 오스카는 한쪽 무릎을 굽혀 눈을 맞췄다.

"루스, 열심히 했구나. 네가 연성 마법을 써준 덕분에 이곳에 올 수 있었어."

"형…… 나……!"

머리 위에 턱 하고 형의 손이 놓였다. 루스는 왈칵 얼굴을 구겼다. 자기가 발버둥 친 일이 헛수고가 아니었다는 생각에…….

실제로 오스카는 큰 도움을 받았다. 처음 이 65층에 왔을 때 오스카는 보관고 같은 곳에서 고아원 아이들의 옷과 발신기인 코인을 찾았다.

아이들이 옷까지 벗겨진 사실은 명백했다. 달리 단서가 없던 오스카는 여하튼 이 층을 조사해 보고자 움직였고 순회 중인 신전 기사를 발견했다. 의혹이 점점 깊어져 탐색하는 도중 연성 마법이 사용된 기운을 감지했다. 게다가 신전 기사 한 명이 그곳으로 향하는 것이 보여 이렇게 쫓아온 것이었다.

루스가 마법을 쓰지 않았다면 아직도 이 복잡한 계층을 샅샅이 뒤지고 다녔을 것이다.

"다른 아이들이 안 보이네? 혹시 어디 있는지 알아?"

루스는 안도하여 흘러넘친 눈물을 거칠게 닦고 고개를 저었다.

"몰라. 여기 끌려올 때 있던 큰 건물로 데리고 갔어. 흰 옷을 입은 인간이 몇 명 있었고 우리를 이상한 마법진 위에 서게 했어."

대갱도 안에 건축물. 더불어 통일된 복장을 입은 집단. 그리고 경비하듯 순회하는 신전 기사…… 이렇게 수상할 수 없었다. 오스카는 살며시 눈을 가늘게 떴다.

"어쨌든 잘은 모르겠지만, 다른 아이들은 건물 안쪽으로 끌려갔고 나는 『적성이 없다』며 여기로……."

"그래……. 알았어. 고마워, 루스. 어쨌거나 무사해서 다행이야. 그럼 너희만이라도 먼저 탈출시켜야겠어. 자, 다들 따라와. 집에 가자."

오스카가 루스 뒤에서 갑작스런 사태에 눈을 휘둥그렇게 뜬 아이들을 보고 상냥하게 말을 걸었다. 그 온화한 분위기에 긴장이 누그러들었는지, 아이들은 꾸물꾸물 움직이기 시작했다.

"집에, 갈 수 있어?"

"아빠랑 엄마는?"

아이들이 매달리는 듯한 눈으로 오스카를 봤다.

"괜찮아. 돌아갈 수 있어. 부모님도 분명히 집에서 기다리실 거야. 그럼 무서운 기사들에게 들키지 않게 조용히 따라오렴."

그 말에 루스는 새삼스럽게 쓰러진 신전 기사를 봤다. 완벽한 기습이라고는 하나, 명색이 신전 기사였다. 한 사람이 일반 병사 다섯 명의 힘을 가졌다는 말이 있을 정도로 강한 이들은 상식적으로 일개 직공이 이길 수 있는 상대가 아니었다.

"……."

방금 대수롭지 않게 행한 연성으로 보나 내뿜던 분위기로 보나, 형은, 지금 이곳에 있는 남자는 정말로 그 『패배자』인가…….

"루스, 왜 그러니? 시간이 별로 없어. 어서 가자."

"나, 나도 알아!"

생각에 빠진 와중에 말이 날아드는 바람에 루스는 자기도 모르게 언성을 높였다.

그러나 정작 오스카는 미소 지을 뿐이고 싫은 내색 한 번 하지 않았다.

언제나 그랬다. 무슨 말을 들어도 헤실헤실 웃고, 받아치지 않고 받아들이고…….

그래도 지금 지은 미소는 평소의 보기 싫은 웃음과는 어딘가 다르다는 느낌이 들었다.

루스의 사고가 빙글빙글 돌았다.

오스카가 앞장서서 동굴을 나아갔고 아이들이 뒤를 쫓아가는 형태였다. 후미에서 따라가는 루스는 빤히 형의 등을 응시하고 있었다.

희미하게 솟아나는 기대와 더는 실망하고 싶지 않으니까 기대하지 말라며 자신을 타이르는 마음 사이에서 흔들리면서…….

그런 루스의 강렬한 시선을 느끼면서도 오스카는 순회하는 신전 기사를 피해 아이들을 목적지까지 데리고 가는 데 성공했다.

도착한 곳은 처음 아이들의 옷을 찾은 보관고였다. 말이 좋아 보관고지 잠긴 문이 있는 곳은 아니었고 단순히 암벽을 크게 파내 울타리를 설치한 장소였다. 그밖에도 작업복이나 지금 아이들이 입은 간이복 따위도 있는 것으로 봐서, 별로 중요하지 않은 물건을 잠깐 보관하는 장소이지 싶었다.

오스카는 그 보관고 안으로 들어가 안쪽 벽에 손을 댔다.

그 직후, 선명한 태양빛 마력광이 터져 나왔다. 눈을 찌르는 빛이 아니라 부드럽고 따스함이 느껴지는 아름다운 빛이었다.

"와아, 예쁘다!"

"우와!"

아이들이 입을 모아 감탄하거나 넋을 놓고 있었다.

영 낯간지러운 기분을 맛보는 것은 감탄을 받는 오스카……가 아니라 왠지 루스 쪽이었다. 애써 외면했지만 볼을 살며시 붉히고 오스카를 힐끔거리고 있었다.

고작 몇 초의 시간 후.

태양빛이 사라진 그곳에는 이미 벽은 없었고 끝없이 위로 이어지는 계단이 있었다.

"다들 잘 들어. 우리 말고도 아직 도움을 기다리는 아이들이 있어. 나는 그 애들을 구하러 가야 해. 이 계단을 열심히 올라가면 1층까지 한 번에 갈 수 있는데…… 다들 할 수 있겠어?"

그런 통로가 있었나, 하며 루스가 의아해하는 가운데, 다른 아이들은 불안하게 얼굴을 마주 보았다. 구하러 와준 형이 여기부터는 함께 갈 수 없다고 하니까 불안하기도 할 것이다.

"괜찮아. 여기 있는 루스는 내 동생이야. 아주 우수하고 용감한 남자지. 루스가 너희를 무사히 대갱도 밖으로 데리고 나가줄 거야."

"으엑?!"

지명받은 루스가 희한한 소리를 질렀다. 동시에 아이들의 시선이 일제히 루스에게 돌아갔다.

조금 전 탈출하려고 혼자 마법을 쓰며 분투한 것을 떠올렸는지 불안한 기색이 조금 가셨다.

오스카는 안전한 곳까지 보호해주지 못하는 대신 적당한 벽에 연성 마법을 썼다. 얇은 원반 모양 석판이 한 번에 여러 장 만들어졌고 그 원반 위로 세세한 홈이 파였다.

"아, 저거 1층 지도다! 아빠가 관광객용으로 파는 거 봤어!"

1층에서 지도를 파는 사람의 아들이 있었나 보다.

연성을 들여다보는 아이들의 눈이 똘망똘망했다.

마치 그림이 그려지듯, 놀랍도록 정밀한 지도가 옅은 태양빛에 싸이며 여러 장 동시에 만들어지는 광경은 그만큼 경이로웠다.

"너희에게 이걸 줄게. 출구까지 가는 최단 루트에는 작은 화살표가 그려진 거 알겠어? 그걸 따라가면 돼. 만약 우리 동생이 헤매면 알려줄 수 있겠어?"

"1, 1층에서 누가 헤매!"

루스가 얼굴을 확 붉히고 따졌지만, 자신들에게도 역할이 있다는 것을 안 아이들은 마침내 불안을 밀어내고 의욕을 이끌어낸 모양이었다.

"얘들아, 형이 하나만 더 부탁할게. 원반 뒤에 지도가 하나 더 있지? 그건 대갱도 출구에서 오르크스 공방까지 가는 지도야. 바로 집으로 가고 싶겠지만, 우선 오르크스 공방에 가서 커그라는 사람에게 사정을 설명해줄 수 있을까? 다른 아이들을 구하기 위해서도 필요한 일이야."

실제로는 커그에게 아이들을 보호하도록 하는 것이 목적이었다. 경비대를 믿을 수 없는 이상은 공적 기관은 모두 믿을 수 없었다.

바로 집으로 가는 것까지는 좋으나, 사정을 들은 가족이 경비대에 신고라도 했다가는 사정이 안 좋아질 우려가 있었다. 경비대가 교회로 연락할 것이 불 보듯 뻔했다.

아이를 통해 『경비대를 믿으면 안된다』고 전하는 것도 위험했다. 경비대를 믿을 수 없다면 교회에 기대는 것이 당연한 귀결이었다.

그리고 『교회를 믿으면 안 된다』고 해 봤자 당연히 들어주지 않을 것이다. 오히려 더 귀찮아질 가능성도 있었다.

그래서 이 왕도에서 나름대로 권력이나 지위가 있으면서 오스카의 말을 귀 기울여 들어줄 사람— 커그에게로 보내는 게 제일이었다.

커그라면 상황을 헤아려 잘 처리해줄 것이었다.

루스는 그런 의도를 감추고 도와달라는 분위기로 부탁하는 오스카를 수상쩍게 바라보았지만, 다른 아이들은 기운이 난 모양이었다. 저마다 「알았어!」, 「꼭 전할게!」라며 콧김을 거칠게 뿜고 대답했다.

"고마워. 다들 용기가 있구나?"

아이들은 우쭐하거나 쑥스러워했다. 오스카가 재촉하자 아이들은 맡은 바 사명을 다하고자 씩씩하게 계단을 올라갔다.

후미는 역시나 루스가 맡게 되었다. 하지만 그것은 의도했다기보다, 오스카에게 하고 싶은 말이 있지만 하지 못하고 주저하는 사이 마지막까지 남게 된 듯했다.

"루스, 어서 가야지. 1층 안내도 아저씨에 대해서도 루스가 가장 잘 알잖아?"

"아, 알아! 그렇지만, 나…… 있잖아, 형! 형은 사실―."

루스가 하고 싶은 말, 묻고 싶은 말은 뭔가에 매달리는 듯한 눈빛을 보내온 순간 알았다.

하지만 그 말은 나오기 전에―.

"……! 루스! 엎드려!"

"앗?!"

오스카가 고함과 함께 루스를 밀쳐 넘어뜨려 차단당했다.

다음 순간, 몸 안쪽까지 울리는 충격음과 함께 열풍과 충격이 루스를 덮쳤다.

오스카가 순간적으로 펼친 검은 코트 덕분인지 상처도 고통도 느껴지지 않는 정도였지만, 오스카의 품에서 고개를 든 루스는 눈앞에 펼쳐진 참상에 얼굴이 새파랗게 질렸다.

"뭐, 뭐야?"

"저 아이들을 위해서 어쩔 수 없는 일이었지만, 시간을 너무 썼나 봐……."

계단이 있던 장소는 무너지고 불길에 휩싸여 있었다.

오스카의 험악한 눈길을 좇은 루스는 무슨 일이 일어났는지 알아차리고 절망한 표정을 지었다.

"신에게 바칠 공물을 약탈해? 죽어 마땅하다."

절그럭하는 갑주 소리를 내며 통로 안쪽에서 모습을 드러낸 신전 기사— 수는 대략 열 명이었다. 그중 한 명이 한 손을 앞으로 내밀고 있었다.

아마 불 속성 마법을 썼겠지. 그나마 다행인 것은 먼저 보낸 아이들이 뛰어 올라간 덕분에 마법 범위에서 벗어났다는 점일까?

기사들이 반원형으로 보관고 주위를 포위했다. 그냥 암반을 파낸 곳이었으나 막다른 골목인 데는 변함이 없었다. 출입구를 막고 서면 도망갈 곳이 없었다.

오스카는 뒤쪽으로 힐끔 눈길을 보냈다. 루스를 도망치게 하려면 우선 진화하고 입구를 연성해야 했다. 게다가 다시 막아서 상대가 입구를 쉽게 만들지 못하도록 가져온 봉인석으로 벽을 가공해야 했다.

"도망칠 수 있을 거라고 생각하나? 좋다. 할 수 있다면 한번 해 봐라. 등을 보이면 그때가 네 인생의 마지막이다."

아무래도 그럴 시간은 주지 않으려나 보다.

오스카는 각오했다.

모두 자업자득이었다. 사실 합리적으로 생각하면 그때 감옥 속 루스가 불타도록 내버려 두는 게 옳았다. 죽지는 않는다. 나중에 치료할 수 있다. 그렇게 생각하고 비정해져야 했다.

그리고 남은 아이들의 위치를 모두 알아낸 다음 신속하게 한꺼번에 구출해야 했다.

'뭐, 내가 그럴 수 있을 리 없지만……'

오스카는 쓴웃음을 지으며 일어섰다.

신전 기사들은 이미 전원 발검 상태였다. 그중 한 명이 빛을 두른 한 손을 오스카에게 뻗고 있었다. 방금 쏜 마법은 위력이나 효과로 보아 아마 불 속성 중급 마법 『비창』이리라.

인체를 파괴하기에는 충분하고도 남을 위력을 가진 마법이었다.

"혀, 형, 안 돼! 사, 사과하면―."

루스가 필사적으로 오스카의 코트를 잡아당겼다. 사과하면 어쩌면 목숨은 살려줄지도 모른다. 그렇게 말하고 싶은 거겠지.

싸우면 가망이 없다. 상대는 신전 기사다. 어지간한 전사는 가볍게 쓰러뜨리는 강자들이다. 오스카가 어쩌면 실력을 숨겼을지는 몰라도 그건 어디까지나 『연성사』 수준에서의 이야기다. 그냥 연성 직공이라는 점에는 변함없지 않은가.

"괜찮아. 소중한 동생한테는 손끝 하나 못 대게 할 테니까."

그렇지만 정작 오스카는 그렇게 말하고 루스 앞에 서서 신전 기사들과 대면했다. 망설임 없이, 당당하게.

그 등이 어찌 이리도 커 보일까. 루스는 그저 멍하게 『패배자』였을 형의 등을 바라볼 수밖에 없었다.

"『손끝 하나 못 대게 한다』라, 상황 파악이 안 되나 보군."

신전 기사가 묘하게 짜증 섞인 목소리로 말했다.

그리고 대치한 오스카와 그 등으로 감싼 루스를 보고 한순간 무슨 생각을 했다.

무슨 생각을 했는지는, 이어진 저열함이 다분히 섞인 말로 잘 알 수 있었다.

"선택하게 해주마."

"선택?"

미심쩍어하는 오스카에게 신전 기사는 말했다.

"우리 동포에게 손을 대고 괘씸하게도 신에게 바칠 공물을 약탈한 행위— 이미 이단자의 낙인은 피할 수 없다. 이 자리에서 신벌을 내려 마땅하다."

"……그래서?"

"버려라."

단편적인 말에 오스카의 한쪽 눈썹이 올라갔다. 의아함 때문에? 아니었다. 선택의 의미를 알기 때문에. 그 내용이 너무나 불쾌하기 때문에.

"보아하니 그 아이는 네 가족인가 보지? 그렇다면 버려라. 그리고 목숨을 구걸해라. 경건히 기도해 우리의 신에 대한 신앙을 증명해라. 그렇게 하면 네 목숨의 사용처를 한 번 고려해줄 수도 있다. 자, 선택해라. 지금 바로 죽을지, 버릴지."

포위한 신전 기사들이 살며시 어깨를 떨었다. 다른 건 몰라도 제안한 신전 기사에게 분노해서는 아니었다.

저들은 즐기고 있었다. 압도적인 우위에 서서 목숨을 쥔 채로 자신의 목숨과 아이의 목숨을 저울질하는 청년을 보며…….

어떤 갈등을 보여줄까. 어떤 본성을 보여줄까, 하며…….

"……나 원. 기사의 성품도 정말 비열해졌군."

"……뭐? 너 지금 뭐라고 했어?"

갈등하는 모습은 눈곱만큼도 보이지 않는 오스카가 어깨를 으쓱이고 한 말은 동굴에 유난히 또렷하게 울렸다.

못 들었을 리가 없을 텐데 신전 기사는 순간 무슨 말을 들었는지 이해하지 못한 것처럼 얼떨결에 되물었다. 전혀 예상하지 못한 반응이었다.

오히려 동요한 신전 기사들에게 오스카는 각오와 결의에 찬 표정을 보였다. 그리고 한 손을 내밀고 엄지를 들었다.

"성광 교회, 신전 기사, 성직자, 그리고 위대하신 창세신 에히트 님— 엿이나 먹어라."

그러고는 아주 환한 웃음을 짓고 엄지를 아래로 내렸다.

"뭐, 뭐, 뭣이 어째, 이 자식! 이단자 자식! 신벌이다! 처형이다! 지금 당장 죽어라!"

분개라는 표현조차 너무 얌전했다. 혀도 제대로 돌아가지 않을 정도의 격정을 드러낸 신전 기사는 『비창』을 발동했다.

"형!"

루스의 비명 같은 목소리가 메아리쳤다.

그 마법명대로 어둠을 붉게 물들인 불꽃 창은 열파와 충격을 흩뿌리며 오스카에게 날아들었고 그 몸을 초열(焦熱)로 불태웠다—.

"재수 없는 질문 하지 말고 처음부터 이러지 그랬어."

—고 생각했으나, 불길 속에서 태연한 목소리가 들려왔다.

"어떻게……."

신전 기사의 동요하는 목소리도 섞였다.

그들이 바라보는 곳, 『비창』의 불길이 흩어지는 너머로 기이한 광경이 펼쳐졌다.

그것은, 우산이었다.

오스카가 들고 있던 그 검은 우산이 방패처럼 펼쳐져 중급 공격 마법을 완벽히 막은 것이었다.

"우선 한 명."

우산에 마법이 막혔다. 그 사실에 동요해 경직된 신전 기사들의 귀에 나직한 말소리가 들렸다. 동시에 푸쉭, 하고 바람 빠지는 듯한 소리와 함께 우산 끝에서 무시무시한 속도로 투사체가 발사됐다.

"큭?! 이건, 화살?!"

그랬다. 발사된 것은 짧은 쇠 화살이었다. 그것이 『비창』을 쏜 신전 기사의 갑옷 가슴에 꽂혀 있었다.

"하지만 이딴 건— 끄어어?!"

기사 갑옷에 박힌 시점에서 대단한 위력이었지만 그래도 안쪽에 있는 몸에 치명상을 주기에는 한참 부족했다.

그래서 신전 기사는 무의미하다고 말해주려 했으나 그 말은 비명으로 대체되었다.

쇠 화살이 갑자기 격렬한 스파크를 일으키며 뇌격을 뿜었기 때문이었다.

대략 중급 마법에 필적하는 위력의 뇌격을 직접 맞으면 제아무리 강인한 신전 기사라도 견딜 재간이 없었다.

"으…… 어……."

신전 기사는 작은 비명과 함께 흰 연기를 피우며 털썩 무릎을 꺾고 쓰러졌다.

오스카의 우산이 저 혼자 접히더니 말끔한 형태로 돌아갔다.

한순간의 정적.

"이 놈이!"

"이 이단자가!"

신전 기사들이 일제히 달려들었다.

속도에 자신이 있는지 한 사람이 앞으로 나와 오스카를 향해 돌진했다.

오스카는 검은 코트 앞자락을 손으로 쳐냈다. 드러난 것은 허벅지에 찬 홀스터 같은 주머니였다. 그곳에 꽂힌 드로잉 나이프를 권총 속사처럼 뽑고 동시에 던졌다.

그러나 나이프가 꽂힌 곳은 후속하는 신전 기사들의 발치였다.

"멍청한 놈, 빗나가ㅡ"

그렇게 비웃으려던 신전 기사는 그 직후, 나이프가 일으킨 대폭발에 의해 옆으로 튕겨 날아갔다.

ㅡ아티팩트 작은 마검 폭렬식

마검이란 본래 국보가 될 수 있는 특수한 효과를 가진 마법 검이다.

오스카는 지금 그것을 일회용 소모품으로 쓰고 버렸다. 마검의 가치를 아는 사람이 보면 기절초풍할 것은 안 봐도 뻔했다.

그러나 문제 될 것은 아무것도 없었다. 오스카에게는 큰 수고 없이 만들 수 있는 일회용품에 지나지 않으니까.

선두에 있던 기사가 뒤에서 터진 충격에 살짝 휘청했다.

오스카는 옆으로 소리 없이 다가섰고—.

"발밑 조심해."

검은 우산의 U자형 손잡이를 신전 기사 발에 걸어 잡아당겼다.

"으악?!"

신전 기사는 요란하게 넘어지며 안면을 바닥에 박았다.

동료를 구하려는 다른 신전 기사가 돌진해 왔다.

오스카의 시선이 그 신전 기사를 향한 순간, 놀랍게도 오스카의 안경이 강렬한 섬광을 뿜었다! 빛나는 안경이다!

—아티팩트 검은 안경.

렌즈나 검은 프레임에 각종 편리 기능을 탑재한 쓸데없이 고스펙인 아티팩트 안경이었다. 안경남은 평범한 안경을 쓰지 않는다.

"눈이, 내 눈이?!"

순식간에 시야를 빼앗겨 혼란에 빠진 신전 기사에게 새로운 마검을 투척했다. 하지만 이번에는 폭발하지 않았다. 애초에 투척한 순간부터 다른 마검임은 일목요연했다. 던진 나이프가 공중에서 순간적으로 붉게 달아올랐던 것이다.

—아티팩트 작은 마검 작열식.

초고온 나이프는 흡사 불에 달군 나이프를 버터에 집어넣듯 신전 기사가 자랑하는 갑옷을 뚫고 들어가 갑옷째 기사의 몸까지 녹이기 시작했다.

이제 갑옷은 단순한 용광로로 변했다. 마검이 스스로 열에 버티지 못하고 융해되는 와중, 신전 기사의 단말마 비명이 울려 퍼졌다.

신전 기사들이 전율했다. 하지만 오스카는 이미 그를 보고 있지도 않았다. 그 눈은 제일 뒷열에서 주문을 외는 신전 기사를 포착하고 있었다.

"이 자식, 죽어!"

방금 얼굴을 바닥에 박은 신전 기사가 격분하여 무릎을 꿇은 채 기사 검을 옆으로 휘둘렀다.

오스카는 주문을 외는 기사에게 왼손을 뻗으며 검은 우산을 돌려 기사 검을 막았다.

깡! 우산과 검이 냈다고는 생각할 수 없는 고음이 울려 퍼졌다.

"어떻게 된 우산이냐?!"

전체가 복합강으로 만들어진 신체 강화 기능 탑재 아티팩트입니다.

그런 설명은 물론 하지 않았다. 사실 본래 방수성 천으로 된 캐노피까지 금속 실로 짜여 총중량 8킬로그램, 여차하면 둔기도 될 수 있는 무기라고는 생각지도 못할 것이다.

사용자는 강화 마법으로 가볍게 느낄지라도 상대에게는 부동의 쇳덩어리였다.

오스카는 신전 기사의 외침에 답하지 않고 다시 손목 스냅으로 우산을 빙글 반전시켰다. 그리고 이번에는 손잡이를 기사의 목에 걸어 옆으로 냅다 던졌다.

"으악, 뭐야?!"

"컥?!"

신전 기사는 마침 옆에서 날아든 찌르기를 막는 방패가 되고 말았다. 불행히도 일격 필살을 노리고 빛 속성 보조 마법으로 강화한 검은 갑옷으로도 막지 못했다.

동시에 후미에서도 비명이 퍼졌다.

무심코 돌아본 다른 신전 기사가 목격한 것은 어느새 무장을 해제당하고 얇은 쇠사슬에 칭칭 묶인 동료였다.

그의 아래에는 주괴가 떨어져 있었고 그 몸에서 흰 연기가 피어오르고 있었다.

자세히 보니 얇은 사슬에서는 살며시 스파크가 발생하고 있었다.

당연히 사슬의 주인은 오스카였다. 방금 뻗은 왼팔 소매에서 뻗어 나와 있었다.

―아티팩트 연쇄(鍊鎖).

연성사는 원래 대상에 접촉하지 않으면 연성할 수 없다. 닿은 부분을 기점으로 일정 범위에 효과를 미친다. 그 제약을 극복하는 것이 이 아티팩트다. 감응석으로 어느 정도 원격 조작이 가능하며 연결된 사슬을 통해 떨어진 곳을 정확하게 노려 연성할 수 있다.

오스카 정도쯤 되는 상식을 초월한 연성사의 재능과 아티팩트라는 보조 도구를 사용해야 비로소 실현되는 신기(神技)다.

주문을 외던 신전 기사는 갑옷을 연성으로 무장 해제당하고, 연쇄에 겸사겸사 부여한 뇌격에 감전된 것이었다.

"마법으로 처리해라!"

정체 모를 도구를 여럿 가졌다. 그리고 이미 네 명이 당했다. 그렇게 인식하고서야 신전 기사들은 방심과 오만을 버렸다.

전열이 적을 묶고 그사이 후열이 강력한 마법으로 처리하는 안정적인 전술로 이행했다.

신전 기사들이 대열을 갖추는 동안 보인 잠깐의 틈을 이용해 오스카는 손가락에 드로잉 나이프 세 자루를 잡아 후열로 던졌다.

"같은 방법이 계속 통할 성싶으냐!"

전열 세 명이 기사 검으로 나이프를 하나씩 튕겨 냈다. 투척한 순간 날이 달아오르지 않았고, 충격을 퍼뜨려도 알고 있으면 견딜 수 있다는 생각에 순간적으로 튕겨 내면 된다고 판단했으리라.

그런 전술적 안목, 판단력은 과연 대단한 것이었다.

물론 그것은 신전 기사의 말대로『같은 방법』일 때의 이야기지만······.

"오늘은 국소적 호우, 때때로 결빙이야. 주의해."

오스카는 그렇게 말하며 검은 우산을 머리 위로 들어 펼쳤다. 펼쳐진 우산이 한순간 태양빛을 띤 직후, 캐노피가 방사형으로 대량의 물을 뿜었다.

비를 막기 위한 우산이 비를 뿌린다…….

참으로 기묘한 광경이었지만 신전 기사들은 신경 쓰지 않고 달려들었다.

"크, 다리가!"

"얼음 마법?! 언제 이런 걸?!"

"나이프다! 방금 그 나이프야!"

그랬다. 방금 오스카가 투척한 나이프는『작은 마검 빙결식』. 능력은 꽂힌 곳을 기점으로 주변을 빙결시키는 것이었다. 검은 우산에서 뿜어진 대량의 물이 그 빙결 능력을 크게 보조했다.

예상대로 전열 세 명은 발이 얼어붙어 일시적으로 행동이 제한됐다.

"하지만 이걸로 끝이다!"

후열 세 명의 주문이 끝났나 보다.

세 명 모두 머리 높이 든 기사 검이 찬란하게 빛을 뿜었다. 그리고 그들의 눈이 향한 곳에는— 루스가 있었다. 오스카가 피하지 못하게 하기 위한 방책이었다.

"선택받은 우리 신전 기사의 오의 앞에 멸하라! 이단자!"

오스카는 루스 앞으로 훌쩍 물러나서 한쪽 무릎을 꿇고 검은 우산을 펼쳤다.

모든 부품이 금속으로 이루어진 우산 방패 앞에서 신전 기사 세 명은 마법을 기동시켰다.

""""—『천상섬』!!""""

신의 위엄을 드러내는 빛을 두르고 날아드는 참격. 그것은 신전 기사의 대명사라고도 할 수 있는 기술이었다. 이 기술을 사용할 수 있느냐가 신전 기사로 인정받는 최대이자 최소한의 자격이었다.

계급은 빛 속성 상급 마법. 참격에 특화한 이 마법은 같은 상급 마법인 장벽이라도 찢어 버릴 수 있었다.

그것이 세 개 동시에 날아든다. 그야말로 필살.

"형!"

"괜찮아."

루스는 자신을 향해 날아드는 빛의 참격 앞에 참지 못하고 소리쳤지만 오스카의 목소리는 한결같이 평온했고—.

꽝음.

지면에 세 줄기 상처 자국을 남긴 빛의 참격은 모두 오스카의 우산에 직격했다.

"상급 장벽조차 찢어발기는 공격이다. 아잔티움이건 봉인석이건 세 발이 동시에 직격하면 버틸 재간이, 없……지?"

기사 검을 하단 자세로 들며 한 기사가 말했다. 마지막 목소리를 떨면서…….

"신전 기사의 천상섬을 받아 보긴 처음이지만, 역시 『성절』이야. 꼬박 3일을 투자해 만든 보람이 있어."

오스카는 건재했다. 검은 우산 방패도 마냥 깨끗했다. 흠집은 고사하고 오히려 『천상섬』의 빛이 옮겨 간 것처럼 찬란히 빛났다.

그 정체는 빛 속성 최상급 방어 마법—『성절』.

빛 속성에도 방어 마법에도 적성이 없는 오스카가 3일 밤낮에 걸쳐 세계 최고의 내성을 자랑하는 아잔티움 광석에 부여한 최강의 방어 마법이었다.

검은 우산도 봉인석을 포함한 다양한 금속의 합금이었다. 그것 자체의 내구성과 합치면 그야말로 철벽이라고 불러도 무방했다.

"이럴 리 없어…… 이럴 리가 없다! 넌 뭐 하는 놈이냐! 정체가 뭐냐 말이다!"

빙결을 푼 전후열의 신전 기사들이 모두 공황 상태에 빠진 것처럼 돌진 자세를 취했다. 그만큼 자신들이 가장 신뢰하는 오의 중 하나인 『천상섬』을 피해 없이 막아 낸 것은 충격이었겠지.

달려오는 그들 앞에서 오스카는 검은 우산을 접으며 유유히 일어섰다.

우산 손잡이에 양손을 겹치고 천천히 물미를 아래로 돌렸다.

그리고—.

"나는— 평범한 연성사야."

탁. 검은 우산을 내려 바닥을 찍었다.

그 순간, 우산이 가볍게 두드린 장소를 기점으로 지면에 균열이 퍼졌다.

"뭐야?! 후퇴! 후퇴—."

순식간에 발아래를 빠져나간 균열을 보고 맹렬하게 불길한 예감에 휩싸인 신전 기사 한 명이 외쳤지만, 이미 늦은 일이었다.

전투 중에 계속 돌아다니면서 바닥 아래를 연성했다. 얇은 지표 아래는 모래보다 곱게 분해된 일망타진의 트랩이었다.

마지막 한 걸음을 내디딘 기사의 체중을 버티지 못하고 바닥은 맥없이 허물어졌다.

얇은 판자 같던 지반이 꺼지며 기사들이 모래밭으로 낙하했다. 발을 딛고 설 수 있는 깊이였지만, 너무나 고운 모래와 혼란 때문에 허우적대는 모습은 흡사 바다에 빠진 조난자였다.

"푸학, 네 이놈! 이딴, 콜록, 짓을 하고, 켈록, 어떻게 될 줄―."

"―『연성』."

오스카에게 자비란 없었다. 모래 위 지면이 태양빛에 휩싸임과 동시에 급속히 본디 견고함을 되찾아 갔다.

자신들의 운명을 짐작한 신전 기사들이 초조함을 고스란히 드러낸 몸짓으로 오스카에게 손을 뻗었다.

"아, 안 돼, 용서―."

"그럼 신의 의지보다 인명을 소중히 해주겠어?"

먼저 비정한 선택을 들이댄 복수일까, 아니면 오스카 나름의 부탁일까?

과연 대답은―.

"신의 뜻이야말로 지고의 가치 아닌가! 어푸, 왜 그걸 모르지! 지금이라면, 쿨럭, 아직 용서받을 수……."

아무래도 목숨을 구걸해 『용서해 달라』는 것이 아니라 오스카의 행위를 『용서해준다』는 말이었나 보다.

"가망이 없나."

작게 중얼거린 오스카는 발버둥 치는 신전 기사들을 보면서 연성을 계속했고, 마침내 그들을 땅속에 생매장했다.

한숨을 길게 뱉었다. 신전 기사와, 그것도 여러 명과 실제로 싸우는 것은 처음이라 내심 긴장했던 오스카는 어깨에 들어 갔던 힘을 살짝 뺐다.

그 탓에 안쪽 통로 모퉁이에서 돌아서는 인물을 눈치채지 못했다.

말 그대로 신전 기사들을 매장시켜 버린 형의 등을 루스는 그저 망연히 바라보고 있었다.

그러나 그것은 혼란 때문이 아니었다. 떨리는 마음이, 부풀어 오르는 표현하기 힘든 감정이 말을 앗아갔다.

한때 동경했던 형은 『패배자』 같은 것이 아니었다. 홀로 가족을 구하러 오는 기개와 용기가 있는 사람이었다. 살면서 본 적이 없을 정도로 강렬하고 어마어마한 기술을 쓰는 사람이었다.

신전 기사 열 명을 압도할 정도의 힘이 있었다!

루스도 『연성사』 천직을 가진 연성사 후보생이었다. 오스카의 연성 마법이 상식을 벗어난 수준이란 것은 척 보면 알 수 있었다.

아니, 그마저도 지나치게 조졸한 표현이었다.

보통은 마법이 작용하지 않는 봉인석을 길가에 떨어진 돌멩이라도 되듯 연성했다. 지금이라면 확신을 가지고 말할 수 있었다. 1층까지 이어진 그 직통 계단도 오스카가 만든 것이다. 1층에서 이 층까지 전부 뚫어 버린 것이다. 대체 얼마나 마력과 기술이 있어야 그런 짓이 가능하단 말인가?

가장 가관인 것은 오스카가 신전 기사를 압도한 수많은 도구들이었다. 그것은 분명히 전설급 마법 도구— 아티팩트였다. 형은 그것을 직접 만들 수 있는, 말 그대로 신의 기술을 가진 사람이었다.

왜 형이 실력을 숨겼는지, 루스는 이해할 수 없었다.

그렇지만—.

'형은 여전히 내가 알던 형, 아니, 그 이상이었어!'

지금은 그것만으로 충분했다.

"루스, 다친 데는 없지?"

"아, 응! 형, 나 형을 오해하고……."

오스카는 흥분하여 말을 짜내려는 루스의 머리를 거칠게 문질렀다.

"됐어, 루스. 내 잘못이니까. 그보다—."

그렇게 말하며 오스카는 무너진 직통 계단의 입구를 재연성했다.

"먼저 간 아이들이 불안해할 거야. 그 애들을 부탁할게."

"형, 그래도 나…… 딜런이랑 애들을…… 게다가 형을 돕고 싶은데……."

형제자매를 놔두고 갈 수 없다. 무엇보다 오해한 형을 돕고 싶다. 옛날처럼 뒤를 쫓아가고 싶다. 그런 생각이 훤히 내다보이는 눈빛이었다.

그런데 그때, 통로 안쪽에서 절그럭거리는 갑주 소리가 들렸다.

방금 신전 기사들이 방심하여 한 부대로만 대응하고 연락을 게을리한 것은 불행 중 다행이었지만, 역시 소리가 들리지 않을 순 없었나 보다.

"루스. 어서 가."

"그치만!"

조바심에 통로를 힐끔거리면서도 고민하는 루스에게 오스카는 평소 보이지 않는 자신감에 찬 웃음을 보여줬다.

"딜런 쪽은 나한테 맡겨. 그 애들은 너한테 맡길게. 루스는 내 동생이야. 못 한다고는 안 하겠지?"

그렇게 말하면 그것이 도망치게 하기 위한 구실임을 알더라도 받아들일 수밖에 없었다.

루스는 갈등을 떨치고 고개를 힘차게 끄덕였다.

"형. 건물이 있던 곳은 방금 지나온 갈림길에서 오른쪽으로 간 곳이야. 그 뒤 갈림길은 천장에 작은 플람 광석, 오른쪽 벽에 두 갈래로 나뉘는 슈타르 광석, 타우르 광석과 연소석이 옆으로 늘어서고 마지막엔 모서리가 빠진 녹광석! 그쪽으로 가면 건물이 있는 공간이 나와! 애들을 부탁할게!"

그러면서 힘차게 계단을 뛰어 올라갔다.

오스카는 조금 놀란 표정을 보인 뒤 곧장 입구를 연성해서 막고 주변 벽과 이질감이 없도록 조형했다.

"역시 내 동생이야. 연성사의 재능이 있어."

검은 우산을 한 바퀴 빙글 돌리고 자랑스럽게 웃은 오스카는 갑주 소리에 귀 기울이며 동생의 정보를 믿고 달려 나갔다.

도중에 맞닥뜨린 신전 기사를 아티팩트로 해치우고, 혹은 벽에 묻거나 자신이 벽에 묻히며 나아가길 얼마간…….

통로 앞쪽으로 녹광석 빛과는 다른 인공적인 눈부신 빛이 보였고―.

"윽!"

오스카가 통로에서 빠져나가기 직전, 출구 부근 바위 뒤로 몸을 날려 숨었다.

이유는 단순했다.

통로 끝에 높이 20미터는 될 돔 천장과 투기장 같은 넓은 공간이 있고, 그곳에 장엄한 건물과 질서 정연하게 도열한 신전 기사들이 있었기 때문이었다.

수는 어림잡아도 서른 명 이상. 건물 규모와 주변의 보관고 같은 수많은 오두막, 침입 방지 울타리 등도 포함하면 자연스럽게 이곳이 범상치 않은 시설임을 알 수 있었다.

'그야 침입자가 있으면 최중요 거점에서 기다리는 게 당연하지. 후회는 안 하지만, 역시 시간을 너무 소비했어…….'

그럼 이제 어쩌지. 오스카는 잠깐 고민하다가 이렇게 된 거 땅굴을 연성해서 직접 시설 안으로 침투해주겠다고 마음먹었다.

하지만 그것을 시행하기 전에—.

"나와라, 이단자. 그런 곳에 있으면 모를 줄 아느냐."

차마 불쾌감을 지우지 못하는 연배 있는 남성의 걸걸한 목소리가 들렸다.

아무래도 들켰나 보다.

그러나 솔직하게 나갈 필요는 없었다. 뒤쪽 통로에서도 달리는 갑주 소리가 다가오고 있었다. 오스카는 연성으로 빠르게 두더지가 되고자 지면에 손을 댔다.

하지만 역시 그 의도는 차단당했다. 최악의 형태로…….

"이 아이를 빼앗으러 온 것 아닌가?"

"아!"

모골이 송연해졌다. 설마설마하며 그곳을 엿봤다.

"아, 으—."

목덜미를 잡혀 괴롭게 신음하는 콜린이 있었다.

왜? 어떻게? 정확하게 콜린을 데리고 왔어? 침입자가 오스카고 콜린이 가족이란 사실이 들켰나? 언제 어디서 들통났지?

의문이 오스카 안에서 빙글빙글 소용돌이쳤다.

당연했다. 그것을 파악할 시간은 없었을 것이다. 침입자의 목적은 그저 아이를 빼앗는 것이라고 생각했고 우연히 인질로 삼은 사람이 콜린이었다?

아니. 그렇다면 『이 아이를』이라고는 말하지 않는다.

상대방은 침입자가 오스카란 것도, 오스카의 신원도 파악하고 있다.

'놓친 기사가 있었나……'

싸운 상대는 모두 쓰러뜨리거나 얼굴을 보이기 전에 벽 속으로 피난해 신분 노출을 피했다고 생각했지만, 모든 일을 완벽하게 처리할 수는 없는 모양이다.

크게 혀를 찼지만 몸은 망설임 없이 바위 뒤에서 나왔다.

"앗, 오빠— 윽!"

오스카를 보자마자 콜린이 안도와 환희 섞인 표정을 보였다. 그러나 직후 목을 잡은 손에 힘이 들어갔는지 괴롭게 인상을 찌푸리며 말을 끊었다.

"어린아이에게 너무하잖아? 당신에게는 사람의 마음이 없나 봐?"

"이단자 주제에 인심을 논하는가. 오르크스 공방의 『패배자』는 역시 제 분수를 모르나 보군."

서로 비아냥거리며 응수했다. 하지만 보유한 정보량에 확연한 차이가 있었다.

사소한 동요도 들키지 않고자 오스카는 안경을 올려 쓰면서 손으로 표정을 가렸다. 동시에 상대를 자세히 관찰했다.

이미 노년에 들어선 주름 많은 남성이었다. 하지만 주름에 묻힌 눈은 강하게 빛났고 그 깊은 곳에서 야심의 불길이 엿보였다. 몸은 연로했어도 정신은 야욕으로 불타는 듯했다.

눈에 띄는 것은 복장이었다. 한눈에 알 수 있는 고급스러운 옷감과 호화로운 장식— 그것은 성직자의 의상이었다. 심지어 사제나 부제 수준의 의상이 아니었다.

그것은 【베르카 왕국】의 왕도 베르니카에 위치한 성광 교회 최고 권력자의 증거— 사교복이었다.

"사교복, 게다가 그 얼굴…… 기억났어. 그랬군. 포르네스 아비시온 사교. 당신이 이 유괴 사건의 주범이었어?"

일단 주변 사람과 마찰을 빚지 않기 위해 성광 교회 신도로 지낸 오스카지만, 교회의 가르침에 공감하지 않을뿐더러 거부감까지 느끼는 터라 사교의 얼굴도 제대로 기억하고 있지 않았다.

그 점이 전해졌는지 포르네스 사교는 실처럼 가느다란 눈을 번쩍 뜨고 분노를 토했다.

"이 이단자 놈! 사교인 내 얼굴을 잊다니! 죽어 마땅하다!"

교회에는 죽어 마땅한 죄도 많다고 생각하면서, 교회 관계자가 흔히 설파하는 이야기 — 이단자가 얼마나 큰 해악이며 교회가 얼마나 훌륭한가, 또 자신은 신에게 선택받은 자라는 것 등 — 를 홍수처럼 쏟아내는 사교의 말을 한쪽 귀로 흘렸다.

일부러 신앙심을 자극하는 말을 꺼낸 것은 시간을 벌기 위해서였다. 이 순간에도 오스카는 싸움터를 조금이라도 유리하게 만들기 위해 땅속을 연성하거나 몰래 뻗은 연쇄로 함정을 파고 있었다.

오스카는 검은 우산의 손잡이에 양손을 얹고 마치 기사가 검을 바닥에 꽂고 위풍당당하게 막아서는 듯 태연한 태도를 취했다.

그 시선은 똑바로 콜린을 향해 있었다.

'괜찮아, 콜린. 꼭 구해줄게.'

'오빠. 응!'

말은 없어도 대화는 가능했다. 속으로는 공포로 가득할 텐데, 콜린은 오빠를 향한 절대적인 믿음을 실어 작은 미소까지 지어 보였다.

그러자 그때, 초조함이 느껴지는 익숙하고 비굴한 목소리가 들렸다.

"사, 사교님! 저, 저런 비천한 놈에게 사교님의 숭고한 이야기는 들리지 않습니다! 그보다 빨리 처리하죠! 이 아이가 있는 한 저 녀석은 손을 대지 못합니다!"

오스카의 시간 벌기를 방해하려는 자가 나타났다.

오스카는 이해했다. 어떻게 포르네스 사교가 오스카의 신원을 알았는지. 정확하게 콜린을 인질로 삼았는지. 그리고 더 나아가 왜 고아원 아이들이 유괴됐는지.

―그것들. 얼마 전부터 서민가를 어슬렁거리는 모습이 목격되고 있어.

―그것들이 서민가에 관심을 가질 이유가 있다면 아마 너일 테니까.

아는 모험가들의 말이 되살아났다.

그래, 그렇게 됐던 거구나. 납득과 동시에 오스카의 몸에서 태양빛 마력이 휘몰아쳤다.

"너희였군. 내 가족에게 손을 댄 게."

"힉?!"

"으, 아."

"아, 아니······."

저마다 다른 반응으로 벌벌 떨면서 뒷걸음질하는— 핑, 토르파, 로울.

무섭게 피어오르는 태양빛과 안경 안쪽으로 보이는 분노 어린 눈동자. 내뿜는 위압감은 물리적인 압력마저 느끼게 했다. 실제로 신전 기사조차 몇 명 몸을 찔끔 떨었을 정도였다.

인간의 차원을 벗어난 마력이었다.

싸움 준비는 아직 끝나지 않았다. 그렇지만 감정을 억누르지 못하겠다. 냉정해 보이는 오스카지만 콜린을 인질로 삼은 시점에서 그 속은 이미 폭발 직전이었다. 그것을 간신히 붙잡고 있던 이성이 핑 일당의 음모, 오스카의 가족을 교회에 바쳐 고통 주겠다는 유치하기 짝이 없는 생각에 그만 날아가 버렸다.

겨우, 겨우 그딴 짓을 위해 어린 동생들을 위험에 빠뜨렸는가?

자신이 『패배자』를 연기해서 이것들이 이토록 날뛰게 된 것인가?

핑 일당에 대한 분노와 함께 자신의 안일한 대응에 살의에 가까운 분노가 일었다.

"이 마력은?! 설마 너는! 큭, 네 이놈, 이단자! 이 아이가 어떻게 되어도 좋단 말이냐?!"

거칠게 잡아당긴 콜린이 고통 때문에 작은 비명을 흘렸다. 동시에 포르네스 사교는 새끼손가락 손톱만 한 크기의 붉은 마석 같은 것을 콜린의 입가에 댔다.

그것이 무엇인지는 모르겠다.

하지만 상관없었다.

오스카는 마력으로 만든 위압감으로 상대가 겁먹은 틈을 타 검은 우산을 펼치며 뻗었다. 그 직후, 한순간이지만 태양빛을 두른 검은 우산에서 거센 폭풍이 휘몰아쳤다.

—아티팩트 검은 우산 6식 『대람(大嵐)』.

"우왁?!"

"꺄아?!"

신전 기사들마저 넘어뜨리거나 웅크려 앉아 버티게 하는 폭풍에 사교와 핑 일당, 그리고 콜린이 버틸 수 있을 리 만무했다. 나뭇잎처럼 떠오른 몸이 날아간다—고 생각했으나 그런 결과를 맞이한 것은 사교와 핑 일당뿐이었다.

어느샌가 땅에서 솟은 사슬이 콜린을 부드럽게 감아 날아가지 않도록 막은 것이었다.

대신 공중에서 나부끼게 된 콜린은 비명을 지르며 눈을 핑핑 돌리고 있었다.

땅에서 풀뿌리가 뽑혀 나오듯 불쑥 튀어나온 연쇄가 쩔겅쩔겅 소리를 내며 오스카의 손으로 감겨 돌아왔다.

"괜찮지…… 않아 보이네, 콜린."

"아우으우우, 오, 오빠아."

폭풍 속에서 사슬 하나에 묶여 공중을 날아다니다가 오스카의 가슴팍에 폭 안긴 콜린은 눈이 핑핑 도는 와중에도 오스카에게 꽉 매달렸다.

그리고 이곳이 세계에서 가장 안전한 곳이라고 믿어 의심치 않는 양 모든 불안을 내려놓은 것처럼 웃었다.

"죽여라! 저놈을 죽여! 신벌을 내려라!"

『대람』으로 나뒹군 탓에 장엄하던 사교복이 흙투성이가 된 포르네스 사교가 노발대발했다.

신전 기사가 일제히 달려들었다.

콜린을 한쪽 팔에 안은 채 오스카는 발로 바닥을 탁 쳤다. 연성의 빛이 터져 나오며 두꺼운 돌벽이 솟아올랐다.

"그까짓 것!"

방벽조차 되지 못한다며 신전 기사 한 명이 달려와 기사 검을 어깨에 짊어지듯 자세를 취했다. 거기서 발하는 빛은 아마도 『천상섬』이었다. 돌벽째로 갈라 버릴 작정이리라.

"아쉽지만, 방벽이 아냐"

오스카는 그렇게 중얼거림과 함께 접었던 검은 우산을 레이피어처럼 들어 물미로 방벽 같은 벽을 찔렀다.

그 순간, 굉음이 울려 퍼졌다.

그리고—.

"끄악?!"

"제길, 준비 시간도 없이 이런 위력을?!"

"으으…… 아까부터 저놈의 우산은 대체 뭐야?!"

메아리치는 신전 기사들의 비명, 신음, 그리고 혼란을 품은 욕지거리.

오스카가 검은 우산으로 돌벽을 찌른 순간 지향성 폭발이 발생했고 돌벽은 돌멩이 산탄이 되어 신전 기사를 덮쳤다.

—아티팩트 검은 우산 2식 『충벽(衝壁)』.

불 속성, 바람 속성 중급 복합 마법이자 본래는 전방으로 폭풍을 일으켜 상대의 공격을 날려 버리는 유사 장벽 마법이다. 별거 아닌 것 같으면서도 광석에 부여하는 데 보름이 걸렸다.

폭풍과 돌멩이 산탄으로 신전 기사의 돌격 대열에 구멍이 뚫렸다.

"콜린, 꽉 붙잡아."

"으, 응!"

콜린이 오스카의 목에 손을 둘러 꽉 매달리자 오스카는 한 번 더 검은 우산으로 발 앞을 찔렀다.

그러자 전방 수 미터에 걸쳐 지면이 판판하게 얼어붙었다.

—아티팩트 검은 우산 4식 『빙화(氷華)』.

얼음 속성 중급 마법 『빙화』. 임의 방향을 일정 범위 얼리는 지속 발동형 마법이었다.

"어딜 감히!"

무슨 짓을 하려는지 모르겠지만, 어쨌든 마음대로 두진 않겠다며 몇 명의 신전 기사가 『비창』을 쐈다. 각도로 보아 십자 포화라고 해야 할까?

하지만 그것이 도달하기 전에 오스카는 검은 부츠의 각력 강화로 총알처럼 튀어 나갔다. 후방에서 폭발이 일어나지만 신경조차 쓰지 않았다.

그리고 연이어 발사된 『비창』이 오스카에게 직격하기 직전, 오스카는 림보 댄스라도 추는 것처럼 몸을 젖혔다.

『비창』은 표적에서 빗나가 허무하게 오스카의 머리 위를 지나갔다.

보통은 그런 자세를 잡으면 넘어져 멈추게 마련이다.

그렇지만 그렇게 되지 않기 위한 『빙화』였다.

"젠장, 누가 저걸 멈춰!"

신전 기사 한 명이 그렇게 외쳤지만 그가 보는 앞에서 오스카는 빙판길을 슬라이딩해 쭉 미끄러졌다. 처음에 가속한 덕분에 오스카의 속도는 대단했다. 검은 우산은 그 속도에도 지지 않는 속도로 오스카의 진로를 계속해서 얼려 나갔다.

신전 기사들의 마법이 쏟아졌으나 땅을 기는 듯한 자세와 엄청난 속도로 미끄러지는 탓에 한 발도 명중하지 않았다.

그리고 그 진로상에는―.

"헉, 오지 마! 뭣들 하느냐! 저걸 막아라!"

철퍼덕 주저앉은 포르네스 사교가 있었다.

"못 간다! ―『천상섬』!"

빛의 참격이 포르네스 사교와 오스카 사이의 땅을 도려내 깊은 도랑을 팠다.

오스카는 포르네스 사교 코앞에서 다시 일어나 단숨에 도약했다.

"멍청한 놈, 넌 끝이다!"

"공중이라면 못 피할 테지!"

신전 기사 두 명이 빛나는 기사 검을 휘둘렀다. 『천상섬』이 좌우에서 협공으로 공중에 있는 오스카에게 날아들었다.

"꼭 그렇진 않아."

신전 기사의 비웃음 섞인 선고에 대한 대답은 가벼웠다.

동시에 오스카의 몸도 가볍게 떠올랐다. 그렇다, 허공을 딛고 뛰어오른 것이었다.

—아티팩트 검은 부츠『반광벽(反光壁)』.

초보 중에서도 초보 빛 속성 마법『광절(光絶)』에 반발 효과를 부여한 초급 방어 마법『반광벽』. 그것을 신발 밑창에 순간 전개하여 공중 다단 도약을 가능케 하는 능력이었다.

"아니?!"

"이게 무슨!"

『천상섬』의 참격이 교차하면서 오스카의 아래로 빠져나가 저 멀리 엉뚱한 벽을 갈랐다.

그동안에도 오스카는 공중에서 검은 우산을 휘둘렀다.

휘두른 궤적을 따라서 바람의 칼날이 튀어나왔다. 직격한 신전 기사는 갑주 덕분에 치명상은 입지 않았지만 완전히 막지는 못해 피를 뿜으며 무릎 꿇었다.

그사이 오스카는 땅으로 내려왔다.

포르네스 사교 바로 옆으로…….

"움직이지 마. 움직이면 바로 목을 치겠어."

"네, 네 이놈, 내가 누구인 줄— 헉!"

포르네스 사교는 오스카의 말에 격앙했지만 목에 닿은 검은 우산살이 살짝 변형하여 예리한 칼날이 된 시점에서 입을 다물었다.

"기사들도 설마 사교님을 버리진 않겠지? 핑, 너도 예외는 아니야."

신전 기사들이 행동을 멈췄다. 몰래 도망치려던 핑 일당도 땅을 타고 코앞까지 뻗어 온 사슬이 뱀처럼 머리를 처든 시점에서 다리 힘이 풀려 그 자리에 멈췄다.

어린아이를 한 손으로 안은 채 기사의 포위 돌격을 쉽사리 돌파한 오스카에 대한 경계심과 다양한 아티팩트들이 그들에게 두려움을 안겨줬다.

"그럼 사교님, 말해 보실까?"

"마, 말해? 뭘?"

"뻔한 걸 왜 물어? 같이 데리고 온 아이가 두 명 더 있을 거야. 딜런과 케티. 아니, 그 아이들 말고도 납치한 아이가 있다면 모두 해방해."

"뭐? 해방?"

공포의 표정을 짓던 포르네스 사교의 얼굴에 분노가 되돌아왔다.

"그래, 해방하라고. 뭘 하고 있었는지 모르겠지만, 절대로 좋은 일은 아닐 거 아냐? 우리 가족을 내놓으시지."

순간 버럭 소리칠 뻔한 포르네스 사교가 무슨 생각에선지 갑자기 징그러운 웃음을 지으며 고개를 끄덕였다.

"좋다. 선택받은 자로서 맞아줬건만 『해방』이란 말을 듣는 건 마음에 안 드는군. 하지만 그렇게 만나고 싶다면 오냐, 소원대로 재회하게 해주마!"

"……뭘 할 셈이지?"

"너희의 감동적인 재회지. 신의 병사가 된 가족과의 재회 말이다!"

포르네스 사교가 눈을 번쩍 떴다.

하지만 그 눈은 오스카가 아니라 한 명의 신전 기사를 바라보고 있었다.

"움직이지 마!"

오스카가 경고했으나 애초에 신전 기사는 움직이지 않았다. 아니, 정확히는 헬멧 내부에 새겨진 마법진이 빛나고 동시에 입이 움직였지만 헬멧을 쓴 탓에 오스카는 알 수 없었다.

염화 마법으로 시설 내부 인원에게 연락이 됐다는 것을…….

최악의 적이 해방되었다는 사실을…….

그래서 대처가 늦었다.

움직인 것은— 시설의 문이었다.

그리고…….

—우워어어어어어어어어어어!!

짐승 같은 포효가 터졌다!

"뭐야?!"

오스카는 얼떨결에 눈을 돌렸다.

날아든 쇳덩이가 시야를 전부 뒤덮고 있었다.

"웃?!"

퍼뜩 검은 우산을 방패로 삼은 것은 요행이었다.

금속끼리 격돌하는 단단한 굉음이 울리며 무시무시한 충격이 오스카를 덮쳤다. 총중량 8킬로그램인 검은 우산을 든 오스카를 수평으로 날려 버릴 정도의 위력이었다.

만약 검은 우산에 신체 강화 기능이 없었다면 충격을 막지 못해 적어도 한쪽 팔에 안은 콜린은 심각한 타격을 받았을 것이다.

목에 매달린 콜린이 작게 비명을 지르는 가운데, 오스카는 그녀를 놓치지 않으려고 끌어안으면서 연쇄를 지면으로 날렸다.

원격 연성을 사용해 바닥과 결합한 연쇄로 날아가는 속도를 죽였다.

검은 부츠의 『반광벽』과 『내상(來翔)』으로 자세를 바로잡으며 콜린을 지키고자 등부터 떨어졌다. 검은 코트의 소매를 조종해 충격 완화와 더불어 속도를 더욱 줄였다.

뒤로 한 바퀴 구르며 일어난 오스카가 검은 우산 물미로 바닥을 긁어 가며 제동을 걸었고—.

"으아아아아아아!!"

바로 옆에서 절규가 울렸다.

"……?! 10식 『성절』! 최대 전개!!"

보통은 마력을 직접 조작하면 생각과 상상만으로 쉽게 할 수 있는 마법 전개를 조바심 때문에 무심코 입으로 외웠다.

날아가는 자신을 쫓아오는 경이적인 속도. 그리고 가차 없는 추가타.

펼친 검은 우산에서 태양빛이 폭발해 전방위 방어 『성절』이 오스카와 콜린을 감쌌다.

그 찰나, 대지를 뒤흔드는 충돌음이 퍼졌다. 소리는 총 세 개.

놀랍게도 추격해 온 건 한 명이 아니었다. 어느샌가 좌우에서도 대검과 메이스가 날아들어 장벽에 조그만 금을 냈다.

"으윽! 이게 무슨 괴력이야? 너희는 대체……!"

『성절』 너머로 흰 연기 섞인 날숨을 내뱉는 짐승 같은 적이 있었다.

부풀어 오른 근육. 핏발 선 눈에 흰 연기 섞인 숨이 새어나오는 입.

정면에 있는 것은 처음에 오스카를 날린 습격자일 것이다. 『성절』을 때린 것은 전투 망치 같았다.

속도, 완력, 연계. 모든 점에서 신전 기사를 초월했다. 엄청난 실력자였다.

정황으로 생각할 때 포르네스 사교가 보유한 정예 병력이리라.

하지만 그런 것치고는 위화감을 지울 수 없었다.

우선, 너무 젊었다. 세 명 모두 높게 잡아도 10대 후반, 혹은 10대 중반일지도 모를 만큼 젊었다. 청년은 고사하고 소년이라고 불러도 이상하지 않았다.

더불어 장비가 무기 말고는 너무 빈약했다. 가죽 갑옷은커녕 튼튼한 옷조차 아니었다. 콜린이나 루스가 입은 것과 똑같은 간소한 통옷이었다.

"오빠!"

콜린의 부름에 정신이 번쩍 들었다. 돌아보니 신전 기사들이 고위력 마법을 사용하고자 주문을 외고 있었다. 오스카를 묶어 놓고 집중포화로 처치할 작정이었다.

지켜야 할 동생이 팔 안에 있는데 어디에 정신을 팔고 있는가? 오스카는 자신을 질타했다.

적이 누구든 동생을 위협하는 이상은 처리한다.

"나쁘게 생각 마라!"

검은 우산에서 전방위로 충격이 퍼졌다. 『충벽』이었다. 『성절』을 깨려던 세 습격자가 살짝 주춤하며 뒷걸음질쳤다.

동시에 오스카는 검은 우산을 내민 상태로 『성절』을 해체하고 원심력으로 빗물을 털듯 옆으로 뻗었다. 그러자 검은 우산 끝에서 맹렬하게 흰 연기가 분출했다.

―아티팩트 검은 우산 7식 『백뢰(白牢)』

흙 속성 상급 마법이며 효과는 『석화』.

"아아아아악!"

세 습격자는 다리가 석화되어 그 자리에 발이 묶였다.

오스카는 바로 도약했다. 대번에 10미터 가까이 뛰어오른 순간, 간발의 차로 직전까지 있던 곳에 무시무시한 마법 포화 공격이 직격했다.

갱도에 격진이 일 정도의 위력이었다. 동료일 습격자 세 명을 주저 없이 말려들게 하는 무자비함에 오스카도 식은땀을 흘리지 않을 수 없었다.

오스카는 멀찍이 떨어져 착지했다. 마법 공격으로 피어오른 먼지 속에서 오스카를 향해 두 그림자가 튀어나왔다.

방금 그 습격자는 분명히 경이적인 신체 능력과 기술을 가졌지만 냉정하게 대응하면 상대하지 못할 정도는 아니었다. 이렇게 되면 끝까지 싸워 포르네스 사교의 마음을 꺾어 버리고 아이들을 해방하려고 생각했으나―.

"뭐, 뭐 하는―."

오스카는 당혹감을 감추지도 않고 말했다. 위기감이 반사적으로 검은 우산의 『성절』을 발동시켰으나 그 장벽에 공격을 가한 자들을 보며 더 심하게 동요했다.

오스카는 당황스럽게 외쳤다.

"뭐 하는 거야! 딜런! 케티!"

그랬다. 장벽에 나이프를 세운 소년과 갈고리가 붙은 팔목 보호대를 내민 소녀가 바로 오스카가 찾던 딜런과 케티였다.

"디 오빠! 케티! 왜 그래! 콜린이야! 나 모르겠어?!"

오스카의 팔 안에서 콜린이 믿어지지 않는다는 표정으로 외쳤다.

하지만 딜런도 케티도 무표정하게 흐리멍덩한 눈길과 조용한 살의를 보낼 뿐 대답도 없었다.

먼지를 날리며 『비창』, 『풍인』, 그리고 『천상섬』이 덮쳐들었다.

"제기랄!"

자기도 모르게 욕이 나왔다. 오스카의 뇌리에 방금 봤던 광경이 지나쳤다. 신전 기사들이 주저 없이 습격자들과 함께 오스카를 죽이려고 했던 것을…….

오스카는 『성절』을 해제함과 동시에 검은 안경의 『섬광』을 발동했다. 이어서 눈이 먼 딜런과 케티에게 연쇄를 감아서 던져 버리고 자신은 전력을 다해 옆으로 뛰어 자리를 이탈했다.

간신히 딜런과 케티까지 무사히 구했지만 이번에는 그 두 사람이 달려들었다.

『섬광』을 맞았는데 회복이 너무 빨라!'

속으로 절규했다. 도저히 자신이 아는 딜런과 케티라고 생각할 수 없는 노련한 움직임으로 거리를 좁힌 둘은, 섬뜩할 정도로 거침없이 나이프와 갈고리를 휘둘렀다.

"악?!"

"오빠!"

격퇴할 수는 없거니와 피하려고 해도 자세가 나빴다. 게다가 콜린도 감싸야 해서 결국에는 오스카가 흉기에 맞았다.

정확하게 급소를 노린 케티의 쇠갈고리에 얕긴 하지만 목을 베였고 딜런의 나이프가 옆구리와 허벅지를 연속으로 꿰뚫었다.

아직 감겨 있는 연쇄를 당겨 가까스로 치명상만은 피했지만 상처는 깊고 출혈은 심각했다.

"딜런, 케티! 정신 차려! 나야! 오스카라고!"

고통을 견디며 검은 부츠의 힘으로 크게 백 스텝을 뛰어 거리를 벌린 오스카는 애타는 심정으로 말을 걸었다.

그러나 딜런도 케티도 멈추지 않았다. 거슬린다는 양 연쇄를 절단했다. 그리고 거리를 벌리지 않고 딱 붙어 쫓아오면서 상식적으로 믿기지 않는 연계로 공격을 감행했다.

어쩌면 다른 사람이 아닐까? 이런 숙련자를 넘어 달인이라고 해도 과언이 아닌 움직임을 두 사람이 할 수 있다니 말도 안 된다.

'하지만, 그래도…… 젠장, 두 사람은 틀림없이 딜런과 케티야!'

항상 지켜봐 왔다. 소중한 동생들을 잘못 볼 리 없었다.

그러던 그때, 오스카는 깨달았다. 딜런과 케티 모두 이상하게 얼굴이 붉었다. 그리고 눈에 핏발이 서고 조금 전보다 호흡이 거칠었다.

분명히 몸이 좋지 않은데, 그런데도 불구하고 두 사람은 오스카에 대한 공격을 멈추지 않았다.

"큭, 딜런, 케티, 조금만 참아!"

검은 우산 물미를 땅에 찍었다. 그 순간 오스카를 중심으로 금속 실로 짜인 캐노피가 풀려 펴졌고, 그것을 따라 번갯불이 터졌다.

─아티팩트 검은 우산 9식 『전광(電光)』.

번개 속성 상급 마법 『전광』. 본래 번개 포격을 쏘는 마법이지만, 금속 실과 병용해 번개의 공성 결계로 어레인지가 가능했다. 마력량을 조정해 스턴 효과가 발생하는 수준으로 위력을 억제할 수도 있었다.

그러나 딜런과 케티는 뛰어난 반응 속도로 펄쩍 뛰어 물러났고 『전광』 결계 범위에서 빠져나갔다. 하지만 역시나 몸에 이상이 있는지 착지한 순간 비틀거리더니 무릎을 꿇었다. 더구나 코피에 각혈까지 이어졌다.

"딜런! 케티!"

오스카는 자기도 모르게 외쳤다. 충동적으로 달려가려고 했으나 힘이 빠져 무릎이 꺾였다. 출혈 때문에 가벼운 빈혈 증상이 일어난 것 같았다. 중상에도 불과하고 과격하게 움직여 한 번에 많은 피를 흘렸기 때문이리라.

팔에 힘이 잘 들어가지 않아 끝내 콜린을 내렸다. 콜린이 눈물을 머금으며 오스카의 몸을 지탱했다.

"어떤가? 감동적인 재회였나?"

불시에 들린 유열과 가학심이 한껏 들어간 불쾌한 목소리에 오스카는 시선을 돌렸다.

"……포르네스 사교, 두 사람에게 무슨 짓을 했어?"

낮고 감정이 느껴지지 않는 음성이었다. 곁에 있는 콜린이 무심코 찔끔 떨 정도로 평소 오스카와는 동떨어진 목소리였다.

"모든 것은 신의 뜻이다. 그들은 선택받은 거야. 신의 병사를 창조하는 반석을 닦기 위해서."

"신의, 병사?"

대화하면서도 오스카의 눈은 다시 포위망을 깔기 시작하는 신전 기사들과, 출혈은 멎었으나 아직 열이 있는 것 같은 얼굴로 휘청거리며 일어선 딜런과 케티를 향해 있었다.

조금이라도 두 사람 몸에 일어나고 있는 사태를 파악하고 해결하기 위해서, 부득이하게나마 포르네스 사교의 말을 들을 필요가 있었다.

그러나 포르네스 사교는 그런 오스카의 의도를 알아차렸는지, 대답할 생각은 없는 듯했다. 대신 기분 나쁠 정도로 밝게 웃으며 부드럽게 오스카에게 말을 걸었다.

"놀랐다, 오스카. 단순한 이단자라고 생각했는데, 그 마법 도구들은 다 웬 것인가! 어느 것이고 아티팩트급 물건이 아닌가! 핑이 기사들을 압도했다고 말했을 때는 허풍이라고 생각했다. 소심한 그들이 하는 얘기니까……. 그런데 웬걸, 엄청나지 않은가! 오스카, 그건 자네가 만든 거지? 이게 어떻게 『패배자』고 『무능아』란 말인가!"

이야기하는 중에 흥분한 포르네스 사교가 과장되게 양팔을 벌려 오스카에게 찬사를 보냈다.

그의 뒤에서 어느샌가 가까운 건물 뒤로 피난한 핑 일당이 오스카에게 원망과 질투가 담긴 눈길을 보내고 있었다.

"그렇다면 어쩔 건데?"

"내 아래로 오거라, 오스카. 무릎 꿇어 신앙심을 보여라. 내 아래에서 함께 에히트 님에게 모든 것을 바치는 거다!"

"……거절한다면?"

오스카는 딜런과 케티를 주목했다. 두 사람은 포르네스 사교가 이야기를 꺼냈을 때부터 행동을 멈췄다. 그 충실함에 신물이 났다.

동시에 그런 두 사람을 보고 자신의 질문에 대한 대답도 자연스럽게 알았다.

"거절할 텐가?"

신에게 봉사하길 거부하는 말에 어렴풋이 혐오감을 내비치면서도 포르네스 사교는 희열을 감추지 않은 채 되물었다.

그리고 쐐기를 박으려는 듯 덧붙였다.

"네가 진짜 신앙에 눈을 뜬다면 분명히 에히트 님도 44번과 45번에게 가호를 내리실 것이다. 허나 그러지 않는다면 그들은 선택받은 자로서 에히트 님 곁으로…… 가게 될지도 모르지."

쉽게 말해 복종하면 딜런과 케티를 원래대로 돌려줄 것이고, 그러지 않는다면 이대로 몸의 이상으로 두 사람은 죽을 가능성이 있다. 혹은 의도적으로 죽이겠다는 뜻이었다.

오스카는 이를 아득 갈았다. 분노라는 말로는 차마 표현할 수 없는 격정을 눈빛에 실어 포르네스 사교를 노려봤다.

하지만 섣불리 행동할 수는 없었다.

딜런과 케티가 무슨 짓을 당했는지 모르는 상황이었다.

모두 박살 내고 목숨을 대가로 협박해 해결 방법을 들으면 된다.

그러나 과연 잘 풀릴까? 포르네스 사교는 천생 에히트 교 신자였다. 신의 병사란 것을 평범한 인간으로 되돌린다— 즉, 그들 식으로 말하면 신의 의사에 거스르는 일이었다. 그것을 강요한들 목숨 정도로 말을 들을 작자들인가…….

두말할 것도 없이 불리한 도박이었다.

애초에—.

'이 상처로…… 쓰러뜨릴 수 있을까?'

검은 우산에는 회복 능력도 있었다. 그러나 발동 자체는 한순간이라도 치료까지는 되지 않았다.

고치는 동안 그들이 느긋하게 기다려 주리라고는 생각할 수 없었다. 게다가 빠져나간 피는 돌아오지 않는다.

무엇보다―.

"딜런, 케티……."

사랑하는 동생들은 눈길조차 주지 않았다. 어떻게 된 까닭인지 달인급 전투 기술을 익힌 두 사람을 무사히 무력화할 수 있을까…….

고뇌하며 잠깐 눈을 감았다.

오스카는 포르네스 사교를 감정 없는 눈동자로 바라보았다.

"여기 있는 이 아이― 콜린과 고아원 가족에게는 손대지 마. 그리고 딜런과 케티를 반드시 원래대로 돌려주고 가족 곁으로 돌려보내겠다고 약속해줘."

"그건 네 신앙심에 달린 일이지."

꺾였다. 그렇게 확신한 포르네스 사교의 입매가 길쭉이 찢어졌다.

"못 하겠다면 나는 죽을 각오로 싸우겠어. 지금 여기 있는 자를 전부 죽이면 적어도 딜런과 케티 외의 가족은 안전하겠지. 내가 모든 걸 보여줬다고 생각하진 마."

허세였다. 오스카는 거의 모든 패를 보여줬다.

하지만 결사의 기백은 거짓이 아니었다. 격렬하기까지 한 의지는 가늘게 찌푸린 눈을 보면 자연히 전해졌다.

그 말에 포르네스 사교는 불쾌하게 인상을 썼다.

"……흥. 고아원과 그곳 아이는 뭐 좋다. 그러나 44번과 45번은 안 된다. 너라면 없는 능력까지 만들어 낼 수 있지 않느냐? 두 사람을 원래대로 돌려놓자마자 배신하면 곤란하지. 봉인석을 쉽사리 연성할 수 있다면 예속 목걸이도 의미가 없을 게야. 너의 절대적인 신앙심을 확신할 때까지 보험으로 확보해 두겠다. 걱정 마라. 목숨만은 보장해주마."

"—크."

오스카는 이를 갈면서도 구속도 예속도 어려운 자신을 보험 없이 믿지는 않으리라 생각하고 작게 고개를 끄덕였다.

언젠가 반드시 딜런과 케티의 주박을 풀고 복수해 주겠다고 맹세하면서…….

포르네스 사교는 딜런과 케티를 불러들여 곁에 대기시켰다. 그리고 신전 기사에게 포위된 채로 오스카에게 눈앞에서 무릎 꿇으라고 명령했다.

"오빠……."

울음을 터뜨릴 것 같은 콜린이 휘청거리며 일어선 오스카의 옷자락을 꽉 잡았다. 콜린은 이해하고 있었다. 오스카가 자신들을 지키기 위해 원치 않는 인생을 살려고 한다는 것을…….

오스카는 이것이 마지막일지도 모르겠다고 생각하며 총명한 동생의 머리를 상냥하게 쓰다듬었다.

"괜찮아. 언젠가 반드시 딜런과 케티도 집으로 돌려보낼게. 콜린, 엄마와 가족들이랑 기다리고 있어."

오빠는? 콜린은 그렇게 묻지 못했다.

각오를 다진 오빠의 표정을 보자 아무 말도 할 수 없었다. 그저 가지 말라고 옷자락을 잡은 손에 힘을 실었다.

오스카의 손이 살며시 콜린의 손을 풀었다. 어린 콜린에게 저항할 힘은 없었다. 격렬한 싸움 속에서 한 번도 눈물을 흘리지 않은 콜린의 뺨에 눈물이 흘러내렸다.

오스카는 가슴을 칼로 찌르는 것 같은 표정을 지었지만 눈길을 뿌리치듯 고개를 돌렸다.

그리고 천천히 포르네스 사교 곁으로 걸어갔다.

"후후, 안심하거라. 네가 에히트 님에게 봉사하는 한 시험체의 **목숨은** 보장하마. 가족에게도 간섭하지 않겠다."

"……그러길 빌겠어. 서로를 위해."

오스카가 무릎을 꿇었다. 포르네스 사교 앞에서…….

만족스럽게 주억거리는 포르네스 사교가 말했다.

"그럼 선서라도 해 보실까? 무엇이든 형식은 중요한 법이지."

그냥 자기만족이면서……. 속으로 욕하면서도 겉으로는 감정을 드러내지 않은 채 오스카는 지금껏 한 번도 입에 담지 않은 신에 대한 신앙을 피력했다.

"전지전능한 창세신— 에히트 님께 맹세합니다. 저 오스카는 이 육신, 이 영혼을 모두 에히트 님께—."

—바칩니다.

그렇게 말하려고 한 순간.

쿠구구구! 갱도 전체가 격심하게 진동했다.

엄청난 진동으로 천장에서 작은 파편이 후드득 떨어졌다.

"뭐, 뭐야?! 이 진동은 무엇이냐?! 무슨 일이 일어난 거야?!"

포르네스 사교가 혼란을 표출하면서 소리쳤다. 그러나 대답하는 자는 아무도 없었다. 신전 기사들도 안절부절못하며 주위를 돌아보고 있었다.

그들도 예측하지 못한 사태가 분명했다.

당연히 오스카도 이건 예상 밖이었다. 다만, 사교나 기사들과 달리 한 가지 깨달은 점이 있었다.

그것은 지질이나 대지의 변화에도 민감한 연성사이기에 알 수 있는 감각이었다.

"시설 중심에서? 제길, 설마 아직 귀찮은 걸 숨기고 있는 건 아니겠지!"

진원지는 시설 중심부였다.

그리고 오스카의 『귀찮은 것』이란 뜻밖에 정확한 추측이었다.

진동이 멈췄다.

한순간의 정적.

그 직후, 시설 중심부 지붕이 분화라도 한 것처럼 터져 날아갔다!

그리고—.

"아쵸오오옷! 모두의 인기 스타, 밀레디 라이센 등장~!"

금발 포니테일의 **그 녀석**이 튀어나왔다!

심지어 놀랍게도 저 높이로 뛰어오른 상태에서 바람 속성 마법을 쓰지도, 허공에 장벽을 치지도 않고 공중에 머물러 있었다! 게다가 왠지 정신 상태가 의심될 정도의 완벽한 포즈를 잡았다! 눈가에 댄 V사인과 반짝, 하고 별을 뿌릴 것 같은 윙크가 눈부시다!

"""""너, 넌 뭐야아아아?!"""""

포르네스 사교, 신전 기사, 심지어 핑 일당도 사이좋게 눈알이 튀어나올 것처럼 경악했다.

그렇지만 밀레디는 그런 그들에게는 관심을 주지 않고 평소처럼 마이웨이를 달렸다.

"후—핫핫하! 거기 제법 기분 나쁘게 생긴 아저씨! 아깝게 됐네요! 오 군은 이미 나 밀레디가 찜해 났지롱~! 이긴 줄 알았어? 응? 이긴 줄 알았어? 푸푸풉!"

포르네스 사교의 이마에 푸른 핏줄이 빠직 튀어나왔다. 이때까지 한 번도 『기분 나쁘게 생긴 아저씨』 따위의 망발을 들은 적이 없기도 하거니와 헤벌쭉이 웃는 소녀의 표정이 왠지 모르게, 말로는 표현할 수 없을 정도로 신경을 긁었다.

게다가 어떤 수단으로 오스카와 포르네스 사교의 대화를 들었는지 몰라도, 그녀는 이 타이밍을 기다렸다가 튀어나온 분위기였다. 포르네스 사교의 소중한 시설을 박살 내면서……. 그것도 화를 돋웠다.

포르네스 사교가 밀레디에게 뭐라고 말하려고 입을 벌렸다. 하지만 그 전에 오스카의 어리둥절한 혼잣말이 들렸다.

"미, 밀레디? 왜, 왜 네가 여기……."

멍하게 올려다보는 오스카를 향해 공중에 뜬 밀레디는 씩 웃었다.

"오 군, 한심하게 그게 뭐야~, 나한테 도와달라고 했으면 그렇게 다치지도 않았고, 콜린을 울릴 일도 없었을 텐데! 에베베~, 어린 여자애 울렸대요~, 울렸대요~!"

"그게 아니잖아! 아니, 맞을지도 모르지만! 이래 봬도 내 딴에는 고민해서…… 아니, 이게 아니고!"

여전히 짜증난다고 생각하며 조건 반사처럼 대꾸했다. 크게 소리쳐서 상처가 벌어졌는지 신음하는 오스카에게 밀레디는 조금 진지한 표정을 짓고 말했다.

"오 군. 그 녀석들이 약속을 지킬 리가 없어.『신의 이름하에』― 그들에게는 모든 것이 정당화되니까. 딜런과 케티를 원래대로 되돌릴 방법은 저들도 몰라."

"뭐라고……?"

오스카가 눈이 휘둥그렇게 커졌다.

포르네스 사교는 분노로 붉으락푸르락하면서 밀레디를 향해 소리쳤다.

"내가 에히트 님을 위해 만든 신병(神兵) 창조 시설을 감히! 오스카! 네 수하더냐! 저 시설이 파괴되면 시험체들은 두 번 다시 원래대로 못 돌아간다! 두 사람이 어떻게 되든 좋단 말이냐?!"

"윽―."

오스카는 가슴이 철렁했다. 포르네스 사교의 눈이 무언의 압박을 가해 왔다.

저 여자가 동료라면 네가 제압하라고…….

검은 우산을 쥔 손에 힘이 들어갔다. 하지만 그런 오스카의 진지한 심경 따위 알 바 아니란 듯 밀레디가 아주 신이 난 것처럼 목소리를 끌어올렸다.

"으응~? 부서지면 안 된다는 게, 혹시 이건가?"

그러면서 손가락을 탁 튕기자 파괴된 시설 천장을 뚫고 뭔가 장엄하고 거대한 물체가 떠올랐다.

"아, 아, 아앗, 아아아앗?!"

포르네스 사교의 경악에 찬 목소리는 이미 말이라기보다 비명이었다.

그것도 무리는 아닐 것이다.

파편을 우수수 쏟으며 떠오른 그것은 직경 5, 6미터쯤 되는 바닥 그 자체였다. 통째로 파낸 것 같은 지면 위에는 정밀하고 복잡한 마법진이 새겨져 있었고 그 위에 제단 같은 조형물이 설치되어 있었다. 중앙에는 직사각형 기둥이 있고 그 꼭대기에는 눈알 조각이 놓였다.

"오 군! 이게 딜런과 케티를 그렇게 만든 아티팩트야. 우수한 고대 전사의 기술을 기록해서 타인에게 옮기는 힘을 가졌어. 그렇지만 사교는 이걸 제대로 다루지 못해!"

밀레디가 말하길 기록을 옮기면 막대한 정보량이 자아를 밀어낸다는 듯했다. 처음에는 광전사처럼 날뛸 뿐인 것을 최근 겨우 지배하에 뒀지만, 아직 원래대로 돌리는 방법은 모른다는 것이었다.

아울러 고대 달인들의 움직임을 억지로 재현하기 때문에 몸에 걸린 리미터가 강제로 해제된다. 당연히 부담을 견디지 못해 몸이 망가지지만 자가 치유 능력도 한계를 넘어 활성화되므로 곧바로 회복한다. 단, 육체 한계는 존재하기에 전투를 반복하면 단기간에 죽는다.

딜런과 케티가 달인급 움직임을 보이고 아무것도 하지 않았는데 피를 토하며 몸이 이상하게 발열한 원인은 바로 그것이었다. 두 사람 안에는 고대 우수한 전사의 전투 기술을 억지로 심은 것이었다.

"시설에 있던 인간들에게 초중력 공간에서 뼈가 으스러지는 소리를 BGM 삼아 알아낸 사실이니까 틀림없어."

"뭐……? 그럼 딜런과 케티는……."

절망으로 점철된 표정을 지은 오스카의 귀에 부르르 떨리는 목소리가 들렸다.

"내…… 내 아티팩트가……『신의 눈』이! 아앗, 이게 무슨 일인가! 네 이놈, 네 이놈, 네 이노옴!"

포르네스 사교가 발광한 것처럼 머리를 쥐어뜯었다.

─아티팩트 신의 눈.

밀레디가 설명한 그대로의 능력을 지닌 이 아티팩트는 이 65층의 숨겨진 방에서 우연히 발견되었다.

보고를 들은 포르네스 사교는 바로 고대 초전사(超戰士) 군단을 만드는 계획─『신병 창조 계획』을 세웠다. 제단을 무사히 옮겨올 부하가 없었고 비밀리에 연구하기 적합하다는 이유로 숨겨진 방을 이 넓은 공간으로 확장하여 연구 시설을 건설했다.

"모든 것은 에히트 님을 위한 일! 신을 위한 최강의 군단을 창조한 공적으로 그분을 곁에서 보필하기 위해! 총본산에, 대사교의, 아니, 교황의 자리에! 아아아아아아아아아!"

그딴 이유로 딜런과 케티가 희생됐단 말인가?

시커먼 감정이 오스카의 마음을 침식했다. 몸속을 태우는 검은 분노의 불길이 눈앞에 어른거렸다.

발광할 것 같은 사람은 오히려 오스카였다. 이성이 불타 버려 그대로 흉악한 감정에 몸을 맡길까 하며 검은 우산을 들었다.

"그리로 가면 안 돼, 오 군."

"밀레, 디……."

어느샌가 바로 옆에 둥실 떠 있던 밀레디가, 검은 우산을 움켜쥐는 오스카의 손에 살며시 자신의 손을 포개고 있었다.

신기하게 마음이 평온해졌다. 평소의 사고력이 돌아왔다.

그런 두 사람에게 눈을 부릅뜬 포르네스 사교가 고함쳤다.

"오스카아아! 그 여자를 죽여라. 잊었나? 네 소중한 시험체들의 목숨은 내가 쥐고 있다!"

포르네스 사교가 명령하자 딜런과 케티는 자신의 목에 날붙이를 갖다 댔다. 말 한마디로 자해시킬 수 있다는 뜻이었다.

오스카가 이를 악물었다.

하지만 이제 자신은 혼자 싸우고 있지 않았다.

밀레디는 어딘가 투명하고 신비할 정도로 진지한 표정으로 오스카의 눈을 들여다봤다.

"오 군. 그들 말을 들어 봤자 아무것도 지킬 수 없고 얻을 수 없어."

그렇게 말하며 손가락을 탁 튕겼다.

그 순간 딜런과 케티는 저마다 무기를 강하게 바닥에 찔렀다.

명령을 계속 수행하기 위해 필사적으로 무기를 뽑으려고 애쓰는 모습을 보면 그것이 의도한 행동이 아니란 것은 자명했다.

마치 무기 자체의 어마어마한 무게를 버티지 못하는 것 같았다. 포르네스 사교가 어리둥절하게 보고 있었다.

"잠깐만, 자고 있으렴."

상냥함마저 느껴지는 밀레디의 목소리와 함께 딜런과 케티의 몸이 둥실 떠올라 그대로 밀레디 곁으로 날아왔다. 어떻게든 빠져나오려고 하지만 공중이라서 어쩌지 못했고, 결국에는 밀레디가 손에 두른 뇌격에 맞고 의식을 잃어 천천히 바닥에 몸을 눕혔다.

동시에 콜린의 몸도 떠올라 날아갔다. 「우와, 와왁!」이라며 귀여운 비명을 지르며 오스카 옆에 착지했다.

혼란스러운 눈치였지만 오스카를 보자 눈물을 흘리고 와락 안겨들었다.

"……이런 꼴을 당하려고 태어난 게 아닐 텐데……."

"밀레디?"

밀레디는 기절한 딜런과 케티를 부드럽게 쓰다듬었다.

"오 군은 자신을 치료해. 그 상처, 꽤 위험한 거야. 저 녀석들은 나한테 맡겨. 알았지?"

그렇게 말하고 곧바로 포르네스 사교와 신전 기사들을 봤다.

"아티팩트는 확보했어. 시설 내에 유괴한 아이들도 벌써 구출했고. 이미 기록을 옮긴 사람들도 의식을 빼앗아 구속했지만 데리고 나갔어. 오 군이라면 아티팩트 사용법을 완전히 이해하고 피해자를 모두 원래대로 돌릴 수 있어. 내 말뜻 이해해? 광신자들."

조금 전 밀레디와 과연 동일인물인지 의심될 정도로 무감정한 눈초리와 무기질적인 음성이었다.

신전 기사들이 일제히 주문을 외기 시작했다. 포르네스 사교가 목에 건 수정 같은 것을 쥐고는 뭐라고 형용하기 힘든 소름 끼치는 눈으로 밀레디를 쏘아보며 무슨 말을 하려고 했다.

그러나 그 전에 밀레디가 선고했다.

"밀레디 라이센이 고한다. ─체크 메이트."

쿵, 하고 창궁의 마력이 치솟았다. 나선을 그리며 공간에 깔린 어둠을 화려하게 몰아냈다.

마치 그런 것이 당연하다는 양 중력의 쐐기를 무시하고 부유해 금색 포니테일을 나부꼈다. 아름다운 푸른 눈이 빛을 띠고 하계를 내려다봤다.

가볍게 펼친 양팔 위로 검게 회오리치는 구체가 출현했다. 그것이 행성이 거느리는 수호 위성처럼 바람을 가르고 밀레디 주위를 선회했다.

오스카마저 능가하는, 인간의 영역을 초월한 압도적인 마력의 파도였다.

모든 이가 말을 잃었다. 모든 이의 시간이 멈췄다.

지금 그녀를 언어로 표현하자면…….

—폭력적일 만큼 신성하다.

그것이 그 자리에 있는 이들의 공통 인식이었다.

가장 먼저 정신을 차린 사람은 포르네스 사교였다.

"뭐, 뭣들 하나! 저 여자를 땅으로 떨어뜨려!"

제정신으로 돌아온 신전 기사들이 일제히 마법을 발사했다.

무심결에 오스카가 경고하려고 했지만—.

"저, 저게 뭐야?!"

"마법이, 사라졌어?!"

모든 마법이 밀레디에게 도달하기 전에 그녀 주위를 선회하는 검은 위성에 빨려들어 사라져 버렸다.

—중력 마법 『절화』.

속성 관계없이, 혼신의 『천상섬』이건 뭐건 상관 않고 모조리 안으로 빨아들이는 검은 흉성. 초중력의 천체 결계였다.

"의식만 빼앗으면!"

포르네스 사교가 그렇게 외치고 목걸이에 걸린 수정을 들었다. 아마도 어둠 속성 마법으로 밀레디의 의식에 간섭할 작정인 것 같았다.

공격 타이밍을 맞추고자 신전 기사들도 다시 주문 읊기에 들어갔다.

"느려. —『화천』."

출현한 것은 작고 검은 무수한 구체. 그것이 포르네스 사교와 신전 기사 머리 위를 빼곡하게 메웠다.

다음 순간, 그들이 전부 땅으로 가라앉았다.

비명을 지를 여유도 없었다. 작은 크레이터 안에 쓰러진 채로 손가락 하나 까딱하지 않았다. 그저 작게 신음하는 소리가 들릴 뿐이었다.

"거헉! 이, 이 자히익…… 뭘 한 거냐?!"

숨이 막히고 입가로 피를 흘리면서도 포르네스 사교가 소리쳤다.

밀레디는 질문에 대답하지 않고 신전 기사 몇 명이 일어서려는 모습을 바라봤다. 아무래도 신체 강화를 중첩한 것 같았다.

밀레디가 말없이 손을 뻗었다.

"끄아아악!"

"우오오오오!"

기사 검을 지팡이 대신하여 일어선 신전 기사들이 무릎을 꺾었다. 한쪽 무릎을 꿇으며 고통에 찬 소리를 냈다.

"뭔가가, 찍어 눌러—."

말이 끊겼다. 쿵, 하는 충격음과 함께 크레이터가 더욱 확대됐다. 아울러 신전 기사들은 한 사람 예외 없이 땅바닥을 기게 됐다.

더는 주문을 욀 여유도 없었다.

"이단자놈! 나의 신앙은 꺾이지 않는다!"

더러워진 사교복이지만 역시 물건 자체는 일급품 같았다. 옅은 빛은 아마도 어떤 방어나 마법을 저해하는 마법이 발동한 증거가 아닐까. 초중량에서 포르네스 사교를 간신히 지키고 있었다.

"하늘은 우리 신의 것! 땅에 떨어뜨려주마! ―『붕암(崩岩)』!"

풍부한 마력 없이 사교는 될 수 없다. 그것을 증명하듯 포르네스 사교는 땅 속성 상급 마법을 발동했다.

광범위한 땅을 붕괴시키고 그 잔해를 포탄으로 쏘는 강력한 기술이었다.

거의 백에 달하는 크고 작은 암석이 한꺼번에 밀레디를 향해 날아갔다.

"밀레디!"

오스카가 소리쳤다. 거대한 질량의 물리 공격에 밀레디가 휩쓸리는 것이 아닌가 생각했을 때였다.

"크, 순수한 질량 공격도 통하지, 않는다고……?"

포르네스 사교의 전율하는 듯한 목소리가 메아리쳤다.

그 심정은 오스카도 마찬가지였다.

포르네스 사교가 쏜 모든 암석은 밀레디의 코앞에서 정지했고 낙하하기는커녕 그대로 그녀 주위를 천천히 돌기 시작했으니까.

"이것들이 장난쳐! 아티팩트를 양산하는 괴물 말고도 아직 이런 괴물이 있단 말이냐! 이단자 주제에! 네 이놈, 네 이놈,

네 이놈, 네 이놈, 네 이노오옴!"

포르네스 사교가 미친 것처럼 저주 비슷한 말을 뇌까렸다.

그런 그에게 밀레디는 딱히 아무 말도 하지 않고 천천히 한 손을 들었다.

동시에 위성이 딱 멈추더니 밀레디가 느릿하게 휘두른 손에 맞춰 가지런히 늘어섰다.

그것은 그야말로 암석군이라는 이름의 기요틴. 한 번 떨어지면 확실하게 목숨을 거둔다. 다른 점은 참살이냐 압살이냐, 그뿐이다.

그 절망적이고 비현실적인, 처형장을 방불케 하는 광경을 보고 포르네스 사교는 멍하게 중얼거렸다.

"……기억났다. 라이센…… 밀레디 라이센. 제국 처형인 일족, 라이센 백작가의 차기 당주! 수년 전 일족이 멸문지화를 입었을 터인데 네가 어떻게—."

"대화는 필요 없어. 내가 말했을 거야. 체크 메이트라고."

사교는 말을 끝내기 전에 운석 같은 암석군에 휩쓸려 사라졌다.

굉음에 이은 굉음. 갱도가 붕괴하는 게 아닐까 싶은 충격이 공간을 메웠다.

초중력의 역장은 고리 모양으로 전개됐는지 오스카 주변에는 별 충격도 없었고 파편도 튀지 않았지만, 너무 박력이 엄청나서 검은 우산의 『성절』을 발동하고 말았다.

다리가 풀린 콜린을 한 손으로 끌어안고 바닥에 누운 딜런과 케티를 지키는 형태로⋯⋯.

이윽고 굉음이 잦아들자 시야를 가린 모래 먼지가 바람에 쓸려 날아갔다.

그리고 공중에서 산책이라도 하는 양 밀레디가 내려왔다.

"휘유~. 밀레디 무쌍 종료~. 어때? 오 군, 봤어? 엄청나지? 엄청 대단하지? 흐흥♪"

태평하고 귀에 익은 밝은 목소리로 그녀는 그렇게 말했다.

방금 보인 무표정이 다 헛것이었던 것처럼 처음 만났을 때와 같이 천진난만한 웃음을 지으면서⋯⋯.

오스카는 자랑스럽게 가슴을 내미는 밀레디에게 난감한, 그러나 처세술로 짓는 것과는 다른 웃음을 짓고는 이렇게 말했다.

"너는⋯⋯ 정말 상상을 초월하는 사람이야."

싸움이 끝나 황폐해진 공간에서 밀레디는 우선 오스카의 상처가 치유되길 기다렸다.

"그나저나 우산을 쓰면 안쪽에 치유의 빛이 쏟아지는 게 재미있어. 혹시 우산을 썼는데 비 맞는다는 개그야?"

"우산 받침살이 회복 마법을 부여한 광석을 쓰기 가장 적합했을 뿐이야. 단언컨대 웃기려고 그런 거 아니야."

빛 속성 상급 회복 마법, 『성광』이 가진 치유의 빛이 우산 내부 받침살에서 오스카에게 쏟아지는 광경은, 그녀의 말마따나 우산 쓰고 비를 맞는 것처럼 보이기도 했다.

상처가 제법 아물었는지 낯빛이 나아진 오스카는 약간 창피한 듯 눈을 돌렸다. 콜린이 키득키득 웃으니 괜히 더 민망했다.

"그보다 밀레디, 너 언제부터 시설 안에 있었어? 아니, 그전에 어디로 들어왔어?"

오스카는 화제를 돌리듯 물었다.

밀레디는 히죽거리는 웃음을 거두고 어깨를 으쓱하며 대답했다.

"오 군이 싸우는 사이에. 66층에서 천장을 박살 내서 시설 뒤쪽으로 침입했어. 유괴된 아이들도 한번 아래층으로 내려보내고, 우회해서 오 군이 만든 직통 계단으로 보냈어. 지금쯤 동료가 지상까지 안내했을 거야."

"박살…… 그 모든 걸 빨아들이는 검은 구체인가……."

"딩동댕~!"

"내 직통 계단을 안다는 건 미행했다는 말이야?"

"응. ……마지막으로 고아원 아이들에게 인사만이라도 하고 싶었거든. 그래서 가 봤더니 모린 아주머니의 상태가 예사롭지 않더라구. 사정을 듣고, 큰일 났다! 오 군을 쫓아야 돼! 라고 생각했어. 그래서 동료에게 연락해서 고아원을 지키게 하고 나는 서둘러 오 군 집에 갔는데, 비도 내리지 않는데 우산을 든 오 군이 초인 같은 점프를 하더니 번개같이 달려 나가잖아?"

오스카가 모린과 이야기한 후 바로 밀레디가 찾아온 듯했다. 그리고 오스카가 자택에서 장비를 갖추는 사이 따라잡은 모양이었다.

"왜 말을 안 걸었어?"

도중부터 사정을 파악하고 시설을 조사하길 우선했다고 쳐도 중간에 말을 걸 수는 있었을 것이다. 특히 밀레디의 성격을 생각하면 바로 말을 걸었어도 이상하지 않았다.

질문받은 밀레디는 잠깐 눈을 이리저리 굴리더니—.

"아, 그게…… 오 군이 나랑 만나기 싫어하지 않을까 해서."

"……."

요컨대, 이 방약무인하고 고잉 마이 웨이인 천방지축 소녀는 실컷 귀찮게 따라다녀 놓고 정작 중요한 순간 겁을 집어먹은 것이다.

'아니야.'

오스카는 생각을 고쳤다.

철저하게 그녀를 거절한 것은 자신이었다. 아무리 천진난만해 보여도 상처받지 않았을 리 없었다. 마지막으로 보인 그 쓸쓸한 표정이 그 증거가 아닌가?

또 거절당할까 봐 겁은 나지만 힘은 되어주고 싶어서 위험속에 뛰어들었다.

오스카가 뭐라고 하면 좋을지 말을 찾는데 누가 갑자기 옷자락을 꾹꾹 잡아당겼다. 돌아보니 콜린이 조금 화난 얼굴로 오스카를 올려다보고 있었다.

"오빠. 언니한테 못되게 굴었어?"

"어? 아니, 그런 게 아니라……."

못되게 굴었다고 한다면 그렇다고 할 수 있지 않을까? 어쩐지 뒤가 켕겨 오스카는 그만 말을 하다 말았다. 콜린은 그런 오스카를 보고, 그리고 어색하게 웃는 밀레디를 보고 뭔가를 확신했다.

"오빠, 나쁜 짓 하면 뭐라고 해야 돼?"

"응?"

"오빠!"

"아, 네. 죄, 죄송합니다?"

"콜린한테 말고."

"아, 네."

일곱 살배기 여자애에게 호되게 야단맞는 열여덟 살 청년이 그곳에 있었다.

푸핫, 하는 소리가 들렸다. 밀레디가 참지 못하고 웃음을 터뜨린 모양이었다. 배를 끌어안고 깔깔대고 있었다.

"아, 배, 배 아파! 오 군, 어린애한테 잔소리 듣고 있어! 아하하하하!"

"조, 조용히 해! 애초에 네가—"

"오빠!"

"으으."

일단 찍소리 정도는 냈다. 밀레디가 눈물을 찔끔 흘렸다.

오스카는 안경을 꾹꾹 격하게 올려 쓰면서 일어섰다. 아무래도 치유가 끝난 것 같았다. 빛을 흩어 버린 검은 우산을 접고 아직 웃느라 정신이 없는 밀레디 앞으로 갔다.

"밀레디."

"아하하하하하! 으히이, 코, 콜린 최강설! 어떡해, 웃음이 안 멈춰! 수, 숨 막혀~."

"밀레디."

밀레디는 깔깔 웃어 댔지만 뜻밖에 진지한 부름에 눈물을 머금으면서도 오스카와 눈을 맞췄다.

"밀레디. 나는 그때 판단이 잘못됐다고는 생각하지 않아. 진심을 보인 너에게 나도 나름의 진심으로 대답했어."

"오 군?"

"그러니까 사과는 안 해. 그렇지만 이 말은 들어줘."

오스카는 한 호흡 쉬고 어리둥절해하는 밀레디에게 말했다.

"고마워."

밀레디가 살짝 눈을 크게 떴다.

"구하러 와줘서. 힘을 빌려줘서. 너는 은인이야. ―고마워."

"어, 그, 그래. 천만에?"

어째 당황스러운 반응이었다. 얼굴을 맞대고 솔직하게 감사한 탓인지, 조금 쑥스러운 듯했다. 귀 끝이 어렴풋이 붉어졌다.

오스카와 밀레디를 번갈아본 콜린이 여자아이 특유의 호기심 가득한 눈빛을 보내 왔다.

그것이 또 이상한 분위기를 자아냈다.

"으음, 어흠, 어쨌든! 상처가 나았으면 어서 밖으로 나가자. 『신의 눈』이랬나? 저걸 분석해서 아이들을 고쳐줘야 하잖아!"

"그, 그렇지. 응, 그 말이 맞아."

초롱초롱 빛을 뿜으며 빤히 바라보는 콜린에게서 두 사람은 함께 눈을 돌렸다.

그런데 그때—.

"이익, 아아악……."

그런 고통스러운 목소리가 들려왔다.

오스카와 밀레디가 설마 하며 얼굴을 마주 봤다.

밀레디가 손을 흔들어 암석을 몇 개 치우자 그곳에는— 포르네스 사교가 있었다.

"네, 네놈, 네놈들에게…… 재앙, 을! 신의, 분, 분노를, 느껴라!"

가래 끓는 소리와 각혈, 저주가 섞인 말.

하지만 그 이상으로 무서운 것은—.

"어떻게, 어떻게, 그런 상태로 살아 있어……?"

오스카는 자기도 모르게 중얼거렸다.

밀레디마저 말을 잃게 하고 콜린에 이르러서는 나직한 비명을 지르는 그 모습.

목부터 아래쪽이 전부 찌부러져 있었다.

머리라고 무사하지는 않았다. 머리 옆이 크게 함몰되고 눈이 거의 튀어나왔다. 그런데도 불구하고 그는 살아서 증오와 광기 담긴 눈으로 오스카 일행을 노려보고 있었다!

"신에게, 헌신하고…… 신을 위해 살며…… 실을 위해 죽는다! 그것이야말로 인간 최대의, 존재 이유! 어째서, 그걸 모르느냐!"

　포르네스 사교의 마력이 희미하게 피어올랐다. 어쩌면 광기 어린 신앙심이 마력을 통해 그를 살려두고 있는 것일까? 어쨌거나 소름 끼치는 광경이 아닐 수 없었다.

　"신적, 신적, 신적! 이단자는 죽어라…… 모조리 멸망하라!"

　광인의 저주가 한참을 메아리쳤다. 피투성이가 되어 죽음을 부르짖고, 그 직후 황홀한 표정으로 웃어 젖혔다.

　저것이 정녕 인간인가?

　"에히트 님, 아아아아아아, 에히트 님! 우리의 위대하신 신이시여! 지켜봐 주소서! 당신의 충실한 신도, 포르네스 아비시온의 마지막 가는 길이옵니다!"

　"뭔가 위험해! 밀레디!"

　"이게!"

　불길한 예감이 맹렬하게 들이닥쳤다. 공포와도 비슷한 충동을 믿고 오스카는 검은 우산으로 화살을 사출했다. 거기에 맞춰 밀레디가 중력 마법을 발동했다.

　퍽 소리를 내며 오스카의 화살이 포르네스 사교의 이마에 꽂혔다. 확인 사살이라도 하는 듯 초중력이 화살을 밀어 넣었다.

　치명상이라는 수준은 뛰어넘은 지 오래였다. 보통이라면 시체에 채찍질하는 혐오스러운 행위였다. 그러나 지금은 그 이상 가는 혐오를 불러일으키는 대상이 있었으니…….

　"에히, 트으 니이임, 만세에에!!"

　머리가 완전히 짜부러졌는데도 사교의 입은 아직도 멈추지 않았다.

눈이 커진 오스카와 밀레디 앞에서 사교의 마력이 안개처럼 흩어졌다.

그 직후, 천장에서 어마어마한 폭발이 발생했다. 아니, 정확히 말하자면 천장보다 더 위일까? 탁한 폭음이 연신 이어지며 갱도 전체를 격하게 뒤흔들었다.

게다가 시설 쪽에서도 연속으로 폭발이 일었다. 천장 쪽 폭발만큼 위력이 높지는 않았지만, 벽이나 시설 지붕이 사방으로 날아갔다.

"크, 10식 『성절』 최대 전개!"

천장에서 크고 작은 낙석이 발생했다. 오스카는 퍼뜩 검은 우산으로 장벽을 쳐서 아이들을 지켰다.

쩌적쩌적 갈라지는 천장을 보는 밀레디의 표정에 힘이 들어 갔다.

"크, 큰일 났다. 무너져!"

밀레디가 공중으로 뛰어올랐다. 창궁의 마력을 쏟아내며 천장을 향해 중력을 반전시키는 마법을 걸었다.

"으아앗! 버, 범위가 너무 넓어!"

보아하니 방금 폭발은 이 공간 천장을 통째로 무너뜨리기 위한 것이었나 보다.

가로세로 500미터는 되는 공간의 천장을 혼자서 지탱하는 밀레디의 마력이 엄청난 속도로 빠져나갔다.

"오 군! 오래는 못 버텨! 빨리 애들을 데리고 직통 계단으로 도망쳐!"

"그럼 『신의 눈』은?!"

"그러려고 시간을 버는 거야! 밖으로 가져갈 여유 없어! 부서지지 않도록 오 군이 보호해줘!"

무너질 것을 뻔히 알면서도 바로 도망치지 않고 천장 전체를 받치는 것은, 아티팩트 『신의 눈』을 오스카에게 보호하도록 하기 위해서였다.

『신의 눈』의 크기를 생각하면 아무리 공중에 띄울 수 있다고는 하나 오스카가 뚫은 통로를 지나기에는 무리가 있었다. 하물며 즉석에서 직통 계단을 뚫으려면 더 말할 것도 없었다. 연성이든 중력 마법이든 통로를 확장할 시간적 여유는 당연히 없었다.

밀레디가 만든 66층으로 가는 길도, 붕괴가 이 공간에서 그치지 않고 아래층까지 연쇄적으로 일어날 가능성을 생각하면 쓸 수 없었다.

그 결과, 『신의 눈』을 지키려면 오스카가 연성으로 튼튼한 상자라도 만들어 보호하고 붕괴 뒤 현장에서 발굴하는 것이 최선의 해결책이었다.

"알았어. 20초만 줘!"

"으이익, 힘내 볼게!"

밀레디가 『신의 눈』을 오스카 가까운 곳에 내렸다.

오스카는 『신의 눈』 앞으로 손을 뻗어 연성하기 시작했다.

딜런과 케티를 생각하면 바로 가지고 나갈 수 없다는 사실에 살짝 망설임이 생기지만 바로 뿌리쳤다.

"세계 최고의 강도로 만들어주겠어."

검은 우산은 세계 최고의 내구력을 자랑하는 아잔티움 광석을 중심으로 봉인석을 포함한 다양한 성질의 광석을 섞은 합금으로 이루어졌다. 그것을 분해해 『신의 눈』을 둘러싸는 암석 상자를 코팅하고, 그 위에 『성절』을 항시 발동 상태로 깔아 두면 붕괴가 발생하는 동안은 분명히 버틸 수 있다.

다 끝난 마당에 이렇게 초를 치고 가다니, 내심 포르네스 사교에게 욕을 퍼부으며 마침내 검은 우산을 분해하려고 한 그때, 독특한 음색의 포효가 울려 퍼졌다.

"""크롸아아아앙!"""

"뭐야?!"

쿵, 쿵, 쿵, 벽에 무언가를 부딪치는 충격음이 공간을 흔들었다.

다음 순간, 시설 한쪽이 날아갔다.

그리고 모습을 드러낸 것은 머리 셋 달린 지룡종(地龍種) 마물. 길이는 3, 4미터 정도였지만, 발하는 위압감은 흔한 마물과 비교할 바가 아니었다.

"잠깐만, 왜 이런 마물이 여기 있어?!"

밀레디의 목소리에 반응한 삼두룡의 눈이 공중에 뜬 그녀를 포착했다. 밀레디가 으잭, 이라며 여자아이 입에서 나왔는지 의심스러운 소리를 냈다.

"크롸아아아앙!"

붉은 눈을 빛낸 머리 하나가 밀레디에게 불을 뿜었다. 상상을 초월한 열량이었다.

"잠깐잠깐잠깐, 그건 안 돼! ―『절화』!"

중력 구체가 화염 방사를 빨아들였다. 하지만 힘을 나눈 대가로 천장을 지탱하는 힘이 약해지자 단숨에 균열이 퍼졌다.

"밀레디! 이, 이게! 방해하지 마!"

오스카가 검은 우산을 뻗어 『전광』을 쐈다. 똑바로 날아간 전기 포격은 정확히 삼두룡에게 직격했지만, 조금 비틀거렸을 뿐 상처다운 상처는 없다. 『전광』은 오스카가 즉시 사용할 수 있는 최대 위력의 공격 수단인데도……

"……야단났네."

주의가 오스카에게 쏠렸다. 밀레디에게서 주의를 돌린다는 목적은 달성했지만 용이 노려보면 표정도 딱딱해지게 마련이었다.

그러나 신기하게도 삼두룡은 왠지 브레스를 뿜지 않았다.

원거리 공격을 하지 않고 오스카를 노려보다가…… 시선을 슥 돌렸다.

"……?"

살짝 돌아간 삼두룡의 시선을 좇았다. 『신의 눈』이 시야에 들어왔다.

'설마 이걸 걱정하나? 어떻게 된 거지?'

오스카는 의문스럽게 생각하면서도 곧바로 공격해 오지 않는 이 기회를 이용해 조심스럽게 몸을 숙였다. 목소리를 줄여 콜린에게 등에 올라타라고 전하며 검은 우산을 벨트에 끼우고 딜런과 케티를 들어 양 옆구리에 꼈다.

그 직후—.

""""크롸아아아앙!"""

삼두룡이 포효하며 돌진해 왔다. 우렁찬 진동과 함께 육박하는 이형의 마물은 심장이 쪼그라들 정도의 박력이 있었다.

오스카는 검은 부츠의 능력을 최대로 살려 이탈을 꾀했다. 『신의 눈』이 걱정이었지만 지금은 그럴 겨를이 없었다.

삼두룡이 방금까지 오스카가 있던 곳에 도달하는 것과 오스카가 10미터 정도 벗어난 곳에 착지하는 것은 동시였다.

"크와아아아아아아!"

"큭,『성절』국소 전개!"

딜런과 케티를 내리고 뽑음과 동시에 펼친 검은 우산으로 방벽을 쳤다. 아슬아슬한 타이밍에 브레스가 직격하고 간신히 열파를 막아냈으나, 다음 순간 브레스의 위력이 배로 증가했다.

"크으으으으."

압력에 버티지 못한 오스카의 발이 땅에 조금씩 고랑을 팠다.

필사적으로 검은 우산을 지탱하는 오스카는 몰랐지만 두 번째 머리가 바람 브레스를 함께 쏴서 화염 브레스의 위력이 상승한 탓이었다.

이대로 가면 등 뒤에 있는 콜린은 몰라도 딜런과 케티가 방어 범위에서 벗어나 버린다.

애가 타는 오스카의 귀에 조급한 밀레디의 목소리가 들렸다.

"보자보자 하니까! 짜부라져―『화천』!"

중력·구슬이 삼두룡을 찍어 눌렀다.

브레스가 끊기고 오스카는 무릎을 꿇었다. 주위 땅이 녹아 흰 연기를 피우고 있었다. 열이 전해져 절로 땀이 났다. 물론 거기에는 식은땀도 다분히 포함되었다.

오스카는 삼두룡을 보았다.

"밀레디의 저 마법을 버텨……?"

중력 마법은 작용하고 있었다. 하지만 네 다리는 꿋꿋이 버티며 그 안광은 밀레디를 똑바로 쳐다보고 있었다. 뭉개질 기미가 보이지 않았다.

그렇지만 오스카는 동시에 깨달았다.

"……역시 저걸 지키는 건가?"

그랬다. 삼두룡은 엄청난 중력 가중을 받으면서 섣불리 날뛰지도 않았고, 오히려『신의 눈』을 신경 쓰며 공격에 말려들지 않도록 조금 거리까지 두려고 했다.

오스카의 뇌리에 어린아이라면 누구나 한 번은 듣는 흔한 이야기가 하나 스쳤다.

깊은 미궁 숨겨진 방에 봉인된 보물. 수호하는 용을 쓰러뜨리고 명예를 거머쥔 모험가.

포르네스 사교가 어떤 수단으로 목숨과 맞바꿔 일으킨 폭발, 그것은 분명히 시설 쪽에서도 일어났다.

거기까지 상황이 갖춰지면 하나의 가설이 세워진다.

원래 삼두룡은 봉인된 『신의 눈』을 지키는 가디언이었다.

포르네스 사교는 해치우지 못했는지, 해치우지 않았는지 모르겠지만 아무튼 삼두룡을 무력화하고 봉인했다. 그 봉인을 마지막 폭파로 풀었다면—.

"오 군, 미안…… 더는……!"

밀레디의 괴로운 목소리에 오스카는 헉, 하고 정신을 차렸다.

올려다본 밀레디의 얼굴은 심하게 지친 기색이었다. 눈을 꾹 감고 미간에 주름을 잡고 땀을 흘리며 몸을 바르르 떨었다. 힘을 쥐어짜고 있는 것을 알 수 있었다.

공중에 떠서 등으로 받치듯 천장을 등지고 붕괴를 저지하며, 그녀의 중력 마법으로도 압살하지 못하는 괴물을 기어코 억누르고 있었다.

한계가 다가왔음은 누가 봐도 명백했다.

뜬금없이 밀레디가 해죽이 웃으면서 오스카를 봤다.

"먼저, 도망가. 천장과 저 녀석은 내가 묶어 놓을게."

오스카의 눈이 커졌다. 그녀가 하고 싶은 말을 그것만으로 깨달았기 때문에…….

"『신의 눈』도 어떻게든 지킬게. 밀레디에게…… 맡겨만 달라구! 그래도 슬슬 정말로…… 버티기 어려우니까, 어서 도망가!"

천장이 무너지는 와중에 삼두룡을 피하고 통로를 확장한 뒤 『신의 눈』을 가지고 나온다? 혹은 무너지는 와중 『신의 눈』을 중력 마법으로 지킨다? 생매장당할 각오로? 마력도 다 떨어져 가는 마당에?

상식적으로 생각해서 불가능했다. 그래도 오스카는 왠지 확신할 수 있었다.

밀레디는 마지막 순간까지 그 한 몸을 바칠 것이다.

맡겨 달라고 밝게 말하지만 허세란 것은 자명했다. 그래도 그녀는 꺾이지 않으리라. 설령 여기서 쓰러진다고 해도 오스카와 아이들만은 구한다. 그 의지를 굽히지 않으리라.

한순간 『신의 눈』과 아이들을 봤지만 오스카의 결단은 빨랐다.

"밀레디! 마력이 있으면 저 녀석을 죽일 수 있어?!"

"응?! 마력을 총동원해서 비장의 무기를 쓰면 가, 가능할지도 모르는데?"

느닷없는 질문에 밀레디는 거의 반사적으로 대답했다.

"그럼 됐어. 천장은 내가 어떻게 할게. 너는 저놈에게 큰 거로 한 방 먹여줘! 『신의 눈』이 있는 한 저 녀석은 저기서 못 움직여!"

"아? 에? 잠깐?! 안 되잖아?! 『신의 눈』은 내가 죽어도 지킬—."

"살아만 있으면 어떻게든 돼. 내가 어떻게든 하겠어!"

"그, 그치만!"

"네가 죽으면 무슨 소용이야! 이게 모두 함께 살 수 있는 최선의 길이라고 난 믿어! 그러니까 밀레디! 너도 나를 믿어!"

"……!"

밀레디는 순간 숨을 삼킨 뒤 고개를 끄덕였다.

"카운트다운 10초. 타이밍 맞춰!"

오스카는 딜런과 케티를 다시 끌어안고 통로 쪽 벽까지 피난했다. 그리고 검은 우산의 물미를 천장을 향해 발사했다. 물미는 무서운 속도로 날아가 천장에 박혔고, 이어 원격 연성으로 갈고리가 생겨 단단히 고정됐다.

자세히 보면 물미에서 와이어가 나와 있었다.

"콜린. 무섭겠지만, 무슨 일이 있어도 나랑 밀레디가 해결할 테니까 힘내야 해."

"응. 괜찮아, 오빠."

적당한 바위를 연성해 검은 우산에서 뺀 와이어를 묶고 즉석에서 곤돌라를 만들어 냈다. 그리고 아이 세 명을 그곳에 태웠다. 바닥이 무너질 것을 대비해서였다.

오스카는 마지막으로 기특한 여동생의 머리를 부드럽게 쓰다듬고는 단숨에 공중으로 올라갔다.

똑바로 밀레디 곁으로 향하고 검은 우산을 펼쳤다.

"6식『대람』범위 전개! ―『연성』!"

천장을 겨눈 검은 우산에서 맹풍이 균등하게 확산하며 광범위에 휘몰아쳤다.

동시에 연성으로 풀린 우산 천이 무수한 금속 실로 돌아가 『대람』의 바람을 타고 천장으로 올라갔다. 천장에 도달한 금속 실은 모두 원격 연성으로 고착되듯 이어졌다.

마치 천장 전체에 친 거미집 같이…….

"밀레디! 놈을 끝장내!"

"뭐야! 갑자기 와일드해져서는!"

투덜대면서도 어쩐지 즐거워 보이는 밀레디가 중력 마법을 풀었다.

진동과 천장 붕괴가 다시 시작됐다. 그리고 움직이기 시작한 삼두룡. 뱀처럼 머리를 들고 괘씸한 보물 약탈자를 없애고자 아가리를 벌렸다.

"내 걸작을 먹여주마."

오스카는 뼈대만 남은 검은 우산을 투창처럼 삼두룡에게 던졌다.

똑바로 날아간 검은 우산은 삼두룡의 머리 위에서 스파크를 튀기고 바로 대폭발을 일으켰다.

검은 우산의 마지막 기능— 로망의 자폭 기능이었다.

벌 수 있는 시간은 10분.

천장으로 뛰어 올라가는 오스카와 낙하하는 밀레디가 교차했다.

그 찰나, 밀레디가 받은 것은 검은 우산을 던지기 직전 꺼낸 손잡이 부분의 보석이었다.

푸르스름하게 빛나는 그것이 내포한 마력을 느끼고 밀레디는 살며시 눈을 크게 뜸과 동시에 자신만만하게 웃었다.

그리고 오스카는 천장으로, 밀레디는 머리 셋 달린 괴물에게, 등을 맞대고 손을 뻗었고—.

"—『연성』!"

"—『흑천궁(黑天窮)』!"

붕괴 직전인 천장을 향해 태양빛 마력이 뚫고 나가고, 고대의 괴물에게는 창궁의 스파크를 내뿜는 암흑 거성이 낙하했다.

굉음 따위 없었다. 충격도 없었다.

그것은 몹시 조용한 결착이었다.

말끔하게 복원된 천장.

그리고 흔적도 없이 사라진 바닥.

"".......""

그리고 말이 없는 두 사람.

오스카는 머뭇거리며 입을 열었다.

"괴물을 끝장내라고 말했지만, 나락을 만들라고는 안 했을 텐데……."

"으."

"이거 어떻게 할 거야? 한 층이 붕괴했다는 수준이 아니야. 내 연성으로도 이건 복원 못 한다?"

"뭐, 뭐야! 나도 좀 심했다고는 생각하지만! 따지고 보면 오 군 때문이잖아!"

"나, 나? 네가 했잖아! 책임을 떠넘기지 마!"

"아니! 오 군 때문이야! 저 보석은 뭐야! 마력을 저장하는 아티팩트인 줄 알고 전부 끌어 썼더니 터무니없는 마력이 흘러나왔다고! 말도 안 되는 양이야! 전설의 아티팩트가 그나마 양심적이야!"

"아니, 저건 그…… 수제 신결정……?"

"미안, 무슨 소리 하는지 모르겠어."

정확하게는 『알고 싶지 않다』일 것이다.

─신결정.

자연계에서 우연히 탄생하는 신화 속 광석. 천 년 이상에 걸쳐 만들어진 마력 웅덩이에서 마력 그 자체가 결정이 된 것이며 상상을 초월하는 마력을 내포한다. 게다가 결정화 후 수백 년을 넘겨 포화 상태가 되면 온갖 상처, 병을 낫게 하는 만능 영약─『신수』를 만드는 기적의 물질이다.

그것을 『수제』로 만들었다…….

그야 마력의 결정체니까 이론상 못 만들지는 않겠지만…….

"신결정에 관해 알았을 때 만들 수 있지 않을까 생각했거든. 해 보니까 되더라고. 물론 영약은 나오지 않는 마력 저장고 수준이지만. 매일 마력을 주입하면 만들어지지 않을까 해서 열두 살 때부터 계속 모았어. 검은 우산에 붙여 두면 막은 마법의 마력을 일부 흡수해서 저장할 수도 있고."

"응. 하나도 모르겠어."

열두 살에 신화 속 광석을 만들어 봤다…… 무슨 말을 하는지 모르겠다. 밀레디는 웃으며 혼란에 빠졌다!

"설마 내 6년 치 마력을 전부 쓸 줄은……. 으, 그나저나 대갱도에 거대 구멍을 뚫은 범인과 공범이구나……. 속 쓰려."

그러나 이미 성광 교회 사교와 신전 기사를 몰살한 시점에서 대역 죄인이었다. 이제 신경 쓰는 것도 새삼스러웠다. 오스카는 머리를 흔들고 마음을 정리했다.

"일단 여기서 나가자. 밀레디, 신결정을 돌려줄래?"

"무슨 소리 하는지 모르겠어."

밀레디는 여전히 웃는 얼굴로 반복했다. 좀 전부터 이상하게 땀을 흘리는 느낌이었다.

나락을 만들어 낸 사실, 오스카의 기술력에 대한 경악— 그것 말고 다른 이유도 있는 분위기였다.

"……밀레디. 신결정을, 돌려줘."

"……오 군. 난 과거를 돌아보지 않는 여자야."

"나한테 과거 얘기 구구절절 읊었잖아. 신결정 어딨어?"

"……저, 저기, 아닐까?"

밀레디는 손가락으로 가리켰다. 눈을 돌린 채 나락 밑바닥을…….

"……간결한 설명 부탁해."

"내 마법 위력에 깜짝 놀랐어. 나도 모르게 가지고 있던 걸던졌어. 그게 신결정이었어. 이상."

오스카는 감정 없는 눈으로 밀레디를 바라봤다.

밀레디는 식은땀을 뚝뚝 흘리고 애써 눈길을 외면했다.

잠시 빤히 밀레디를 바라보던 오스카가 결국 한숨을 쉬고 어깨를 으쓱였다.

"다들 무사하니까 신결정 정도는 됐다고 치지, 뭐."

"오~, 오 군, 통 큰 남자!"

해죽 웃는 밀레디에게 오스카도 살며시 웃었다.

그리고 천장에 매달린 곤돌라 안에서 자신들에게 쭈뼛쭈뼛 손을 흔드는 콜린을 돌아봤다.

"뭐, 어찌 됐건······."

오스카가 한쪽 손을 들었다. 두 사람의 하이파이브 소리가 짝 울렸다.

사건으로부터 이틀이 지난 이른 아침.

아직 동도 트지 않은 이른 시각, 아무리 왕도 베르니카라도 거리에는 아직 거의 사람이 없었다. 그런 고요한 거리에 오스카의 모습이 있었다.

검은 코트를 걸치고 큰 짐을 짊어진 그는, 비도 내리지 않는데 검은 우산을 허리띠에 찬 채 걷고 있었다. 누가 보나 여행을 떠나는 사람의 복장이었다.

오늘 오스카는 이 【베르카 왕국】의 왕도 베르니카를 떠난다.

이유는 몇 가지 있었다.

하나는 말할 것도 없이 포르네스 사교에게, 더 나아가 성광 교회에 적대한 이상 같은 곳에는 머무를 수 없기 때문이었다. 증거는 모두 나락 아래에 있었다. 그렇지만 누군가를 놓치지 않았으리라는 보장은 없었다.

이 왕도에는 아는 사람이 수도 없이 많았다. 교회 눈에 찍히면 고아원 아이들처럼 누군가 희생될 가능성이 컸다.

두 번째 이유는 치료법을 찾기 위해서였다.

부득이한 일이었다고는 하나 『신의 눈』을 잃었다. 딜런과 케티는 명령자가 없어진 탓인지 날뛰지는 않게 됐으나, 자아는 여전히 돌아오지 않았다. 밀레디의 협력을 얻어 갖가지 마법

약이나 회복 계열 마법을 시험해 봤지만 상태는 개선되지 않았다.

기존의 방법으로는 두 사람을 고칠 수 없다. 그렇다면 기존에 없던 미지의 방법을 찾겠다. 그것을 위한 여행이었다.

오스카가 여행을 떠나기 전에 모린과 고아원 가족들 또한 왕도를 나왔다.

행선지는 밀레디의 조직이 숨어 사는 은둔처였다.

실질적으로는 보호 차원의 이주였다. 오스카와의 관계를 고려하지 않아도 딜런과 케티는 교회 악행의 산증인이며 콜린과 루스도 교회의 행태를 알았다.

교회가 하는 일이라고 하면 그뿐이지만 상황이 불리하다고 판단하면 제거당할 가능성도 충분히 있었다. 그렇다면 반사회 조직이야말로 지금 고아원이 의탁할 수 있는 유일한 장소였다.

아이들은 오스카와 떨어진다고 울었으나 루스가 딜런을 대신하도록 설득했다. 오스카가 없는 동안 가족은 맡기라고 말한 루스의 얼굴은 전보다 훨씬 남자다웠다.

그리고 대갱도를 나온 후 밀레디에게 동료를 소개받았는데, 한눈에 봐도 실력자임을 알 수 있는 사람들뿐이었다. 조금 멀리 있다는 그들의 마을까지 가족들을 호위하기에는 충분하게 느껴졌다.

신용은 밀레디가 괜찮다고 보장한 시점에서 오스카는 문제 삼지 않았다.

사후 처리, 그 외 기타 대응을 위해 밀레디와는 거기서 헤어졌다.

　오스카도 바로 여행을 떠나기 위해 사라진 장비를 보충하거나 신변 정리를 하려고 꼬박 하루를 썼고, 오늘 아침 사람 눈에 띄기 전에 떠날 작정이었다.

　오스카는 메인 스트리트가 아닌 평소에도 인적이 드문 길을 골라 걸음을 재촉하고 있었다.

　"……아저씨에게는 제대로 작별 인사를 하고 싶었는데."

　나직한 혼잣말이었다.

　루스가 인도해 탈출한 아이들을 일시적으로 보호해줬기 때문에 커그와는 이야기를 나누었다.

　이제 이곳에 있을 수 없다는 식의 이야기는 했으나 제대로 작별 인사는 하지 못했다.

　바쁘기도 했고 커그에게 못 할 짓을 하는 것 같아 마음이 불편했기 때문이었다.

　그러나 인사를 하지 않는 것은 그 자체로 예의가 아니었다.

　오스카는 걸음을 오르크스 공방 쪽으로 돌렸다.

　아직 새벽이었다. 보통이라면 커그는 아직 없을 시간이었다.

　일찍 떠나야 하니까 잠깐만 기다렸다가 그래도 만나지 못하면 편지를 남기자.

　그렇게 생각하고 잠깐을 걸었다.

　"아……."

　오스카는 익숙한 공방 문에 기대어 서서 팔짱을 끼고 있는 남자를 보았다.

무심코 소리가 샌 것은 그 남자가 누군지 바로 알았기 때문이었다.

"왔냐, 오스카."

올 줄 알았다는 양 커그는 그렇게 말하며 언짢게 콧바람을 뿜었다.

"어떻게……."

"네가 아무 말도 안 하고 갈 리 없으니까."

더 덧붙인다면 애비 노릇을 한 사람으로서 아들의 생각쯤은 훤히 꿰고 있다는 것이었다.

오스카는 낯간지러운 표정을 지었다.

"갈 거냐?"

"응. 딜런이랑 케티를 고치는 방법을 찾아야지."

"돌아는 오고?"

"몰라. 적어도 긴 여행이 될 거 같아."

"그러냐……."

잠깐의 침묵이 이어졌다.

커그는 오스카를 물끄러미 바라본 후 검은 코트와 검은 부츠, 검은 우산 등, 척 보기에는 평범한 의복과 물건이지만 사실은 아티팩트인 그것들을 훑어봤다.

그러더니 피식 웃었다.

"대단한데?"

짧고 상투적인 말이었지만 틀림없는 칭찬이었다.

오스카는 쑥스럽게 웃었다.

"그런 편이지."

짧지만, 기쁨을 감추지 못하고 고개를 끄덕였다.

커그는 잠깐 눈을 감았다가 오스카 앞으로 와서 섰다.

그 표정은 놀랄 만큼 진지했고 눈동자에는 가슴 답답할 정도로 강한 감정이 담겨 있었다.

"오스카. 앞으로 영영 못 볼 것도 아니다만, 선물을 하나 받아주겠냐?"

"선물?"

고개를 갸웃거리는 오스카에게 커그는 고개를 끄덕였다.

그리고 말했다.

"『오르크스』의 이름을, 받아다오."

"……아저씨. 난 공방을 나가는 사람인데—."

"나도 알아, 인마. 알고서 하는 소리야. 전부터 얘기했잖아? 이 시대에 너 말고 『오르크스』를 이어받을 사람은 없어. 내가 아는 최고의 연성사는 너야. 나는 너 말고 이 이름을 양보할 생각이 없다."

"하지만 그러면……."

이 공방의 다음 대는 누가 잇는가? 어쩌면 수배범, 이단자가 될지도 모르는 내가 그 이름을 쓰면 이 공방도 화를 면치는 못할 것이다.

오스카는 그리 말하려고 했지만 커그의 눈을 보고 입을 다물었다.

이미 각오한 바다, 그 생각이 분명하게 전해졌으니까.

커그는 말을 더했다.

"직공이란 족속은 죄다 고집 세고 괴팍한 것들뿐이야. 시기, 질투도 있겠지. 그렇지만 일류 직공은 『부끄럽다』는 게 뭔지 잘 알아. 네가 이어받지 않는다면 여기 녀석들은 아무도 『오르크스』란 이름을 쓰지 않을 거다. 나만 그렇게 생각하는 게 아냐. 이건 오르크스 공방 모든 직공의 생각이라고."

오스카는 눈을 크게 떴다.

공방 전체에서 『패배자』로 취급받는 줄만 알았다.

그러나 실상은 이 공방의 진짜 직공들은 모두 분하게 생각하면서도 오스카의 실력을 인정하고 있었다.

아무리 무기를 만들지 않아도 그들은 이 방면의 프로였다. 생활용품에서 오스카의 실력을 파악하는 것은 일도 아니었다.

'나는 정말 모자라구나……'

기술만의 이야기가 아니었다. 사람으로서, 같은 직공이면서 직공의 마음, 자세, 자존심, 혼을 이해하지 못했다.

오스카는 눈을 감았다.

공방에는 분명히 폐를 끼친다. 하지만 그럼에도 그들은 자신을 선택했다.

그렇다면 이 무겁고 중요한 이름을 짊어져야만 한다.

눈을 뜬 오스카는 각오를 다진 남자의 얼굴로 말했다.

"이름을 계승하겠습니다. 오늘부터 내가 오르크스. ─오스카 오르크스다."

아들의 선언을 들은 아버지는 더없이 기쁘게 얼굴을 폈다.

오르크스의 이름을 잇고 발걸음이 가벼워진 오스카는 드디어 왕도에서 나와 가도를 걸었다.

왕도 성문을 나올 때 문지기와 얼굴을 마주쳐야 해서 심장이 벌렁거렸으나, 조금 미심쩍어할 뿐 그냥 보내줬다.

일단 포르네스 사교의 행방불명 소식은 이미 전파되어 현재 수색이 이루어지는 터라, 사건성도 고려해 도시 출입은 조금 엄중해져 있었다.

그러나 포르네스 사교가 자취를 감춘 사실이 발각되고 아직 하루밖에 지나지 않았다. 사교의 권한을 생각하면 그가 어딜 가건 딱히 누군가의 허락을 얻을 필요도 없으며, 수행하는 신전 기사들도 없으니까 호위병과 함께 잠행을 나갔을 가능성은 충분히 있었다.

간 곳이 나락 밑바닥이라는 진상은 오스카 일행밖에 모르니까 당연한 생각이리라.

그러므로 큰 짐을 짊어지고 당당히 직공이라고 밝혀 옆 마을에 일하러 간다고 하면, 이렇다 할 검문 없이 무사히 지나갈 수 있었다.

잠시 가도를 묵묵히 걸었다.

왕도 베르니카도 제법 작아졌다.

'슬슬 검은 부츠의 능력으로 가속해도 문제없겠지?'

오스카가 그렇게 생각했을 무렵, 가도 옆에 있는 커다란 바위에서 덩치 작은 사람이 앉아 있는 게 보였다.

아침의 청량한 바람에 금발 포니테일이 나부꼈고 가느다란 다리는 지루함이라도 덜어 보려는 양 까딱까딱 흔들렸다.

오스카는 괜스레 안경을 꾹 올려 썼다.

그리고 기분 탓일까? 어째 좀 걸음이 빨라졌다.

"안녕, 오 군. 좋은 아침이야."

"그런 것치고는 지루해 보이는데?"

오스카를 알아본 그녀— 밀레디는 말이 오갈 수 있는 거리가 되자 바위에서 폴짝 뛰어내렸다.

"기다리는 건 역시 성미에 안 맞아. 나는 돌격파잖아."

"그럼 돌격하지 그랬어. 이제 와서 뭘 사양해? 오히려 여행 채비를 하면서도 언제 튀어나올지 경계했는데 허탕 친 기분이야."

"사람한테 튀어나온다가 뭐야!"

흥흥거리며 화내는 밀레디를 보고 오스카는 입매를 느슨히 풀었다.

평화로운 분위기 속에서 두 사람은 잠깐 동안 헤어진 후의 이야기를 했다.

고아원 가족은 특별한 문제 없이 은둔처로 가는 중이라거나 직통 계단은 출입구만 오스카가 막았다는 것, 밀레디의 동료가 흘린 거짓 정보에 교회 수색 방침이 엉뚱한 방향으로 흘러갔다는 것, 방금 오스카가 오르크스의 이름을 계승했다는 것 등등.

밀레디가 습명을 축하한다는 말을 보냈다.

오스카는 안경을 꾹꾹 올려 쓰고 답례했다. 밀레디가 그걸 보고 히죽히죽 웃고 있었다. 쑥스러움은 숨길 수 없나 보다.

오스카는 헛기침을 한 번 했다.

그리고 조금 진지한 표정으로 조용히 입을 열었다.

"너에겐 가족 때문에 신세를 졌어. 딜런과 케티도 보호해줬어. ……고마워. 막대한 은혜를 입었어. 네가 바란다면 조직에 들어가도—"

"중요한 건 오 군이 바라느냐 아니냐야."

오스카의 말을 끊고 밀레디가 미소 지으며 말했다.

"은혜는 아무래도 상관없어. 네 길은 네가 정해야지. 자기 의지로. 나랑 다른 길을 선택하고 싶으면 그래도 돼. 그래도 나는 절대로 네 가족을 버리지 않아. 가족을 이유로 나를 따라야 한다는 생각은 절대 하지 마."

"밀레디……."

의심은 하지 않았다. 앞에 있는 소녀는 한번 품은 사람을 결코 버리지 않을 것이다. 오스카에게는 확신이 있었다.

동녘 하늘이 뿌옇게 밝아 왔다.

밀레디 뒤에서 은은한 아침 햇빛이 그녀의 금발에 반사되어 빛났다.

"그래도, 그럴 수만 있다면……."

기어드는 목소리로 운을 떼고 밀레디는 똑바로 오스카를 봤다.

그녀의 마력과 닮은 아름다운 푸른 눈 속에는 오스카만이

비치고 있었다.

"이게 마지막 권유야."

밀레디는 숨을 크게 들이쉬고는 살며시 한쪽 손을 내밀고 말을 이었다.

"희대의 연성사 오스카 오르크스. 자유로운 의사를 가지고 살아가는 세계를 보고 싶지 않아? 유일한 사상을 부정하고 절대적인 가치관에 이의를 제기하고 부당한 것을 부당하다고 외칠 수 있는…… 그런 세계를 보고 싶지는 않아? 나와 함께—."

—세계를 바꿔 보지 않을래?

숨 쉬는 것도 잊었다. 말 한마디 한마디가 그녀의 마법처럼 무겁게 마음을 짓누르고 가슴을 관통했다. 돌이켜보면 처음 그녀와 만난 날, 그날 밤 고아원 뒤뜰에서 들은 말이 이미 오스카의 가슴을 꿰뚫고 있었다.

오스카는 알면서도 물었다. 묻지 않을 수 없었다. 그 대답을, 반드시 듣고 싶었다.

"너는…… 누구야?"

태양이 지평선 너머로 얼굴을 내밀었다.

오스카의 마음을 짐작해서일까?

눈부신 햇살에 싸인 밀레디는 그 빛보다도 눈부신 웃음을 지으며 가슴 펴고 말했다.

"나는—『해방자』밀레디 라이센. 신의 의지에 저항하는 자."

아…… 오스카는 생각했다.

『매료되다』란 분명 이를 두고 하는 말이다.

보통 어려운 길이 아닐 것이다. 세계는 의지만으로 바꿀 수 있을 만큼 녹록하지도 따뜻하지도 않다.

초월적 존재에게 싸움을 건다? 자살 행위나 마찬가지다.

목숨이 몇 개나 있어야 족할까? 그 길이 향하는 곳은 어떻게 생각해도 지옥이다.

그래도 그녀와 함께라면 지옥에서라도 싸울 수 있을 것 같다는 생각이 들었다.

그렇게 생각했다. 생각하고 말았다.

오스카는 안경을 고쳐 쓰면서 표정을 숨겼다. 그냥 보이고 싶지 않았다. 전에 거절했을 때와는 전혀 다른 이유로…….

대신 눈과 목소리에만은 진지하게, 진심으로, 흔들림 없는 마음을 담아서—.

"설령 지옥 밑바닥이라도 함께 갈게."

이 천방지축 소녀에게 대답을 돌려줬다.

함께 가겠다.

그 대답을 받은 밀레디는—.

"어, 아니, 지옥 밑바닥은 좀…… 아무리 그래도 너무 부담스러운데……. 오 군이 밀레디에게 푹 빠진 건 알겠지만, 얀데레 취향은 없거든~. 미안, 오 군!"

짹짹, 짹짹. 작은 새소리가 지나갔다.

아침 햇살이 강하게 내리쬤다.

정적이 가득 찼다.

오 군의 안경이 빛났다.

오 군이 새빨개졌다.

오 군이 부르르 떨고 있다!

오 군이 검은 우산을 뽑았다!

"밀레디이이이! 이 자식, 쳐 죽여 버리겠어어어어어!"

"꺄아아아아아~! 오 군이 화났다~!"

밀레디는 돌아서서 도주하기 시작했다.

오스카는 수치심과 놀림당한 분노를 파워로 바꿔 추적했다.

붕붕 휘두르는 검은 우산에서 뇌격, 염탄, 풍인이 마구잡이로 날아들었다.

비명을 지르며 그것을 피하면서 도망치는 밀레디의 표정은—위기감이라고는 눈곱만큼도 없는, 어렴풋이 붉힌 볼과 기쁨으로 가득한 웃음이 차지하고 있었다.

제3장 ◆ 사막의 요정은 근육질이었다

쨍쨍히 내리쬐는 햇빛. 바늘로 쑤시는 듯 통증마저 동반한 열기. 바닥에서도 올라오는 복사열. 피부에 덕지덕지 들러붙는 미세한 모래알. 몸속 수분까지 죄다 말려 버리는 건조한 공기.

"……놈이, 놈이 우리를 죽이려고 해, 오 군."

"의인화해도 그『놈』— 미스터 태양은 봐주지 않아."

저벅저벅 모래를 밟으며 걷는 그림자가 **하나** 있었다.

"더워어~. 더워어~. 밀레디 말라비틀어질 거야아~."

"내 코트를 뒤집어썼으니까 그나마 낫잖아?"

탁한 붉은색으로 뒤덮인 열과 모래의 세계. 북부 대륙 서쪽에 펼쳐진 대사막 지대. 사람들은 그곳을 【붉은 대사막】이라고 불렀다. 그곳의 붉은 모래는 입자처럼 고운 탓에, 미풍만 살짝 불어도 모래 먼지가 대기마저 같은 색으로 물들여 버려서 붙은 이름이었다.

그 대사막을 묵묵히 걷는 오스카에게 **업힌** 밀레디는 구시렁구시렁 불만을 쏟아 냈다.

"얼굴이 뜨거워~, 머리도 뜨거워~, 팔도 뜨겁고~, 무엇보다 보는 내가 더워~."

밀레디는 오스카의 등에 추욱 늘어지면서도 팔다리를 파닥파닥 흔들며 떼쓰는 아이 같은 소리를 늘어놓았다.

그 말마따나 오스카의 검은 코트는 새까매서 더워 보였다. 그러나 이래 보여도 금속 실을 짜서 만든 아티팩트였다. 외부 열 차단은 물론, 안쪽은 항상 최적의 온도를 유지하도록 냉각 기능까지 달렸다.

오스카는 길을 가는 도중, 밀레디가 너무 더위를 타는 바람에 그녀를 업고 검은 코트까지 씌워줬다.

즉, 현재 오스카는 이너웨어 하나만 입은 상태로 복사열을 고스란히 맞으면서도 밀레디를 업고 터벅터벅 걷고 있는 것인데…….

"목말라~. 바싹바싹 말라~."

"……."

"땀 때문에 찝찝해~. 끈적끈적해~."

"……."

"모래가 달라붙어~. 버석버석해~."

"……."

"오 군, 오 군, 듣고 있어? 오 군. 안경잡이 오 군, 오히려 안경—"

"으아아아아아아아아아아! 정신 사나워어어!"

오 군이 폭발했다. 밀레디의 발목을 덥석 잡아 한 바퀴 돌리고 그대로 자이언트 스윙으로 이행했다. 사막 한가운데서 밀레디가 회전한다!

"히오와아아아아아아아!"

치마가 들춰지고 팬티가 다 드러난 상태로 두 손은 번쩍,

눈은 핑핑.

"으랴아아아아!"

한 차례 기합을 내지른 오스카는 마음을 담아 파트너를 던졌다.

"아아아악~!"

비명을 지르며 날아간 밀레디는 근처 사막 위에 퍽하고 나동그라졌다.

오스카가 후, 하며 이마에 맺힌 땀을 닦고는 속이 다 시원하다는 미소를 지었다.

"우엑, 펫! 입안에 모뤠 다 드러가써. 오 군, 뭐 하는 거야! 이 짐승! 악마! 안경!"

"내 안경을 욕처럼 쓰지 마."

오스카는 안경을 고쳐 쓰고 밀레디 곁으로 걸어갔다.

"나 참, 가뜩이나 더위와 모래 때문에 귀찮아 죽겠는데 너는……. 애초에 그렇게 더우면 마법으로 얼음이든 물이든 만들면 되잖아?"

"앗……."

밀레디가 이제야 알았다는 얼굴로 오스카를 쳐다봤다.

그리고 이리저리 눈을 굴린 후 앗, 하며 땀범벅인 오스카를 노려봤다.

"그러는 오 군이야말로 검은 우산으로 햇빛을 가리고 얼음이든 물이든 꺼내지 그랬어?"

"앗……."

두 사람은 땡볕 아래에서 서로를 빤히 바라봤다.

모래 먼지가 휭 지나갔다. 몹시, 조용했다.

밀레디가 천천히 얼음덩이를 만들고 중력 마법으로 띄운 뒤 바람을 일으켰다.

오스카는 검은 우산을 꺼내고는 우산 끝으로 살을 늘려 면적을 늘렸다. 그리고 밀레디의 협력을 받아 부가한 새 능력 ─ 중력 마법과 감응석을 이용한 부유 능력 ─ 으로 자신들의 머리 위로 띄웠다. 캐노피에서 아래 바깥쪽으로 바람이 불어 모래 침입을 막고 있었다.

상공 수 미터에서 펼쳐진 거대한 양산과 공중에 뜬 얼음에서 부는 냉기로 순식간에 쾌적한 두 사람만의 공간이 완성됐다.

"태양 저 자식은 자기 어필이 너무 강해서 문제라니깐!"

"그러게 말이야. 달의 조신함과 겸허함을 조금 보고 배우라지!"

"맨날 열이나 내고 말야! 아, 진짜 왜 저러나 몰라. 이래서 성격이 불같은 애들은 안 돼!"

"동네 양아치도 아니고, 저 모난 성격 좀 제발 고쳐야 할 텐데!"

기억에도 없는 일로 비방당하는 미스터 태양.

대사막을 우습게 여겼다가 더위를 먹고 머리가 둔해져 단순한 대책조차 생각해 내지 못한 것은 순전히 자업자득이었지만, 두 사람은 괜히 무안하여 미스터 태양을 원수처럼 씹어 댔다.

기분 탓인지 기온이 올라간 느낌이……. 미스터 태양은 어쩌면 분노로 타오르고 있는 걸지도 몰랐다.

태양을 헐뜯으며 걷기를 약 두 시간.

"응? ……밀레디. 작지만 오아시스가 있어. 마을로 가는 중간 지점, 휴식 장소 같아. 들렀다 갈래?"

"갈래, 갈래! 마침 쉴 때가 됐다고 생각했었어."

밀레디가 기뻐하며 폴짝 뛰었다. 포니테일도 휙 날렸다.

"그나저나 눈 좋다? 나는 어디 있는지 모르겠는데."

주위를 두리번거리는 밀레디에게 오스카는 우쭐하게 웃었다.

"내가 멋 부리려고 안경을 쓴 줄 알아?"

"멋으로 쓴 거 맞잖아? 안경을 쓰면 똑똑하게 보인다거나 그런 이유로. 베르니카에서도 여자애들이 안경을 올려 쓰는 모습이 멋있다고 까르륵대니까 속으로 좋아하는 눈치더라. 오 군은 아닌 척하지만 변태 안경이라니깐."

"너와는 한번 내 인상에 관해 찬찬히 이야기해 봐야겠어."

정색하며 대답한 밀레디를 보고 오스카는 뺨을 실룩거렸다.

오스카는 헛기침한 뒤 이야기를 돌렸다.

"이 안경도 아티팩트야. 여러 기능이 부여됐지. 렌즈에서 강한 섬광을 쏘거나 시각 작용 계열 어둠 속성 마법을 무효화하거나…… 망원기능도 그중 하나야."

결코 지적인 모습을 어필하여 여자에게 인기를 끌어 볼 요량은 아니었다고 못을 박았다.

하지만 정작 밀레디는 뒷내용은 귀에도 들어오지 않는다는 양 경악스럽게 오스카를 보고 있었다.

"훗, 역시 놀랐나 봐? 내가 의미 없이 안경을 썼다고는 생각—."

"안경이…… 빛나?! 오 군의 안경은 빛을 쏴?!"

"어? 그거?"

밀레디의 눈이 반짝반짝 빛났다.

안경이 섬광을 쏜다— 그것이 심금을 울렸나 보다. 눈빛으로 「보고 싶어!」라고 호소했다.

"……어쩌 바보 취급받는 느낌이 드니까 절대로 안 보여줘."

"왜?! 빛나는 오 군을 보고 싶을 뿐인데?"

"빛나는 나는 또 뭐야? 이미 바보 취급 하고 있지?"

안경남의 안경이 번쩍인다는데 그것을 보지 않으면 뭘 보란 말인가! 그렇게 열변하는 밀레디에게 오스카는 상종을 말아야겠다는 표정을 지은 뒤 무시하고 걸었다.

"오 군 한 번만~. 안경 번쩍 해 봐~. 응? 오 군, 한 번만!"

오스카의 얼굴에 엄청난 냉기가 와 닿았다. 안경에 서리가 끼기 시작했다. 오스카가 반응하지 않자 얼음 냉풍의 강도를 쭉쭉 올려 얼굴에 직격시키는 것 같았다.

'여기서 화내면 안 돼. 그럼 이 녀석 술수에 놀아나는 거야. 냉정해지자. 냉정하게 대응을—.'

"왕도를 떠날 준비를 할 때 아샤가 울며 매달린 오 군! 사실 아샤가 하늘하늘한 앞치마를 입는 이유는 오 군이—."

발동! 안경 빔!

"히약?! 눈이! 밀레디의 눈이이이이!"

근거리에서 강렬한 섬광을 뒤집어쓴 밀레디가 눈을 누르고 바닥을 나뒹굴었다.

참고로 『오 군이』 다음에 올 말은 「하늘하늘한 앞치마가 어울리는 여성을 좋아한다는 정보를 모험가 손님에게 들어서」였다.

오스카도 친구나 지인과 술을 마실 때가 있었다. 그리고 남자들의 술자리에서는 당연히 여자 이야기도 나오게 마련이고…….

아샤는 그런 그들에게 오스카의 정보를 뜯어내고 있었던 듯했다. 실은 처음부터 아샤의 의뢰를 받고 술자리를 벌인 적도 있다는 것을 알면…….

오스카는 지금쯤 여성 공포증이 되었을지도 모른다.

세상사 모르는 게 약인 일도 있는 법이다.

"밀레디. 다행히 오아시스에는 오두막도 있는 것 같아. 가는 김에 배도 채우고 갈까?"

"……저기, 오 군. 아무것도 안 보이는데."

밀레디는 으~, 아~, 신음하며 좀비처럼 허공에 손을 휘적댔다. 오스카의 안경에 대한 공포가 심어진 모양인지 조금 떨고 있었다.

오스카는 감응석을 통해 검은 우산을 원격 조작해 회복 마법을 발동했다. 검은 우산의 능력 중 하나, 11식 『성광』이었다. 우산살에서 치유의 빛이 샤워처럼 쏟아졌다.

"아아~, 보인다! 내게도 세상이 보여어어어!"

"으이구. 이상한 소리 그만하고 어서 가자."

마치 신에게 기도하듯 양팔을 하늘로 들어 빛을 받는 밀레디를 옆구리에 껴서 옮겼다.

얼마 가지 않아 도착한 오아시스는 규모는 작았지만 풀과 키 큰 나무로 둘러싸인 시원한 곳이었다.

휴게소인 오두막도 제법 깔끔했다. 정기적으로 누가 청소하고 정비하는 것처럼 보였다. 그러나 오두막은 단순한 오두막이었다. 햇빛을 막아 사막보다는 낫지만 열기가 들어차서 더웠다.

솔직히 검은 우산 아래 있는 편이 바람도 순환되어 쾌적했다.

결국 두 사람은 오두막에 들어가지 않고 물가에 앉기로 했다.

오스카는 다른 이용자가 올지도 모른다는 생각에 검은 우산대를 쭉 늘리고 U자 손잡이를 똑바로 펴서 땅에 꽂는 방법으로 대체했다.

"한 가정에 오 군 한 대씩은 있어야 해."

밀레디는 요모조모 편리한 검은 우산과 그 발명자를 보며 오아시스 물로 얼굴과 손을 씻었다.

"적어도 한 『명』이라고 하자. 내가 무슨 생필품이야?"

오스카도 피식 웃고 옆에 앉아 얼굴을 씻었다.

도중부터 모래나 더위에 모두 대책을 세웠지만 어디까지나 도중부터였다. 건조한 공기 속에서 땀을 흘리며 여행해 왔기에 화끈거리는 얼굴에 차가운 물이 닿자 이루 말할 수 없는 상쾌함이 찾아왔다.

오스카는 개운했지만 밀레디는 불만이 남은 듯했다.

"우~, 머리 안까지 들어갔어~."

포니테일을 풀고 머리를 손으로 빗자 고운 모래가 사락사락 떨어졌다. 옷 안은 말할 것도 없었다. 땀에 모래가 달라붙어 더 찜찜했다.

　"마을까지만 참아. 오늘 안에는 도착할 수 있을 테니까 숙소에 도착하면 마음껏 씻어. 가는 김에 이쪽 지역 옷도 마련할까…… 아니, 아티팩트로 어떻게 되려나? 음……"

　옷에 모래가 다가오지 못하는 기능을 부여할 수 없을지 검토하기 시작한 오스카의 귀에 밀레디의 진지한 목소리가 들렸다.

　"차라리, 홀랑 벗고 뛰어들면 안 될까?"

　"푸흡?! 너 머리 괜찮아?! 여긴 공공장소라고! 언제 누가 지나갈지 모르는데! 아니, 그 전에 내가 있잖아! 넌 수치심이 없어?!"

　오스카는 이미 자기 옷에 손을 댄 밀레디를 뜯어말렸다.

　하지만 평소 같으면 이때다 싶어 「얼레리~? 오 군이 왜 이렇게 당황했을까~? 무슨 상상했어? 응? 응?!」이라며 달려들 텐데 그녀의 눈은 착 가라앉은 채 오아시스를 물끄러미 바라보고 있었다.

　역시 밀레디 또한 젊은 여자였다. 여행 중이니 어쩔 수 없긴 하지만, 청결을 유지할 기회는 놓치기 싫은 모양이었다.

　이대로 가면 옷을 입고서라도 뛰어들 기세였다.

　"진정해, 진정하라고, 밀레디. 머리를 식혀."

　"머리를 식히기 위해서라도 지금 뛰어들어야 한다고 봐. 어디 사는 유명인이 말했어. 왜 뛰어드는가? 그곳에 오아시스가 있으니까."

"그 유명인이 유명해진 건 오아시스에 뛰어드는 이상한 인간이어서겠지. 그리고 아마 네가 왜곡했거나 잘못 들은 거라고 생각해."

밀레디가 슬금슬금 오아시스로 다가가고 있었다. 그대로 머리부터 꾸물꾸물 물속으로 들어갈 분위기였다.

오스카는 한숨이 나왔다.

"알았어, 알았어. 쉽게 말해 물로 씻고 싶다는 거지? 저쪽 풀숲에 간이 탈의실과 샤워 부스를 만들어줄 테니까 거기서 씻어."

"오 군, 사랑해!"

"응, 그래."

와락 안기려고 하는 밀레디의 머리를 밀어 저지하면서 오스카는 만약을 위해 아티팩트 하나를 꺼냈다.

은반이었다. 대상의 위치를 알아내기 위한 아티팩트지만, 지금은 신기능이 부가됐다. 일정 범위 내에 마력 유무, 마력의 크기를 탐지하는 기능이었다.

특이한 사람을 찾는 여행이었다. 필연적으로 해당 인물은 마력량이 오스카나 밀레디에 필적할 가능성이 높았다. 그 정도는 아니더라도 단순히 강력한 인물의 접근도 알 수 있었다.

마력을 지니지 않은 수인에게는 반응하지 않으므로 그 부분은 개량이 필요하다고 생각하지만 아직은 딱히 문제가 없었다.

지금은 무방비해지는 밀레디를 위한 경보기였다.

"주위 300미터 안에 반응 없음."

은반의 빛은 중심에 두 개, 밀레디와 오스카였다. 최대 레벨로 빛나고 있었다.

오스카는 일어나서 비교적 나무가 많은 곳으로 들어가 가능한 한 식물과 지하를 망치지 않도록 주위에서 평등하게 연성 소재를 추출하여 지상에 재구성했다.

어지간한 연성사가 보면 도달할 수 없는 경지에 절망하거나 흰자위를 들어내고 기절할 수준의 기술이었다.

그러나 목적은 파트너의 샤워 부스 구축이었다. 오스카의 쓸데없이 우수한 기술이 빛을 발한다!

"밀레디. 어디까지나 눈가리개 대용이라서 강도는 고려하지 않았어. 얇은 벽이니까 세게 밀거나 하지 마."

"우와~! 샤워기까지 달렸어~."

물은 스스로 준비하라고 말하기 전에 밀레디는 중력 마법으로 오아시스의 물을 옮겨 간이 샤워 부스 위에 단 물탱크에 담았다. 천장은 일부러 만들지 않아서 물이 부족하면 또 보충하면 된다.

수도꼭지도 만들었기에 그대로 흘러나갈 일은 없지만 설명하기 전에 밀레디는 병설된 탈의실로 뛰어들고 말았다.

"오 군~!"

"왜?"

"고마워~."

"어, 응. 아니야."

예상 이상으로 기뻐하는 모습을 보자 오스카는 볼을 긁적인 뒤 풀숲에서 나가려고 했다.

　"일단 목소리가 들리는 곳에 있을게. 은반을 보는 한 괜찮다고 생각하지만."

　"응~, 알았어~. 훔쳐보면 안 된다~?"

　"그래그래, 안 훔쳐봐."

　"진짜 안 된다~? 절대로야~, 정말로 정말 안 돼~. 오 군, 정말이다~? 절대로 안 돼—."

　"반어법이냐?! 어? 반어법이냐고?! 아니면 믿음이 아예 없는 거야?!"

　"아하하~."

　샤워 부스에서 천연덕스러운 웃음소리가 들렸다. 쏴아아 쏟아지는 물소리도 들렸다. 썩 기분 좋은 목소리였다.

　"나 원."

　오스카는 무엇을 얼버무리듯 안경을 올려 썼다.

　"그나저나 나도 땀이랑 모래로 범벅이구나……."

　가까운 곳에서 상쾌하게 씻는 사람이 있으니 문득 오스카도 자기 상태가 신경 쓰이기 시작했다. 은반을 봤다. 역시 주변에 반응은 없었다.

　"흠, 나도 몸이나 닦을까……."

　알몸이 될 생각은 없었다. 상반신을 탈의하고 몸을 닦는 정도라면 금방 끝난다. 게다가 남자인데 샤워 부스까지 준비할 필요성은 느끼지 않았다.

오스카는 빠르게 웃옷을 벗고 오아시스 물에 적신 수건으로 몸을 닦았다. 건포마찰이라도 하는 양 벅벅 세게 몸을 문댔다.

그러던 그때, 돌연 시선을 느꼈다. 경계심이 부쩍 솟은 상태로 그 시선의 근원지를 보자…….

"—꿀꺽."

밀레디가 샤워 부스 위로 얼굴을 반쯤 내밀고 오스카를 응시하고 있었다.

"너 뭐 하니?"

눈가를 실룩거리며 물었다.

"업혔을 때도 생각했지만…… 오 군은 보기에는 비실비실한 서생 같은데 의외로 몸이 튼실하네?"

"내 처지를 생각해서 아는 모험가들에게 자주 훈련받았어. 그것보다 눈에 핏발이 서서 무서운 데다 엿보기라고 생각하는데, 너 매너란 거 몰라?"

"라이센 대협곡에 두고 왔어요."

"빨리 가서 찾아와!"

이러면 입장이 반대지 않은가. 새삼스럽게 밀레디를 얼굴값 못 하는 미소녀라고 재인식했지만, 그 시야 한쪽으로 위기와 함께 당혹감이 밀려왔다.

"미, 밀레디. 널 위해서 하는 소리야. 지금 당장 벽에서 떨어져."

"이히히히히. 오 군, 부끄러워? 여자가 벗은 몸을 보니까 부끄러워서 그래? 응? 응? 대답 좀 해줄래?"

"네 그 짜증스러움도 지금은 그냥 넘어갈게. 그러니까 밀레디, 내 말 들어. 방금도 말했지? 그 샤워 부스의 강도는 별로 안 좋다고."

"응? 샤워 부스의 강도?"

"그래. 아, 아앗! 야! 앞으로 무게 싣지 마! 빨리 돌아―."

오스카의 말이 끝나기 전에 쩍쩍 금이 가는 소리가 들렸다. 어디에? 뻔하다. 샤워 부스 벽이다.

"엥?"

밀레디의 어벙한 목소리와 동시에 샤워 부스는 사람 한 명의 무게를 버티지 못하고― 무너졌다.

"뇨와아아~!"

"아……."

당연히 체중을 싣고 있던 밀레디도 벽과 함께 넘어올 수밖에 없었다.

오스카 시야에 새하얀 나체가 들어왔다. 매끈한 등. 무심결에 생침을 삼키고 말 정도로 아름다운 곡선. 가늘지만 탄력 있는 다리…….

"욱, 내가 이런 실수를―."

그리고 힘껏 코를 부딪친 탓에 정신이 없는지, 아무런 경계심도 없이 일어난 밀레디의―.

"오, 오 군, 보지 마!"

"분부대로!"

동요한 나머지 생전 해 본 적 없는 대답을 한 오스카는 춤추듯 턴하여 등을 돌렸다.

"우~, 다 봤어. 분명히 다 봤어. 자업자득이지만…… 이렇게 된 이상 소녀답게 『흑천궁』을……."

뒤쪽에서 무시무시한 소리가 들렸다. 【녹색 대갱도】에 나락을 뚫은 기술을 썼다가는 오스카는 뼈도 못 추릴 것이다.

"아, 안 봤어! 안 봤다고!"

"거짓말이야. 오 군이 거짓말해! 목소리가 떨리잖아!"

"으. 그 뭐냐, 아주 쪼끔 보였어. ……미안."

"윽, 자업자득인데 그렇게 사과하면…… 할 말이 없는데."

웬일로 정말 창피해한다는 것이 목소리로 전해졌다. 그게 왠지 오스카의 마음에 꽂혔다.

"그보다 탈의실은 괜찮잖아? 빨리 숨어. 계속 샤워하고 싶다면 수리할게."

"아냐, 이제 됐어. 갈아입을 테니까 잠시만 기다려."

목소리에 기운이 없었다. 풀 죽은 밀레디라니? 그럼 그냥 미소녀잖은가? 어떻게 반응해야 할지 모르겠으니까 평소처럼 한 대 날려주고 싶을 정도로 짜증나게 굴었으면 좋겠다.

오스카는 쩔쩔매며 속으로 그렇게 생각하면서 자기도 후다닥 옷을 챙겨 입었다.

잠시 후, 오스카와 밀레디는 검은 우산 그늘 아래 나란히 앉았다.

"……."

"······."

대화는 없었다. 밀레디의 귀 끝이 아직도 발그레했다.

오스카는 분위기가 껄끄럽다고 생각하면서 짐에서 휴대 식량을 꺼냈다. 통조림이었다. 모험가에게 호평이 자자한 오스카표 통조림. 확실한 밀폐로 보존 기간이 대단히 길다고 정평이 났다.

눈에 띄지 않도록 엉성하게 만든 작품마저 그 정도였으니 개인용으로 만든 통조림이라면 더 말해 무엇하랴.

나라에 들키면 틀림없이 매점하려 들거나 주문이 쇄도할 것이다. 행군에서 식량 보존은 언제나 따라오는 골치 아픈 문제니까.

"땀을 많이 흘렸으니까 염분이 많은 걸 먹자."

그렇게 말하고 밀레디가 먹을 몫도 건넸다.

"으, 응! 그러자!"

밀레디는 조금 과하게 밝은 척하며 통조림을 받았다. 그렇게 해서라도 수치심을 떨쳐 버리고 싶은 모양이었다.

이대로 단순한 미소녀로 있는 것도 곤란하므로 오스카는 딱히 아무 말도 하지 않고 음식을 입에 넣었다.

통조림의 내용물은 양념에 절인 고기였다. 소금과 후추, 향신료를 넉넉하게 쓴 특제 양념에 구운 고기를 절인 것으로, 맛이 진하게 배어 모험가에게도 인기 있는 상품이자 기운을 크게 돋워주는 요리였다. 보통은 휴대 식량으로 쓸 수 없는 음식이지만······.

"음~, 맛있어! 이거 분명 아샤네 가게 메뉴였지?"

"맞아. 전에 갔을 때도 모험가가 제법 많았지? 그 가게는 모험가가 좋아하는 간이 진한 음식을 잘해."

"어쩐지 점심도 맛있었지~. 아, 그렇구나! 이걸 준비하느라 가게에 들렀다가 아샤한테 여행을 떠난다는 사실을 들키고 그렇게 울며불며 난리가 난 거네!"

"······뭐, 그렇지."

말하고 싶지 않은지, 오스카는 묵묵히 고기를 씹었다. 하지만 그런 오스카의 태도가 밀레디의 마음에게 불을 붙였다. 바꿔 말하면 밀레디가 정체성을 되찾았다.

"오 군, 가르쳐주라~. 아샤가 뭐라고 했어? 응? 오 군은 뭐라고 해서 아샤를 설득했어? 아이참, 듣고 있어?! 그때 뭐라고 했는지 가르쳐 달라구~."

팔꿈치로 쿡쿡 찌르는 밀레디의 표정은 보란 듯이 히죽거리고 있었다.

오스카는 안경을 꾹 밀어 쓰면서 말했다.

"밀레디. 지금 너는 짜증나. 그래, 말로 표현할 수 없을 만큼 짜증스러워. 나는 말이야, 지금 진심으로 안심했어. 부탁인데 앞으로도 한 대 날려 버리고 싶을 정도로 신경 긁는 여자로 있어줘."

"어, 어라? 오 군. 생각했던 것과 반응이 다른데······. 그보다 그건 무슨 뜻이야? 엄청 욕먹는 것 같은데도 오 군의 표정이 자애에 차 있어서 나 어떻게 반응해야 좋을지 모르겠어······."

밀레디가 당혹스러워했지만 오스카는 평소 보기 힘든 상냥한 표정을 유지했다.

"아~, 그게, 맞아! 지금부터 갈 마을 말인데!"

밀레디는 억지로 화제를 전환하려고 들었다.

오스카는 아무 일도 없었다는 것처럼 식사를 재개하며 맞장구쳤다.

"마을 이름이 아마 칼데아였나? 샤르드 연합국 폴보라령(領)의 중심이 되는 마을이라고 기억하는데……."

밀레디는 고기를 오물오물 먹으면서 고개를 끄덕였다.

이곳 【붉은 대사막】 일대는 【샤르드 연합국】의 국토였다. 통칭 『연합』이라고 불리는 이 나라는 여러 자치령이 가맹한 복합 국가였다. 이 자치령은 사막에 사는 부족 집단인 셈이다. 그들은 자신들의 문화, 습관, 규칙에 따라서 기타 영지 및 맹주인 샤르드에도 기본적으로 좌지우지되지 않는 강한 자치권을 가졌다.

그러면서 사막에 있는 다른 국가와의 관계에서 조금이라도 대등, 혹은 우위에 서기 위해 하나의 나라가 되고자 손을 잡았다.

【폴보라령】은 남부 지역 가장 동쪽에 위치하며 【베르카 왕국】에 가장 가까운 자치령이었다. 그곳의 중심적인 마을 【칼데아】는 직물로 유명했다.

"우선 정보 수집부터 해야지. 기왕 가는 김에 마을에서 옷이라도 보면서 정보를 모을 거야."

"『사막의 요정』이랬나?"

"맞아. 『사막의 요정』. 원래 나는 이 정보를 얻고 연합으로 가는 도중이었어. 가는 길에 베르니카에서도 재능 있는 사람을 찾아보자 싶어서 잠깐 들렀던 거야."

"그 변덕 때문에 봉변당했군."

"그 변덕이 최고의 행운이었어."

지극히 자연스럽게 이어진 밀레디의 대답이었다. 오스카는 끄응, 하고 앓는 소리를 냈다.

"넌 『해방자』에 들어간 후 계속 신대 마법 사용자를 찾았다고 했지? 동료와 각자 흩어져 각지를 여행하면서 그럴싸한 소문을 모으며……."

"대개는 헛소문이었지만."

서민가에서 오스카를 따라다니던 무렵, 밀레디가 하던 이야기였다.

자기와 같은 신대 마법급 능력을 가진 이를 찾기란 하늘의 별 따기다. 하지만 만약 있다면 그 강대한 힘은 눈에 띈다. 눈에 띄면 소문이 난다. 오스카처럼 숨기는 사람이 많은지, 신대 마법 사용자가 있다는 이야기를 직접 들은 적은 아예 없었다. 그래서 『상식적으로 생각하면 말도 안 되는 황당무계한 소문』을 쫓는 것이 밀레디네 조직의 수색 방법이었다.

대부분의 경우, 단순한 소문에 불과했지만 아주 드물게, 신대 마법까지는 아니더라도 비범한 재능을 가진 인재를 발굴하는 일도 있어서 그럭저럭 유용한 방법이었다.

그 소문 중 하나.

─붉은 대사막에는 길 잃은 자를 수호하며 안전한 장소로 안내하는 요정이 있다.

분명히 괴력난신의 한 종류였다. 오스카가 고개를 갸웃거렸다.

"애초에 왜 『요정』일까?"

"가녀린 작은 여자애라거나?"

밀레디도 고개를 갸우뚱했다.

뭐, 아무튼 그런 믿거나 말거나 한 소문이기에 큰 마을에 가서 정보를 모으겠다는 계획이었다.

"……신대 마법…… 사용자면 좋겠다."

"회복 계열로, 맞지?"

조용히 흘러나온 오스카의 혼잣말에 밀레디가 말을 덧붙였다.

밀레디의 목적은 신의 의지에 저항할 힘을 가진 사람을 찾고 권유하는 것. 한편, 오스카의 목적은 물론 밀레디와 같지만 동시에 자아를 잃은 동생들을 원래대로 되돌리는 것이기도 했다. 아니, 지금은 그것이 제1 목표였다.

그래서 자신의 마음을 헤아리고 따라주는 밀레디에게 오스카는 약간의 쑥스러움을 느끼고 안경의 위치를 고쳤다.

참고로 고아원 가족 및 조직 『해방자』의 비전투원이 숨어 사는 마을은 믿어지지 않겠지만 【라이센 대협곡】에 있었다. 백작가 영애 시절 우연히 발견한 커다란 동굴이 그것이었다.

그밖에도 비경이라 부를 만한 곳에 몇 곳 더 있지만 안전의 관점에서 방어력이 낮은 거점을 그곳으로 옮겼다.

현재는 고아원 가족이나 근황 보고 따위의 연락을 하러 오는 『해방자』의 조직원에게 오스카가 맡긴 아티팩트로 마을의 공격, 방어 능력은 현격히 높아졌다.

언젠가 딜런과 케티의 치료법을 알게 되면 한번 마을로 돌아가 재회하는 겸 극악한 물리 함정 지대를 만들자고 오스카는 벼르고 있었다.

내 가족에게 해를 가하는 무뢰배는 마법을 쓸 수 없는 그곳에서 물리 공격에 농락당하게 될 거다!

"저기, 오 군? 왠지 웃는 게 무서운데? 뭔가 검은 기운이 흘러나오는데?"

"어이쿠."

마침 식사를 마친 밀레디가 몸을 부들부들 떨고 있었다.

오스카도 서둘러 남은 음식을 먹어치웠다.

"너무 쉬었어. 늦으면 여관을 잡기도 힘들 거야."

"이번에는 처음부터 능력을 풀가동해서 시원한 사막 여행을 즐겨 보자."

두 사람은 일어서서 양산과 얼음이 부유하는 냉방 빵빵한 사막 여행을 재개했다.

끝없이 펼쳐진 사막을 묵묵히 걸었다.

고운 모래가 바람에 물결치고 대지의 표정은 시시각각 바뀌어 갔다. 그야말로 『모래 바다』라고 표현할 법한 광경이었다.

"음? 밀레디, 오른쪽에서 온다. 다섯 마리야."

"눈에는 안 보이니까 땅속이겠구나."

오스카가 은반을 보면서 보고하자 밀레디가 오른쪽을 두리 번거렸다.

그러자 얼마 안 있어 오스카가 카운트다운을 시작했다.

그 카운트가 1이 되었을 때, 땅속에서 다섯 마리 붉은 전갈 이 튀어나왔다.

그리고 동시에……

"―『화천』."

땅으로 격추당했다. 중력 마법으로 건 초중력 부하였다. 전 갈들은 키기기긱 기괴한 비명을 질러 댔다. 그러나 바닥은 모 래, 그것도 고운 모래였다. 찍어 눌러도 쿠션이 되거나 바닥으 로 가라앉을 뿐이었다.

"으음, 역시 사막과는 상성이 안 좋은걸."

밀레디는 땅, 바람 속성 복합 마법으로 모래 칼날을 만들더 니 팔만 한 번 휘둘러 그것들을 모조리 양단했다. 붉은 전갈 다섯 마리는 맥없는 비명을 지르고 숨을 거뒀다.

"아까부터 중력 마법을 많이 쓰는데 무슨 의미 있어?"

"연습이야, 연습. 중력 마법은 다루기 어렵고 소비 마력도 차원이 다르니까. 조금이라도 위력, 효과, 소비량을 강화하고 조정하기 위해 밀레디 누나는 노력을 아끼지 않는답니다."

밀레디는 콧바람을 뿜으며 가슴을 쭉 내밀었다.

사실 이미 자신의 신대 마법에 숙련된 것처럼 보이지만 아 직 중력 마법과 속성 마법을 복합하지 못했고, 발동은 해도 완벽하게 제어하지 못하는 마법도 있었다.

예를 들어 밀레디의 비기라고 할 수 있는 『흑천궁』은 한 번 발동해 버리면 외적 요인에 의해 강제로 중단되지 않는 한 마력이 고갈할 때까지 멈출 수 없었다.

모든 것을 빨아들이고 소멸시키는 흉악한 마법인데 사실 제대로 제어할 수 없다니, 밀레디 본인조차 웃어넘길 수 없는 사실이었다. 까딱 잘못하면 자신도 말려들어 끝장날 테니까.

"확실히 다루기 어려워 보이는 마법이야. 그리 쉽게 완전히 제어할 수는 없겠어……."

"그보다 오 군, 아까부터 나만 싸우는데 여자만 싸우게 하는 건 좀 아니지 않아?"

밀레디가 오스카를 향해 눈을 샐쭉이 떴다.

【붉은 대사막】에도 마물은 있다. 오히려 다른 지역보다 귀찮고 강력한 마물이 많다.

방금 나온 전갈도 본래 『사막의 암살자』라며 두려움을 사는 은밀성과 맹독을 가진 강력한 마물이었다.

휴게소인 오아시스를 출발한 후로 꽤 빈번하게 마물의 습격을 받았지만, 기본적으로 오스카가 조기 발견하면 밀레디가 두더지 잡기처럼 즉시 처리하는 형태를 취하고 있었다.

아무리 강한들 밀레디 또한 여자였다. 싸움에서는 손가락 하나 까딱하지 않는 단짝에게 조금 불평을 토로하고 싶어진 모양이었다.

그러나 정작 항의받은 오스카는 왠지 어리둥절해했다.

「뭐래?」라고 말하는 눈빛이었다.

"아, 나 열 받았어. 밀레디 누나, 조금 화났다고요! 오 군! 나도 여자야! 필요는 없지만,『밀레디만 힘들게 할 순 없다』거나『나한테 맡겨』라거나, 그런 말 한 번은 해줄 수 있잖아!"

"아니, 지금 네가『필요는 없지만』이라고 했잖아. 적재적소 아니야? 게다가 밀레디를 그런 평범한 마을 처자처럼…… 하하."

"인마, 지금 왜 웃었어? 오 군, 밀레디 누나한테 잠깐 설명해 봐."

농담이시죠? 라고 말하듯 웃는 오스카를, 밀레디는 착 가라앉은 눈으로 노려봤다.

그러던 때, 오스카의 은반이 반응을 보였다. 큰 마력 반응이 하나 고속으로 접근하고 있었다.

"밀레디, 뒤에서 온다. 빨라. 카운트 15."

"……."

"10, 9, 8, 7, 6, 5, 4, 3, 2, 1, 지금—."

모래를 확 뿜으며 오스카와 밀레디의 발밑에서 거대한 지렁이 같은 마물— 흔히『샌드 웜』이라고 불리는 마물이 튀어나왔다.

반사적으로 두 쪽으로 나뉘어 물러난 두 사람 사이를 비집고 들어오듯 하늘 높이 튀어오른 샌드 웜은, 굴삭기처럼 원형으로 겹겹이 자란 이빨을 움직여 기기기긱 소리를 냈다. 사냥감을 놓쳐 분한 마음에 이를 가는 것처럼도 보였다.

"응? 으응?"

오스카가 착지와 동시에 의아해했다.

예상으로는 밀레디가 이미 중력 마법으로 적을 압살했어야 했기 때문이었다.

'설마 큰 기술을 연습하고 싶어서 그러나?'

그렇게 생각한 오스카는 왼손을 휘둘렀다. 그 순간 소맷자락에서 가느다란 사슬이 튀어나왔다.

—아티팩트 연쇄.

밀레디의 협력으로 검은 우산과 같이 중력 마법이 부여되어, 전에는 자력으로 던지거나 감응석으로 뱀처럼 땅을 기게 하여 대상에게 접촉한 후 휘감던 것이 지금은 자유자재로 허공에 날릴 수 있게 됐다.

제어도 편해져서 지금은 다섯 개 동시 조작도 가능했고, 더나아가 소매를 통해 허리 파우치에 예비 연쇄를 넣어 최대 100미터까지 늘어난다.

그렇게 날아간 연쇄가 절그럭절그럭 소리 내며 샌드 웜을 휘감고 강하게 조이면서 구속했다.

더불어 함께 날린 두 번째 연쇄가 웜이 튀어나온 바닥에 접촉했고 원격 연성으로 모래 바닥을 금속판으로 바꿔 고정했다.

"밀레디! 아직 더 걸리겠어?!"

샌드 웜을 묶어 놓고 오스카가 큰 소리로 물었다.

그러나 대답은 없었다. 「설마 어딜 다쳤나?!」 하는 생각이 덜컥 들었지만 분명히 피하는 것을 보았다. 곧바로 그럴 리가 없다며 고개를 흔들었다.

그리고 시야 한쪽으로 그것을 보고 말았다.

"……밀레디? 너 거기서 뭐 하는 거야?"

눈이 향한 곳, 그곳에는 재주도 좋게 공중에 엎드려 한 손으로 머리를 받치고 누운 밀레디가 있었다. 물론 샌드 웜이 닿을 수 없는 높이였다.

밀레디는 히죽 웃었다.

"밀레디 누나는 오 군에게도 훈련할 기회를 주려고 합니다. 그 애는 밀레디 누나의 진심을 담은 선물이랍니다. 응? 뭐라고? 에이, 고마워할 거 없어! 파트너잖아?"

아무래도 방금 대화로 삐친 모양이었다. 말 그대로 강 건너 불구경하려는 작정 같았다.

오스카의 이마에 핏줄이 떠올랐다. 저도 모르게 구속에 힘이 들어가 샌드 웜이 키이이익, 하고 고통스럽게 비명 질렀다.

"밀레디. 적어도 전투에서 그런 장난은 치면 안 되지. 네 말에는 전혀 논리가 없어. 왜냐면 애초에—."

그 순간 은반이 격렬하게 반응했다. 광점들이 급속도로 접근 중이었다. 마력 반응, 속도로 보아 샌드 웜의 친구들로 추정됐다.

"미, 밀레디. 약 여섯 마리가 더 모여들고 있어. 장난 그만 치고 처리하자."

밀레디는 공중에 드러누운 채로 오스카를 내려다보고—.

"싫어."

투정 부리는 애처럼 거부했다. 활짝 웃으면서…….

그 직후 모래가 솟구치며 샌드 웜 여섯 마리가 오스카를 포위하듯 출현했다.

잠깐 구속당한 친구를 봤다가 그 후 오스카 쪽으로 머리를 돌렸다.

말은 없지만「시방, 우리 식구한테 뭐 하는 짓이여?」라는 분노가 전해져 왔다.

오스카는 안색이 굳었지만 가능한 한 냉정을 유지하려고 했다. 안경을 한번 꾹.

"밀레디. 네가 불만이 있다는 건 알았어. 적극적으로 귀를 기울일게. 대화에도 응하겠어. 그러니까 일단 이 녀석들을 중력 마법으로 뭉개―."

"""""""키이이이이이이이이익!"""""""

말이 끝나기 전에 샌드 웜파(?)가 오스카에게 덤벼들었다. 여섯 개의 굴삭기 같은 아가리가 머리 위에서 떨어졌다.

"으아아아아아아악?!"

오스카의 비명 직후, 쾅 하는 굉음이 울리고 모래가 확 날렸다. 땅속에서 나온 파이프가 한곳으로 집중되는 것처럼 샌드 웜들이 역 U자형을 그린 채 머리를 처박고 있었다.

잠깐의 정적 후.

"저, 정말로 아무것도 안 할 거야?!"

바람이 불어 모래를 걷어낸 곳에 한쪽 무릎을 꿇고 검은 우산을 쓴 오스카가 있었다.

검은 우산이 태양빛 마력으로 빛나서 10식 『성절』이 전력

전개 됐다는 것을 알 수 있었다. 보통은 대형 마물의 체중이 실린 공격을, 그것도 여섯 마리분을 막는 것 따위 불가능하지만, 바닥을 연성해 금속으로 바꾸고 그곳에 똑바로 세운 검은 우산 손잡이를 고정함으로써 막아 낸 듯했다. 가히 묘기에 가까운 연성이었다.

"오 군은 내 파트너잖아. 그 정도는 후딱 해치우지 않으면 밀레디가 곤란한데~."

길게 늘어뜨린 말끝이 오 군 안에 있는 무언가에 금을 냈다.

밀레디는 말 없는 오스카를 더욱 밀어붙였다.

"뭐 해, 오 군! 힘내라, 힘! 네버 기브 업! 움직여, 움직여! 자신을 믿어! 왜 최선을 다하지 않는 거야! 어서 일어서!"

오스카는 일어섰다. 그와 함께 우산대를 늘려서 샌드 웜들을 밀쳐냈다. 그대로 말없이 손목까지 오는 검은 장갑을 꺼내 꼈다. 이어 대량의 『작은 마검』을 손가락 사이에 끼웠다.

그리고 숨을 훅 마시고는 혼자 신이 나서 응원하는 밀레디에게 절규했다.

"밀레디이이이! 너는 나중에 쳐 죽여 버리겠어어어어어!"

동시에 여섯 마리 샌드 웜이 폭음과 함께 크게 몸을 젖혔다. 처음에 구속된 샌드 웜은 연쇄를 통해 전기 찜질을 당해서 흰 연기를 뿜으며 쓰러졌다.

꽃이 피듯 반대쪽으로 꺾인 샌드 웜들의 몸뚱이는 살점이 사방으로 튀고 크게 도려져 나갔다.

—아티팩트 작은 마검 폭발식.

강력한 폭발에 모조리 날아가 버렸다.

피와 살이 비처럼 쏟아지지만 검은 우산이 그것을 막았다.

오스카는 사슬을 조종하며 동시에 검은 장갑을 낀 손가락을 까딱 꺾었다. 우웅, 하고 바람 가르는 소리가 났다고 생각한 다음 순간, 샌드 웜 한 마리가 말 그대로 다섯 토막으로 썰렸다.

―아티팩트 검은 장갑.

모두 중력 마법을 부여한 금속 초극세사로 짜이고 감응석을 통해 자유롭게 날릴 수 있었다. 연쇄가 구속용이라면 이쪽은 살상용. 극세 금속 실은 두부처럼 살을 잘라 버렸다.

샌드 웜은 두 마리가 당하고 자신들이 다치자 겁먹었는지 땅속으로 돌아가려고 했다.

"미안하지만 못 가."

발을 탁 굴려서 땅을 연성했다. 그들에게 유리할 터인 지형이 반대로 구속구로 변했다.

오스카는 검은 우산을 접고 뒤로 뺐다가 단숨에 휘둘렀다. 바람의 칼날이 두 마리를 한꺼번에 양단하며 그동안에도 연쇄가 감전사를, 금속 실이 참살을 만들어 냈다.

도합 일곱 마리 샌드 웜이 정리되는데 채 1분도 걸리지 않았다.

오스카가 밀레디를 확 쏘아봤다.

"역시 오 군이야! 하면 할 수 있잖아!"

정작 밀레디는 박수를 쳐 가며 기뻐하고 있었지만······.

여기서는 일단 향후 파트너와의 양호한 관계를 위해 대화의 자리를 마련해야 한다. 오스카가 연쇄를 날리고자 밀레디를 조준했다.

그러나 그것을 날리기 전에, 희미하게 대기가 진동했다.

"응?"

"어라?"

그 진동은 서서히 커졌고 땅을 통해서도 전해졌다.

돌아보니 수백 미터 앞에서 모래 폭풍 같은 어마어마한 모래바람이 발생해 급속도로 접근 중인 게 보였다. 모래바람 속에는 거대한 지렁이 무리 같은 것이 보였다 말았다 했다.

오스카는 은반을 내려다봤다.

은반은 광점으로 뒤덮여 있었다. 적게 잡아도 100마리를 넘는 샌드 웜 무리. 모래바람의 폭이 300미터는 되지 싶었다. 그리고 그중에는 유독 거대한 그림자도 보였다.

방금 샌드 웜은 대가족이었나 보다.

전투 이전의 문제였다. 압도적 물량과 질량에 쓸려 버릴 것은 안 봐도 뻔했다.

"밀레디 양? 이 상황에서도 혼자 싸우라고 하면 전 당신과의 여행을 다시 생각해 봐야 할 것 같습니다?"

왠지 모르겠지만 존댓말을 쓰는 오스카가 식은땀을 흘리면서 밀레디를 올려다봤다.

"아, 아무리 나라도 그런 말은 안 해. 그보다 일단 위로 피난해야지! 저건 내 마법으로도 다 못 막을 거 같아!"

"아, 알았어."

오스카는 검은 부츠의 도약 보조와 장벽을 이용한 공중 보행 기능으로 하늘로 대피하려고 했다.

모래 먼지는 이미 코앞까지 와 있었다. 상상을 초월하는 속도였다. 접근할수록 그 거대함이 고스란히 느껴졌다. 이제는 그냥 산을 올려다보는 기분이었다.

'망했다, 늦었어?!'

오스카가 내심 초조함을 드러내고, 밀레디가 중력 마법으로 오스카를 보조하고자 똑같이 초조해하는 그 순간—.

"어?"

"어?"

그럴 때가 아니란 것을 알면서 오스카와 밀레디의 입으로 얼빠진 소리가 흘러나왔다.

이유는 하나.

어느샌가, 정말로 어느샌가 오스카 앞에 한 남자가 서 있었기 때문이었다.

적동색 짧은 머리에 매처럼 날카로운 눈. 눈동자 색은 머리와 같은 적동색이었다. 헐렁한 회색 통옷을 입고 희고 큰 천을 어깨에 맸다. 키가 거의 2미터는 될까 싶은 근육질 거구의 사나이였다. 나이는 아마 20대 중반을 넘긴 정도가 아닐까?

복장으로 보아 이곳【붉은 대사막】의 주민 같았지만 그가 언제 이곳에 나타났는지는 밀레디도 오스카도 전혀 감지하지 못했다.

남자는 무언으로 오스카 앞까지 척척 걸어왔다. 등 뒤까지 바짝 다가온 샌드 웜 무리는 신경도 쓰이지 않는다는 양.

"아, 다, 당신은 누구—."

"알 것 없다."

근육질 거구의 남자가 다가오자 당황하는 오스카에게, 남자는 무뚝뚝하게 짝이 없는 대답을 돌려주고는 오스카의 팔을 꽉 잡았다.

그 찰나였다.

"어?"

"오, 오 군?"

눈앞에 밀레디가 있었다. 서로 눈만 깜빡거릴 뿐이었다.

그와 동시에 공중에서 남자의 다른 한쪽 손이 밀레디의 팔을 붙잡았다.

그리고 어느새 어딘지 모를 모래 언덕 위에 있었다. 저만치 떨어진 곳에 큰 마을이 보였다.

"어?"

"어? 아니, 우리 아까부터 『어?』밖에 안 하고 있잖아."

두 사람은 얼굴을 마주 보고 동시에 돌아봤다.

"나에 관해서는 가능하다면 잊어주길 바란다."

적동색 눈이 똑바로 밀레디와 오스카를 바라보고 그대로 손이 떨어져—.

"사, 사막의 요정이세요?"

"어?"

"어?"

밀레디가 자기도 모르게 던진 질문에 거구의 남자와 오스카의 입으로 얼빠진 소리가 흘러나왔다.

오스카는 그 근육으로 똘똘 뭉친 몸과 매처럼 날카로운 눈매를 훑어보면서 말했다.

"……요정?"

"요, 요정?"

우락부락한 얼굴에 홍조가 떠올랐다. 타인에게 주는 자신의 인상을 잘 아는 것 같았다. 예상도 하지 못한 호칭에 부끄러워하는 눈치였다.

남자는 아차 싶어 두 사람에게서 손을 떼고는 헛기침했다.

"어쨌거나 나에 관한 이야기는 함구해주기 바라오."

그렇게 말한 남자의 마력이 살며시 높아졌고—.

"오 군, 잡아!!"

"어? 아, 알았어!"

오스카의 연쇄가 남자를 옭아맸다.

방출된 마력이 흩어지고 남자는 경악했다.

"아니?!"

"대단해, 대박이야, 오 군! 우리 바로 잭팟 터뜨렸어! 이런 일이 가능해?! 오 군이랑 만날 때까지 몇 년이나 허탕만 쳤는데 이제 와서 이렇게 싱겁게! 왔어, 왔다고. 밀레디의 시대가 왔어어어어어어!"

"아~, 응. 그러네."

하염없이 흥분한 밀레디는 주먹을 하늘로 번쩍 들고 온몸으로 기쁨을 드러냈다. 오스카는 살짝 정색했다.

한편, 두 사람이 그러거나 말거나 남자는 연쇄를 절그럭대며 구속을 풀려고 하고 있었다.

"후훗, 소용없답니다. 오 군의 사슬에는 봉인석이 섞였어. 한 번 감기면 방출형 마법은 엄청 사용하기 어려워져."

"……나를 어떻게 할 생각이지?"

남자가 경계심 가득한 표정으로 눈을 찌푸렸다. 무서운 얼굴이 더욱 험악해졌다.

밀레디가 묘하게 식은땀을 흘렸다.

"바, 방금은 도와줘서 고마워. 그렇지만 그대로 돌아가 버리면 우리가 엄청 곤란해. 우리는 너를 찾으러 왔거든. 설마 정보를 수집하기 전에 딱 마주칠 줄 누가 알았겠어! 엄청난 우연이야!"

"……나를 어떻게 할 생각이냐?"

다시 같은 질문이 날아들었다. 방금보다도 험악했다. 말을 잘못 골랐다. 남자를 괜히 경계하게 만들었다. 오스카는 한숨 쉬고 연쇄의 구속을 풀었다.

남자가 의외라는 눈으로 오스카를 봤다.

"미안해. 당신을 만나려고 여행을 하던 참이라 마음이 급해서 난폭하게 굴었어. 일행의 경박한 성격에 관해서도 같이 사과할게. 정말로 미안해."

"그게 무슨 말이야?!"

그러면서 머리를 숙이는 오스카를 보고 남자는 묘하게 눈을 이리저리 굴렸다.

밀레디가 불만을 터뜨렸지만 바로 남자를 향해 돌아서더니 겸연쩍게 미안하다며 머리를 숙였다.

남자는 더욱 격하게 눈을 굴렸다.

오스카가 한 손을 내밀었다.

"조금 전에는 덕분에 살았어. 고마워. 나는 오스카야. 오스카 오르크스."

남자는 내민 손을 물끄러미 바라봤다.

남자의 손은 움직이지 않았다. 그리고는 잠깐 눈을 감더니 고개를 저었다.

"……미안하지만 연관될 생각은 없어."

작게 그 말만 하고 다시 남자의 마력이 고양됐다.

밀레디가 허둥지둥 말을 걸었다.

"잠깐만! 이야기를 들어줘!"

"……"

부름에도 답하지 않고 남자의 기운이 흐려지기 직전, 밀레디가 외쳤다.

"우리는 똑같아! 같은 신대 마법 사용자!"

남자의 마력의 흩어졌다. 그러나 이번에는 오스카가 그런 것이 아니었다. 남자가 스스로 없앤 것이었다. 그 얼떨떨한 표정으로 보아 아마 경악한 나머지 무의식중에 그런 것이지 싶었다.

밀레디는 가슴을 쓸어내리더니 다시 한 번, 이번에는 장난치지 않고 올곧은 눈으로 물었다.

"너도, 같지?"

표정을 지운 남자는 아무 대답도 하지 않았다. 밀레디는 상관하지 않고 계속했다.

"방금 갑자기 나타났고, 오 군이 닿은 순간 내 앞에 나타났어. 그리고 지금 이렇게 전혀 다른 장소로 순식간에 이동했고. 순간 이동이거나 그런 마법인가? 보통 평범한 사람은 쓸 수 없는 마법이야."

"……오해다. 나에게 대단한 힘은 없어. 우연히 발견한 아티팩트 덕분이지."

그러면서 남자는 옷 안에 넣어 둔 목걸이를 꺼냈다.

밀레디가 오스카를 힐끔 봤다. 오스카는 눈을 가늘게 뜨고 목걸이를 본 뒤 밀레디에게 고개를 저었다.

"그건 평범한 목걸이인데?"

"너는 모를 뿐이야. 미리 말해 두지만, 빌려줄 수도 양도할 수도 없다. 빼앗겠다고 한다면—"

"미안. 그 거짓말은 안 통해. 말했지? 우리는 신대 마법 사용자라고. 이쪽에 있는 오 군은 아마 현대에서 유일하게 아티팩트를 만들 수 있는 연성사야. 그 이상으로 아티팩트를 잘 아는 사람은 없어."

남자가 말을 잃고 오스카에게로 시선을 돌렸다.

오스카는 연쇄와 검은 우산을 공중에 띄워 보였다. 둘 모두 번개 속성 마법으로 스파크가 튀었다. 누가 봐도 평범한 마법 도구는 아니었다.

"아까 내가 떠 있던 것도 바람 속성 마법이 아니라 중력을 조종하는 마법이었어."

이번에는 밀레디가 창궁의 마력을 끌어냈다. 그 직후, 주위 일대의 모래가 모조리 떠올랐다. 대지를 들어 올렸다고 착각할 정도였다.

"우리는 우리와 같은 일탈한 힘을 가진 사람을 찾고 있어. 부탁할게. 이야기를 들어줘."

투명한 푸른 눈동자로 남자를 지그시 들여다봤다.

남자는 잠시 부유하는 방대한 양의 모래나 검은 우산을 말 없이 바라보고 있었다. 밀레디도 오스카도 그 눈에 담긴 감정을 어떻게 표현하면 좋을지 몰랐다.

다만, 어쩌면 그것은 선망과도 닮은―.

"……내 대답은 변함없다. 나는 이미 인생의 방향을 정했어. 누군가와 함께하지는 않을 거야."

남자의 매처럼 날카로운 눈이 밀레디를 꿰뚫었다.

"왜? 그런 대단한 힘으로 사람을 돕고 있으면서. 어째서 혼자가 되길 원하는 거야?"

"―이것이, 저주받은 힘이기 때문이다."

과거에 무슨 일이 있었던 것일까. 적동색 눈이 지독히 어두운 분위기를 드리웠다.

"더는 할 이야기 없어. 나한테 상관하지 말아줘."

끼어들 여지조차 주지 않는 대답이었다.

남자는 조금이지만 마음이 편치 않은 표정이었다.

한편, 오스카는 밀레디를 곁눈질하고는 한순간 남자에게 동정의 눈빛을 보냈다.

지금부터 펼쳐질 일을 예상했기에—.

"으에이잇! 내가 쉽게 포기할 줄 알아아아! 오 군조차 농락한 밀레디를 얕보지 마!"

"농락이라고 하지 말아줄래?"

오 군의 항의는 무참히 무시당했다!

밀레디가 어린애처럼 팔다리를 파닥거리며 남자에게 성큼성큼 다가갔다.

남자가 당황한 것처럼 뒷걸음친다! 아니, 밀레디의 사나움? 박력? 아무튼 뭔지 잘 모를 기세에 당황한 것이 틀림없었다!

"오기로라도 이야기를 듣게 할 줄 알아!"

"우, 우욱?! 상관하지 말라고 하잖아! —『계천』!"

돌진한 밀레디는 눈앞에서 돌연 출현한 빛나는 막 속으로 사라졌다. 사라지기 직전「뉴와?!」하는 괴성이 들린 것 같기도 하다.

왠지 밀레디를 없앤 남자 쪽이 숨을 시근거리며「뭔가 대단히 귀찮은 것에게 찍혀 버렸다!」라고 말하고픈 표정을 짓고 있었다.

"우리 리더 때문에 미안. 무사하긴 한 거지?"

"허억허억. 고, 곧 알게 될 거다."

남자가 손을 휘둘렀다. 그 직후 오스카의 발밑에 빛나는 막이 출현했다.

"우왁?!"

갑자기 발 디딜 곳을 잃고 추락하는 오스카가 식겁한 소리를 내며 사라졌다.

그 후에는 부쩍 지친 표정을 지은 남자만이 남았다.

어느 소규모 오아시스에 텀벙 물이 치솟는 소리가 울렸다.

"콜록콜록. 기도에 물 들어갔어……."

마을에서 마을을 잇는 중계 지점인 오아시스라서 사람은 없었지만, 만약 누가 있었다면 뜬금없이 허공에서 사람이 떨어진 것처럼 보였을 것이다.

첨벙첨벙 물을 갈라 야트막한 곳까지 나와서 기침을 토하는 사람은 오스카였다.

오스카는 안경을 벗고 머리를 쓸어 올리며 주변을 돌아봤다.

"어딘가에 있는 오아시스에 떨어졌나……. 정말로 대단한 마법이야. 그건 그렇다 치고 밀레디는 어디에……."

있었다. 물가에서 무릎을 끌어안고 앉아 질질 짜고 있었다.

자세히 보니 옷 앞쪽이 진흙투성이고 얼굴은 물로 씻은 것처럼 흠뻑 젖었다. 머리에는 아직 진흙이 묻었으며 코끝은 어디에 부딪친 것처럼 빨갛게 부었다.

그리고 이 오아시스 물가 일부는 진탕처럼 되어 있었는데 그곳에 뭔가가 미끄러진 흔적이 있었다.

오스카는 모든 전말을 파악했다.

밀레디가 이곳으로 보내어졌을 때 그녀는 돌진 중이었다. 그런데 갑자기 오아시스 물가에 전이되기라도 한다면 발이 빠져 미끄러지는 것은 필연. 무의미하게 팔다리를 버둥거리고 있었으니 몸을 보호하지도 못하고 얼굴부터 처박힌 것이다.

오스카는 밀레디 곁으로 다가서서 말했다.

"일단, 샤워 부스부터 만들까?"

"응."

밀레디는 순순히 고개를 끄덕였다. 훌쩍 코를 들이마시며…….

잠시 후, 씻고 나온 밀레디가 아직 조금 빨간 코를 신경 쓰면서 오스카 옆으로 왔다. 오스카는 물가에 책상다리를 하고 앉아 왠지 손에 든 은반을 만지작거리는 중이었다.

"오 군, 샤워 부스 만들어줘서 고마워."

"아니야."

살포시 앉은 밀레디는 무릎을 끌어안고 오아시스 수면을 오도카니 바라봤다.

그리고 문득 중얼거렸다.

"신대 마법 사용자는 이상한 사람이 많더라."

"너 그거 자기 얼굴에 침 뱉기다."

오스카의 지적은 당연히 무시당했다.

"그거 공간을 초월하는 마법 맞지?"

"그렇겠지. 빛나는 막— 아니, 게이트라고 해야 하나? 그걸 거쳐서 다른 장소로 연결하는 것 같아. 본인은 게이트 같은 게 없어도 전이하는 모양이지만. 어찌 됐건 대단한 마법이고 우리에게는 아주 성가신 마법이야."

"접근을 눈치챈 시점에서 우릴 날려 버리거나 도망치겠지? 말 붙일 기회도 주지 않아서……."

"방금 날려 버린 건 버둥대며 다가오는 네가 무서워서 그런 거라고 생각하는데."

당연히 무시.

오스카는 한 번 헛기침했다.

"그래서 어떡할래? 칼같이 거절당했는데. 역시 포기하지 않을 거야?"

"당연한 소리! 그야 거절만 하진 않았다구. 그 사람의 눈, 그게 전부가 아니었어."

그러니까 진심을 들을 때까지는 포기하지 않는다…… 밀레디의 속뜻이 전해져 오스카는 살며시 웃었다. 그녀가 말하길 자신은 그렇게 농락당했다고 하니까.

마음속으로 그 남자에게 애도를 보냈다.

"그렇지만 여기가 어딘지도 모르고 그 사람이 어디 있는지도 전혀 몰라~. 동에 번쩍 서에 번쩍하면 수소문으로 쫓기도 어렵고……. 아, 정말, 어떡하면 좋냐고오오~!"

벌렁 드러누워 팔다리를 버둥버둥. 떼쟁이 밀레디의 재림이었다.

오스카는 피식 웃고 은반에 빛을 냈다.

"그를 찾는 건 어렵지 않아."

"응? 왜?!"

경악을 그대로 드러내며 벌떡 일어난 밀레디에게 오스카는 은반을 보여줬다.

"네가 전이된 후 다음은 내 차례구나 싶었거든. 잠깐 대화하면서 발신기를 붙인 금속 실을 땅 밑으로 접근시켰어. 이곳에 떨어지기 전에 간신히 붙일 수 있었지."

은반의 중심에는 오스카와 밀레디로 생각되는 두 개의 광점이 있었고, 떨어진 곳에 두 사람과 필적하는 빛을 발하는 광점이 있었다.

"참고로 칼데아에서 동쪽으로 이틀 거리인 곳에 떨어진 모양이야. 네가 씻는 동안 주변을 살폈더니 팻말이 서 있었어. 위치로 봐서 그는 그 마을 부근에 있는 것 같아."

밀레디가 부들부들 떨고 있었다.

무슨 금단 현상이라도 일어났나? 그렇게 의심하는 오스카에게 밀레디는 와락 안겨들었다. 오스카의 머리를 꽉 조이듯 끌어안았다.

"나이스! 나이스야, 오 군! 역시 내 파트너라니깐! 괜히 안경을 쓴 게 아니야! 사막인데 검정 코트를 입은 게 변태 같다고 생각해서 미안!"

"안경을 힐뜯는 발언은 삼가주실까! 그보다 너 인마, 그딴 생각을 했어?! 아니, 그보다 떨어져! 떨어지라고!"

"뭐야~, 좀만 더 껴안자~!"

"으아아아아! 짜증나!"

오스카는 밀레디를 힘껏 떼어냈다.

과연 떼어놓은 것은 정말로 귀찮다는 이유뿐이었을까. 안경의 위치를 고치는 오스카의 뺨은 미묘하게 붉었다.

"좋았어~! 오 군의 파인 플레이로 위치도 알아냈으니까 어서 마을을 향해 출발하자!"

떼어 낸 사실에는 딱히 신경 쓰지도 않고 밀레디는 기운 넘치게 주먹을 쳐들었다.

오스카는 석연치 않은 마음을 조금 품으면서 알겠다고 답했다.

한편, 밀레디와 오스카가 출발하고 하루가 지났을 무렵.

정체 모를 공포를 가진 소녀와 어쩐지 고생하고 있을 법한 안경 청년을 강제 전이한 남자는 【칼데아 마을】에서 이락 네 마리를 몰고 있었다.

이락이란 사막 주민이 애용하는 말을 대신하는 동물이다. 기본적으로 느긋하고 게으른 이 동물은 식사도 귀찮은지 거의 먹지도 않고, 10일에 한 번 어느 정도 물을 마시는 것만으로도 한 달은 움직일 수 있는 터프한 특성을 지녔다.

속도는 기본적으로 사람이 빨리 걷는 정도며 재촉해도 기승자의 말을 듣지 않지만, 『할 때는 하는 녀석』이라는 별명대로 위급할 때는 사막에서 말에 필적하는 속도로 내리 네 시간은 달릴 수 있는 강자이기도 했다.

또한 억지로 말을 듣게 하려고 하면 침을 뱉으므로 주의가 필요했다.

그렇게 게으르며 터프하고 할 때는 하는 이락은 당연히 품질이 좋을수록 고가에 거래된다.

남자는 이 이락 장사로 생계를 꾸리는 자였다.

이미 가까운 마을에서 몇 마리를 팔았고 오늘 이 마을에서 장사를 마치면 이제는 몇몇 마을에 부족한 물자를 전달하고 끝이었다.

마을 큰길은 제법 사람으로 북적였다. 각 상점에서는 한 푼이라도 깎기 위한 교섭이나 상품 설명, 호객 등이 활발히 이루어지고 있었다.

이락이 싫어하지 않도록 정성스럽게 고삐를 끌었고, 이윽고 남자는 큰길에서 조금 벗어난 장소로 왔다. 시선이 향한 곳에는 이락 몇 마리가 있었고 기둥에 목줄이 묶여 있었다.

이락을 전문으로 판매하는 상점이었다.

"아이고, 오셨군? 슬슬 올 때가 됐다고 생각했지."

걸어오는 남자를 알아보고 가게 주인으로 보이는 남성이 눈꼬리를 내렸다. 풍채 좋은 남성이며 새하얀 통옷은 배 부분이 불룩하게 튀어나왔다. 그 위에 걸친 옷도 한눈에 알 수 있는 고급스러운 옷감이었고 마감도 일류 기술자의 솜씨였다. 장사가 잘되는 것을 잘 알 수 있었다.

"……세 마리요. 견적을 내주시오."

"여전히 무뚝뚝한 사람이구먼. 몇 개월에 한 번밖에 못 만나는 사이인데 잡담 한마디 나눌 여유도 없는가?"

싫은 티 하나 섞이지 않은 순수한 질문이었다. 남자는 난감하게 눈을 깔았다.

"뭐, 무리하게 강요하진 않겠어. 댁이 다른 곳으로 가면 매출에 보통 큰 타격이 아니야. ……응, 이번에도 얼굴빛이 좋은 것들을 데리고 왔구먼."

이락 세 마리의 목줄을 기둥에 고정하면서 주인은 만족스럽게 고개를 주억거렸다. 그는 자세한 감정에 시간이 조금 걸린다며 가게에 있는 의자에서 기다리길 권했다. 자리에 앉자 가게에서 일을 배우는 소년이 차를 내왔다.

몇 번 만난 적 있어서 소년도 긴장한 기색 없이 싱글벙글 웃고 있었다. 남자도 눈에 힘을 풀고 고맙다고 말했다.

가게 주인이 이락들의 상태를 자세히 살펴보는 동안 응대하라는 소리를 들었는지, 아니면 자주적인 행동인지는 모르겠지만 소년이 남자에게 말을 걸었다.

"형. 어르신이 한탄하셨어요."

"……?"

"최근 교회 사람이 매점하러 오셔서요……. 물론 저희가 취급하는 것도 다 팔아서 이락이 한 마리도 없어졌어요. 어르신께서 『전문점인데 상품이 떨어지면 안 된다』며 물건을 대려고 발로 뛰고 계시지만, 다른 곳도 사정은 비슷한가 봐요. 상태가 별로 좋지 않은 이락밖에 못 구하셨지요."

"……교회가 왜?"

"아뇨, 그거까진 저도……. 아무튼 어르신께서 형이 오길 손꼽아 기다리셨어요. 저 네 마리를 모두 파실 생각은 없으신가요?"

"돌아가기 불편해."

실제로는 전혀 불편하지 않지만, 멀리 살기 때문에 몇 개월엔 한 번밖에 오지 못한다는 설정이라서 오가는 데 이락이 없으면 부자연스러웠다.

게다가 항상 오가는 데 탄다고 변명한 이락은 사실 남자가 마음에 들어 몇 년이나 함께한 단짝 같은 존재였다. 그런 이유에서도 팔 수 없었다.

소년도 그것은 아는지 쓴웃음 지으며 수긍했다.

"그렇겠죠. 그나저나 형, 이번에는 힘드셨나요? 마물을 만나기라도 했나요?"

소년의 말에 남자는 조금 놀란 것처럼 눈이 커졌다.

왜 그렇게 생각했는가, 라는 의문을 그 눈빛에서 느꼈는지 소년이 대답했다.

"어쩐지 피곤해 보이셔서서요."

이 소년은 보는 눈이 있다. 장래에 능력 있는 상인이 되겠지. 남자는 그렇게 생각하며 어제 만난 남녀 2인조를 떠올렸다.

자신과 같은 특이한 힘을 가진 자들. 자신을 찾아서 여행해 왔다는 그들.

심성이 나쁜 인간으로는 보이지 않았다.

자신의 힘에 자부심을 가진 것 같았다.

특히 청년의 힘은 아티팩트를 만드는 마법이라고 했다.

무언가를 창조하기 위한 힘…… 부럽지 않았냐고 묻는다면 부인하기 힘들었다.

　무엇보다 그 두 사람의 관계가 특이했다. 청년이 휘둘리는 것처럼도 보였지만, 굳이 따지자면 한쪽에 종속된 관계가 아닌 확고한 신뢰로 맺어진 사이 같았다.

　"저기, 형?"

　퍼뜩 생각에서 깨어났다. 앞에서 소년이 걱정스러운 눈빛을 보내고 있었다.

　남자는 살며시 어색한 미소를 지었다.

　"아냐. 문제없었어."

　속으로는 어떻게 보면 마물과 만났다고 생각하면서 그렇게 대답했다.

　그리고 소년이 준비해 온 차를 입에 댔고—.

　"밀레디 등장~! 잡았다, 이 녀석!"

　"부흡?!"

　뜬금없이 하늘에서 떨어진 밀레디를 목격했다. 남자는 대차게 차를 뿜었다. 직격으로 맞은 소년이 「내 눈, 눈이?!」라고 소리 지르며 두 눈을 감싸고 뒹굴거리고 있었다.

　"어, 어째서? 어떻게……?"

　어떻게 이곳을 알았는가? 그보다 이틀 거리 정도 떨어진 오아시스로 날렸는데 아직 하루밖에 지나지 않았다. 어떻게 도착했단 말인가?

　그런 의문으로 가득한 말을 듣고 밀레디는 자신만만하다 못해 기고만장한 얼굴로 말했다.

"밀레디에게선 도망칠 수 없어!"

무시무시하다. 그리고 그 자신감에 찬 얼굴이 이상하리만치 짜증스러웠다.

남자는 머리를 굴렸다.

바닥에서 「혀, 형. 왜 이런 짓을? 제가 무슨 실수라도?」라며 아직도 눈을 문지르는 소년도 걱정이었지만, 그 이상으로 어떻게 이 상황을 타파할까가 문제였다.

자신이나 상대방이나 이렇게 사람 많은 가게 앞에서 『게이트』를 쓰는 것은 원치 않는다. 그렇다면 뛰어서 도망칠까? 그러면 대금을 받을 수 없거니와 단짝인 이락을 두고 가야 한다.

"아니, 이게 무슨 소란이야?"

가게 주인이 소란스러운 소리를 듣고 얼굴을 내밀었다. 남자는 잠깐 고민하다가 그에게 말했다.

"주인. 대금은 내 이락에 묶어 둔 주머니에 넣어주시오. 이따가 가지러 오겠소."

"뭐라고? 그게 무슨…… 앗, 이봐!"

남자는 대뜸 달려 나갔고―.

"앗~, 도망치지 마!"

밀레디가 바로 뒤를 쫓아 달렸고―.

"어르신? 어르신! 무슨 일이 일어나고 있죠? 저 아직 눈이 잘 안 보여요."

소년이 눈을 끔뻑거리며 방황했으며―.

"일행이 소란을 피웠군요. 죄송합니다. 그나저나 방금 그 사람에 관해 말 좀 물어도 되겠습니까?"

그리고 사막 마을인데 보기만 해도 더운 검은 코트를 입고 왠지 검은 우산을 가진 청년이 그곳으로 찾아왔다.

"······정말 뭐가 어떻게 된 거야?"

가게 주인은 최근 엉성해지기 시작한 머리를 문지르며 곤혹스러운 표정을 떠올렸다.

"훌쩍."

오아시스 인근에서 미소녀가 무릎을 끌어안고 울고 있었다.

머리부터 발끝까지 홀딱 젖었고 덤으로 진흙이 엉겨 붙었다. 코끝은 새빨갰다.

꼴이 말이 아닌 그녀 앞 허공에서 불현듯 빛의 막이 출현했다.

그 후 「으악?!」이라는 비명과 함께 빛의 막에서 떨어져 요란한 물기둥을 만든 사람은 다름 아닌 오스카였다.

그는 안경에 탑재된 기능인, 물과 바람을 이용한 세척 기능으로 안경을 깨끗이 하며 물가로 올라왔다.

그리고 코를 훌쩍이는 밀레디의 참상을 보고 모든 상황을 파악한 얼굴이 되었다.

"오 군, 밀레디 누나 무단 투기 당했어······."

"아~, 응. 그랬어?"

밀레디가 중얼대는 말에 오스카는 어색하게 고개를 끄덕였다.

그 후 골목까지 쫓아간 밀레디는 함정처럼 깔려 있던 『게이트』를 중력 마법으로 몸을 띄워 보란 듯이 회피했다.

그리고 이제는 안 뛰어들거든! 이라며 남자의 전이 마법은 통하지 않는다는 취지로 어필한 뒤 이야기를 들어 달라고 호소한 바로 그 순간, 스스로 전이해서 밀레디 뒤로 돌아간 그에게 목덜미를 잡혀『게이트』너머로 던져지고 말았다.

　그리고 전이 직후 중력 마법을 잘못 써서 얕은 물가에 얼굴부터 다이빙한 것이었다.

　"우~, 그 인간! 여자를 집어던졌어! 진짜 믿어지지 않아!"

　"너에 한해서는 동의하기 어렵지만……. 일단 나이즈야."

　"응? 나이즈? 뭐가?"

　"그러니까 그 사람 이름. 네가 그를 뒤쫓아 간 후에 그가 있던 가게 사람에게 이야기를 들었어. 그 사람 이름은 나이즈. 이락 장수인가 봐. 몇 개월에 한 번 질 좋은 이락을 팔러 온대."

　들은 이야기는 그것뿐이었다. 그럭저럭 오래 알고 지낸 가게 주인도 그의 자세한 정보는 모른다고 했다. 그저 과묵하지만 성실한 인격이란 것은 분명하다고 했다.

　밀레디가 나이즈를 쫓은 뒤 그렇게 이야기를 들었을 때, 갑자기 그의 이락이 사라졌다.

　주인은 언제 가지러 왔냐며 고개를 갸웃거리고 주변을 살폈지만 모르는 새 가져갔겠거니 납득해 버렸다.

　한편, 오스카는 대강 예상됐다.

　그리고 일단 이곳에서 벗어나고자 주인에게 감사하고 골목에 들어선 순간,『게이트』함정에 빠진 것이었다.

　그러나 그— 나이즈의 정보를 입수한 것은 사실이었다.

"오 군 너무 멋져! 호락호락 당하지만은 않는다니깐!"

"넌 호락호락 당해도 그대로지만 말이야."

진흙투성이가 된 채로 또 달라붙으려고 해서 연쇄로 묶었다. 이미 완전히 익숙해진 샤워 부스 건축을 후딱 마치고 탈의실에 던져 넣었다.

"왠지 나 허구한 날 집어던져지는 기분이……."

탈의실 안쪽에서 석연치 않은 혼잣말이 들렸지만 오스카는 한쪽 귀로 흘렸다.

이틀 후.

모든 용무를 마치고 귀로에 오른 나이즈는 단짝인 이락을 이끌고 마지막 들른 마을에서 보이지 않는 위치까지 사막을 걸었다. 전이는 그다음이었다.

마지막 마을은 북쪽 【암석 지대】나 【적룡 대산】에만 존재하는 『정인석』을 전하기 위해 들렀다. 【칼데아】로 가는 길에 있는 마을에 정인석이 필요한 촌민이 있다고 들어서 급히 전이로 가져왔다.

이틀 전에는 어찌 된 셈인지 위치가 발각되었지만 어쩌면 그 가게에 이락을 댄다는 사실을 알고 있었는지도 모른다. 그러나 이번 마을 방문은 전혀 계획에 없는 일이었으니 괜찮으리라. 나이즈는 주위를 두리번거리면서 그렇게 생각했다.

그렇건만 까닭도 없이, 그 태풍 같은 소녀와 그 태풍과 어울려 다니는 기특한 청년은 어디에 있든 불쑥 얼굴을 내밀 것만 같았다.

"……설마 그럴 리가."

이곳에서 닷새는 걸리는 오아시스로 보냈다. 지금 나이즈가 전이시킬 수 있는 아슬아슬한 거리. 제아무리 정체 모를 그들이라도 이틀 사이에 도착할 수 있을 리 만무했다.

오래 함께해 온 이락이 나이즈의 혼잣말에 고개를 까딱 기울였다. 졸려 보이는 눈이 무슨 일이냐고 묻는 듯했다.

"아무것도 아니야. 자, 돌아가자. 수잔느."

"구에."

이 이락, 이름이 수잔느인가 보다. 수잔느는 곧 흥미를 읽은 것처럼 반쯤 죽은 듯한 광채 없는 눈을 앞으로 돌렸다.

아득히 먼 곳을 바라보는 것처럼. 빤히. 빤~히.

"수잔느?"

"구에."

오래 함께한 사이다. 「구에」의 의미를 읽어 내는 것쯤은 나이즈에게 일도 아니었다.

"뭐야? 멀리 뭔가 보인다고?"

나이즈가 눈에 힘을 주고 먼 곳을 내다봤다. 맑은 하늘과 적동색 모래 대지밖에 보이지 않았다.

"음? 지금 뭐가……."

어렴풋이 이상한 느낌이 들었다. 하늘에 뭔가 보인 것 같은데…….

"검은…… 점? ……아니야, 저건!"

나이즈의 목소리에 당혹감이 퍼졌다.

서서히 커지는 하늘의 흑점, 그것은— 두 명의 사람이다!

"발겨어어어어언!!"

"말도 안 돼."

밀레디의 목소리가 들렸다. 나이즈는 저도 모르게 그 자리에 못 박혔다. 이쯤 되면 호러였다.

또렷하게 보일 정도로 접근한 밀레디는, 자세히 보니 오스카의 목덜미를 잡고 있는 것 같았다. 오스카는 축 늘어져 땅에 있었다면 질질 끌려오지 않았을까 싶은 꼴로 옮겨지고 있었다.

"나즈! 찾았다!"

"나, 나즈?"

밀레디는 솜털처럼 가볍게 착지하자마자 무릎에 손을 대고 거칠게 숨을 헐떡였다. 아무래도 상당히 지친 모양이었다.

아마 자신의 이름을 줄였다고 생각되는 호칭에 당황하면서도 나이즈의 시선은 그녀가 옆에 안착시킨 오스카에게 향했다.

하늘을 보며 드러누운 채로 축 늘어져 있었다. 일어날 기색도 없었다.

"그는…… 괜찮은 건가?"

"허억허억, 괜찮아! 오 군이니까!"

괜찮다는 근거가 당최 영문을 알 수 없었으나, 오스카가 괜찮다고 전하기 위해서인지 느릿하게 일어나 손을 휘휘 저었으므로 일단 납득했다.

"역시 신대 마법을 이틀 연속으로 쓰면 몸이 축나는구나.

오 군의 마력을 나눠받아도 솔직히 아슬아슬했어. 지금 마물에게 공격받으면 죽을 자신 있어!"

"……아니, 웃을 일이 아니잖아."

깔깔 웃는 밀레디에게 나이즈는 이해하기 힘든 생물을 보는 듯한 눈길을 보냈다.

"어떻게 내가 있는 곳을 알았지?"

"비~밀~!"

검지를 입가에 대고 찡긋 윙크하며 한쪽 발은 살짝 구부렸다. 바람도 없는데 포니테일이 샤랄라 흔들렸다.

나이즈는 오랜만에 사람에게 살의를 품었다.

"어떻게 내가 있는 곳을 알았지?"

일단 보지 않은 셈 치고 다시금 질문했다.

"훗훗훗. 뭐, 가르쳐줘도 좋지만 맨입으로는…… 안 그래? 우선은 이야기부터 들어줘야—."

나이즈 씨는 주저없이 『게이트』를 열었다.

오 군이 사라졌다.

"앗, 오 구우우우운?!"

땅에서 빛나는 막을 향해 밀레디가 네 발로 기듯 엎드려 소리쳤다.

"그러고 보니 그는 움직일 수 없던가……. 실수했군. 익사하지 않으면 다행이련만……."

"뭐?! 오 군 위기야?! 큭, 이걸로 이겼다고 생각하지 마! 내가 돌아가도 제2, 제3의 밀레디가 찾아올 거니까!"

밀레디는 그런 대사를 내뱉고 이번에는 스스로『게이트』를 향해 뛰어들었다.

사막은 고요한 곳이다.

그렇지만 어째서일까? 한 소녀가 사라진 것만으로 평소보다 더 고요하게 느껴졌다.

횡, 하고 바람이 불었다.

"구에."

"그래, 수잔느. 돌아가자."

나이즈는 집으로 돌아갔다.

수일 후.

나이즈는 자택에 있었다. 하지만 일반적으로 그곳을 자택이라고 불러도 될지는 생각해 볼 여지가 있었다.

그도 그럴 것이 동굴이었으니까. 거대하고 깊은 구렁텅이 바닥 근처에 있는 발코니형 지대에서, 벽 옆에 크게 파인 구멍이 있었고 그 안에는 침대나 테이블, 수납장 따위가 있었다.

그리고 무엇보다 기이한 것이 그 동굴의 조명이었는데, 바로 시뻘건 마그마였다.

그렇다. 이 동굴은【붉은 대사막】의 상징적인 대화산—【적룡 대산】의 분화구 안쪽이었다. 도무지 사람이 살 수 있는 장소가 아니고 살려고 생각하지도 않는 장소였다.

【적룡 대산】이라는 이름의 유래는, 언제 분화할지 모른다는 것에서 잠자는 적룡이 분화구 안쪽에 있다고 믿었기 때문이었다.

현재에도 주변 마을에서는 적룡님이 잠자는 장소로 신성시될 정도였다.

즉, 물리적으로 살 수 없으며 만약 살 수 있다고 해도 두려움 때문에 다가올 수 없는 곳이었다.

그런데도 불구하고 나이즈는 태연히 이곳에 거주했다. 발코니로 나가 아래에 흐르는 마그마를 바라보는 지금도 그는 딱히 열기를 느끼는 것 같지 않았다.

"……특별한 이상은 없군."

그런 소리를 중얼거린 나이즈는 등을 돌려 실내로 돌아갔다.

테이블에 앉자 그 위에 놓인 바구니로 손을 뻗었다. 바구니 안에는 이락을 판 돈으로 산 빵과 치즈, 그리고 과일이 들었다.

나이즈는 테이블 옆 선반에서 양피지와 펜을 꺼내 무어라 적으며 빵을 깨작깨작 뜯었다.

"교회가 이락을 매점한다라……."

작게 중얼거렸다. 가게 소년에게 들은 이야기. 교회의 목적도 신경 쓰이긴 했지만 거의 은거 상태인 자신과는 관계없다며 머리에서 몰아냈다.

교회 행동보다 이락 부족에 빠진 지역이 없을까, 그것이 걱정이었다.

이락은 탈것이라는 의미 이상으로 사막 주민에게는 물자 운반 등의 중요한 역할을 수행한다. 특히 변경 마을에서는 한 번 이동해 얼마나 많은 짐을 옮기느냐에 사활이 달렸다. 그도 그럴 것이 사막에서는 언제 마물에게 습격받을지 모르기 때문이었다.

마물에게 습격받아 이락을 잃는 일도 흔했다. 그때 바로 새 이락을 구하지 못하면 그사이 마을에서 보충하지 못하는 물자는 인력으로 옮겨야만 했다.

"잠깐 상황을 보러 다닐까……."

나이즈는 남은 식사를 위장에 털어 넣은 뒤 물병의 물을 단번에 들이켜고 일어났다.

문득 어디로든 쫓아오는 그 2인조를 떠올렸다.

【적룡 대산】 안에 있는 이 자택이라면 발견될 리도 없지만, 밖으로 나가면 당연하다는 듯이 맞닥뜨릴 것 같았다.

"에이, 아무리 그래도…… 그들이 있던 곳과는 너무 멀어. 가능할 리가 없지."

지금부터 돌아볼 곳은 대사막 북부 일대였다. 거기다가 한곳에 오래 머물지 않고 바로 전이해 장소를 옮길 예정이었다. 밀레디와 오스카를 만난 곳이 대사막 남동쪽 부근이란 점을 고려하면 쫓아올 수 있을 리 없겠지.

그렇게 애써 불안을 떨쳐냈다. 이랬는데 행선지에 나타나면 무서워서 살 수 없다. 이번에야말로 위치를 알아내는 법을 캐묻고 쫓아오지 않겠다는 언질을 받아내야 한다.

나이즈는 집을 나서는 것이 무섭다는 방구석 폐인 같은 생각을 하면서 공간 전이로 외출했다.

그 후, 근 하루에 걸쳐 변경 마을을 돌아보았고 다시 집으로 돌아갔다.

결국 2인조는 나타나지 않았다. 나이즈는 안도의 한숨을 내쉬었다.

그리고 인기척이 없는 것을 확인하고 모래 언덕 사이에서 자택으로 공간 전이했다.

"아, 어서 와, 나즈!"

"허락도 없이 미안해. 먼저 와서 기다리고 있었어. 일단 선물도 있고."

테이블에 앉아 제집 안방인 양 차를 홀짝이는 밀레디와 오스카가 있었다.

나이즈가 처음 꺼낸 말은 이것이었다.

"대체 왜?"

"그, 그렇게 화내지 말구~. 응? 응? 마음대로 집에 쳐들어온 건 사과할게. 봐주라, 나즈."

"……화나진 않았어. 어이가 없을 뿐이지. 그리고 나즈라고 하지 마."

나이즈는 언짢은 얼굴로 하나밖에 없었을 터인데 어느새 늘어난 의자에 앉아 있었다.

실제로 화보다는 밀레디와 오스카의 끈질김이나 이곳까지 찾아온 근성, 그런 이해하기 힘든 것들에 어이가 없을 따름이었다. 그리고 나즈는 정말 그만둬줬으면 했다.

"이름은 포기하는 편이 나아. 그녀는 머리가 이상— 완고해. 그리고 여기 선물이야. 사막 마을의 과일을 쓴 과자라고 하는데, 단 음식은 괜찮아?"

"음? 괜찮다."

"오 군, 지금 내 머리가 이상하다고 하려다 멈추지 않았어? 응? 오 군, 말 좀 해 봐! 지금 내 머리―."

"그나저나 이번에는 다짜고짜 전이시키지 않는구나?"

"……이곳까지 밝혀낼 정도라면 어딜 가든 마찬가지겠지. 이렇게 된 이상 쓸 수 있는 방법은 두 가지다. 위치를 알아내는 방법을 듣고 없애거나……."

"『이야기』란 걸 듣고 딱 잘라 거절하거나. 그렇지?"

"……그래."

"저기, 나 왠지 혼자 겉돌지 않아? 나만 따돌리는 것 같지 않아? 그리고 오 군, 방금 내 머리가 이상하다고―."

나이즈와 오스카는 서로를 물끄러미 바라봤다. 서로의 심정을 헤아리려는 것일까? 눈에 보이지 않는 힘 같은 것이 부딪치는 듯했다.

잠시 그런 줄다리기가 이어지는데 테이블 아래에서 훌쩍훌쩍, 하고 짐짓 과장스러운 울음소리가 들려왔다.

나이즈와 오스카는 서로 눈을 깜빡였다. 그리고 살며시 테이블 아래를 엿봤다. 밀레디가 손가락으로 마루에 원을 그리며 무릎을 끌어안고 우는 시늉을 하고 있었다.

두 사람은 자세를 되돌리고 오스카가 준비한 차를 한 모금 했다.

"그나저나 여긴 대단한걸. 아티팩트를 쓴 거 같지도 않은데

단열성이 대단해. 네 신대 마법과 관계있어?"

"그렇다고 할 수 있지."

"그런데 왜 하필 이런 곳에 살아? 확실히 예상치 못한 곳이니까 사람이 접근하지 않는다는 점에서는 최고의 장소이긴 하지만."

"……나에 관해 물으러 온 건가? 그쪽이 할 이야기가 있어 온 게 아니었나?"

"아차, 미안해. 연성사로서 네 거주지에 이런저런 흥미가 솟아서."

온화하다고는 하기 힘들지만 두 사람은 평범하게 대화를 이어 나갔다.

밀레디가 제법 진심으로 눈물을 머금고 엉금엉금 테이블 아래에서 기어 나왔다.

"저기요, 진지하게 할 테니까 이제 그만 상대해주시면 안 될까요?"

밀레디는 의자에 다소곳이 앉으며 어울리지 않는 존댓말로 부탁했다.

나이즈와 오스카는 함께 한숨을 쉬었다.

"왜 그렇게 둘 다 호흡이 척척 맞아?"

"너 때문에 아니야?"

"너 때문이라고 본다."

"훌쩍."

밀레디는 콧물을 훌쩍였다. 코가 시큰했다.

밀레디가 다시 진정한 후 그 입으로 한때 오스카도 들었던 이야기가 이루어졌다. 즉, 창세신 에히트의 진의, 교회의 현실과 일그러진 세상, 뜻을 거스르는 자의 말로, 세계에 만연한 광신적 상식과 거기서 비롯되는 불합리함.

그리고 그에 대항하는 조직—『해방자』.

더불어 밀레디의 내력과 오스카와의 만남도……

모든 이야기가 끝나자 세 사람의 숨소리만 귀에 들어왔다.

"……내 마법은 공간에 간섭하는 마법이다. 공간을 연결해 멀리 떨어진 땅으로 순식간에 이동하거나 이 집에 친 결계처럼 공간에 간극을 만들어 열을 막을 수는 있지만…… 아무것도 고치지 못해. 아무것도."

이야기를 다 들은 나이즈의 첫말이 그거였다.

누구를 향한 말인지는 자명했다.

오스카는 조금 놀란 표정을 지은 뒤, 눈을 차분하게 뜨고 신경 쓰지 말라며 고개를 저었다.

"너는 다정한 사람이구나."

오스카의 평가였다. 그것은 나이즈가 이 세계보다, 신의 진실보다도, 오스카의 동생에게 마음 아파했다는 것을 알았기 때문이었다. 자신은 힘이 되어줄 수 없다는 한탄임을 알았기 때문이었다.

지금 생각해 보면 밀레디와 오스카를 구하러 온 것도 같은 이유에서였다. 이 자택과 그의 언동을 보면 가능한 한 자신의 힘을 알리고 싶어 하지 않는 것은 분명했다.

그런데도 불구하고 그는 망설이지 않고 모습을 드러내 그 힘으로 두 사람을 구했다.

소문이 퍼진 이유도 모습을 드러내선 안 된다고 생각하면서 구하지 않고는 견딜 수 없었던 것임에 틀림없었다.

하지만 밀레디의 말을 들은 나이즈는 오히려 칼에 찔린 사람처럼 인상을 찌푸렸다.

"그런 말 하지 마. 이건 그저—."

다음 말은 입 밖으로 나오지 않았다. 다만, 그가 몹시 고뇌한다는 것은 그 일그러진 표정으로 잘 알 수 있었다.

밀레디는 나이즈를 똑바로 쳐다봤다.

"그저, 뭐? 말해줄 수 없을까?"

일단 부딪치고 본다. 아픔을 동반하는 방법임을 알지만 그러지 않으면 아무것도 얻을 수 없다는 것을 알기에…….

오스카가 말을 보탰다.

"네게 어떤 사정이 있는지는 모르지만, 적어도 넌 동쪽 지방에 소문이 퍼질 정도로 사람을 구해 왔어. 지금 내가 너에게 품은 감정은 『경의』야. 너를 바라는 마음이 더더욱 커졌어."

밀레디와 오스카의 성의 담긴 말에도 나이즈의 표정은 점점 더 굳어졌다. 그리고 결론을 입에 담았다.

"……원하는 대로 이야기는 들었다. 내 대답은 변하지 않아. 권유는 소용없어."

딱 잘라 거절 의사를 밝혔다. 동시에 『게이트』가 열렸다. 말은 없지만 이제 돌아가라는 의사 표시였다. 일자로 굳게 닫힌 입술은 더는 대화할 생각이 없다는 생각을 여실히 보여줬다.

밀레디와 오스카는 얼굴을 마주 봤다. 오스카가 머리를 저었다. 밀레디는 어깨를 늘어뜨리고는 잠깐 무슨 생각을 하는 모습을 보이더니 슬프게 미소 지었다.

"알았어. 그럼 가 볼게, 나즈."

그렇게 말하고 스스로 『게이트』로 들어갔다. 오스카도 목례하고 뒤를 따랐다.

그 후에는 오로지 고요함과 공허만이 방을 메울 따름이었다.

오스카가 연성으로 마련했을 새 의자가 유난히 휑하게 느껴졌다.

얼마 동안 나이즈는 두 의자를 물끄러미 바라보고 있었다.

다음 날.

"실례합니다아아아~! 나즈, 집에 있어? 밀레디가 놀러 왔어!"

"안녕? 어제 보고 또 보네. 오늘은 치즈를 가져왔어."

아무렇지도 않게 두 사람이 찾아왔다.

나이즈는 굳었다. 어제 이야기로 끝이 아니었냐는 표정이었다.

"어라~? 설마 그런 분위기로 헤어져서 이제 만나러 오지 않을 거라고 생각했어? 그렇게 생각한 거야? 푸푸푸풉! 밀레디는 그런 말 한마디도 안 했지롱~! 나즈도 참 착각도 심하네~."

어제 본 진지한 표정이 헛것이었나 싶을 정도로 밀레디는 신경 거슬리게 히죽댔다. 나이즈의 이마에 빠직하고 핏줄이 서며 신속하게 『게이트』를 열었다.

밀레디는 중력 마법을 써서 그것들을 상하좌우로 유유히 피했다.

"몇 번이나 당할 줄 아셨어요~? 이미 발동 타이밍이나 장소도 대충 파악했거든요~!"

저 웃는 얼굴, 패 버리고 싶다. 나이즈는 난생처음 여자에게 그런 생각을 했다.

"오늘은 우리 컵을 가지고 왔어. 당분간 다닐 거 같으니까 두고 갈게. 찬장은 저거 맞아?"

오스카가 컵 말고도 디저트용 접시나 스푼 따위를 마음대로 찬장에 착착 넣었다.

나이즈는 생각했다. 이 녀석, 고생은 혼자 다 하는 얼굴이더니 의외로 뻔뻔하다고……

사실 밀레디에게 상당히 물들었다고 자각한다면 오스카는 분명 쇼크로 2, 3일은 앓아누울 것이다.

그로부터 약 일주일.

조직 『해방자』로 들어오도록 권유하면서 잡담을 섞으며 한 솥밥을 먹는 나날이 이어졌다.

나이즈가 아무리 거절해도 밀레디가 「에이, 그런 얘기보다도~」라는 식으로 험한 분위기와 함께 뭉개 버렸다. 『게이트』를 난발해도 이미 『익숙해졌』고 하며 중력 마법을 사용해서 모두 회피했다.

오스카는 오스카대로 이 【적룡 대산】의 광물에 지대한 관심을 보이며 제멋대로 탐색을 시작하더니 마그마 강 위에 검은 우산을 거꾸로 펼쳐 쪽배 삼아 두둥실 어디론가 가 버리는 지경이었다.

허둥지둥 쫓아가 보니 나이즈가 【적룡 대산】을 거주지로 삼은 이유를 쉽게도 간파하고 있었다.

사실 이 활화산은 50년에 한 번꼴로 대분화를 일으키는데, 이미 약 5년 전에 그 주기가 돌아와 언제 분화해도 이상하지 않은 상황이었다.

그것을 막고 있는 것이 나이즈였다.

거대한 『정인석』을 주춧돌로 삼아 【적룡 대산】의 활성화를 억제하며, 공간 마법으로 지하 암반을 도려내서 그곳에 쌓인 마그마를 빼고 있었다.

사실, 만약 위치 추적 방법을 없앴어도 이 장소를 들킨 이상 쉽게 이주할 생각은 없었다. 이제는 그 사실마저 들켜 버렸다.

협박도 확실한 추적 방지도 명확한 거절도 통하지 않는다.

나이즈는 이 자유인들을 어떻게 해야 하냐며 매일 머리를 쥐어뜯고 싶은 기분이었다.

다만 그렇게 생각하면서도 예를 들어 식사를 할 때, 혹은 나이즈가 사랑하는 이락들의 이야기를 할 때, 오스카의 기상천외한 발명품을 구경할 때, 나이즈는 평소에 보이지 않는 평온한 표정을 지었지만 본인은 눈치채지 못한 것 같았다.

당연히 밀레디와 오스카는 그런 나이즈를 제대로 보고 있었다.

그것은 이렇게 권유를 포기하지 않는 이유 중 하나이기도 했다.

그렇지만 막상 권유 이야기가 나오면 나이즈는 완고해졌다.

8일째인 오늘, 【적룡 대산】을 멀리서 바라볼 수 있는 오아시스—【리브 마을】 식당에서 밀레디는 탁상에 엎드려 끙끙 앓는 소리를 내고 있었다.

【리브 마을】은 【마을】이라고 불리지만 조금만 더 크면 소도시로 분류될 만한 규모였고 그럭저럭 활기가 넘치는 곳이었다. 【적룡 대산】 남쪽에 위치한 【드미발령】 안에서 가장 【적룡 대산】에 가까운 마을이기도 했다.

나이즈의 거처에 다닐 편의성을 고려해 두 사람은 최근 이 마을에서 체류하고 있었다.

현재는 오아시스 근처에 있는 식당 목제 테라스에서 아침을 먹으며 오늘의 작전 회의를 시작하려는 참이었다.

사막 마을이라도 밤에는 기온이 몹시 떨어진다. 아직 해가 뜬 지 몇 시간 되지 않은 이 시간대는 오히려 실내보다 온도가 쾌적해 두 사람 말고도 많은 손님이 테라스에서 아침을 먹고 있었다.

그들의 시선이 기괴한 신음을 흘리는 외국 소녀와 그 앞에서 가게에 비치된 정보지를 읽으며 나 몰라라 하는 청년을 번갈아 보고 있었다.

"밀레디. 이 정보지에 따르면 동쪽 식료품 가게 주인이 독자

적으로 담근 과실주가 있다나 봐. 오늘 선물은 이걸로 할까 하는데 어떻게 생각해? 나이즈도 제법 잘 마신다는데 전에 들고 간 독한 술은 별로 안 좋아하는 눈치였잖아?"

"……오 군. 밀레디 누나의 고뇌에 찬 목소리가 안 들려? 파트너로서 해줄 말 없어?"

오스카는 정보지에서 시선을 들었다.

"미안. 난 또 아침 식사에 불만이라도 있는 줄 알았지. 양이라거나."

"누가 먹보 캐릭터냐. 그런 게 아니고 권유 말이야. 오 군, 이상하게 나즈랑 친해져서 술도 마시고 그러는데, 정작 중요한 권유가 전혀 진전이 없잖아."

"그는 내 발명품에 대단히 좋은 반응을 보이고 흥미도 가져주니까. 나도 모르게 이야기에 흥이 올라서 술맛도 나. 그건 그렇다 치고, 권유는…… 뭐 느긋하게 하는 수밖에. 우선 조금이라도 신뢰를 쌓아야지."

"나즈가 떠안은 문제가 뭔지 듣기 위해서라도 말이야."

"그래. 너도 처음부터 나에게 네 옛날이야기를 하거나 하진 않았잖아?"

"그건…… 그래."

오스카는 정보지를 탁상 옆에 놓았다. 팔짱을 끼고 말을 고르며 입을 뗐다.

"인생은…… 무서워. 누구든지 말이야. 하물며 그게 깊은 상처를 입은 사람이라면 더더욱. 그렇게 쉽게 남에게 할 이야기가 아니고, 들어야 할 이야기도 아냐. 그렇지만 우리는 부딪칠 거야. 그러지 않으면 안 되니까. 그럼 시간 정도는 들여도 되잖아? 우리의 조바심은 그를 몰아세울 뿐이야."

건조한 입속을 물로 축였다. 조금씩 올라가는 기온을 느끼며 오스카는 왠지 밀레디에게서 시선을 돌렸다. 그리고 물비늘 이는 오아시스 수면을 바라보며 조용히 말했다.

"서두르지 말고 하자. 네가 포기하지 않는다면 나는 어디까지든 같이 갈게."

그 날, 지옥 밑바닥까지라도 함께하겠다고 말한 대로…….

대답은 없었다. 다른 손님의 말소리나 식기가 내는 소리만이 울렸다.

오스카는 의아해하며 시선을 밀레디에게 되돌렸다.

"……얼굴이 왜 그래?"

"으으응~? 내가 뭘~?"

밀레디가 무지막지하게 히죽대고 있었다. 오스카의 기분이 급하락했다.

난폭하게 남은 식사를 처리하는 오스카를 보고 밀레디는 해죽이 웃으며 말했다.

"오 군, 가만 보면 나 너무 좋아하는 거 같더라~?"

"네가 아직 잠이 덜 깬 건 알았으니까 빨리 먹지?"

눈을 못마땅하게 뜬 오스카가 턱으로 밀레디 쪽 접시를 가리켰다. 밀레디는 여전히 해죽거리면서 신이 나서 놀려 댔다.

"뭐야, 뭐야? 창피해? 창피해서 그래, 오 군?"

오스카는 식후 커피를 확 끼얹어 버릴까 하고 반쯤 진심으로 생각하면서도 이성을 총동원해 냉정해졌다. 밀레디 취급 검정 시험이 있다면 틀림없이 날마다 급수가 올라갔을 것이다.

검지로 안경 위치를 조정하면서 화제를 전환했다.

"오전에는 볼일이 있다고 했어. 이락이 부족한 마을에 배달하러 간대. 우리는 점심을 지나서 가는 게 좋을 거야."

"또 사람을 도우러 가는구나~. 그냥 착한 사람인가, 아니면⋯⋯."

"그것도 앞으로 알아가야지. 그래도 조금 걱정이긴 해. 우리를 도와줬을 때도 그렇지만 필요하다면 그냥 힘을 쓰는 모양이니까. 대륙 동쪽에 있던 밀레디의 귀에 들어갔을 정도야. 단순한 소문이 아니라고 떠드는 사람이 나오는 건 시간문제야."

"확실히 그래. 그래도 아직도 모르겠어. ―왜 요정이래?"

―사막의 요정이 구해준다.

그렇다. 요정이다. 우락부락한 거구를 자랑하고 매처럼 날카로운 눈에, 적동색 단발이 삐죽거리며 기본적으로 뚱한 표정인⋯⋯ 요정.

"크흡."

오스카가 커피를 살짝 뿜었다. 뭔가를 상상한 모양이었다.

"보. 본인도 당혹스러워했고 소문에는 살이 붙게 마련이라잖아. 사람을 돕는 사막의 요정, 언뜻 들어도 음유 시인이 좋아할 법한 소재 아니야?"

그래도 그렇지, 뭘 어떻게 하면 나이즈를 요정이라고 표현하게 되는 것인가? 오스카도 밀레디도 그 점이 엄청나게 신경 쓰였다.

그러던 그때, 갑자기 앳된 티가 느껴지는 여자아이의 목소리가 들렸다.

"저기…… 혹시 사막의 요정과 만나셨나요?"

밀레디와 오스카가 눈길을 돌리자 그곳에는 두 소녀가 있었다.

아마 자매겠지. 얼굴이 쏙 빼닮았다. 갈색 피부에 비취색 눈동자. 나이는 열둘에서 열셋, 그리고 일고여덟 살쯤 됐을까? 언니 쪽은 5대 5 가르마를 탄 세미롱 헤어, 동생은 어깨 높이로 갈래머리를 땋았다. 두 사람 모두 유백색 통옷에 샌들을 신어 한눈에 이 지역 아이임을 알았다.

"혹시 우리한테 물은 거니?"

"아, 마, 맞아요. 갑자기 죄송해요!"

오스카가 묻자 언니가 허둥지둥 머리를 숙였다. 아무래도 사막의 요정이란 말을 듣고 무심결에 말을 건 모양이었다.

밀레디가 아이들이 안심하도록 웃으며 대답했다.

"실제로는 전혀 요정 같지 않았지만 분명히 만났어. 그래서 왜 요정인가 이야기하던 참인데…… 혹시 이유를 아니?"

요정과 만났다…… 그 말에 자매는 안색이 바뀌었다. 눈에서 절실함이 어른거렸다. 무슨 사정이 있는 것은 분명했다. 하지만 밀레디의 질문에 자매는 입을 다물고 대화를 계속해도 될지 고민하는 모습이었다.

잠시 후, 언니가 우물거리던 입을 열었다.

"······실례지만, 두 분은 교회 사람이신가요?"

"'설마.'"

끔찍하다는 얼굴로 조건 반사처럼 대답하고 말았다. 조금 위험한 반응이었다.

하지만 그런 두 사람의 태도에 자매는 오히려 안심하는 표정을 보였다. 그리고 못 참겠다는 양 동생이 몸을 내밀 기세로 말했다.

"오빠, 언니! 수호신님이 어디 있는지 알아?! 수 언니랑 윤파는 수호신님 엄청 좋아해! 그래서 한 번 더 만나려구 계속 찾고 있어!"

언니가 허둥지둥 동생의 입을 막으려고 했지만 이미 너무 늦었다.

밀레디와 오스카는 얼굴을 마주 봤다.

『요정』이 아니라 『수호신』······. 자세한 이야기를 듣고 싶었다.

무엇보다 동생이 「수 언니는 남자들한테 인기 좋은데 전부 다 거절했을 정도야!」라고 폭로에 폭로를 거듭하는 입을 필사적으로 틀어막으려는 홍당무 같은 『수 언니』와 나이즈의 관계가 몹시 궁금했다.

오스카와 밀레디는 서로 고개를 끄덕였다.

"괜찮으면 아침이라도 먹을래?"

"디저트도 얹어준다?"

그리하여 자매는 매수에 넘어갔다.

커다란 접시에 쌓인 디저트를 와구와구 먹는 동생과 창피한 듯 고개 숙이면서도 귀신같이 자기 몫을 챙겨 둔 언니.

기왕 시킨 김에 밀레디와 오스카도 과일을 먹으며 이야기를 들은 바에 의하면, 언니의 이름은 수샤 리브 드미발, 동생이 윤파 리브 드미발이라고 하며 이곳【리브 마을】의 주민이었다.

또한 사막의 백성은 이름 뒤에 출신지, 영지 이름을 순서대로 붙여 출신지를 알 수 있도록 하는 공통된 관습이 있었다. 수샤를 예로 들자면【드미발령 리브 마을】출신의 수샤라고 자신을 소개한 셈이었다.

밀레디와 오스카는 문득, 그리고 보니 나이즈는 어디 출신인가 하는 의문이 들었다. 지금까지 사막 풍습을 잘 몰랐던 탓도 있어서 그 부분을 신경 쓰지 않았지만…….

자매에게 아느냐고 물었더니 그녀들은 『수호신』이 나이즈라는 이름인 것조차 몰랐다.

수샤는 그것을 들은 후 입속으로 「나이즈 님, 나이즈 님」이라고 머리에 각인하듯 중얼거렸다. 이 아이는 제법 진심이구나, 하고 밀레디와 오스카는 생각했다.

새삼스럽게 그녀들과 나이즈의 관계를 들어 보자 두 사람과 비슷한 사정이었다.

다시 말해 사막에서 마물에게 공격받았을 때 전이로 안전한 곳까지 대피시켜준 것이었다.

그때 윤파가 마물의 고유 마법으로 체내 마력이 과잉 활성

되는 병에 걸려 버렸지만, 나이즈는 그곳에서 사라지더니 바로 돌아와 귀중한 『정인석』약을 나눠줘 윤파를 구했다고 했다.

갑자기 사라졌다 나타났다 하는 나이즈에게 넋이 나가 제대로 감사도 하지 못했다는 사실을 깨달았을 때는 이미, 나이즈는 자기에 관해서 말하지 말아달라는 말을 남긴 채 사라진 뒤였다.

"그날 이후 감사하다는 말 한마디를 하고 싶어서 쭉 찾고 있었어요."

"그런 김에 고백해서 결혼할 거지! 윤파는 『첩』이란 것도 괜찮아!"

표정은 그대로인데 수샤의 얼굴이 또 새빨갛게 달아올랐다. 한 손을 뻗어 동생의 입을 쭉 잡아당겼다.

"사막의 요정이란 건 『사막에는 수호신이 있다』는 소문이 나중에 의도적으로 변형된 거예요. 나이즈 님은 자기 정체를 알리길 원치 않는 것 같아 정반대 모습으로 전하면 조금은 도움이 되리라 생각했죠. 언젠가는 소문이 퍼질 거라고 생각해서 술집 시인이나 모험가분들에게 적극적으로 이야기하기도 했고요."

"오호라~. 구해준 사람에게 도움이 되려고 『수호신』을 『요정』으로 바꿨구나."

밀레디는 이해하고 고개를 끄덕였다. 하지만 오스카는 수샤의 이야기가 어딘가 이상하다고 느끼며 고개를 갸웃거렸다. 그 이상한 부분을 입이 가벼운 우리의 동생 윤파가 싱글거리면서 해소해줬다.

"윤파도 **수 언니**를 도와줬어! 열심히 **수 언니 말대로** 이 사람 저 사람한테 말하고 다녔어!"

수 언니 말대로, 수 언니를 도와⋯⋯.

오스카는 하나의 가능성이 떠올라 안경을 올려 쓰면서 물어봤다.

"뜬금없는 질문이지만, 너희 집은 술집을 하니?"

"아뇨?"

수샤는 부정하고 곧바로 고쳐 말했다.

"부모님은 어릴 적 마물에게⋯⋯ 지금은 부모님이랑 알고 지내던 분 댁에서 살아요."

"술집을 운영하는?"

"네."

이번에는 긍정. 의문은 확신으로 변했다. 수샤는 당사자인 양 이야기했다.

"요정이라는 소문은 네가 직접⋯⋯?"

"그런데요?"

수샤는 싱긋거리며 웃었다.

오스카, 더불어 밀레디의 표정이 미묘하게 굳었다.

들은 바로는 이 자매가 나이즈에게 도움을 받은 것은 2년 전이었다. 즉, 수샤는 열 살 남짓한 나이에 술집 일을 도우며 『수호신』의 소문을 『요정』으로 덧칠하려고 했다. 스스로 생각해서⋯⋯.

실제로 효과는 있었다. 적어도 이 지역에서 떨어진 곳에 전해지는 소문은 『요정』이 주체였다.

"대, 대단한데."

자기도 모르게 나온 것처럼 밀레디가 놀라움과 칭찬이 섞인 말을 보냈다.

"이게 다, 나이즈 님을 위한 일이니까요."

수샤는 쑥스럽게 말했다. 부끄러워하는 표정은 얼핏 또래아이다워 보이나, 잘 생각해 보면 왠지 묘하게 여자다운 매력이 느껴졌다. 열두 살 나이에 요염함을 내는 소녀…….

밀레디와 오스카는 생각했다. 이 아이는 진짜 진심이라고…….

"그런데 두 분은 나이즈 님과 어떤 관계신지……. 뵌 적이 있다고 하셨죠?"

수샤가 넌지시 물었다. 줄곧 찾던 사람의 단서가 눈앞에 있을지도 몰랐다. 윤파도 빤히 바라봤다. 두 사람의 눈에 깃든 감정이 절실했다.

"음~, 만났다기보다 솔직히 요즘 자주 만나."

"저, 정말인가요?! 그분은 지금 어디 계신가요?!"

수샤가 몸을 앞으로 들이밀며 물었다. 예상하지 못한 대답에 윤파도 눈을 댕그랗게 떴다.

"그걸 가르쳐줘도 될지는 본인에게 허락을 받아야지. 오늘도 만나러 갈 예정이니까 너희 이야기는 전해줄게. 가능하다면 만나 보도록 잘 얘기해 볼 테니까 조금만 기다려줄래?"

"밀레디 언니……. 그렇군요. 알겠어요."

조금 실망하면서도 그게 순리라고 생각했겠지. 수샤는 순순히 받아들였다.

그런데 언니와 밀레디의 이야기를 듣던 윤파가 잠깐 생각한 뒤 폭탄 발언을 던졌다.

"근데 오빠랑 언니는 애인 사이야?"

"얘가 무슨 소리야?!"

당황하는 수샤.

밀레디는 어리둥절했고 오스카는 싱긋 웃었다.

"하하하. 윤파는 재밌는 농담을 하는구나."

"오 군? 그건 무슨 뜻이야?"

딱히 의식하라는 것은 아니지만 에둘러 고려할 가치도 없다고 말하면 여자로서 석연치 않다.

밀레디가 은근히 화를 내자 윤파가 연이은 폭탄을 투하했다.

"아니야~? 그러면 걱정 없었을 텐데~."

"응? 윤파? 그게 무슨 말이야?"

"수 언니랑 내가 그렇게 만나려고 했던 사람이랑 언니는 요즘 자주 만나잖아? 오늘도 만나러 갔댔고. 애인도 없는 언니가, 남자인, 그 사람한테!"

"……."

수샤는 말이 없어졌다. 함께 표정도 사라졌다. 눈에서 빛이 사라져 간다!

"오해야! 그런 거 아니라니까! 정말로!"

밀레디는 허둥지둥 해명했다. 장난스럽게 받아치지 않는 것은 수샤가 보내는 눈초리에 간담이 서늘했기 때문일까? 식은 땀을 찔끔 흘리는 것 같았다.

오스카는 상황이 재미있어졌다며 실실 웃는 얼굴로 방관했다. 밀레디가 원망스러운 표정으로 돌아봤다.

"애초에 오 군도 같이 간다구. 그러니까 정말로 오해라니까? 자세한 이야기는 못 하지만, 권유라고 해야 하나? 아무튼 좀 더 무거운 이야기야."

"무거운 이야기요⋯⋯. 두 사람의 장래라거나?"

"끄아아. 무슨 얘기를 해도 그쪽 방향으로 가져갈 분위기야!"

항상 사람을 짜증 날 정도로 갖고 놀면서 즐거워하는 밀레디가 진심으로 당황하고 있었다. 오스카는 대단히 유쾌한 기분이었다.

거기에 다시 끼어드는 윤파.

"그래도 괜찮지? 우리는 수 언니가 있는걸! 가슴 크기는 수 언니가 완승이잖아! 보여주면 그 사람도 한방에 넘어갈 거야!"

"어?"

"어?"

밀레디의 시선이 수샤의 가슴으로 향했다. 수샤의 시선도 밀레디의 가슴으로 향했다.

사막 거주민의 복장은 헐렁한 통옷이라서 몸매가 잘 드러나지 않았다. 그런데도 불구하고 자세히 보면 수샤의 상반신은 선명한 굴곡을 그렸다.

밀레디는 자신의 가슴을 내려다봤다. 손으로 위쪽부터 더

듣어 본다. 주르륵 아래까지 미끄러진다. 궤도가 바뀌는 일은 없었다. 밀레디의 표정에 큰 슬픔이 번졌다. 쿠웅, 하고 낙담하는 효과음이 들릴 것만 같았다.

오스카가 탄복한 표정으로 말했다.

"윤파, 너는 무섭도록 장래가 유망한 아이구나. 천하의 밀레디를 기죽이다니……."

"……? 어, 에헤헤, 뭘 그런 걸 가지고~."

잘 이해하지 못하는 눈치였지만 일단 칭찬이라고 해석해 쑥스러워했다.

과연 정말로 모르고 하는 소리일까, 아니면 노린 것인가…….

열 살에 정보 조작을 계획하고 실행하는 소녀의 동생이었다. 후자일 가능성은 충분히 있었다.

설마 정말로 만에 하나를 고려해 밀레디를 견제한 것일까? 그렇게 생각하면서도 긁어 부스럼을 만드는 취미는 없으므로 넘어가기로 했다.

낙담한 밀레디를 수샤가 달래며 화해하는 모습을 보고, 오스카는 이 자매가 자신들과 나이즈의 관계에 어떤 변화를 가져올지 상상했다.

【적룡 대산】은 용암원정구형 활화산이다. 점성 높은 용암이 밀려나오고 그것이 쌓여 거대한 산이 된다. 요컨대 엄청나게 큰 사다리꼴 통바위인 셈이다. 그 고도는 3천 미터, 직경은 5킬로미터에 달한다.

자매와 헤어진 밀레디와 오스카는 점심이 지났을 무렵 【적룡 대산】을 찾았다.

　표면이 울퉁불퉁한 정상에 발을 디디자 신발 너머로도 희미한 열이 느껴졌다. 곳곳에서 흰 연기가 아스라이 새어 나오는 것이 이름의 유래대로 잠든 용이 숨어 있을 법한 분위기였다.

　나이즈의 거처로 가기 위해서는 정상의 분화구로 진입해야 했다. 오렌지색 빛이 새는 거대한 분화구에 다가감에 따라서 열이 피부를 달구지만 어느 정도는 장벽으로 경감할 수 있었다.

　"가자, 오 군."

　"분화구 안쪽으로 낙하하는 건 몇 번을 해도 익숙해지지 않네."

　"검은 우산을 쪽배처럼 타고 마그마 강을 둥실둥실 흘러가던 사람이 할 소리야?"

　두 사람은 잡담을 나누면서 아래로 보이는 새빨간 마그마 웅덩이로 다이빙했다. 도중에 밀레디의 중력 마법으로 감속하며 돌출된 발코니를 향해 내려갔다.

　어느 정도 가까워진 시점에서 갑자기 공기가 변했다. 나이즈가 펼친 공간 마법 장벽 내부로 들어온 증거였다. 열만 차단하는 실로 기술적인 장벽이었다. 습득하는 데 상당히 고생했다는 이야기를 오스카는 술자리에서 들었다.

　"나즈~! 있어~? 밀레디 누나가 놀러 왔어~."

　"실례할게. 오늘은 과실주를 가져왔어. 낮술이라는 사치를 부려 보자."

두 사람은 제집 안방처럼 거리낌 없이 안으로 들어갔다.

바닥에 책상다리를 하고 앉아 약사발에 든 것을 빻던 나이즈가 평소처럼 한숨 쉬고 어쩐지 달관한 표정을 보였다.

"벌써 일주일째야……. 언제까지 들락날락할 생각이야?"

"나즈가 동료가 되어줄 때까지?"

"평생 올 거냐?"

"아하하, 비슷한 말을 얼마 전에 들은 것 같아!"

"그건 나야, 밀레디."

아련한 눈을 돌린 오스카에게 나이즈는 동정 어린 눈길을 보내면서 약사발 등 조제 도구 같은 물품을 정리하기 시작했다.

"정인석이야?"

"……그래. 채취 장소가 험난한 곳에 있으니까. 기본적으로 부족한 약이야."

"그 험난한 곳에 사는 너는 마음대로 캐낼 수 있지만 말이야. 나도 제법 채취했고."

테이블에 앉으며 오스카가 어딘지 모르게 즐겁게 이야기를 시작했다. 밀레디도 오스카 옆에 앉았지만 어쩐지 따분한 느낌으로 다리를 휘휘 젓고 있었다.

두 사람이 이야기를 시작하면 꿔다 놓은 보릿자루가 되기 일쑤라서 재미가 없는 것이었다.

"실은 가루가 아니라 아예 액체로 만들어 봤어."

"뭐?"

"이 지역에는 마력 과잉 활성이라는 향토병이 있으니까 거기에 대비한 특효약으로 취급받지만, 생각해 보면 마력 진정 효과는 응용처가 많다고 봐."

"……뭐, 그렇지. 하지만 액체로 만들 필요가 있나?"

"글쎄? 편이성은 실제로 써 보지 않으면 몰라. 그래도 농도를 바꾸면 같은 양이라도 효과는 다른 약을 만들 수 있고, 위험한 마법 실험을 할 때 이 액체로 마법진을 구축하면 폭주예방도 될 거야."

"흠…… 약제가 아닌 다른 사용법이라. 가능한 일이 늘어나겠군."

"그렇지? 그래서—."

거기까지 즐거운 대화가 이어졌을 때, 밀레디가 나 여기 있노라고 목소리 높여 부르짖었다.

"으아아아아아아! 뭐야! 밀레디를 놔두고 둘이서만 신났어, 아주! 그럼 안 돼, 알겠어! 왕따는 안 된다고!"

안 돼, 절대로!#2 라고 말하듯 밀레디가 양팔로 X를 만들었다.

오스카와 나이즈는 얼굴을 마주하고 못 말린다는 식으로 웃었다. 호흡을 맞춘 듯한 그 반응에 또 소외감을 느껴 불만스러운 외로움쟁이 밀레디. 그녀가 불퉁한 얼굴로 중얼거렸다.

"수한테 일러줄 거야. 나보다 오 군이 더 위험하다고. 나즈를 노리는 게 확실하다고."

"야. 나를 그쪽 사람으로 만들지 마. 그리고 수사는 그런 농

#2 안 돼, 절대로! 일본 「마약, 각성제 남용 방지 센터」의 약물 남용 방지 운동의 명칭이자 표어. 약물뿐 아니라 다양한 패러디에 이용된다.

담을 하면 장난으로 안 끝날 것 같으니까 진짜로 하지 마."

전파라도 수신했는지 오스카가 몸을 부르르 떨었다.

나이즈가 「수샤는 또 누구?」라는 어리둥절한 표정을 짓고 있었다.

오스카와 밀레디는 한순간 시선을 맞추고 작게 끄덕였다.

"수는 리브 마을에 사는 여자애야. 윤파라는 동생이 있어."

"······흠?"

"『사막의 수호신』이라는 소문을 『사막의 요정』으로 바꾸려고 애쓴 아이들이야."

"뭐? 그건 무슨 말이지?"

자기 소문에 적극적으로 관여했다고 하니 아무래도 신경이 쓰이나 보다. 나이즈의 표정에 의아함이 떠올랐다.

오스카가 한 호흡 쉬고 두 사람의 정체를 밝혔다.

"2년 전, 마물에게 습격받은 어린 자매를 구하지 않았어? 동생은 마물의 고유 마법으로 마력 과잉 활성 상태였어. ······ 네가 치료했지?"

"··········아, 그 자매."

기억을 되짚듯 눈동자를 굴리던 나이즈의 눈이 살짝 커졌다.

"기억하고 있었나 보네?"

"음후후~. 나즈도 제법인걸? 그런 귀여운 아이들의 밤잠을 설치게 만들고 말이야."

"······밤잠?"

밀레디의 히죽거리는 얼굴에 약간 짜증이 밀려오면서도 의미를 몰라 고개를 갸웃거렸다.

밀레디는 놀려 먹을 생각에 싱글벙글이다!

"그렇다니까~. 구해줬을 때부터 두 사람은 쭈우우욱 나즈를 찾고 다녔다구. 고맙다는 말을 못 해서 한 번 더 만나 전해주고 싶다고 했는데, 그건 틀림없이 사랑에 빠진 여자의 얼굴이더라니까! 언니도 아직 열두 살밖에 안 됐는데!"

참고로 열두 살인데 자신보다 훨씬 성장했다는 말은 밀레디도 하지 않았다. 스스로 자기 가슴에 비수를 꽂는 취미는 없었다.

"……그때 그 아이가?"

나이즈에게 있어서 그 자매는 아직 어리기만 한 여자아이들이리라. 설마 2년 동안 정보 조작에 힘쓰거나 나이즈를 마음에 품은 이래 급성장했으리라고는 생각지도 못할 것이다.

그리고 밀레디도 자신이 완패한 상대가 불과 2년 사이에 지금의 몸매를 얻었으리라고는 생각도 못 할 것이다. 심지어 아직 성장 중이라고는…….

그 사실을 알면 밀레디는 성장이 거의 멈춘 자신을 생각하며 잠시 재처럼 새하얘질지도 모른다.

"가급적 자신의 활동을 알리고 싶지 않다는 네 생각을 헤아려, 외관상 정반대되는 모습을 연상하도록 소문의 주체를 요정으로 덧씌우려고 하고 있어. 최소한의 감사, 아니, 너에 대한 단순한 호의 때문에."

"흐음……."

오스카의 부연에 나이즈는 형용하기 어려운 표정으로 신음했다.

밀레디가 해죽거리며 나이즈를 손가락으로 콕콕 찔렀다.

"응? 응? 지금 기분이 어때? 지금 어떤 기분이야? 응? 응? 아직 열 살 전후지만 장래에 엄청 미인에 유능한 매력 넘치는 여자가 될 게 확실한 자매에게 사랑받는 열다섯 살 이상 연상 남은 어떤 기분이야? 응? 응? 가르쳐주라, 나즈—."

밀레디의 얼굴을 통째로 움켜쥐는 손! 나즈의 커다란 손에서 필살 아이언 클로가 작렬한다!

"……오스카. 네 파트너를 날려 버려도 될까?"

"그렇다면 나도 가세할게."

오스카가 소매에서 연쇄를 줄줄이 뽑았다.

"아야, 아야야야야?! 잠깐, 나즈! 이거 진짜로 아파?! 밀레디 누나 머리에서 깨지는 소리가 나?! 그보다 오 군?! 파트너인데 왜 가세하려고 해?!"

""평소 행실 때문이겠지.""

"이럴 때도 호흡이 척척 맞아아아아아!"

우득 소리와 함께 밀레디의 사지에서 힘이 빠졌다.

힘없이 늘어져 대롱대롱 매달린 밀레디를 의자에 안치하고 오스카와 나이즈는 과실주를 음미했다.

시간이 지나 번쩍 눈을 뜬 밀레디가 검은 우산의 치유 샤워로 머리의 둔통을 가라앉히는 것을 기다렸다가, 오스카는 다시 나이즈에게 자매와 만나 달라는 취지의 이야기를 전했다.

아이의 절실한 소원이었다. 사람을 돕는 데 인생을 바치고 있는 나이즈니까 한 번쯤은 만나주지 않을까 생각했으나, 그는 고뇌 어린 얼굴로 입을 닫아 버렸다.

"그녀들은 네 힘을 알면서도 적극적으로 감춰주려고 노력하는 아이들이야. 그래도 만나주기 힘들까?"

"만나주지 않으면 걔네는 아마 언제까지고 나즈를 찾으려고 할걸? 그 마음은 진짜였어."

오스카와 밀레디의 설득에 나이즈는 무겁게 입을 열었다.

"……그 아이들은 나를 수호신이라고, 혹은 영웅처럼 생각하겠지?"

"수호신이라고 생각하는 건 이 지역 사람들도 마찬가지지만, 뭐 그런 셈이지."

"그렇다면 그건 착각이다. 나는 그런 게 아니야. 이건 그냥 자기만족— 그냥 속죄다."

속죄라는 불길한 단어에 오스카와 밀레디는 얼굴을 마주 봤다.

밀레디가 자세를 고쳤다.

"과거에 무슨 일이 있었어? 그게 우리와 함께 갈 수 없는 이유고, 그 아이들과 만날 수 없는 이유인 거지?"

"……"

"나즈. 언제까지 올 거냐고 물었지? 나는 그 이야기를 들을 때까지 물러날 수 없어. 그만큼 간절한 마음으로 여기 있는 거야. 무례하다고도 생각하고 널 괴롭게 한다고도 생각해. 하지만 그렇기 때문에 아무것도 모르는 채 물러날 수는 없어."

확고한 의지가 나이즈의 마음을 때렸다. 오스카도 같은 생각이겠지. 조용히 바라보는 눈동자에는 흔들림이 없었다. 전부 알면서, 그럼에도 뛰어들려는 것이었다.

정말이지 민폐가 따로 없었다.

하지만 밀레디와 오스카의 사정, 그들이 짊어진 것이 무엇인지는 이미 들었다. 그것을 생각하면 그들의 각오가 보통이 아니란 것은 처음부터 알던 사실이었다.

분명한 거절만으로는 부족하다는 것은— 알고 있었다.

거절할 만한 근거가 없다면 두 사람은 결코 물러나지 않고, 물러날 수 없다.

알면서도 질질 끌어온 자신을 속으로 비웃었다.

그리고 나이즈는 결심했다. 자신의 죄를 고백하기로…….

"그류엔이라는 마을을 아나?"

밀레디와 오스카가 서로를 바라보고 동시에 고개를 외로 저었다.

나이즈는 한 번 크게 심호흡하고 무거운 응어리를 토하듯 말했다.

"내가 태어난 마을이다. 그리고 내가 파멸시킨 마을이기도 하지."

숨이 멎는 소리가 둘, 조용한 동굴 거처에 울렸다.

나이즈는 시선을 내리깐 채 이야기를 풀어놓았다.

"내 이름은, 정식적으로는 나이즈 그류엔 칼리엔테라고 한다."

"사막 지대 최북단 영토지?"

오스카의 보충에 나이즈는 긍정했다.

"그류엔 마을은 칼리엔테령 수도에 가장 가까운 마을이었어. 아버지는 군에 소속한 전사셨고 나도 어릴 적부터 아버지 같은 전사를 장래 목표로 삼았어. 친구인 요군과 동생 에스트와 함께. 아버지는 존경할 수 있는 분이셨고 어머니는 상냥한 분이셨지. 가난하지도 않았고 마법 재능도 있었어. 지금 생각하면 나는 대단히 축복받은 환경을 가졌었다고 봐."

사랑하는 가족과 절차탁마하는 벗, 그리고 장래를 촉망받는 재능. 분명히 축복받았다고 할 수 있으리라.

오스카는 밀레디에게 힐끗 눈을 돌렸다. 가족은 있어도 조금의 애정도 받지 못했던 파트너를……. 시선을 느낀 걸까? 밀레디도 힐끔 눈길을 줬다. 그것만으로 오스카의 심정을 짐작했나 보다. 거기에 부정적 감정은 조금도 없었고 오히려 뭔가 낯간지러운 듯, 조금 기쁜 듯한 옅은 웃음을 지어 보였다.

오스카는 걱정 없어 보인다고 생각한 뒤 시선을 도로 돌렸다. 안경을 올려 쓰면서…….

"아버지는 한 달 중 대부분을 수도에서 임무를 수행하며 보내셨지만, 휴일에는 집으로 돌아와 주셨어. 어머니가 아버지는 피곤하실 거라고 말씀해도, 나와 요군은 항상 참지 못하고 훈련을 시켜달라 졸랐지. 아버지는 마을 제일의 전사였고, 그런 아버지에게 당신이 안 계시는 동안 우리가 얼마나 강해졌는지 어서 보여드리고 싶었던 거야."

나이즈는 옛 추억을 그리듯 아련한 눈으로 얘기했다. 그 표정은 지난날의 따스한 추억에 부드럽게 젖어 있었다.

"요군은 항상 입버릇처럼 말했지. 『이런 시골 변두리에서 평생 썩을 생각은 추호도 없다. 반드시 출세해서 수도로 나갈 거다』라고. 나보다 훨씬 향상심이 강하고 포부가 큰 친구였어. 전투에 재능이 있었지만, 그 녀석은 자주 내 재능이 부럽다고 말했어."

그저 아버지 같은 전사가 되고 싶다는 생각밖에 없던 나이즈는 큰 꿈을 품고 야심을 불태우는 친구에게 동경과 선망을 품었다.

부드럽던 나이즈의 표정이 대뜸 어두워졌다. 후회 같기도 분노 같기도 한 형용키 어려운 표정⋯⋯.

"나는, 몰랐었어. 태어날 때부터 쭉 함께 있었으면서 그 녀석이 한 말의 의미를. 그 녀석이 어떤 눈으로 나를 보고 있었는지, 어떤 감정을 품었는지. 아무것도, 몰랐던 거야."

어느 날, 나이즈의 아버지— 솔더가 귀가해 평소처럼 요군과 함께 훈련을 받던 때의 일. 이미 저녁이 되어 슬슬 돌아가려고 하던 때였다.

마을 사람 몇 명이 사색이 되어 「솔더 씨! 마물이 나왔어!」라고 외치며 달려온 것은⋯⋯.

마을에도 자경단 같은 이들은 있었고 대개 마물은 자경단이 처리했다. 그런데도 불구하고 정식 전사인 솔더를 찾아왔다는 것은 자경단이 감당할 수 없는 마물이 나왔다는 뜻이었다.

솔더는 이것도 전사의 책무라는 짧은 대답만으로 승낙했다. 사정을 듣자 하니 확실히 자경단에게는 버거울지도 모를 마물이었지만 솔더라면 문제없는 상대였다.

"나와 요군은 아버지에게 동행을 부탁했다. 우리도 이미 열다섯 살, 다음 해에는 수습 전사로 입대할 예정이었고, 실전 훈련 겸 마침 잘됐다며 아버지도 승낙하셨지."

두 사람은 옳다구나, 하고 솔더를 따라갔다.

그것이 모든 사건의 시작이었다.

"마물은 정보에 있던 녀석만이 아니었어. 토벌한 직후였지. 완전히 방심한 상태였어. 나와 요군은 등 뒤 땅속에서 다가오는 마물을 알아차리지 못했어."

솔더의 경고로 돌아보았을 때는 이미 입을 커다랗게 벌린 마물에게 잡아먹히기 직전이었다.

마법으로 장벽을 칠 시간은 없었다. 그 이전에 몸이 굳어 움직이지 못했다. 그러나 본능이 위험을 회피하기 위해, 한 소년이 품었던 힘을 이끌어냈다.

"발동한 거구나? 공간에 간섭하는 마법이."

밀레디의 물음에 나이즈는 말 대신 고개를 끄덕였다.

"아버지도 요군도, 그리고 나도 넋이 나가 움직이지 못했어. 마물은 산산조각 나 있었지. 나는 무의식중에 공간 자체를 뒤흔드는 충격파를 쏜 거야. 주문도 외지 않고 마법진도 없이."

"아버지와 요군에게 나즈가 신대 마법을 쓸 수 있다는 사실을 들었어……."

이야기가 방금 들은 마을의 파멸로 이어지리란 것은 명백했다. 안 좋은 예감에 밀레디의 표정이 일그러졌다. 오스카도 마음을 굳게 먹으려는 것처럼 심호흡했다.

"아버지는 나와 요군에게 이 일을 비밀에 부치라고 약속시켰어. 우리 사막의 백성은 지금이야 창세신 에히트를 신봉하지만 원래는 자연 신앙을 주로 하는 부족이었지. 표면적으로는 성광 교회 신자더라도 신앙심은 사람에 따라 달랐어. 예부터 전해진 신앙을 버리지 않은 자도 많았고."

"아버지는 자연 신앙파셨나 보네? 그래서 네가 교회에 끌려가지 않도록 숨기기로 한 거야. ……사랑받았구나. 하지만 그렇다면……."

오스카가 미간에 주름을 잡았다. 이야기 흐름상 나이즈의 비밀이 들통나는 것은 뻔히 읽혔다. 나이즈의 아버지는 아들을 진심으로 생각했다. 그렇다면 비밀을 누설한 사람은…….

나이즈는 바로 대답하지 않고 조금 기다렸다가 뒷내용을 입에 담았다.

"다음 해, 나와 요군은 군대에 수습 전사로 들어갔어. 처음에는 열심히 강해지자며 서로 격려했지만…… 언제부터였을까. 요군이 나를 보는 눈에 탁한 빛이 보이기 시작했어. 나는 애써 모른 척했지만……."

신대 마법을 각성한 후 나이즈와 요군의 차이는 현격하게 벌어졌다. 나이즈의 마법 실력이 비약적으로 늘어난 까닭이었다. 비밀을 지키기 위해 위장용 마법진과 주문을 사용했지만,

사실은 그 무엇도 불필요했고 직접 마력을 조작하는 방법에
도 익숙해졌다. 속성 마법을 다루는 실력이 향상되는 것은 당
연한 결과였다.

질투, 원망, 조바심. 한마디로는 표현할 수 없는 감정이 요
군에게는 있었던 것일까.

그는 비밀을 지키겠다는 약속을 깼다.

신대 마법 사용자의 정보를 얻었다는 공적을 영주에게 가져
간 것이었다. 교회로 가지 않은 이유는 만에 하나라도 친구를
판 대가가 『신자라면 당연한 행위』로 정리되는 것이 싫었기 때
문이었는지도 모른다.

하지만 그 결과는 더 참담한 것이었다. 그는 권력자란 것을
이해하지 못하고 있었다.

당시 칼리엔테의 영주 볼레모스는 나이즈를 자기 아들로
만들어 맹주 자리를 넘기도록 샤르드에 선고할 계획을 품어
버렸다. 즉, 신대 마법 사용자를 가진 우리 칼리엔테야말로
연합의 맹주여야 마땅하다고 생각한 것이었다.

"볼레모스에게 나즈의 진짜 가족은…… 방해물이었어."

"맞아. 몇 개월 만에 비가 내린 날이었어. 밤에 내 막사에
아버지가 뛰어 들어오셨지. 지금 당장 도망가라. 집으로 돌아
가 어머니와 동생을 데리고 도망가라고 하셨어. 바로 포박 부
대가 들이닥쳤어. 아버지는 나를 도망치게 하려고……."

그날, 비구름으로 새까맣던 복도를 아버지와 둘이서 몰래
빠져나갔으나 쫓아온 부대에게 강습당했다. 「도망쳐라, 나이

즈! 네 엄마와 에스트를 데리고! 도망쳐!」 그렇게 외치던 아버지의 등을, 나이즈는 지금도 선명하게 기억한다.

전사라면 눈물을 흘리지 말라고 배웠거늘, 나이즈는 울면서 아버지를 두고 떠난 그때의 비참함을 지금도 잊지 못했다.

그리고 또 하나 잊지 못하는 것은 막사에서 나오려던 순간, 기습받았을 때의 일. 어찌할 바를 몰랐던 나이즈는 반격도 못 하고 그대로 붙잡힐 뻔했는데, 그곳으로 도움의 손길이 뻗었다.

"요군이었다. 나를 살린 건 요군이었어. 아버지에게 영주의 계획을 전한 것도. 그 녀석은 나를 구했을 때 치명상을 받았고 숨이 끊기기 전에 모든 것을 고백했어."

―미안하다. 미안하다, 나이즈. 내가, 내가 정신이 나갔었다. 아아, 용서해다오.

마지막까지 울면서 하염없이 용서를 비는 말을 반복하며 요군은 죽었다.

결국 나이즈는 용서하겠다고 말하지 못했다.

지금도 요군에 대한 마음의 정리는 되지 않았다.

원망하는 것은 틀림없었다. 그렇지만 가장 오래 곁에 있었으면서 그가 자기 탓에 괴로워했는지 깨닫지 못했다. 아니, 깨달으려 하지 않았다. 그런 자신에게는 아무런 죄가 없는가? 그렇게 생각하는 순간, 무턱대고 옛 친구를 원망할 수만은 없어졌다.

"나는 마을로 달렸어. 당시에는 지금처럼 전이를 할 수 없었거든. 그때 그것이 가능했더라면…… 지금도 그런 생각이 들 곤 해."

마을에 도착했을 때 나이즈가 본 광경은 말하지 않아도 알 았다. 그는 늦었다. 어머니와 동생은 이미 세상을 떠난 후였 다. 마을까지 나와 있던 영주 볼레모스와 그의 직속 전사들 이 수백 명, 그리고 마을 사람들이 에워싼 중심에서 포개진 채로……

"설마, 바로? 인질로 삼아서 나즈에게 목줄을 채우려고 한 게 아니라?"

보통은 그렇게 생각할 터였다. 신대 마법이라는 강력한 힘 을 소유한 자를 자기 뜻대로 부리기 위한 조치였다. 그만큼 강력한 목줄이 필요한 법이었다.

"요군이 말하길, 나에겐 인질로 잡았다고 하면서 실제로는 죽일 생각이었다더군. 마을 사람에게 우리 가족은 이단자로 지정됐다고 설명하고 어머니와 동생을 끌어오라고 했겠지. 그 러기 위해 영주 스스로 나온 거야. 교회 인간이 아니더라도 영주의 말이라면 힘이 있지. 마을 사람이 의문을 제기할 여지 는 없어."

영주가 대의명분으로 삼을 아들에게 사실 진짜 가족이 있 다는 사실을 이 세상에서 지워 버리고 싶었으리라.

나이즈는 수도에 붙잡아 두고 아버지도 죽인다. 그리하면 나이즈 일가는 이단자로 죽은 것이 되고 마을 사람은 아무 말도 하지 않는다. 숲을 헤쳐 나오는 것은 고작 뱀이 아니다.

영주 일족의 어두운 일면이다.

거기서 오스카와 밀레디는 눈길을 맞췄다. 이야기 속에 석연치 않은 부분이 하나 있었다.

『마을 사람에게 어머니와 동생을 끌고 오게 했다』. 나이즈는 그렇게 말했지만 정말로 그럴까?

영주에게 인질이 살아 있다는 것은 나이즈가 말을 듣게 하기 위한 중요한 요소다. 그렇다면 왜 많은 목격자가 있는 가운데 살해했나?

끌고 왔다면 그대로 연행해 마을 사람이 보지 않는 곳에서 죽이면 될 일이다. 그러면 마을 사람은 그들이 죽었는지 살았는지 모르며, 만에 하나 나이즈가 감시를 빠져나와 마을 사람과 접촉해도 진실은 탄로 나지 않는다.

짐작이지만 나이즈의 어머니와 동생을 죽인 것은 마을 사람들이다. 이유는 마을을 구하기 위해. 이단자로 지정된 가족과 자신들은 관계없다. 우리의 신앙은 흔들리지 않는다. 그것을 증명하기 위해 영주가 의도한 바를 넘어 죽인 것은 아닌가?

그도 그럴 것이 영주는 수백 명에 달하는 부대를 이끌고 나타났다. 단 두 명을 붙잡기 위해. 상식적으로 말도 안 되었다. 그 전사의 수는 『격멸하기 위한 수』였다.

더불어 이단자 지정이라 말하면서 교회 관계자가 한 명도 없었다.

수상쩍었겠지. 두 사람을 인도한 후 자신들의 말로를 상상했을 것이다.

그래서 지푸라기라도 잡는 심정으로 모자를 죽인 것은 아닌가?

그러면 적어도 이단자를 편들었다는 의혹만은 풀 수 있다.

그리고 나이즈 또한 그 사실을 알고 있었다.

그래서, 그래서 그는―.

"정신을 차리고 보니 나는 주변에 있는 모든 것을 날려 버렸더군. 어머니와 동생을 끌어안고서. 영주도, 마을 사람들도, 마을 그 자체도. 송두리째 남김없이."

기억하는 것은 마을 사람들이 나이즈에게 보내던 표정. 죄책감을 견디지 못하는 죄인 같은 표정과 미안하다는 말. 계획을 망쳤다고 침을 뱉는 영주. 경계해서인지 영주를 지키려고 진형을 짜서 검을 들이대는 전사들.

그리고 이성을 덧칠해 가는 압도적인 분노와 살의.

우리 가족이 뭘 했지?

그토록 이 힘을 원하나?

좋다. 그렇다면 마음껏 맛보게 해주마.

제어를 벗어난 감정이 도화선이 되어 공간 마법이 폭발했다. 아마도 공간 폭파 계열의 마법이었으리라. 그것이 그류엔마을을 지도에서 없애 버렸다. 마을 사람과 영주 일행까지 모조리…….

긴 이야기가 끝나고 밀레디와 오스카는 크게 숨을 내쉬었다.

나이즈는 얼굴을 들어 두 사람과 순서대로 눈을 맞췄다.

"영주는 몰라도 전사들 중에는 단지 의무에 따르던 자도 많았겠지. 선량한 마음을 품고 가족이 돌아오길 기다리는 자도 있었을 거다. 마을 사람들도 그래. 요군과 마찬가지로 마음의 정리는 되지 않지만, 모든 사람이 죽어도 될 이유가 있을 리 없지. ─나는 중죄인이야."

그러니까 사람을 돕는 것은 선의가 아니라 속죄였다. 속죄이기에 좋은 말을 들을 이유도, 하물며 존경을 받을 이유도 없었다.

중죄인이 사랑받을 자격은 없다. 말 그대로 볼 낯이 없었다.

"다시 한 번 말하지."

밀레디가 숨을 훅 들이켰다. 오스카는 미간에 깊은 주름을 잡은 채 말이 없었다.

"나는 너희와 함께 갈 수 없다. 맹세했어. 이제 두 번 다시 싸우기 위해 이 힘을 쓰지 않겠다고. 설사 내가 죽는 한이 있더라도."

도망가거나 막거나. 나이즈가 할 수 있는 일은 두 가지뿐이었다.

두 번 다시 싸우지 않겠다. 너희를 위해 힘을 쓸 수는 없다. 말로 하지 않아도 거절 의지가 전해졌다.

"나즈. 그래도─."

"이게 마지막이다. 이제 두 번 다시 만나러 오지 마. 또 온다면 나는 여길 떠나겠어. 작정하고 도망치는 나를 쫓는다면 여행도 여의치 않겠지."

발신기가 있어도 공간 전이의 이동 속도에는 이길 수 없었다. 밀레디와 오스카가 쫓아올 수 있었던 까닭은 나이즈가 대사막을 거점으로 크게 이동하지 않은 덕분이었다.

그가 사태가 수습될 때까지 작정하고 도망친다면 두 사람은 잡을 방법이 없었다. 강제로 구속이라도 하지 않는 한……. 하지만 그래서는 그 영주와 똑같다.

나이즈가 손을 흔들자 『게이트』가 열렸다.

"나쁜 만남은 아니었어. 밀레디 라이센, 오스카 오르크스. 앞으로 만날 일은 없겠지만, 너희 여행에 행운이 있기를 빌지."

밀레디는 아직 더 매달리려고 했지만 입을 어물거릴 뿐 말은 나오지 않았다.

"가자, 밀레디."

"오 군……."

어깨에 오스카의 손이 살며시 와 닿았다. 밀레디는 나지막이 한숨 쉬고 일어섰다.

그리고 함께 등을 돌려 『게이트』 앞에 섰다.

밀레디는 망설이듯 고개를 숙였다. 그러고는 어깨 너머로 돌아보며 슬픈 표정을 보였다.

"나즈. 나이즈 그류엔. 당신은 정말로 그래도 돼?"

슬픈 것은 권유를 거절당해서가 아니었다.

그의 삶의 방식이었다.

"이거면, 됐어."

"……그래?"

밀레디는 작게 미소 지은 뒤 이번에는 돌아보지 않고 『게이트』를 통과했다.

오스카도 돌아보지 않고 들어가려다가 말을 던졌다.

"……언젠가 우리 여행이 일단락됐을 때."

"……?"

"친구로서, 너를 찾아오는 건 허락해 줄 수 있을까?"

"……생각해 보지."

오스카는 살짝 고개를 끄덕이고 『게이트』 너머로 사라졌다.

나이즈는 아무것도 없는 공간을 가만히 바라봤다.

"……두 번 다시 만나지 않겠다고 말하자마자 이 꼴인가."

조용히 흘러나온 말은 자조로 뒤엉켜 있었다.

제4장 ◆ 해방자와 신의 사도

【적룡 대산】을 등지고 터벅터벅 힘없이 걷는 소녀가 있었다. 밀레디였다.

검은 우산을 양산 대신 쓴 오스카가 그 옆을 묵묵히 따라 걸었다.

밀레디가 온도 조정을 위한 얼음 덩어리와 바람을 사용하지 않는 터에 지금은 검은 우산이 대활약하고 있었다. 캐노피에 결로 같은 얼음을 맺히게 하고 아래로 바람을 뿜었다.

오스카가 힐끗 밀레디를 봤다.

시무룩이라는 말이 소리가 되어 들릴 것처럼 기운이 없었다.

'내가 거절했을 때도 이랬으려나.'

지금도 그때 그 장소에서 한 그 결의가 틀렸다고는 생각하지 않았다. 그래도 자신이 거절한 후 지금처럼 상심하며 밤길을 돌아갔을 거라고 생각하자, 이제 와서 말하기 어려운 죄책감이 밀려왔다.

기운이 있어도 문제고 없어도 문제였다. 무슨 이런 귀찮은 인간이 다 있을까, 라고 생각하며 오스카는 밀레디에게 들리지 않을 정도로 작게 한숨 쉬었다.

"네가 의기소침한 이유는 그가 동료가 되어주지 않아서야? 아니면 그의 처지를 동정해서?"

"둘 다."

"그의 삶의 방식도 납득하지 못했고?"

"응."

"그래도 그가 스스로 정한 거야."

"알아. 그래서 더 권유하지 않았잖아?"

목소리가 퉁명했다. 더불어 볼도 조금 부풀었다.

이해는 했다. 나이즈의 생각도 존중한다. 대답은 들었으니까 더 하면 강요가 된다.

안다.

그래도, 그래도! 왠지 속이 답답하다!

밀레디의 거짓 없는 솔직한 마음이었다.

나이즈의 폭주는 어쩔 수 없었다는 말로 끝내기에는 잃은 것이 너무나도 컸다. 나이즈 본인이 말했다시피 모든 촌민, 의무감에 자기 감정을 억눌렀을지 모를 전사, 그리고 그 가족들을 생각하면 분명히 대죄라고 부를 만했다.

하지만 당시 10대 중반이었던 소년이 가족을 살해당하고 그것을 목격했는데 어떻게 평정을 유지할 수 있으랴. 마을을 위해, 전사의 의무이기에, 그것을 이해하고 참는다? 어른이라도 못 할 일이었다.

모든 것을 잃었는데 자신을 계속 책망하고 앞으로 평생 속죄를 위해서 살아간다. 그 쥐구멍 같은 곳에서. 들키면 계속 도망치고, 도망친 곳에서 또 사람을 돕고…….

그런 인생은 너무하지 않은가.

"……하아~."

밀레디에게서 무거운 한숨이 새어 나왔다. 당장에라도 땅이 꺼질 것 같았다.

오스카는 안경을 검지로 올려 쓰면서 곤란한 얼굴을 하며 말했다.

"돌아오기 전에 친구로서 찾아오는 건 괜찮냐고 물었어."

"뭐?"

밀레디가 고개를 홱 들었다.

"안타깝지만, 허락은 못 받았어. 그래도 생각해 보겠다고 말해줬어."

오스카는 눈을 동그랗게 뜬 밀레디에게 시선을 보내며 말했다.

"우리는 우리 여행을 계속하자. 그리고 언젠가 다시 그를 찾아오자. 나이즈에게 우리 동료가 되어달라고 하기 위해서가 아니야. 우리가 친구로서 그를 돕는 거야. 그런 것도…… 괜찮지 않아?"

원래부터 해방자란 불합리한 세상에서 눈물 흘리는 자에게 손을 내미는 이들이었다. 스스로 가혹한 삶을 짊어진 친구에게 가끔이라도 손을 내밀러 온다. 그것은 매우 당연한 일이었다.

"오 군!"

"우왁?!"

밀레디가 냅다 오스카에게 안겨들었다.

당황한 오스카는 순간 다리에 힘을 주고 버텼다.

"그래! 그 말이 맞아! 백번 옳은 말이야! 우리는 이미 나즈랑 친구지!"

"아~, 응. 그래그래. 그러니까 너무 부담 갖지 말고, 일단 힘을 가진 친구가 생겼다고 생각하자. 이걸로 『사막의 요정』 소문에 관한 확인은 종료했어. 그러니까 떨어져."

"역시 오 군! 내 파트너! 우리와 같은 힘을 가진 친구 획득! 필요하면 우리가 도와준다! 그걸로 OK! 왠지 기분이 한결 편해졌어!"

"그거 다행이네. 그러니까 얼굴로 그만 문지르라고."

쭈우욱 떼어 내려고 했지만 밀레디는 꾸우욱 안겨 좀체 떨어지지 않았다. 설령 열두 살 수사에게 압도적 패배를 맛봤다고 해도 밀레디 또한 젊은 여성이었다. 오스카도 남자고 얼마 전에 이래저래 본 것도 있어서 아무 생각이 들지 않을 리 없었다.

다만 조금은 마음 정리가 됐는지, 어둡게 가라앉았던 표정이 활짝 핀 것을 보자 의식하는 것도 어쩐지 바보 같아졌다.

오스카는 체념하고 밀레디가 성이 찰 때까지 등을 토닥토닥 두드렸다.

잠시 후, 두 사람은 겨우 다시 걸음을 뗐다.

기운을 되찾은 밀레디의 발걸음은 가벼웠다. 오스카도 그 옆에 붙어 빠르게 걸어갔다.

그리하여 몇 개의 사구를 넘었을 때 이제는 익숙해진 【리브 마을】이 눈에 들어왔다.

"……응~? 저기, 오 군."

"보여. 뭔가 상태가 이상한걸."

오스카가 검은 안경의 망원 기능을 사용했다.

"이락이 상당히 많아. 게다가, 마차인가? 저런 호화로운 게 어디서…… 아, 밀레디."

"왜? 왜? 뭐가 보였어?"

잠깐의 뜸을 들인 후, 조금 긴장감을 품은 음성으로 오스카가 대답했다.

"성광 교회야."

밀레디의 쾌활한 눈이 천천히 가늘어졌다.

그들은 해가 제법 기울었을 무렵 찾아왔다.

처음 멀찍이 이락과 마차 대열이 보였을 때는 모두 대상이라도 왔나, 하며 물자를 보충할 수 있겠다고 떠들썩했다.

하지만 그것이 착각이었다는 것은 이락에 탄 자의 무장, 그리고 호화로운 마차를 보고 바로 알았다.

성광 교회 사교와 그가 이끄는 신전 기사들이었다.

예상대로 【리브 마을】에 도착한 마차에서 내린 사람은 성광 교회 드미발령 지부의 사교 아거스 뮤리에와 그가 이끄는 신관들이었다. 그리고 60명을 넘는 신전 기사는 위협이라도 하는 것처럼, 혹은 교회의 위엄을 보여주기라도 하는 양 그들의 주위를 단단히 에워싸고 있었다.

아거스 사교는 아직 20대 후반밖에 안 되는 젊은 남성이었다.

금발을 올백으로 넘겨 오롯이 드러난 얼굴은 반듯한 이목구비를 가졌다. 분위기는 온화하며 언제나 부드러운 미소를 머금고 있었다.

겉모습은 참으로 성직자답고 올곧아 보이는 인상이었다.

하지만 사교라는 지위는 20대에 오를 수 있는 간단한 것이 아니었다. 큰 마을마다 설치된 지부의 수만큼 있지만 그래도 약 30명이 한계였다. 위로는 일곱 명의 대사교와 네 명의 추기경, 그리고 우두머리인 교황밖에 없어 출세로 자리가 나는 일은 거의 없었다.

대물림의 주된 원인은 전임자가 사교 지위에서 내려가기 때문이었다. 사유는 다양했다. 건강 문제, 불미스러운 사건으로 인한 강등, 신앙이 의심되는 자의 추방, 사고에 의한 사망…….

아거스의 전임자는 이단자 지정으로 인한 처형이었다. 광신 적일 정도로 독실한 성직자였기에 당시에는 주변을 꽤나 놀라 게 했다.

또한, 그것을 파헤친 이단 심문관은 적발 실적이 높아 이름 이 알려진 아거스였다.

즉, 그는 이단 심문 전문가란 말이었다.

일부러 【리브 마을】까지 찾아온 이유도 뻔히 짐작되는 바였다.

"리브 마을의 경건한 신자 여러분. 오늘 제가 찾아온 이유 는 다름이 아니라, 우리의 위대한 신 앞에서 스스로 신을 자 칭하는 불경한 자가 있다는 이야기를 들었기 때문입니다. — 사막의 수호신, 그 정체를 아시는 분은 계십니까?"

아거스 사교는 마을 사람을 모두 광장에 모으고 생긋이 웃 으며 물었다. 그 말에 수샤와 윤파는 심장을 움켜잡힌 기분이었다.

누가 꺼낸 말이었을까? 그 인물은 분명히 깊은 감사의 마음을 담아 그를 『사막의 수호신』이라고 칭했고, 도움을 받은 많은 사람이 찬동하여 정착해 버린 명칭이었다.

단순한 소문. 토착 도시 전설 같은 이야기였다. 교회가 일부러 심문하러 다닐 정도는 아니었다. 그래도 만약의 경우도 있어서 그의 정체를 숨기는 것 이상으로 교회의 눈을 피하기 위해 『사막의 요정』이라고 덮어씌우려 했다.

그렇게 생각했는데…….

'늦었어!'

수샤는 어금니를 악물었다.

2년 동안 자신이 가진 모든 인맥을 동원해 소문을 바꾸려고 해 왔다. 수샤에게 찬동해 『사막의 요정』 소문을 퍼뜨려주는 상인과 모험가, 음유시인 등 여행자도 늘어났다. 그랬지만 늦었다. 교회의 눈에, 띄고 말았다!

"수 언니…….."

동생의 불안한 목소리에 괜찮다고 대답해주지 못했다. 그저 그 작은 손을 꼭 잡을 수밖에 없었다. 아거스 사교의 그 온순하고, 벌레 한 마리 죽이지 못할 것 같은 웃음이 몹시 무시무시하게 보여 견디기 어려웠다.

이 【리브 마을】에도 위험한 상황에서 도움받은 사람은 적잖이 있었다. 그중에도 그의 모습을 본 사람은 있으리라.

과연 아거스 사교의 심문을 모두가 속여 넘길 수 있을까…….

"현재 이 연합국에 있는 모든 지부가 『사막의 수호신』이라는 이단자를 잡기 위해 움직이고 있습니다. 어딜 가든지, 뭘 하든지, 우리 위대한 유일신의 이름을 더럽히는 오물에게는 교회가 총력을 기울여 신벌을 내릴 것입니다. 그것은 이단자를 감추려 드는 자도 마찬가지입니다."

아거스 사교는 과장스러운 손짓, 발짓으로 마치 무대에 선 배우처럼 연설했다.

"특히 요즘은 발칙한 무리가 들끓어 대단히 통탄스러운 상황이 이어지고 있습니다. 청정한 세계를 더럽히려는 이단자를 잡아내기 위해 우리는 현재 심문을 강화하고 있습니다. 대사교님께서는 우리 사교에게 이단 심문 결과, 현장에서 신벌을 집행할 권리를 허가해주셨습니다."

그러고는 대열 일부에 있던 짐마차에서 무슨 부품과 거대한 칼이 옮겨져 나왔다.

"다, 단두대?"

누가 중얼거렸다. 그 말대로 순식간에 조립된 그것은 간이 단두대였다.

천천히, 사랑스러운 손길로 처형 기구를 쓰다듬며 아거스 사교는 마을 사람들을 돌아봤다. 누구의 눈에나 두려움이 번져 있었다.

"『사막의 수호신』이란 이단자에게는 은혜를 느낄 필요도, 도리를 지킬 필요도 없습니다. 그자가 이단이 아니라면 그 힘을 망설임 없이 우리 교회를 위해, 더 나아가 에히트 님을 위해 바쳤으면 됐을 일. 그리하지 않았다는 시점에서 죽어 마땅하지요."

그럼 시작합시다.

그렇게 말한 아거스 사교가 준비된 호화로운 의자에 앉자, 신전 기사들이 사람들을 연행하다시피 한 명씩 앞으로 데리고 왔다.

몇몇 마을 사람이 모른다고 대답하자 아거스 사교는 의외로 싱겁게 「그러신가요」라고 말하며 웃는 얼굴로 귀가를 허락했다.

한 시간 정도였을까? 같은 일이 계속되고 슬슬 밤의 장막이 내려올 황혼 녘에 접어들었을 무렵.

더 악독한 심문이라도 당하지 않을까 전전긍긍하던 마을 사람들은 어쩌면 이건 형식적인 일이 아닐까, 하고 어렴풋이 기대를 가슴에 품기 시작했다.

그리고 한 중년 남성이 아거스 사교 앞에 나왔고 똑같이 「사막의 수호신을 아십니까?」라고 질문받았다.

수샤는 무심코 작게 앗 소리를 냈다. 왜냐면 그 남성은 『사막의 수호신을 아는 사람』이었으니까.

전에 먼 땅에서밖에 구할 수 없는 귀중한 약을 나눠줘 가족의 목숨을 구해줬다고 말했다. 무척 감사하며 언젠가 은혜를 갚고 싶다고 말한 바 있었다.

수샤가 고안한 『사막의 요정』 이야기에도 찬동한 협력자 중 한 명이기도 했다.

그 남성, 나이즈가 아들을 구해준 그— 폴카는 낯빛 하나 바꾸지 않고 대답했다.

"아뇨, 사교님. 아무것도 모릅니다."

대단한 포커페이스였다.

아거스 사교는 생긋 웃었다.

"거짓말을 하셨군요?"

마을 사람들이 덜컥 당황해 술렁거렸다. 폴카의 표정도 굳었다.

"무, 무슨—."

"당신은 전에 그자를 만난 적이 있습니다."

"아, 아닙니다! 그렇지 않습니다!"

"거짓말이죠? 당신에겐 아이가 있나요?"

"……예."

"그건 사실이네요. 따님인가요?"

"예."

"그건 거짓말이군요. 아드님인가요. 그자와 아드님은 관계가 있습니까?"

"아뇨."

"또 거짓말을 하셨군요? 도움을 받은 건 아드님인가요?"

"아뇨! 아닙니다! 전—."

"그것도 거짓말입니다. 도움받은 사람은 아드님. 그래서 은혜를 느끼고 거짓말을 하셨군요."

"아닙니다! 사교님! 제발 이야기를 들어주십시오!"

비명 같은 폴카의 목소리가 메아리쳤다.

아거스 사교는 여전히 웃고 있었다. 웃으며 질문을 반복했다.

폴카를 아는 사람들은 전율했다. 왜냐하면 아거스 사교가 단정한 진위가 모두 맞았기 때문이었다. 어떻게 대답하든 진실을 파헤쳐 나갔다.

"이 이상은 정말로 모르시나 보네요. 흠, 그래도 외견상 특징은 파악했으니 한 단계 진전이네요."

"대, 대체 왜, 어떻게……."

마치 생기를 죄다 쥐어짠 듯 넋 나간 소리를 중얼거리는 폴카에게 아거스 사교는 변함없는 웃음을 띤 채 입을 열었다.

"제가 신의 피를 이어받은 선택받은 자—『신의 권속』이기 때문인데요?"

다시 마을 전체가 술렁거렸다.

그 소음을 참으로 만족스럽게 받아들이며 아거스 사교가 말했다.

"저에게는 진실, 즉 혼백이 보입니다. 거짓말도 속임수도 통하지 않아요. 아무리 티를 내지 않아도 거짓말을 하면 혼백은 반드시 흔들립니다."

그것이 그가 가진 고유 마법 같았다. 그 또한 세상에서 일탈한 힘을 가진 자였다. 이토록 이단 심문관에 적합한 능력도 없을 것이다.

"그럼 신벌을 받을 시간입니다. 삼족 모두 회개하십시오."

아거스 사교는 너무나도 쉽게 말했다.

망설임이고 뭐고 없었다.

"기다려주십시오! 부탁입니다! 제발 가족만은! 부탁드립니다!"

폴카가 애걸복걸 외쳤지만 그동안에도 그의 가족이 신전 기사에게 끌려 나오고 있었다.

"당신 말고도 심문할 사람이 많습니다. 어서 처리하지 않으면 밤늦게 끝난다고요. 마법으로 조명을 계속 밝히는 게 신관들에게 얼마나 부담되는지 아세요?"

지금부터 처형이 시작된다고 하건만 아거스 사교는 마치 떼쓰는 아이를 타이르는 분위기로 「어서 죽어」라고 말했다. 자신의 판단, 행동에 한 치 의문도 품지 않았다. 그의 세계가 이미 완성되었다는 것은 분명했다.

마을 사람들이 비통한 눈으로 폴카와 그 가족을 봤다. 아니, 많은 사람이 도저히 못 보겠다며 바로 눈을 돌려 버렸다.

"도와준 사람에게, 감사하는 건 죄인가요?"

그런 사람들 사이에서 그 말은 유독 명료하게 울려 퍼졌다.

모든 사람이 행동을 멈추고 경악과 함께 목소리의 주인공을 찾았다.

인파가 좌르륵 갈라졌다.

그곳에 있는 건 아직 어린 자매였다. 그렇지만 그 눈빛은 이곳에 있는 누구보다도 강하게 빛났다. 그녀들은 변명도 하지 않고 똑바로 아거스 사교를 바라보았다.

"잘 안 들렸는데, 뭐라고 하셨죠?"

한 번 더 말해 봐. 얼굴을 맞대고 말할 수 있다면, 이라는 무언의 압박에도 불구하고 대답은 망설임 없이 돌아왔다.

이번에는 동생 쪽이었다.

"몰라? 잘해준 사람에겐 『고맙습니다』. 나쁜 짓을 하면 『죄송합니다』. 윤파는 여덟 살이라도 알아. 상식인걸. 사교님은 몰라?"

통렬한 비판이었다. 윤파의 독설이 묵직하게 날아들었다.

아즈스 사교의 웃음에 금이 간 기분이 들었다.

신관을 넘어 신전 기사까지도 어렴풋이 동요하고 있었다. 마을 사람들에 이르러서는 흡사 기폭 직전인 폭탄을 보는 눈이었다.

"사교님. 은인에 대한 저희 마음을 제발 허락해주세요. 에히트 님의 신앙을 저버린 건 아니에요. 단지, 그분에게 감사하고 싶다는 것뿐이에요. 사람이라면 당연히 가지는 그 마음을 허락해주세요. 에히트 님도 분명히 허락해주실 거예요."

수샤가 말했다. 어차피 자신들 차례가 오면 전부 들통나고 만다. 아무리 속이려고 들어도 사교 앞에서는 모두 허사였다.

특히 수샤는 나이즈가 어디 있는지 대충 짐작하고 있었다. 아침에 만난, 조금 이상하지만 신기하게 마음을 터놓게 된 두 여행자는 최근 자주 나이즈와 만난다고 말했다. 그 두 사람은 【리브 마을】을 거점으로 골랐다. 그렇다면 이 마을을 거점으로 삼는 이점은?

하나 밖에 없었다. 가까우니까. 어디와? 【적룡 대산】과……

솔직하게 말하면 자신들은 살 수 있을지도 몰랐다. 그러나 수샤나 윤파는 설령 숨길 수 없더라도 스스로 말할 생각은 죽어도 없었다.

그러므로 자신들의 말로는 이미 정해져 있었다. 그렇다면 그저 울면서 탄식하고 끝나는 것보다 마지막까지 발버둥 치는 것이 나았다.

발버둥 친다면 지금이다. 똑같이 은인을 위해 목숨 건 사람을 위해 앞으로 나가야 한다.

수샤와 윤파는 손을 맞잡고 말을 들을 것도 없이 앞으로 나갔다.

"폴카 씨 가족을 제발 용서해주세요. 제발, 목숨만은……."

수샤는 도저히 열두 살이라고는 생각할 수 없는 어른스러운 표정으로 용서를 빌었다. 윤파도 용서해달라며 머리를 숙였다.

모두 멍하게 바라보는 가운데 아거스 사교는 깊이, 입이 찢어진 것처럼 보일 정도로 깊이 웃었다.

"그렇군요. 대단한 아이들이네요. 설마 저에게 인간 된 도리를 설파하다니. 후후후, 이렇게 유쾌한 건 참 오랜만입니다. 정말로, 정말로 유쾌하고말고요. 그러니 고마움의 표시로 두 아가씨의 착각을 정정해드리죠."

"착각, 이요?"

"네. 인간 된 도리. 분명히 중요하죠. 네, 중요하고말고요. 신의 가르침 다음 정도로는."

수샤의 호흡이 멈췄다. 아거스 사교가 하고 싶은 말을 깨달았기에……

"교의야말로 지고지순한 것. 모든 것에 우선하는 세계의 섭리. 그 앞에서 『인간 된 도리』가 우선될 이유는 하등 없습니다. 오히려 교의에 반하는 인간의 도리가 잘못됐다고 볼 수 있겠죠. 애초에 말입니다―."

하늘에 기도하는 듯 설교하는 아거스 사교가 망가진 인형처럼 수샤에게 고개를 돌렸다.

그리고 동공이 커질 대로 커진 눈으로 쏘아본 뒤―.

"누구 허락을 얻고 에히트 님을 논하나?"

그것이 아거스 사교에게는 가장 용납하기 힘든 일이었나 보다.

화륵 소리를 내며 아거스 사교의 손바닥 위에 불덩이가 생겼다.

마법진도 주문도 없었다. 발동한 것은 불 속성 상급 마법 『염천』. 본래는 직경 7, 8미터는 되는 거대한 불덩이를 손바닥 크기로 압축해 살상 능력을 폭발적으로 끌어올렸다. 그야말로 『신의 권속』에 걸맞은 기술이었다.

원래는 많은 사실을 알고 있을 수샤와 윤파를 심문해야 할 텐데 아거스 사교의 눈에는 광기만이 깃들어 있었다. 그곳에서는 신의 적을 없애겠다는 의지밖에 느껴지지 않았다.

"같은 공기를 마시는 것만으로도 역겹군요. 사라지세요."

아무도 움직이지 못했다. 압도적 마력과 별다른 노력도 없이 만든 마법의 위력에 완전히 정신이 휩쓸렸다.

홀로 동생을 껴안은 수샤만이 똑바로 그를 노려보고 말했다.

"그런 세계, 잘못됐어."

멸망의 불이 날아들었다. 사람 몇 명쯤이야 한 번에 뼈도 남기지 않고 태워 죽일 불길이—.

"—10식 『성절』 국소 전개."

엄청난 속도로 끼어든 검은 그림자. 치고 들어온 것은 사막에 어울리지 않는 검은 우산이었다.

펼쳐져 찬란히 빛나는 우산은 압축된 상급 마법의 불덩이를 정면으로 받아 냈다.

동시에—.

"미이일~레에에~디이이~."

멀리서 들리는 길게 늘어뜨린 목소리가 들렸다.

그 직후.

"키이이이이이익!!!"

수평으로 어마어마한 속도로 날아온, 아니, 떨어진 소녀의 킥이 아거스 사교의 옆얼굴에 직격했다.

살이 물결치고 골격이 일그러지며 눈이 튀어나올 것처럼 커졌다.

그리고 날아갔다. 대포에서 발사된 포환 같은 속도로 지면과 수평을 그리며 날아가는 사교님.

진로상에 있는 건물 벽을 부수고, 몇 번이나 바닥에 튕기며, 두꺼운 나무에 발이 걸려 강제로 회전 운동이 가해져 끝내는 오아시스에 물수제비처럼 튄 후 반대편 둑에 꽂혔다.

어떻게 생각해도 얼굴을 찬 것만으로는 설명할 수 없는 결과였다. 오히려 옆으로 떨어진다는 인상마저 들었다.

자리를 교대한 것처럼 아거스 사교가 있던 곳에 척 착지한 날아차기 소녀— 밀레디는 아연실색한 신전 기사나 마을 사람들을 향해 찡긋 윙크했다.

그리고 평소대로 한 손을 옆으로 들어 눈가에 V사인, 한쪽 다리를 휙 들고 금발 포니테일을 살랑거렸다.

"모두의 인기 스타, 미소녀 천재 마법사! 밀레디 등장!"

이 얼마나 완벽한 포즈인가.

그 찰나, 하늘로 불덩이 한 발이 올라갔다. 오스카가 막던 그것을 하늘로 튕겨 낸 것이었다. 임계점에 달했는지, 불덩이는 상공에서 요란하게 폭발해 밤의 장막이 내려오던 세계를 눈부시게 비췄다.

마치 자세 잡는 밀레디를 장식하듯이…….

"역시 오 군이야! 연출이 뭔지 안다니깐!"

"아니, 순전히 우연인데."

검은 우산을 털고 다시 어깨에 짊어진 뒤 안경을 올려 썼다. 의도했는지 우연인지, 오스카도 충분히 미소녀 천재 마법사의 파트너다운 포즈를 잡고 있었다.

그제야 신전 기사들은 간신히 정신을 차렸다.

"사, 사교니이이이이이이임!"

"아거스 님이이이이이이!"

"치료사! 어서 사교님에게 회복 마법을!"

몇몇 신전 기사가 아거스 사교를 구하고자 달려갔다. 하지만 그 자리에 있는 사람은 모두 생각하고 있었다. 저건 틀림없이 즉사라고…….

그것을 뒷받침하듯 오스카가 안경다리를 검지로 훑고는 고개를 끄덕였다.

"흠. 밀레디, 목뼈가 완전히 부러졌어. 살아 있지 못할 거야."

"어두운데도 잘 보네?"

"암시 기능도 있으니까."

오 군의 안경은 얼마나 기능을 채워 놓은 것일까…….

"네, 네 이놈들, 뭐 하는 것들이냐! 어떻게 이런 무시무시한 짓을……. 이단이다! 신적이다!"

신관 한 명이 얼굴을 새파랗게 하면서도 손가락질하며 소리쳤다.

성광 교회 사교를 죽였다. 중죄니 뭐니 할 수준이 아니었다. 교회의 권위 그 자체를 흙발로 짓밟았다. 그것인즉, 신에 대한 모독……. 그야말로 세계에 싸움을 거는 것과 진배없는 행위였다.

하지만 소리치는 신관이나 일제히 검을 드는 신전 기사들을 보고 밀레디는 어이가 없다는 듯한, 대단히 화가 난 얼굴과 몸짓을 보였다.

그리고 손가락을 척 내밀고 소리쳤다.

"귓구멍 열고 잘 들어! 미소녀 자매 — 넘을 수 없는 벽 — 그 외 기타 등등! 이것이 세계의 진리! 수와 운을 봐! 저 아리따운 소녀들을! 신이 뭐 별거냐!"

"그런 진리는 싫은데……."

걸고넘어지는 오스카는 무시했다.

너무하다고밖에 할 수 없는 밀레디의 망언에 신관은 입을 뻐끔거릴 뿐 말도 하지 못했다.

"미소녀 자매를 상처 입히는 세계 따위, 수의 말대로 잘못 됐어!"

"저, 저기요. 저는 그런 뜻으로 한 말이 아닌데요."

수샤는 상대가 누구든 자기 생각은 확실히 말하는 아이였다. 혼란스러워 눈물을 글썽이고 있었지만⋯⋯.

"오, 오스카 오빠, 그리고 밀레디 언니도! 이런 짓을 하시면⋯⋯!"

"아~, 응. 걱정하지 마. 전부 각오하고 한 일이니까."

터무니없는 짓을 저지른 밀레디와 오스카에게 수샤와 윤파는 비통한 눈길을 보냈다. 그러나 정작 오스카는 두 사람의 머리를 톡톡 가볍게 두드리면서 대수롭지 않게 말했다.

수샤는 생각했다. 각오? 이 사람이 말하는 각오가 뭐야?

그런 의문에 대답하듯 오스카는 말했다.

"우리는 이럴 때 싸우기 위해 있어. 불합리함에, 광기에, 혹은 악의에 붙잡힌 사람들을 『해방』하기 위해서."

"해방, 하기 위해서?"

중얼거리는 수샤를 향해 오스카는 미소 지었다.

그곳으로 밀레디가 말을 던졌다.

"오 군! 시작한다!"

"그래그래. 언제든지 괜찮아."

그 직후 밀레디에게 쇄도하던 신전 기사가, 후방에서 주문을 외던 신관들이 일제히 하늘로 날아갔다. 마치 폭죽을 쏴 올린 것처럼.

—중력 마법 『붕진(崩陳)』.

대상을 중력의 족쇄에서 끊어 하늘로 날리는 마법이었다.

저 멀리 하루의 마지막 빛을 발하는 저녁 해가 희미하게 보였다. 그것을 등지고 수많은 인간이 하늘을 둥실둥실 떠다녔다. 중력 방향을 미세하게 조종해 그들이 착지한 곳은 마을 밖이었다. 만약을 대비해 싸움터를 옮긴 것이었다. 【녹색 대갱도】에서 본 포르네스 사교의 집념과 자폭을, 밀레디와 오스카는 잊지 않았다.

순식간에 마을 바깥으로 날아간 신전 기사들을 쫓아 두 사람도 이제 거의 남지 않은 저녁 해 속으로 뛰어들었다.

노도와 같은 전개에 폴카 일가를 필두로 한 마을 사람들이 일제히 주저앉았다. 몇 사람이 수샤와 윤파를 노려보고 있었다. 아마 귀찮은 일을 만들었다는 생각이라도 하는 것이겠지. 밀레디와 오스카에게 그런 감정을 드러내기는 무서우므로 무력해 보이는 어린 자매에게 애꿎은 분노를 보내는 것이었다.

그런 마을 사람들을 본체만체, 수샤와 윤파는 서로 얼굴을 마주 봤다.

"수 언니."

"응."

자매에게는 그 말만으로 충분했다.

수샤와 윤파는 마을 사람들의 시선을 뒤로하고 마을 밖을 향해 달렸다.

"말도…… 안, 돼!"

땅에 쓰러지며 최후의 반항이랍시고 목소리를 쥐어짜 낸 것은 한 명의 신전 기사였다.

가장 후미에 있던 그에게는 동료가 속수무책 쓰러지는 모습이 모두 보였다.

공중에 띄워진 후, 신관은 몰라도 신전 기사는 대부분 마법과 운동 신경으로 간신히 착지에 성공했었다. 지면이 모래란 점도 그들을 추락사에서 구한 요소였다.

그러나 그 후, 바람에 날리는 나뭇잎처럼 쫓아온 남녀 2인조를 공격한 다음은 어떤가?

그야말로 추풍낙엽이었다. 머리털 하나 건드려 보지 못했다.

"왜냐! 네놈들, 권속의 자격을 가진 자가 아닌가?! 왜 우리에게 적대하나!"

"신의 적이라서~."

가벼웠다. 아마 이 세상에서 가장 무서운 말을, 어찌 저리도 가볍게 말하는가.

신전 기사는 그런 인간이 존재해도 되느냐며 마치 미지의 생물과 만난 것처럼 말을 잃었다.

"이단자놈들."

그리고 그 말을 마지막으로 뼈가 부러지는 소리를 내고 숨을 거뒀다.

"교회 관계자는 몇 번을 싸워도 뒷맛이 찜찜해."

"뒷맛 좋은 싸움이 있긴 해?"

밀레디의 무거운 한숨 섞인 말을 듣고 신관들을 모두 처치한 오스카가 물었다.

대답은 말이 아닌 밀레디의 쓴웃음이 대신했다.

"그럼 리브 마을 사람들은 어떻게 할까? 우리를 보고 이단자다, 자신들은 관계없다고 교회에 말하는 건 전혀 상관없지만……."

"사정 청취에 협조적이라면 다짜고짜 달려들진 않겠지. 나이즈와 달리 우리는 완전히 외부인이야. 지킬 이유가 전혀 없어. 정 불안하면 당분간 몸을 숨기고 리브 마을 근처에 있는 오아시스에라도 머무를까?"

"음. 응, 그게 좋겠어. 나즈에게도 전하는 편이 나을까? 헤어지자마자 만나러 가면 엄청 어색하겠지만. 서로에게."

"그, 그렇긴 하지. 알려주는 게 좋을 것 같지만."

이번 사건은 『사막의 수호신』과 관련되었다. 나이즈가 알게되는 것도 시간문제겠지만 빨리 알수록 좋을 것이다.

"그건 그렇다 치고 수와 윤 말인데……."

"멋질 정도로 시원시원하게 말하던걸. ……마을 사람은 다들었을 거야."

과연 그녀들은 앞으로도 그 마을에서 살 수 있을까. 앞으로 확실히 찾아올 사교 수색 부대가 왔을 때, 무사히 지나칠 수 있을까…….

어렵다고밖에 할 수 없었다.

"『해방자』에 들어오면 좋겠는데."

"죽음을 앞에 두고도 흔들리지 않는 그 마음은 분명히 존경스러워. 그렇지만 나이즈가 있는 이 땅에서 그녀들이 떠나려고 할까?"

두 사람을 서로를 쳐다봤다.

그런 그때, 문득 말소리가 들렸다. 멀리 수샤와 윤파가 다가오는 것이 보였다. 용기도 가상하게 신전 기사가 타던 이락까지 빌려 왔다. 두 사람이 함께 올라타 크게 손을 흔들고 있었다.

"교회 이락을 훔쳐 달려오다니…… 정신력도 그렇고 정보 조작도 그렇고, 그녀들은 역시 인재가 아닐까?"

"나즈가 아무리 용을 써도 언젠가 그냥 붙잡힐 것 같은 느낌이 들어."

쫓아온 두 사람은 쓰러진 60명이 넘는 신전 기사를 보고 살짝 숨을 들이켰다.

하지만 바로 정신을 가다듬은 뒤 가슴을 쓸어내리며 말을 건넸다.

"안 늦어서 다행이다……. 이대로 두 분이 다른 곳으로 가버리진 않을까 생각했어요."

"언니, 오빠! 좀 전에 구해줘서 고마워!"

윤파가 이락에서 내리자마자 폴짝폴짝 뛰면서 감사했다. 수샤도 이어서 고개를 숙이며 고마움을 표했다.

그리고 고개를 들어 밀레디와 오스카에게 결연한 눈빛을 보냈다.

"밀레디 언니, 오스카 오빠. 염치없는 부탁이라고 생각하지만, 저희를 두 분 여행에 데리고 가주실 수는 없나요!"

"부탁해요!"

자매는 다시 함께 머리를 숙였다.

밀레디와 오스카가 얼굴을 마주 봤다.

"미안하지만, 우리는 나이즈를 설득하는 데 실패했어. 그와 함께 여행하지는 않아."

"그런가요……. 그래도 상관없어요. 싸움에서는 발목을 잡을지 모르겠지만, 다른 곳에서 확실히 도움이 되겠어요. 있는 힘을 다해 노력할게요!"

"윤파도 열심히 할게! 데려가 주세요!"

한순간 수샤와 윤파의 눈이 멀리 보이는 【적룡 대산】을 향한 것을 밀레디와 오스카는 놓치지 않았다.

정말로 현명한 아이들이라고 생각했다. 그녀들은 이미 나이즈가 있는 곳을 예상하고 있었다.

그런데도 만나러 가지 않고 밀레디와 함께 가는 길을 선택하려 하고 있었다.

왜? 현실을 보고 있기 때문이었다. 나이즈에게 가 봤자 만나주리라는 보증은 없으며 그 후 생활도 위태롭다. 살아가기 위해서는 이단의 뜻을 드러낸 자신들을 받아줄 사람들에게 가는 것이 정답이었다.

살기 위한 강인함. 밀레디도 오스카도 그것을 추하다고는 생각하지 않았다. 오히려 개탄도 불만도 삼키고 자매가 모두 살고자 애쓰는 모습이 눈부시기까지 했다.

　"이제 있을 곳이 없다는 것도 분명히 맞지만, 그게 다는 아니에요."

　"뭐?"

　"응?"

　속마음을 읽어 놀라움 반, 그밖에 뭐가 있냐는 의문 반에 고개를 갸웃거렸다. 그런 두 사람에게 왠지 윤파가 어이없다는 표정을 지었다.

　"당연히 생명의 은인에게 은혜를 갚기 위해서지~. 사람으로서 당연한 일이잖아?"

　해방자 두 사람은 여덟 살배기 아이에게 인간의 도리를 배우고 말았다.

　"오 군. 밀레디 누나의 마음은 어느샌가 까맣게 물들어 있었나 봐."

　"그런 말 마, 밀레디. 더 기죽으니까."

　"저, 저기요! 일단 두 분과 있으면 저희만 있을 때보다 나이즈 님과 만날 가능성도 높다는 타산도 있으니까, 어, 저희도 까매요!"

　수샤의 필사적인 위로에 괜히 더 마음이 아팠다.

　원래 자매는 나이즈를 사모하는 마음 이상으로 감사하고픈 마음에 줄곧 찾아왔다. 정보 조작도 만나지 못하더라도 『하다

못해 이것만이라도』라는 생각으로 시작한 은혜 갚기의 일환이었다.

살기 위한 강인함은 가졌지만 이 자매는 매우 의리가 두터운 자매였다.

"그래, 알았어. 다만, 여행에 따라오는 건 위험하니까—."

은둔처에서 조직 『해방자』의 멤버로서 일해주기 바란다……그렇게 말하려고 한 밀레디의 입이 갑자기 멈췄다.

수샤와 윤파가 왜 저러지, 라며 이상한 듯 눈을 깜빡였다. 그리고 직후에는 경악했다.

밀레디가 눈을 크게 벌리고 식은땀을 줄줄 흘리고 있었다.

"오, 오스카 오빠! 밀레디 언니가—."

수샤의 말이 끊겼다. 오스카도 똑같은 상태였으니까. 그의 목이 꿀꺽 소리를 냈다.

두 사람의 호흡이 거칠어졌다.

무슨 일이 벌어졌는지 몰라 당황하는 자매를 놔두고 밀레디와 오스카는 마치 기름을 치지 않아 녹슨 기계처럼 뻑뻑하게 등 뒤 하늘을 올려다봤다.

"기척을 지우고 있었는데, 눈치채셨나요……."

목소리가 내려왔다. 은방울을 굴리는 것 같은 미려한 음성. 동시에 아무런 감정도 담기지 않아 무기질적이기 짝이 없는 소름 돋는 음성.

지평선에서 불타는 어렴풋한 햇빛이 지금— 저물었다.

대신 내려앉는 밤의 어둠. 그리고 떠오르는 절세의 미녀.

본인을 달의 화신이라고 주장하는 것처럼 밤하늘에서 은광을 둘렀다.

　밤바람에 나부끼는 은색 머리칼, 투명하리만큼 푸른 눈, 펑퍼짐한 수녀복 너머로도 알 수 있는 예술적인 몸매. 그리고 인간에게는 있을 리 없는 은색으로 빛나는 한쌍의 날개.

　비현실적이기까지 한 아름다운 여자였다.

　"히이, 아."

　"우, 아."

　작은 신음이 두 개 들리며 수샤와 윤파가 주저앉았다.

　신성한 존재를 눈앞에 뒀기 때문……은 아니었다.

　두려움 때문이었다. 그저 마냥 두려웠다.

　자신들을 내려다보는 그 눈동자가…….

　총명한 자매는 눈이 맞자 바로 이해했다. 그것이 두려운 존재임을…….

　그러나 그 공포에 떨리는 목소리가 밀레디와 오스카의 정신을 후려쳐 깨웠다.

　"밀레디!"

　"알아!"

　동시였다. 오스카가 검은 우산을 펼치며 앞으로 나간 것과 여자의 모습이 지워진 것은…….

　그 직후, 굉음과 함께 대지를 방사형으로 날려 버리는 충격이 터졌다.

　"으윽?!"

오스카가 고통스러운 소리를 내고 무릎 꿇었다. 찬란히 빛나는 검은 우산 10식 『성절』에 대검이 수직으로 내리꽂혀 있었다.

수많은 공격을 버텨 온 오스카의 자랑, 10식 『성절』에는 단 일격에 심각한 균열이 생겼다. 언제 깨져도 이상하지 않은 상태였다.

하지만 시간은 벌었다.

오스카가 그 여자의 일격을 막음과 동시에, 밀레디는 중력 마법을 사용해 수샤와 윤파를 마을 쪽으로 날려 보냈다. 솔직히 말해 부드럽게 착지시켜 줄 여유 따위 없었다. 다소 다치더라도 어쩔 수 없다는 생각으로 오아시스에 던져 넣는 것이 고작이었다.

그 판단은 틀리지 않았다.

"커헉?!"

다시 굉음이 터졌다. 밀레디가 의식을 전방으로 돌렸을 때는 이미 오스카의 모습은 사라지고 없었다.

눈앞에는 두 번째 대검을 가로로 휘두른 자세로 잔심(殘心)을 지키는 여자가 있을 뿐이었다.

조금 떨어진 곳에 퍽, 하고 모래 위로 무거운 물건이 떨어지는 소리가 났다.

보나 마나 오스카가 날아간 소리다. 그러나 걱정할 여유는 커녕 확인할 틈도 없다. 눈앞에는 첫 번째 대검을 사선으로 휘두르는 여자가 있으니까.

"우으?!"

순간적으로 뒤로『떨어져』회피했다.

칼끝이 앞머리를 싹 스치는 소리가 들렸다. 만약 자매를 신경 쓰느라 영 점 몇 초 만이라도 마법 제어에 정신을 빼앗겼다면 지금쯤 밀레디의 머리는 하늘로 날아가고 있었을 것이다.

선명한 죽음의 비전이 뇌리를 스치며 밀레디의 이마에 왈칵 식은땀이 솟았다.

땅과 수평을 이루면서 떨어진 밀레디를 동등한 속도, 아니, 그 이상의 속도로 쫓아온 여자가 횡으로 대검을 휘둘렀다.

"큭, 이게!"

"소용없습니다."

이번에는 하늘로『떨어졌다』.

그러나 여자도 은색 날개를 퍼덕이며 수직 상승해 이번에야말로 밀레디를 사정권에 넣었다.

밀레디의 안색이 굳었다. 반사적으로 마법을 쓰려고 했지만, 격추당하고 그대로 칼에 맞는 미래밖에 떠오르지 않았다.

그 찰나, 바로 옆에서 작은 그림자가 날아들었다.

밀레디까지 말려들게 할 법한 각도로 날아온 그것은 오스카의『작은 마검』다섯 자루. 중력 마법을 부여해 자유자재로 허공을 가르는 강화판이었다.

여자의 움직임이 둔해졌다. 투척용 단검이 이 속도로, 이 고도에서 날아들 리 없었고, 다섯 자루 중 두 개는 빨갛게 달아오르고 방전 현상을 일으키고 있었다. 특수한 힘을 품은 마검인 것은 자명했다.

『작열식』과『전뢰식』은 대검으로 쳐 내고 나머지는 날개로 흩어 버렸다. 폭풍과 충격이 휘몰아치며 석화의 연기가 날리고 주위 기온이 극저온으로 떨어졌다.

그 모든 것이 은광으로 빛나는 장벽에 가로막혔지만 밀레디에게 여유를 주는 데는 성공했다.

"오 군, 나이스!"

─중력 마법『화천』.

초중력을 발생시키고 검게 소용돌이치는 별이 여자를 땅으로 곤두박질치게 했다.

밀레디는 낙하 각도를 바꿔 오스카 옆에 착지했다.

"미안. 말려들게 할 뻔했어."

"성공했으면 됐지 뭘. 어차피 그게 없었으면 죽은 목숨이었어."

뿌옇게 모래 연기가 일어난 곳을 방심하지 않고 노려보면서 두 사람은 정보를 교환했다.

"저건『뭐』야?"

"기억 안 나? 내가 한 얘기."

은색 머리를 가진 아름다운 수녀. 그녀의 소중한 사람을 한 번 죽였고, 밀레디 본인도 마주쳐 싸우다 목숨만 부지하고 도망쳐 나왔다─.

"저게『운명도 미래도 아무것도 없는, 사람이 아닌 무언가』야? 환장하겠네."

"그렇지?"

농담조로 떠들어도 두 사람의 표정은 진지했다.

그 직후, 은색 빛의 격류가 하늘을 찔렀다. 나선을 그리며 모래 먼지를 날려 버리고 밤의 장막을 걷었다.

"중력에 간섭…… 고유 마법, 아니, 신대 마법인가요? 그러고 보니 그 얼굴, 본 기억이 있습니다. 한 번 **우리**에게서 도망치셨죠."

대기가 요동쳤다. 대지가 전율했다. 천지가 뒤흔들리는 느낌마저 들었다. 거대한 폭포 같은 압박감이 질량을 가진 양 두 사람을 짓눌렀다. 숨이 턱 막혔다. 긴장을 풀면 그대로 정신을 놓아 버릴 것 같았다.

"일부라고는 하나 주인님의 권속인 증거를 이어받은 자들. 그렇다면 이름을 밝히고 전력을 다하는 것이 예의겠지요."

쿵, 여자의 주위가 파열했다. 수녀복이 어느샌가 흰색 바탕의 전투 복장으로 변해 있었다. 머리와 팔다리, 가슴과 허리에 부분 갑주를 찬 발키리의 모습이었다.

여자가 은색 날개를 한번 세게 펄럭이자 몸이 둥실 떠올랐다. 그리고 두 자루 대검을 휘두르며 우아하게 이름을 밝혔다.

"『신의 사도』— 에르스트라고 합니다. 주인님의 놀이판에서 불필요한 말을 제거하겠습니다."

왜 『신의 사도』란 것이 튀어나오는가?

불필요한 말? 우리를 쫓아서? 그런 것 치고 그녀의 말투는 우연이라는 식으로 들렸다. 그럼 달리 누구를 제거할 생각이었나?

그래, 뻔하다. 몹시 고달픈 삶을 스스로 짊어진 그 상냥한 친구다.

사전에 두 사람이 이야기한 『여차하면 우리가 힘이 되어준다』는 결론을 실천할 수 있게 됐다.

엄청난 위압감 아래, 그러나 밀레디와 오스카는 자연스럽게 입꼬리를 올리고 당당히 웃었다.

"그래."

"좋아."

두 사람은 입을 모아―.

""할 수 있으면 해 봐!""

신의 사도에게 선전포고했다.

한편 【리브 마을】 오아시스에 던져진 수샤와 윤파는 운 좋게 다치지 않고 뭍으로 기어 올라왔다.

거친 숨을 뱉으며 콜록대는 두 사람의 귀에 굉음이 들려왔다.

"수 언니. 어떡해? 저 사람, 뭔가 이상했어."

"응. 언니랑 오빠, 여유가 전혀 없었어. 신전 기사들조차 상대가 안 될 만큼 강한 사람들인데."

당분간 두 사람은 말없이 주저앉아 있었다. 뚝뚝 물이 떨어졌다. 사막의 밤은 급격히 추워진다. 흠딱 젖은 몸도 그랬다. 그렇지만 두 사람에게 그것을 의식할 마음의 여유는 없었다.

그때, 문득 깨달았다.

격렬한 전투의 소음이 조금씩, 조금씩 마을에서 멀어져 가는 것을…….

"말려들지 않게 하려고, 유도하는 거야?"

확증은 없지만 분명히 그럴 거라고 수샤는 생각했다.

짧은 만남이었지만 두 사람의 인격을 느낄 수 있었으니까.

"수 언니. 윤파는 싫어. 이대로 오빠랑 언니를 내버려 둘 수는……."

자신의 무력함을 아는 것이리라. 윤파가 입술을 깨물고 수샤의 팔을 꽉 잡았다. 그. 인간이라는 종과는 다른 『무언가』를 목격하고도 은인을 위해 뭔가 하고 싶다고 일어설 수 있는 동생이 수샤는 자랑스러웠다. 그리고 자신도 그런 사람이고 싶다고 생각하며 필사적으로 머리를 굴렸다.

부모님을 잃은 뒤 남의집살이는 거북했다. 마물에게 습격받아 동생이 쓰러지고 눈앞의 송곳니에서 죽음을 보았을 때, 수샤는 「아, 세상에 구원이란 없구나」라고 생각했다. 그런 순간 손을 내밀어준 그 사람. 은혜를 갚고 싶어 머리를 쥐어짜던 그때처럼…….

"그래, 맞아. 나이즈 님. 나이즈 님을 찾자!"

"아, 나이즈 님이라면 분명히!"

언니의 말뜻을 파악하고 윤파가 찬성했다. 자매는 서로에게 고개를 끄덕이고 일어섰다.

나이즈는 자신의 은둔처에서 이제껏 경험한 적 없는 강대한 마력 분출을 느끼고 있었다.

서둘러 밖으로 나와 확인해 보자 【리브 마을】 방면에서 어마어마한 마력의 충돌이 느껴졌다. 범상치 않은 자들이 싸움을 펼치고 있었다.

머릿속에 두 남녀가 떠올랐다.

"잠깐, 상황을 확인해 볼까."

나이즈는 쪽창 크기의 『게이트』를 열어 우선 【리브 마을】과 그 주변을 살펴봤다.

처음 보인 것은 혼돈스러운 마을 풍경이었다. 이락과 마차가 대거 늘어서 있었다. 자세히 보니 교회 마차였다. 그런데 기묘하게도 교회 관계자가 아무도 없었다. 마을 주위를 조금 살펴봤다.

"윽, 이게 뭐야……?"

발견한 것은 숨이 끊어진 신전 기사들, 그리고 방대한 마력 잔재였다.

이곳에서 전투가 있었던 것은 틀림없었다. 신전 기사들을 쓰러뜨린 사람은 밀레디와 오스카가 거의 확실했다.

하지만 그 두 사람이 고전할 정도의 적이 있다?

그런 존재가 왜 이 마을에? 그 두 사람을 쫓아왔나?

생각에 빠졌던 나이즈는 불시에 들린 목소리에 퍼뜩 정신이 돌아왔다.

"나이즈 님! 나이즈 님!"

"오빠랑 언니를 구해줘요!"

두 소녀의 목소리였다. 왠지 자신의 이름을 알고 있었다.

『게이트』를 이동시키자 쏙 빼닮은 자매가 싸움의 흔적이 남은 사막에서 목청껏 소리 지르고 있었다.

모두 자신을 부르며 도움을 청하는 말이었다. 절실하고, 분명히 대답해주리라 믿어 의심치 않는 목소리였다.

"……."

나이즈는 조금 고민했다. 그러나 그녀들의 얼굴이 2년 전 구한 자매와 겹쳐졌다. 밀레디와 오스카가 말한 그 아이들이다. 그렇다면 사정을 알고 있을 것이다. 그렇게 생각하고 결단했다.

다음 순간, 나이즈는 자매 뒤에 있었다.

"……무슨 일이 있었지?"

"……?! 나, 나이즈 님……."

"나이즈 님!"

말을 건 순간 두 소녀는 펄쩍 뛰더니 휙 돌아봤다. 나이즈를 보자마자 쭉 보고 싶었던 사람이 눈앞에 있다는 생각에 무심코 눈물이 찔끔 났다.

두 소녀가 갑자기 눈물을 글썽여 나이즈가 내심 크게 당황한 상황에서, 눈가를 세게 닦은 수샤가 힘찬 눈길로 입을 열었다.

"나이즈 님, 전에는 구해주셔서 감사합니다. 제대로 답례도 못 했는데 또 기대게 된 저희를 용서해주세요."

"나이즈 님! 오빠랑 언니가 위험해! 무서운 사람한테, 생긴 건 사람인데 뭔가가 다른 사람한테 공격받고 있어!"

"사람이 아닌 뭔가?"

자매는 말을 우물거렸다. 어떻게 설명해야 할지 모르는 눈치였다.

다만, 그 밀레디와 오스카가 궁지에 몰렸다는 것만은 소녀들의 초조함과 간절함에서 이해할 수 있었다. 수샤가 설명하는 단편적인 내용을 통해 교회가 보낸 비장의 무기 같은 존재라고 추측했다.

이야기를 끝낸 수샤가 양손을 가슴 앞에 모으고 기도하듯 간청했다.

"제발, 제발 그 두 분을 구해주세요! 나이즈 님밖에 부탁할 사람이 없어요! 제발!"

"나이즈 님!"

두 사람은 믿고 있을 것이다. 사막의 수호신을……. 본 적도 없는, 불합리함을 들이대는 교회의 신보다 지금 눈앞에 있고 쭉 누군가에게 손을 내밀어 왔던 피가 흐르는 신을…….

그러나 대답은 바로 돌아오지 않았다.

"……나이즈 님?"

생각하지 않을 수 없었다. 싸우기 위해 힘을 쓰지 않기로 한 자신이 그 두 사람조차 궁지로 내모는 싸움에 도움이 될까? 마물과 마주치는 것과는 차원이 다르다. 반대로 발목을 잡지는 않을까?

두 사람을 데리고 도망가는 것 정도라면 가능하겠지.

그럼 그 후에는? 교회가 비장의 무기를 내보냈다. 지금 도망치지 못하고 싸우고 있는 두 사람은 언젠가 따라잡혀 다시 싸우게 되리라.

그때 또 두 사람을 데리고 도망치나?

언제까지 그런 일을 반복할 수 있지? 싸우지 않는 자신이 나가서 뭐가 바뀐단 말인가? 애초에 이제 두 번 다시 만나지 않겠다고 말하지 않았던가.

게다가…….

끔찍한 기억이 되살아났다. 그날의 광경이 플래시백처럼 지나갔다.

모든 것을 송두리째 없애 버리고 빈터가 된『고향 마을이 있던 장소』.

이 힘은 싸우기 위해 써서는 안 된다.

이번에는 무엇을 멸망시켜 버릴지 모른다.

그러니까, 그러니까…….

빙글빙글, 빙글빙글, 『싸움에 나서지 않기 위한 변명』이 머리를 맴돌았다.

"……죄송했어요, 나이즈 님."

"뭐?"

정신을 차리니 수샤가 사과하고 있었다. 그 옆에서 윤파도 죄송합니다, 라며 왠지 사과했다. 그 표정은 바로 답하지 않는 나이즈에 대한 경멸 따위 없이 침통할 따름이었다.

"사정은 모르지만, 저희 부탁이 나이즈 님을 괴롭히고 있다는 건 알아요. 은인에게 그런 표정을 짓게 해서 죄송해요."

"죄송합니다, 나이즈 님······."

"그런, 표정?"

나는 어떤 표정을 짓고 있지?

나이즈는 무의식적으로 얼굴을 만졌다.

"저희는 가 볼게요."

수샤와 윤파가 돌아섰다.

나이즈는 자기도 모르게 물었다.

"어디에?"

"밀레디 언니랑 오스카 오빠한테요."

"뭐? 너희 무슨 소리를—"

"방해되는 건 알아요. 그래도 어쩌면 상대의 주의를 끄는 정도는 할 수 있을지도 몰라요."

"윤파도 마법을 조금 쓸 수 있어. 하늘에 불꽃이 탁탁 터지면 그 사람도 깜짝 놀라지 않을까?"

가볍게 말하지만 두 사람의 각오는 진짜였다. 눈을 보면 알 수 있었다. 진심으로 목숨을 걸 생각이다.

"왜? 그들과는 그리 오래 알고 지내지는 않았을······."

"생명의 은인이니까요."

"이니까요!"

생긋이 웃으며 그 말만 하고 수샤와 윤파는 이락에 올라타 고삐를 잡았다. 이제 돌아보려고 하지는 않았다.

나이즈는 생각했다. 어떻게 이리도, 이리도 『사람으로서 당연한 말』을 할 수 있는가, 하고······.

목숨을 구해줬으니까 목숨을 걸고 보답한다.

인간 된 도리를 따지자면 훌륭한 생각이었다. 하지만 그것을 당연하게 실천할 수 있는 사람은 그리 많지 않았다.

거기서 나이즈는 불현듯 깨달았다.

그러고 보니 왜 수샤와 윤파는 목숨을 위협받았는가?

설명에 의하면 아거스 사교가 와서 이단 심문으로 처형당할 뻔한 것을 구해줬다고 했다.

그럼 무엇으로 이단을 판단했나? 생각이 거기까지 미치자 나이즈의 털끝이 쭈뼛 섰다.

"잠깐, 잠깐만 기다려. 너희는 왜, 이단으로 찍혔지?"

"……그건."

"부탁하마. 알려다오."

수샤는 주저했다. 윤파와 마주 본 후, 어깨 너머로 나이즈의 절실한 눈을 보고 나지막이 한숨 쉬었다.

그리고—.

"사막의 수호신에게 감사해서 뭐가 나쁘냐고, 그렇게 말해서요."

"——."

자신이 원흉이지 않은가.

밀레디와 오스카는 말려들었을 뿐이지 않은가.

지키고 있다고 생각했건만 지켜지고 있었을 뿐이지 않은가.

그런데 변명을 늘어놓고 못 본 척한다?

이런 어린 자매에게 목숨을 걸게 한다?

맹렬한 수치심이 올라왔다.

"그럼 나이즈 님, 언젠가 또—."

"기다려. 가지 않아도 된다."

말은 자연스럽게 나왔다.

이 자매는 자신을 위해 목숨을 걸었고, 이제는 밀레디와 오스카를 위해 또다시 목숨을 걸려고 하고 있었다.

변명은 이제 됐다.

한참 어린 여자애가 훨씬 도리를 잘 알고 있었다.

더 이상 자신을 부끄럽게 여기고 싶지 않았다.

그래. 기억났다. 나는 전사 솔더 그류엔의 아들. 싸움터에서 백성을 위협하는 적을 무찌르는 것이 역할!

아직도 그날의 광경이 마음을 옭아맸다. 저지른 죄는 결코 사라지지 않는다.

저주받은 힘이니까. 이제 아무도 다치게 하고 싶지 않으니까.

그러니까 자신을 원하던 두 사람을, 이 용기 있는 자매를 못 본 척해도 되는가?

안 된다. 과거를 도망치기 위한 이유로 삼는다니, 있어서는 안 될 일이다.

이번에야말로 정말로 가족에게 얼굴을 들 수 없게 된다.

그러니까—.

"내가 가마."

"나이즈 님."

"나이즈 님!"

수샤는 눈을 동그랗게 떴고, 윤파는 반짝반짝 빛났다.

"나를 지키려고 해줘서 고맙다. 기다리고 있어라. 이번에는 내가 만나러 가마. 밀레디와 오스카를 데리고."

아직 괴로워하는 기색은 있었지만 그래도 나이즈의 눈에는 강한 의지가 담겨 있었다.

그런 눈으로 똑바로 바라보자, 수샤와 윤파는 가슴이 먹먹해지는 감정과 함께 그녀들의 수호신에게 감사와 기도를 보냈다.

"무사하셔야 해요!"

"기다릴게요, 나이즈 님!"

【리브 마을】남쪽 수 킬로미터 지점에 번개 호우가 쏟아졌다.

"크으으?!"

"윽?!"

번갯불과 굉음이 세계를 가득 채웠다. 그 가운데 오스카와 밀레디는 필사적으로 치사성 빗줄기를 막아 내고 있었다.

펼쳐진 검은 우산이 비명을 질렀다. 온갖 공격을 삼키고 압축하는 『절화』가 순식간에 임계점에 달했다.

하지만 우는소리를 뱉을 수 없었다. 한순간이라도 긴장을 푸는 순간 찾아오는 것은 죽음이었다.

"우습게 보지 마!"

오스카의 품에서 무수한 단검이 쏟아져 나왔다. 아티팩트 『작은 마검』이었다. 종횡무진 하늘을 누비며 상공에서 만뢰를 떨어뜨리는 에르스트에게 사방팔방에서 강습을 시도했다.

"그건 이미 봤습니다."

마검은 도달하기 전에 그녀의 은색 날개에서 나온 깃털 화살에 모조리 격추당했다.

공중에서 충격음이 퍼지며 작열하는 새빨간 꽃이 피고, 흰 연기가 퍼지고, 스파크가 튀고, 공기가 결빙해 떨어졌다.

"그래도, 틈은 생겼어!"

밀레디가 순식간에 공중으로 『떨어졌다』. 에르스트의 위를 잡아 특대 중력구를 날렸다.

보통은 거대한 쇳덩어리도 뭉개서 철판으로 바꿔 버릴 압력을, 대검을 머리 위로 교차시킨 에르스트는 공중에서 버텼다.

밀레디의 뺨이 약간 실룩거렸지만 신경 쓰지 않고 압력을 높였다.

그때, 검은 부츠로 공중을 달려 올라온 오스카가 검은 우산을 옆에서 내질렀다.

"9식『천작』! 최대 출력!"

전에는 가격 대비 성능으로 상급 마법 『뇌광』이 한계였다. 그러나 밀레디의 협력도 있어서 지금의 9식은 번개 속성 최상급 마법 『천작』으로 진화했다.

뒤집어져 접시 모양이 된 우산의 살 끝에 전기 구체가 출현했다. 그것들이 서로 연결되어 물미 끝에 거대한 전기 구체를 만들어 냈고, 가공할 번개 포격을 발사했다.

흰 섬광이 퍼졌다. 대기가 흔들리며 시야가 물들었다. 방금 공격의 답례라도 되는 양 준비 시간도 거의 없이 쏘아진 최상급 공격 마법이 에르스트를 집어삼켰다.

오스카는 반동으로 뒤로 튕겨 날아가면서도 검은 부츠로 만든 장벽으로 몸을 바로잡았다.

"오 군!"

"직격했어! 하지만—."

뒷말은 입밖으로 나오지 못했다.

둥, 하는 충격음과 함께 중력구와 번개 포격이 파열해 사라졌다.

그리고 아차 싶었을 때는 두 자루 대검이 거대한 가위처럼 교차되어 오스카의 목으로 다가드는 중이었다.

순간적으로 검은 우산을 든 것은 검은 안경의 지각 확대 능력 덕분이었을까.

챙! 쇠와 쇠가 부딪치는 소리. 그리고 목 좌우에 느껴지는 희미한 통증.

간발의 차였다. 사이에 검은 우산이 있었던 덕분에 목이 날아가지 않았지만, 대검의 날이 목을 파고드는 경험은 식은땀이 난다는 정도로 설명할 수 있는 게 아니었다. 장담하는데 수명이 10년은 줄었다.

"……의외로, 잘 버티시는군요."

코앞에 에르스트의 무기물 같은 눈동자가 있었다. 밀레디를 닮은 푸른 눈이었다.

그러나, 그런 생각을 할 때가 아니지만 오스카는 전혀 다르다고 생각했다. 밀레디의 눈은 청명하게 갠 푸른 하늘과 같은

색. 이 녀석의 눈은 색을 입힌 유리구슬이다, 라고……

그 유리구슬에 살며시 빛이 감돌았다. 바로 앞에서 오스카의 눈동자를 들여다보듯이……

"오 군!"

밀레디가 날카롭게 벼린 바람의 칼날을 쐈다.

에르스트는 살짝 미심쩍은 표정을 보이면서 빙글 돌았다. 오스카의 배에 돌려차기가 꽂히고 동시에 바람의 칼날을 대검으로 갈라 버렸다.

오스카는 비명도 지르지 못한 채 땅바닥에 처박혔다.

"카학, 쿨럭, 으으, 장난이, 아니잖아."

네 발로 엎드려 피를 왕창 토했다. 검은 코트의 충격 완화 능력이 있는데도 단 일격에 심각한 피해를 입었다. 그것이 없었다면 아마 지금 공격으로 죽었겠지……

그때 위에서 비명이 들렸다.

"꺄아악?!"

"밀레디!"

부서질 것 같은 몸을 채찍질하여 낙하하는 밀레디에게로 몸을 날렸다.

위액인지 피인지 모르겠지만 충격으로 목구멍까지 차오른 것을 간신히 참으며 등으로 착지했다. 팔 안에 품은 밀레디는 절대로 놓지 않았다.

"욱, 으, 고, 고마워, 오 군."

"괜찮, 지는 않구나."

어깨부터 가슴에 걸쳐 베인 모양이었다. 붙잡은 손 사이로 피가 맺혀 떨어졌다. 치명상은 아니라도 중상이었다.

오스카는 검은 우산을 봤다. 대검에 끼여 거의 우산대까지 칼집이 생겼다. 세계 최고의 내구도를 자랑하는 물건인데…….

오스카는 머릿속으로 자신이 가진 수단을 확인했다.

이미 연쇄로 묶어 봤자 의미가 없다는 것은 확인한 바였다. 완력으로 엿가락처럼 부숴 버렸다. 검은 장갑의 금속 실도 결과는 매한가지. 몸이 어떻게 되어 먹었는지 모르겠다. 목에도 얇게 베인 상처를 냈을 뿐 피부를 찢지 못했다. 『작은 마검』도 이미 다 떨어졌다.

검은 우산 최대의 공격력을 자랑하는 『천작』도 통하지 않았다.

"명실상부 괴물이군."

"아하하, 누가 아니래."

어이가 없어 웃음이 나왔다. 어떤 공격도 자동으로 전개되는 듯한 장벽에 가로막혔다. 그것을 돌파해도 장비와 육체 방어력으로 무력화하는 판국이었다.

종횡무진 하늘을 날고 육체 스펙은 인류의 영역을 아득히 초월했으며 마력은 끝이 없는 데다가 전투 기술은 일류를 넘어선 초일류. 이것이 괴물이 아니고 무엇인가?

"드디어 체념하셨나요?"

하늘에서 아름다운 날개를 퍼덕이며 신의 사도가 내려다봤다.

"아니, 전혀."

"뭐래. 아가씨, 사람 말로 해줄래~?"

두 사람은 참으로 밉살스러운 표정으로 대답했다. 상처의 통증으로 비지땀이 흘렀지만 고통은 조금도 느끼지 않았다.

한편, 도발을 받은 에르스트는 관찰하는 눈길로 오스카를 보고 있었다.

"……역시 통하지 않네요.『매료』마법은 제법 강력한데 말이죠."

방금 봤던 눈동자의 빛은 어둠 속성 세뇌 마법을 사용한 증거였나 보다.

"훗, 소용없어. 내 안경에는─."

어둠 속성 마법을 무효화하는 기능이 있다, 라고 말하기 전에─.

"오 군을 매료라고오?! 이 불여우가! 그렇지만 안 됐네요! 오 군은 밀레디 누나한테 홀딱 반해서 딴 여자는 쳐다도 안 보네요~! 지금 기분이 어때? 마법까지 써서 홀리려고 했는데 전혀 상대해주지 않는 건 어떤 기분이야~? 응? 응? 말 좀 해 봐아~."

밀레디가 더없이 짜증나게 신의 사도를 놀려 댔다. 기분 탓인지 평소보다 더 얄미운 느낌이 들었다. 아니, 정말로 화가 나서 저러는 것 같은 느낌이…….

에르스트가 대검을 들었다.

조금이라도 회복하려고 시간을 버는 것도 역시 이 정도가 한계인가 보다.

"그 몸으로 다음 공격은 버티지 못할 테지요. 주인님의 말도 되지 못한 가엾은 존재들이여. 지금 끝내드리겠습니다."

그 직후, 은색 깃털이 휘날렸다. 어마어마한 수의 깃털은 은광을 머금고 마치 밤하늘을 수놓는 별들 같았다.

"내가 막을게. 밀레디는 그걸 준비해."

"이제, 그거밖에 없겠네. 제대로 다루지 못한다고 말할 상황도 아니고."

각오를 다진 두 사람은 살며시 주먹을 맞댔다.

"사라지세요."

은색 깃털의 유성우가 쏟아졌다.

동시에 오스카가 바닥을 연성. 검은 우산에 접속해 10식 『성절』을 최대 출력으로 전개했다.

소리가 사라졌다.

그렇게 착각할 정도로 격한 공격 세례에 장벽 바깥쪽이 은색 빛과 폭발하는 대지로 초토화되고 있었다.

"크으, 으아아아아아아아!"

오스카가 포효했다. 이미 너덜너덜한 검은 우산이 삐걱대며 붕괴하는 소리가 들렸지만 『성절』에 마력을 불어넣자 파손과 동시에 수복이 이루어졌다.

최고 속도의 정밀 연성에 소비하는 마력과 은색 깃털의 직격을 막을 때마다 크게 소비되는 마력으로 양동이를 뒤집은 것처럼 마력이 빠져나갔다.

몸이 비명을 지르고 내상을 입은 내장에서 피가 역류해 목으로 치고 올라왔다.

그러나 그렇게 죽을 동 살 동 번 시간이 밀레디에게 오의를 발동할 유예를 줬다.

"이걸로 끝나라. —『흑천궁』!"

스파크를 내는 검은 흉성이 에르스트를 중심으로 발생했다.

"이건……."

지름 약 2미터의 구체에 둘러싸인 에르스트의 눈이 살짝 커졌다.

은색 깃털 유성우가 무산되어 사라졌다.

"커헉!"

오스카는 다시 피를 토하면서도 성공했나 싶어 에르스트가 있던 곳을 올려다봤다.

모든 것을 집어삼켜 소멸시키는 흉성이었다. 아직 제어가 힘들어 한번 발동하면 마력이 고갈될 때까지 멈추지 않았다.

그래서 확실하게 맞출 기회를 노렸다. 에르스트가 지나치게 강해 자신들이 주도적으로 틈을 만들 수 없었다. 마무리 지으려고 한 이 순간이 마지막 기회였다.

"밀레디. 뭔가 좀, 작지 않아?"

"그런 소리 하지 마! 저게, 지금 내, 한계라고오!"

전에는 오스카의 6년분 마력을 썼으니까 그렇게 된 것이었다.

오의 발동으로 밀레디는 말할 여유가 없는 것처럼 드문드문 끊어 반론했다.

"그래? 그래도 이거라면—."

"어, 어떻게?! 저 녀석, 부수고 나오려고 해!"

"뭐?"

검은 흉성의 색이 약간 옅어지고 안쪽이 보이기 시작했다.

그 안에는 살포시 눈을 감고 은광을 전신에 두른 채 집중하는 것처럼 선 에르스트가 있었다. 삼켜진 순간 모든 것을 소멸시키는 초중력 속에서 원형을 유지하고 있었다.

밀레디가 괴롭게 신음을 흘렸다.

유지하는 것만으로도 벅찬 모습이었다. 『흑천궁』을 부수려고 하는 에르스트의 힘과 밀레디의 압살하려는 힘이 줄다리기하는 것이었다.

"젠장! 이렇게 된 거 이판사판이다. 이걸 때려 박아서─."

오스카가 욕을 뱉으며 검은 우산의 핸들을 비틀었다. 그러나 그 수단을 쓰기 전에─.

"아, 안 돼!"

꾕음. 엄청난 충격이 에르스트를 중심으로 한 전방위로 퍼졌다.

모래 대지가 공습이라도 당한 것처럼 원형으로 날아갔다. 당연히 오스카와 밀레디도 몸이 회전하며 날아갔다.

가까스로 연쇄를 밀레디에게 묶어 따로 떨어지는 사태는 피했지만 뭘 하기에는 몸의 타격이 너무 심했다.

두 사람 모두 일어서려고도 하지 않고 신음만 흘렸다.

"정말로 잘 버티는군요."

칭찬일까, 기가 막혀 하는 말일까. 감정이 담기지 않아 어느 쪽인지 분간되지 않았다.

오스카와 밀레디도 눈을 들어 올려다보는 수밖에 없었다.

에르스트의 머리 위로 태양 같은 불덩이가 출현했다.

오스카는 에르스트를 노려본 채 말없이 밀레디의 손을 잡았다. 밀레디도 잡힌 손을 꽉 맞잡았다.

그리고―.

"―『진천(震天)』."

공간 그 자체가 폭발했다.

"윽?!"

불덩이가 흩어지고 에르스트가 튕겨 날아갔다. 바로 자세를 고쳐 잡았지만 눈에 보이지 않는 대폭발이 연속해서 발생해 에르스트를 가차 없이 농락하여 날려 버렸다.

"아직 살아 있군."

"나즈?!"

"나이즈?!"

놀라는 두 사람에게 조그맣게 미소 지은 나이즈는 둘을 덥석 잡아들었다. 수백 미터는 떨어진 곳에서 은색 빛이 폭발했다. 공간 폭파 연격을 받고도 에르스트는 건재해 보였다.

"태세를 재정비하자."

그러나 에르스트가 돌아오기 전에 나이즈는 공간 전이로 전장에서 이탈했다.

그 후에는 공중에서 주변을 돌아보고 조용히 남쪽으로 시선을 옮기는 에르스트만이 남았다.

"으, 여기는……"

"화산에서 남쪽으로 100킬로미터쯤 떨어진 곳이지. 내가 한 번에 전이할 수 있는 최대 거리다."

오스카의 말에 대답한 나이즈는 지친 기색이었다. 주위를 두리번거리던 밀레디가 희색을 띠며 만세를 불렀다. 그러나―.

"으익?!"

"너 뭐 하는 거야?"

양팔을 든 순간 덮쳐오는 통증에 비명을 지르고 눈물을 글썽였다.

오스카가 어이없어하면서 검은 우산을 펴 11식 『성광』으로 빛의 샤워를 뿌렸다.

"오 군…… 우리 한 우산 썼네?"

"아~, 응. 그러게~."

밀레디는 짐짓 뺨을 붉히며 몸을 붙였다. 오스카는 오스카 대로 중상이라서 대답도 건성건성이었다.

"밀회로 바쁘다면 나는 돌아가 봐도 되겠나?"

사이좋게 한 우산에서 치유받는 두 사람을, 나이즈는 잘들 논다는 식으로 바라봤다. 그러더니 품속에서 꺼낸 마력 회복약을 던져주고 자신도 복용했다.

밀레디와 오스카는 고맙다고 한 뒤 그것을 먹으며 나이즈에게 물었다.

"왜 와준 거야?"

"……그 아이들에게 부탁받았어."

"수랑 윤, 진짜 유능하네."

밀레디는 쓴웃음을 지었다.

"어쨌든 덕분에 살았어. 고마워. 네 결단에 경의를 표할게."

"응. 또 도움받았네. 고마워, 나즈."

"……됐어."

밀레디도 오스카도 나이즈가 갈등한 끝에 와줬으리라 짐작하고 있었다.

많은 뜻이 함축된 「고마워」에 나이즈는 애써 무표정을 유지했다.

그날 이후 처음 사용한 공간 폭파였다. 에르스트를 공격했을 때, 아니, 지금도 플래시백처럼 스치는 기억에 구토가 밀려왔다. 그렇지만 구하러 와서 다행이란 것이 솔직한 생각이었다.

"100킬로나 떨어졌다면 조금은 시간을 벌 수 있을 것 같지만…… 어떻게 할래? 이대로 도망칠 건가? 어려우리라 본다만."

"아니, 도망 안 쳐."

"그래. 도망갈 수는 없어."

또렷하게 대답한 두 사람을 보며 나이즈는 입안으로 신음했다.

"하지만 이길 가망은 있나? 내 『진천』조차 전혀 먹히지 않는 상대야."

"그러니까 더더욱 도망갈 수 없어. 저 녀석에게서는, 『신의 사도』에게서는 도망칠 수 없다고 생각하는 게 나아. 나는 전에 한 번 도망쳤지만, 그때와 지금은 입장이 다른걸."

전에 밀레디는 벨타의 말을 확인하기 위해 총본산을 보러

간 적이 있었다. 그때는 먼 발치에서 확인하는 단순한 엿보기에 불과했다. 나쁘게 봐도 침입자 정도였다. 도망칠 때도 중력 마법은 유사 비행 정도에만 사용했고 범위 속성 마법을 연발해 신의 사도가 교회를 지키게 하는 상황에서 아슬아슬하게 도망친 것이었다.

그러나 이번에는 『격세 유전』이라는 사실을 들켰다. 그리고 상대방은 신적이라는 확실한 적의를 가지고 말살하러 움직이고 있었다.

이제 에르스트는 밀레디를 놓아줄 생각이 없을 것이다. 그녀가 진심으로 마음먹으면 도망치는 것은 아마도 불가능하다.

"게다가, 여기에는 네가 있어."

오스카가 덧붙인 말에 나이즈는 흠칫했다. 왜 교회의 비밀 무기가 이곳에 왔는가.

두 사람을 쫓아온 것이 아니었다. 밀레디와 오스카는 이곳에서 처음 『격세 유전』임을 들켰으니까.

그렇다면 신의 사도가 노리는 것은— 자신.

"생각해주겠다고 했었지? 친구로서 만나러 와도 되겠냐고."

"친구를 버리고 갈 수는 없지~."

친구라고 말한 적도 없거늘. 그런 미래를 위해, 자신을 위해 목숨을 걸었단 말인가? 나이즈는 혼이 떨리는 것 같은 감각을 맛봤다.

아, 또다. 또 나는 보호받고 있다.

"……어떻게 해치울 셈이지? 나에게 『진천』 이상 가는 공격 수단은 없어."

감사를 입에 담으면 마음이 풀리고 말듯한 기분이 들어 대신 운명을 함께하겠다는 각오를 내비쳤다.

그러나 밀레디와 오스카에게는 전해진 모양이었다. 두 사람 모두 기쁘게 웃었다.

"그러게. 실제로 내 『흑천궁』도 버텼고…… 손 쓸 도리가 없는데? 어쩌지?!"

밀레디가 머리를 감싸 쥐었다.

고민하는 밀레디와 험악한 표정을 지은 나이즈.

그런 두 사람을 번갈아 보며 오스카는 홀로 안경을 올려 쓰고 하늘을 올려다봤다.

"황당무계, 가능할지 어떨지도 몰라. 거의 승산 없는 도박이고, 잘못하면 이겨도 우리까지 죽을지도 모르지만, 방법이 없지만은 않아."

"오, 오 군, 정말이야?!"

"물불 가릴 때가 아니지."

밀레디가 눈을 초롱초롱 빛냈고 나이즈가 슬쩍 입매를 끌어올렸다.

오스카는 고개를 끄덕이고 신의 사도 공략 전술을 이야기하려고 한 그때.

"""……?!"""

세 사람은 일제히 북쪽 하늘을 봤다.

오스카가 서둘러 검은 안경의 망원 기능을 썼다. 하늘에 은색 유성이 있었다.

"놈이다!"

"말도 안 돼, 100킬로라고! 너무 빠르잖아!"

"전에는 정말로 밀레디를 봐준 거구나! 아, 울고 싶어!"

소리치면서도 일제히 전투태세를 취했다.

오스카가 빠르게 외쳤다.

"내가 직접 검은 우산을 찌를 틈을 만들어줘! 신호하면 밀레디! 한 번 더 『흑천궁』을 써!"

그렇게 말을 끝낸 직후, 은색 깃털 유성우가 비래했다.

일행은 세 방향으로 일제히 달려 나갔다.

바로 직전까지 있던 곳으로 두두두두두, 하고 깃털이 만들었다고는 생각할 수 없는 충격음이 울려 퍼지며 유성우가 착탄했고, 요란하게 모래 먼지를 일으켰다.

그 모래 먼지에서 공기가 터지는 듯한 소리가 나면서 에르스트가 날아왔다. 첫 표적은 오스카 같았다.

오스카는 공중에서 백 스텝하며 검은 우산으로 8식 『라염』을 뿜었다. 불 속성 상급 마법인 라선을 그리는 겁화의 포격이었다.

그러나 에르스트는 피하는 시늉조차 하지 않았다. 그대로 대검을 교차시켜 방패로 삼으며 화염 포격에 직진해 돌파했다.

"우와?!"

검은 우산이 튕겨 나갔다. 강제로 만세 자세를 취하게 된 오스카의 몸을 노리고 에르스트의 두 번째 대검이 들이닥쳤다.

"그렇겐 안 돼."

에르스트의 등 뒤로 나이즈가 출현했다. 에르스트의 뒤통수를 그 큼지막한 손으로 움켜잡더니 함께 공간 전이, 직후 지면을 앞에 둔 공중에서 나타나 에르스트가 엎드려 눕는 형태로 땅에 내려찍었다.

"―『진천』!"

공간 진동은 덤이었다. 에르스트의 머리를 기점으로 지축을 흔드는 충격파를 뿜었다.

에르스트의 머리가 조금 옆으로 돌았다. 그 눈이 빤히 나이즈를 노려보고 있었다.

"으?!"

머리를 파괴할 수 없어도 뇌진탕 정도는 일으키자는 생각이었는데 턱도 없었나 보다. 위험하다고 생각한 직후 지근거리에서 셀 수 없는 수의 은색 깃털이 쇄도했다.

"으아아악?!"

공간 전이로 간신히 전탄 명중이라는 사태는 면했지만, 모습을 드러낸 나이즈는 순식간에 전신이 피투성이가 되어 있었다.

"나이즈?!"

"신경 쓰지 마! 치명상은 아냐!"

에르스트가 날아오른다. 그 직후에 밀레디의 『화천』이 여섯 개, 상하와 사방에서 에르스트를 포위했다. 전방위에서 작용하는 인력 속에서 의도적으로 한쪽 힘을 풀면…….

"······?!"

에르스트의 몸이 자신이 예기치 않은 방향으로 흘러갔다.

"붙잡아 놓기는 어려워도 중력 방향이 뒤죽박죽이면 날기 어렵지!"

오른쪽에서 왼쪽으로, 위에서 아래로 몸이 흘러가는 에르스트에게서 은색 빛이 흘러나왔다. 그 후 천공을 뒤덮을 정도의 화염 해일— 최상급 범위 공격 마법 『겁화랑』이 전방위로 몰려왔다.

세 사람은 곧장 각각의 방향으로 불길을 막았지만—.

"앗—."

오스카 바로 옆에서 화염 해일을 뚫고 에르스트가 나타났다. 첫 번째 대검의 칼끝이 오스카 쪽을 향했고, 활시위를 당기듯 대검을 뒤로 빼 내질렀다.

전방위로 전개 중인 10식 『성절』에 쩍 갈라졌다. 칼을 막은 것은 불과 한순간이었다.

장벽을 뚫은 대검이 오스카의 옆구리를 도려냈다.

"우읍?!"

『겁화랑』의 불길이 효과 시간을 끝내고 흩어져 사라졌다. 공중에 드러난 오스카의 모습은 대검에 겹쳐 있었다.

"오 군!"

"오스카!"

밀레디와 나이즈의 비명이 울려 퍼졌다.

"우선 하나."

에르스트가 두 번째 대검을 들었다. 첫 번째 대검이 종이 한 장 차이로 치명상을 벗어났기 때문이었다. 10식 『성절』에 의한 순간의 정지가 오스카에게 회피 행동을 허락했고 감응석으로 움직인 검은 코트는 칼끝을 어긋나게 하는 데 성공했다.

그러나 대검의 폭 절반 정도가 옆구리를 파고든 상태였다. 이미 회피는 불가능한 상황. 아니, 그럴 여유도 주지 않겠다며 에르스트가 대검을 내리치려 했다.

"그게, 맘대로 될까?!"

오스카가 검은 부츠의 어시스트를 총동원해서 에르스트에게 안겨들었다. 대검의 약점은 타격점 안쪽. 밀착할 정도로 바싹 붙으면 제대로 휘두를 수 없다.

그러나 그러기 위해 스스로 상처를 벌리고 말았다. 지나친 격통에 오스카의 의식이 날아갈 뻔했다.

"쓸데없는 짓을—."

"밀레디! 나이즈! 부탁해!"

그렇게만 외친 오스카는 검은 장갑의 금속 실을 모두 풀어 자신과 에르스트를 휘감았다. 이어 검은 우산을 던져 부유시키고 반전, 자신과 에르스트를 향해 10식 『성절』을 발동했다. 몸을 지키는 장벽을 우리로 활용한다!

에르스트가 대검을 없애고 손날을 세웠다.

그러나 그것이 오스카를 찌르기 전에—.

"—『흑천궁』!"

오스카와 함께 에르스트를 검은 흉성이 감쌌다. 신의 사도라도 파괴에 집중을 요하는 오의. 그것은 바꿔 말하면 일시적이라도 속박할 수 있다는 뜻이었다.

당연히 맨몸인 오스카는 무사하지 않겠지만『흑천궁』발동과 동시에 나이즈가 공간 전이로 구출했다.

"큭, 커헉!"

"죽으려고 환장했어, 멍청아!"

한순간이라고는 하나 밀레디의 오의 영향하에 있었다. 오스카는 눈이며 코, 귀고 입이고 할 것 없이 온 얼굴로 피를 흘리고 있었다. 나이즈도 오스카를 잡은 한쪽 팔 상처에서 피를 줄줄 흘리고 있었다.

"그렇지만 확실히 붙잡았어."

오스카는 손을 들었다. 주인의 부름에 부응한 검은 우산이 그 손으로 돌아오자 왼손을 앞으로, 오른손을 뒤로 뻗었다. 시위를 당기는 것 같은 그 찌르기 자세는 흡사 방금 에르스트와 같았다.

"나이즈, 게이트!"

"으, 알았다!"

오스카 앞에 열린『게이트』는 에르스트의 등 쪽, 심장이 있는 위치를 출구로 길을 열었다. 오스카는 연성으로 물미를 바늘처럼 날카롭게 만들어 혼신의 힘을 쏟아 내질렀다.

그 앞에 갑옷은 없다. 안겨들었을 때 연성으로 그 부분만 구멍을 냈었다.

끝부분이 새하얀 피부를 찢었다.

그러나 안쪽까지는 들어가지 않았다. 강인한 육체가 물미의 찌르기를 저지했다.

"그럼 이건 어떠냐!"

물미 발사 장치를 기동했다. 충격음과 동시에 물미가 에르스트를 깊숙이 파고든다.

그 직후, 물미와 검은 우산을 잇는 와이어를 통해 뇌격이 오스카를 덮쳤다.

"물러가자."

나이즈가 얼른 게이트를 닫아 물미와 와이어를 남기고 검은 우산을 쥔 오스카를 지상까지 전이시켰다.

"욱, 쿨럭."

"오스카! 정신 똑바로 차려!"

무리한 행동의 대가로 오스카의 상태는 비참했다. 특히 깊게 파인 옆구리의 출혈이 멈추지 않았다.

"문제없어."

오스카는 이를 악물고 검은 우산에서 불 속성 마법을 발동했다. 단숨에 벌겋게 달아오른 부분을 절단부에 댔다. 불로 지져 상처를 막는 무식한 응급처치에, 오스카의 악문 이 사이로 고통에 찬 소리가 새어 나왔다.

"오 군, 무사해?!"

당장에라도 울음을 터뜨릴 것 같은 밀레디의 목소리였다. 그러나 오스카는 대답하지 않고 반대로 물었다.

"노, 놈은?! 놈은 어떻게 됐어?!"

"에? 그건…… 어? 내가 이기고 있어?"

위화감은 바로 느껴졌다. 에르스트의 밀어 부수려는 힘과 밀레디의 짓눌러 으깨려는 힘. 아까는 밀렸던 힘 싸움에서 지금은 이기고 있었다.

"허억, 허억, 이대로 가면, 이기겠어?"

"그건 아냐. 구속 시간이 늘어날 뿐이야!"

이번에도 울 것 같은 목소리였다. 오스카는 비지땀을 흘리고 그렇겠지, 라며 쓸쓸히 웃었다.

"그래도 구속은 했어. 제2단계야. 나이즈."

"그래. 어떻게 해야 하지?"

간결한 질문은 신뢰의 증거였다.

"나를 【적룡 대산】 분화구로 옮겨줘."

"그러지."

나이즈의 손이 오스카의 어깨에 닿았다.

"밀레디! 바로 돌아올게! 그때까지 저 녀석을 부탁해!"

"에잇, 여자는 배짱! 혼자 버텨주겠다, 이거야!"

다음 순간, 나이즈와 오스카는 낯익은 분화구 안쪽 발코니에 와 있었다.

"나이즈, 이때 마력을 회복해 놔. 앞으로 두 번 장거리 전이를 해야 해."

말없이 고개를 끄덕인 나이즈는 마력 회복약을 입에 넣었다.

오스카는 통증과 출혈로 정신이 아득해지는 것을 가까스로 참고 연쇄를 전부 꺼냈다.

"그럼 특대 공격 수단을 만들어 볼까."

그렇게 말한 오스카는 연쇄 다섯 가닥을 마그마 웅덩이로 던졌다.

오스카와 나이즈가 사라진 전장에서 밀레디는 시시각각 줄 어드는 자신의 마력을 느끼고 있었다. 그것은 다름 아닌 죽음 으로 가는 카운트다운이었다. 0이 되었을 때, 사신의 낫이 무 방비한 목을 쓰다듬을 것이었다.

하지만 신기하게 불안은 없었다.

시선 끝에 『흑천궁』 속에서 에르스트가 가만히 밀레디를 보 고 있었다.

감정이 떠오르지 않는 그 눈동자에 당당하게 씩 웃어줬다.

"왜 그렇게 약해지셨을까? 오 군이 포옹해줘서 다리에 힘이 풀렸나?"

조금 빈정거리는 투로 입을 놀렸다.

아마 그 물미 공격이 어떤 영향을 주고 있는 것은 알지만 괜히 말하고 싶었다.

끼익끼익, 흉성에서 불길한 소리가 들렸다. 슬슬 구속도 한 계이지 싶었다.

"으…… 오 군, 나즈."

기도하듯 작은 목소리로 두 사람의 이름을 불렀다.

바로 그때, 갑자기 머리 위로 빛을 느낀 밀레디는 하늘을 올려다봤다.

"……? 별? 그런 것 치고는 큰데……."

하늘에서 빛나는 별이 보였다. 저런 곳에 저렇게 빛나는 별이 있었나?

그런 의문을 느끼는 동안에도—.

"……응? 어쩐지 커지는 것 같은—."

식은땀이 주륵 흘렀다. 뺨이 실룩거렸다.

설마, 하고 생각하며 빤히 바라봤다.

"아냐, 맞아맞아맞아! 떨어지는 거 맞다고! 별이 떨어져!"

유성우 같다, 가 아니었다. 비유가 아니라 정말로 불타오르는 거대한 암석이 낙하해 오고 있었다. 눈어림이지만 지상에 떨어질 때까지 20초도 안 남았다.

아무리 밀레디라도 이건 동요하지 않을 수 없었다.

"밀레디!"

그런 와중에 오스카와 나이즈가 돌아왔다. 오스카의 안색은 나빴고 나이즈는 말도 안 나올 정도로 지쳐 있었다.

"오 군, 나즈! 하늘에!"

"알아! 저게 놈에게 직격하도록 제어해줘!"

그렇게 말한 오스카는 지면을 연성해 구멍을 뚫고 주위를 금속으로 바꿔 몇 중이나 되는 방어진을 구축했다.

밀레디는 턱도 없는 소리 하지 말라고 소리치고픈 마음을 꾹 참으며 오스카와 나이즈 곁으로 뛰어들면서 중력을 조작했다.

그 순간, 공기가 팡, 하고 터지는 소리가 나고 『흑천궁』이 깨졌다.

"이게 무슨……."

머리 위에서 다가오는 열기. 용암덩어리 같은 붉은 별에는 천하의 신의 사도도 눈을 크게 떴다.

서둘러 대피하고자 날갯짓했지만—.

"이걸로 끝낸다!"

어느샌가 『흑천궁』 주위에 전개되어 있던 사슬이 뱀처럼 하늘을 기어 에르스트를 칭칭 감았다. 에르스트는 이까짓 게 대수냐며 풀려고 했지만, 사슬은 공간에 태양빛 파문을 퍼뜨리고 고정된 채 움직이지 않았다!

마지막 시간을 이용해 나이즈의 협력을 받아 부여한 연쇄의 신기능— 공간 고정이었다.

—착탄까지 10초.

은색 마력이 휘몰아쳤다. 연쇄의 구속을 풀려고 에르스트가 모든 힘을 짜냈다. 연쇄가 끼긱, 하면서 비명을 질렀다.

—착탄까지 5초.

"그렇게는, 안 돼!"

나이즈 혼신의 전방위 『진천』이 작렬했다. 어마어마한 충격이 에르스트를 제자리에 고정시켰다.

오스카가 검은 우산에 모든 마력을 쏟아부어 10식 『성절』을 전개. 밀레디가 고갈 직전인 마력을 총동원해 장벽을 겹겹이 깔았다.

—착탄까지 2초.

밀레디가 말했다.

"인간을 얕보지 말라고!"

나이즈가 말했다.

"우리가, 이겼다."

오스카가 말했다.

"땅으로 떨어져. 신의 인형."

닿을 리 없는 목소리였다. 그러나 에르스트는 운석을 보던 시선을 어쩐지 석연치 않은 듯 그들 쪽으로 살짝 돌렸고…….

—착탄.

세계에서 소리가 사라졌다.

아무것도 알 수 없었다. 새하얀 사고 속에서 그저 충격이 몸을 관통했고 일행은 의식의 끈을 놓아 버렸다.

온몸의 통증 때문에 의식이 급속히 부상했다.

웅웅 울리는 이명에 나이즈는 인상을 찌푸리며 몸을 일으켰다.

"욱, 어떻게 됐지……."

작게 중얼거리고 주위를 돌아봤다. 이내 오스카와 밀레디가 보였다. 반쯤 모래에 묻힌 채 쓰러져 꼼짝도 하지 않았다.

"으, 오스카! 밀레디!"

마력 고갈 때문인지, 몸에 힘이 잘 들어가지 않았다. 거의 네 발로 기다시피 두 사람에게 다가갔다. 오스카의 손에는 구부러져 거의 원형을 잃은 검은 우산이 아직도 쥐어져 있었다.

안아 일으켜서 똑바로 눕혀주자 얼마 후 두 사람이 눈을 떴다. 참고로 밀레디는 여자로서 이건 좀 아니다 싶은 신음을 곁들이고서……

"두 사람 다 괜찮아?"

"무슨 소리야, 나즈. 누가 봐도 안 괜찮잖아."

"훗, 그건 그렇군. 특히 오스카가……."

"내가 생각해도 참 끈질기다 싶어. 아야야……."

오스카는 옆구리를 누르면서 나이즈의 손을 빌려 몸을 일으켰다.

"얼마나 기절했었어?"

"몰라. 하지만 길어 봤자 몇 분이겠지. 피가 굳지 않았으니까."

세 명이 서로서로 어깨를 빌려주며 일어섰다. 멀찍이 떨어진 곳에 생긴 커다란 크레이터와 그곳에서 피어오르는 흰 연기가 보였다.

서로 고개를 끄덕이고 근처까지 걸어가 봤다. 크레이터 가장자리에 도착해 안을 들여다보자 상당히 깊은 곳에서 큰 용암이 아직 뜨거운 열기를 뿜어 대고 있었다.

잠시 가만히 바라본 뒤, 밀레디가 천천히 양 손바닥을 들었다. 오스카와 나이즈가 말없이 손바닥으로 그 손을 세게 때렸다. 짝, 짝, 하는 소리가 경쾌하게 울려 퍼졌다.

"그래서? 저게 뭔데?"

밀레디의 짧은 질문에 오스카가 답했다.

"밀레디가 녀석을 붙잡아 놓는 사이에 화산에 갔어. 내가 연성으로 용암을 파내서 그 바위 안에 마그마를 가득 채웠지. 그걸 나이즈가 하늘로 전이시킨 거야."

"100킬로미터 떨어진 곳에서 몇 킬로미터 더 떨어진 상공에 말이지. 그 후 우리도 100킬로미터를 전이했고. 의식이 날아가는 줄 알았어."

그렇게 됐다고 한다. 오스카가 이판사판 짜낸 최종 수단은 거대 용암으로 만든 유사 운석 낙하였던 것이다. 대갱도에서 밀레디가 쓴 공격에서 떠올린 것이 계기 같았다.

"오, 오 군도 가끔 보면 과격하더라. 그건 그렇고 사도가 약해진 건 뭐였어?"

"그건 물미에 넣은 『액화 정인석』 때문이야."

"아~, 그때 얘기한 그거!"

밀레디는 바로 이해했다.

오스카는 마력 진정 작용이 있는 정인석을 액화하여 압축한 것을 물미에 넣은 것이었다. 기회가 있으면 마물에게 쏴서 고유 마법 사용 시의 변화를 시험해 볼 요량으로……

"액화 정인석도 용암 낙하도 될 대로 되라 식의 도박이었지만…… 성공해서 다행이야."

몇 중이나 방어 수단을 준비했다고는 하나, 그만한 충격 속에서 살아남은 것은 요행이라고밖에 할 수 없었다. 안도의 한숨을 쉬는 오스카에게 밀레디와 나이즈가 웃으며 말을 걸려는데— 땅이 울리는 소리가 귀를 때렸다.

"설마, 그럴 리가."

오스카의 말에 대답하는 이는 없었다.

시선을 떨어뜨리자 불타오르는 용암이 서서히 올라오고 있었다.

말도 없이 그저 전율과 함께 응시하는 가운데, 작열하는 용암 아래에서 은광을 두른 에르스트가 모습을 드러냈다.

한쪽 팔을 잃고 갑옷이 거의 파손되고 옷은 걸레짝이 되어 만신창이가 따로 없었다. 그러나 그 무기질적인 안광과, 넘치는 마력은 조금도 쇠하지 않았다.

쿵 소리를 내며 한쪽 팔로 들어 올렸던 용암이 뒤집어졌다.

불길에 휩싸인 에르스트가 손칼을 세우고 팔을 털었다.

엄청난 전의가 전해졌다.

일행은 한순간 서로를 본 뒤 허탈한 웃음을 짓고는 저마다 전투태세를 취했다. 마력도 없고 무기도 없었다. 승산은 0퍼센트.

그러나 포기할 이유는 되지 못했다.

그리하여 막 제2 라운드의 공이 울리려고 한 그때였다.

"——. 노인트, 그렇지만 이레귤러들을…… 아뇨, 알겠습니다. 귀환하지요."

은색 날개가 펼쳐졌다. 에르스트는 날아올라 세 사람을 한 번 내려다봤다.

"기뻐하십시오. 주인님의 반상에 초대받은 것을."

그녀는 그 말만 남긴 채 은색 유성이 되어 북동쪽 하늘로 사라졌다.

"대체, 뭐였지?"

"뭐가 어찌 됐든, 목숨 건졌어~."

"죽는 줄 알았어."

세 명은 각자 푸하~, 하고 숨을 뱉은 뒤 동시에 뒤쪽으로 쓰러져 대자로 뻗었다.

대화도 없이 밤하늘을 올려다봤다.

얼마 후 밀레디가 작게 중얼거렸다.

"더 강해져야겠네."

오스카와 나이즈는 맞다고 말을 돌려줬다.

"저기, 나즈."

"……왜?"

"같이 여행하자."

이미 권유할 말은 떨어졌다. 그래서 정말로 마지막 권유의 말은 그것뿐이었다.

나이즈는 눈을 감았다. 머릿속을 스치는 고향의 광경. 가슴을 찌르는 자신의 죄. 앞으로 정말로 폭주하지 않고 누군가를 지킬 수 있을까. 두 사람이 소중해지면 소중해질수록 자신은…….

"너에게 무슨 일이 있어도 내가, 우리가 멈출 거야."

오스카가 온화하지만 결의에 찬 말을 보내줬다.

아, 그래. 그렇다면 걱정은 없다. 이 두 사람이라면…….

나이즈는 자연스럽게 그렇게 생각했다.

오스카가 조금 농담을 섞어 말했다.

"게다가 이 말괄량이 아가씨는 나 혼자서는 감당이 안 돼.

제발 분담해줘."

"아니, 오 군! 그게 무슨 뜻이야?!"

갑자기 소란스러워졌다. 그러나 싫다는 생각은 들지 않았다.

평소와 같은 대화를 나누는 두 사람 옆에서 나이즈는 눈을 감은 채 확실히 미소 짓고 있었다.

"언젠가, 다시 한 번 그류엔이라는 이름을 쓰고 싶어."

""……""

"너희와 여행하면 가슴을 펴고 그 이름을 쓸 수 있는 날이 올 것 같아. 그러니까―."

―잘 부탁한다.

그렇게 말하고 주먹을 하늘로 치켜들었다.

사막의 밤하늘을 향해 세 개의 주먹이 나란히 섰다.

사막 대지에 선명한 상처 자국을 새긴 싸움으로부터 열흘 후.

겨우 상처도 완치되고 피로도 풀린 밀레디 일행은 출발의 순간을 맞이했다.

【적룡 대산】을 등에 지고 향하는 곳은 서쪽 바다였다.

배웅은 수샤와 윤파 자매, 그리고 그녀들을 운둔처로 데리고 가줄 조직『해방자』의 멤버가 해줬다.

오스카가 아티팩트 제작에 유용한 광석을 가져와 준『해방자』멤버에게 감사하는 옆에서 나이즈는 쩔쩔매고 있었다.

"나이즈 님. 설령 멀리 떨어지더라도 저희 마음은 흔들리지 않아요."

"그, 그래?"

"수 언니랑 윤파는 언제나 나이즈 님과 함께할 수 있도록 해방자분들과 열심히 일할게!"

"그, 그래."

"반드시 나이즈 님에게 어울리는 여자가 되겠어요!"

"저, 저기 말이다……."

"수 언니랑 윤파가 아니면 색시로 받으면 안 돼!"

"아니, 색시라거나 그런 게 아니고…… 그 이전에 나이가—."

"그럼 나이즈 님, 짧은 이별이에요! 부디 저희를 잊지 말아 주세요!"

"나이즈 님! 정말 좋아!"

나이즈가 뭐라고 말하기 전에 두 사람은 이락을 타고 달려가 버렸다. 오스카와 얘기하던『해방자』멤버가「어? 잠깐, 왜 먼저 출발해?! 은둔처가 어디 있는지 모르잖아?!」라고 큰 소리로 외치며 쫓아갔다.

"나즈, 나즈."

깨닫고 보니 악마같이 징그러운 웃음을 지은 소녀가 옆에 와 있었다.

"지금 어떤 기분이야? 어린 여자애 두 명에게 청혼받은 20대 중반을 넘긴 남자는 어떤 기분이야? 응? 응? 기뻤어? 수의 나이스 바뒤~에 가슴이 콩닥콩닥해? 가르쳐주라~, 나즈—."

나이즈의 커다란 손이 밀레디의 안면을 움켜잡았다. 밀레디의 머리에서 우직우직, 하고 나서는 안 될 소리가 났다.

"오스카. 아무래도 둘이서 여행하게 될 것 같군."

"편하고 좋겠네."

"죄송해요, 죄송해요! 제가 까불었어요오! 용서해주세요~! 밀레디 머리가 깨—."

"깨끗이 비었구나?"

깨진다고 말하려고 했으리라.

밀레디의 팔다리에서 힘이 빠지고 추욱 늘어졌다.

"서쪽 바다의 성녀……. 수샤와 윤파가 술집에서 들었다는 소문, 어떻게 생각해?"

"아직은 아무 말도 못 해. 다만, 요정은 실존했어. 그렇다면 역시 확인하지 않을 순 없지. 우리 여행은 사막의 신기루를 쫓는 거나 마찬가지야."

"따라잡을 수 없다는 생각으로 임하라는 뜻인가?"

"단련도 하고 즐기기도 하면서 가자고. 나는 바다를 보는 건 처음이야. 게다가 바다 음식도 정말로 기대돼."

"나도 그래."

훗, 하고 웃은 나이즈에게 오스카도 웃음을 돌려줬다.

"저기요~. 밀레디를 잊지 않으셨어요?"

밀레디는 어느새 바닥에 버려져 있었다.

오스카와 나이즈는 얼굴을 마주 보고…… 그대로 아무 일도 없었다는 것처럼 걸어갔다.

"우와~, 기다려! 진짜 무시는 하지 마! 밀레디 누나는 쓸쓸하면 죽는 생물이라구!"

쫓아오는 밀레디가 꽥꽥 시끄러웠다.

그러나 그 입꼬리는 올라가 있었다.

오스카와 나이즈, 나란히 걷는 두 동료가 사이에 한 사람이 들어갈 공간을 비워주고 있었으니까.

그렇게 세 사람은 나란히 새로운 여행길에 올랐다.

표고 8천 미터에 있는 성광 교회 총본산의 대성당.

거대한 석회암 기둥 하나가 서 있는 제단 앞에 한 여자가 무릎을 꿇고 있었다.

한쪽 팔이 없고 곳곳이 불에 타 짓무른 끔찍한 몰골―『신

의 사도』에르스트였다.

"주인님, 괜찮으신 겁니까?"

장엄한 기둥들이 떠받치는 대성당에 에르스트의 목소리가 울렸다.

"아닙니다. 주인님의 뜻을 받들겠습니다."

혼잣말을 중얼거리는 것처럼도 보였지만 그녀는 분명히 대화하고 있었다.

석회암 기둥에서는 성스러운 무언가가 발산되었다.

"황송합니다. ……예. 『신의 권속』이라고 칭하기에 부족함 없는 힘이었습니다. 하오나 아직 그 힘은 인간의 범주라 사료됩니다."

머리를 조아리고 눈을 감고 있던 에르스트가 살짝 놀란 것처럼 고개를 들었다.

그 후, 에르스트의 사라진 팔이 원래대로 돌아오고 짓무른 피부도 본래 탄력을 되찾았다. 복장까지 깨끗한 수녀복으로 돌아와 있었다.

"……과분한 총애를 입었습니다. 모두 주인님의 의지대로 행하겠습니다."

에르스트는 깊이 머리를 숙이고는 몇 초 후 일어섰다. 기둥에서는 이미 아무런 기운도 느껴지지 않았다.

돌아서서 대성당을 나왔다. 성당 밖은 옥외였다. 바위를 깎아 만든 계단이 총본산 대신전까지 이어졌다. 이 계단을 올라 진정 가장 높은 곳에 있는 대성당에 들어올 수 있는 자는 극히 일부뿐이었다.

그래서 본래 인기척이 있을 리 없는 장소였지만 지금 그곳에는 여러 사람이 모여 있었다.

아니, 그것을 사람이라고 부르기는 어려우리라.

왜냐면 모두 하나같이 막 대성당에서 나온 에르스트와 똑같은 얼굴을 하고 있었으니까.

대화는 없었다. 그저 그녀들의 눈동자가 어렴풋한 빛을 띨 뿐이었다. 그녀들은 그거면 충분했다.

에르스트가 한 손을 옆으로 내밀었다. 그 앞에는 커다란 바위가 있었다.

은색 빛이 손끝에 집중된 직후, 발사된 섬광이 암석에 직격했고— 굉음도 충격도 없이 암석은 처음부터 존재하지 않았던 것처럼 사라졌다. 한 줌의 입자 같은 것만을 바람에 날려 보내며⋯⋯.

그 효과를 확인하고 만족했는지, 에르스트와 같은 얼굴을 한 그녀들은 한번 얼굴을 마주 보고는 역시 아무 말도 없이 각자 다른 방향으로 사라졌다.

■ 작가 후기

이번 권을 읽어주신 여러분, 정말로 감사합니다.

원작자인 중2를 좋아하는 시라코메 료입니다.

흔해빠진의 외전은 어떠셨나요?

웹에도 연재되지 않은 완전 신작입니다. 설마 「흔해빠진」으로 외전을 내게 될 줄은 꿈에도 생각하지 못했습니다.

그것도 하지메의 이야기로 이어지는 에피소드 제로…… 해방자들의 이야기일 줄이야.

온 힘을 다해 중2스럽게 적었습니다만, 여러분 지갑의 출혈이 아깝지 않다고 느낄 정도로 즐겨주셨나요?

만약 그렇다면 저 시라코메에게 이보다 더한 행복은 없을 것입니다.

좌우지간 이렇게 에피소드 제로가 시작되었습니다만, 우선 이것만은 말해 둬야 할 것 같습니다.

표지의 미소녀는 누구야?!

아마 표지를 본 많은 분이 그렇게 생각하지 않으셨을까 합니다.

저도 그렇게 생각했습니다.

그 사람 신경 긁는 선수인 밀레디가 사실 이 정도로 미소녀였다고는 아무도 생각하지 못했겠죠. 일단 웹 연재분에는 관련 묘사가 있으므로 그쪽을 읽어주신 분들이라면 「아, 이런 느낌으로 그려졌구나」라고 오히려 고개를 끄덕였을지도 모릅니다.

콘셉트는 『쓸데없이 예쁜데 열 받는다』지요.

뭐가 어쨌건 타카야Ki 선생님께는 압도적 감사를 드립니다.

그나저나 오스카의 아티팩트 『검은 우산』은 아실 분은 아실지도 모르겠네요. 시라코메가 무엇에 영향을 받았는지. 무엇이 시라코메의 중2병 영혼을 자극했는지.

감이 잡히지 않는 분은 꼭 「매너가 사람을 만든다」로 검색해 보세요. 근사한 신사와 만나실 수 있을 겁니다.

이번 권은 동시 발매된 7권 내용과도 연동하는 부분이 있으므로 꼭 과거와 미래의 연결 고리도 즐겨주셨으면 합니다.

마지막으로 감사 인사를 드리겠습니다.

일러스트 담당인 타카야Ki 선생님, 코믹판 담당인 RoGa 선생님, 스핀오프 만화 「흔해빠진 일상에서 세계최강」 담당 모리 미사키 선생님, 담당 편집자님, 교정자님, 그 외 출판에 힘써 주신 관계자 여러분. 그리고 독자 여러분.

앞으로도 「흔해빠진」을 잘 부탁드리겠습니다

다음 권 「제로 2」 후기에서 다시 뵙기를 진심으로 기대하겠습니다.

시라코메 료

흔해빠진 직업으로 세계최강 제로 1

초판 1쇄 발행 2018년 9월 10일

지은이_ Ryo Shirakome
일러스트_ Takaya-ki
옮긴이_ 김장준

발행인_ 신현호
편집국장_ 김은주
편집진행_ 최은진 · 김기준 · 김승신 · 원현선 · 권세라
편집디자인_ 양우연
국제업무_ 정아라 · 고금비
관리 · 영업_ 김민원 · 이주형 · 조인희

펴낸곳_ (주)디앤씨미디어
등록_ 2002년 4월 25일 제20-260호
주소_ 서울시 구로구 디지털로 26길 111 JnK디지털타워 503호
전화_ 02-333-2513(대표)
팩시밀리_ 02-333-2514
이메일_ lnovelpiya@naver.com
L노벨 공식 카페_ http://cafe.naver.com/lnovel11

ARIFURETA SHOKUGYOU DE SEKAISAIKYOU ZERO 1
ⓒ 2018 Takaya-ki
ⓒ Ryo Shirakome/OVERLAP
First published in Japan in 2018 by OVERLAP, Inc.
Korean translation rights reserved by D&C MEDIA Co., Ltd.
Under the license from OVERLAP, Inc., Tokyo JAPAN

ISBN 979-11-278-4616-9 04830
ISBN 979-11-278-4615-2 (세트)

값 7,400원

©Makoto Sanada/ Chiren Kina 2018
Illustration : negiyan
KADOKAWA CORPORATION

살육의 천사 1~3권

원작 사나다 마코토 | 저자 키나 치렌 | 일러스트 negiyan | 옮긴이 송재희

빌딩 최하층에서 깨어난 13세 소녀 레이.
그녀는 기억을 잃어 자신이 어째서 여기 있는지조차 알지 못했다.
그때 나타난 것은 붕대를 감은 살인귀 잭.
"부탁이 있어, 부탁이야, 나를 죽여 줘."
"같이 여기서 나가게 도와주라고. 그럼 너를 죽여줄게."
두 사람의 기묘한 유대는 그런 『비정상적인 약속』을 계기로 깊어져 간다.
과연 이곳은 어디인가. 두 사람은 어떤 목적으로 갇히게 되었는가.
그들을 기다리는 운명이란—.
밀폐된 빌딩에서 탈출하기 위한 목숨을 건 여정이 시작된다……!

『안개비가 내리는 숲』의 사나다 마코토 신작!
대인기 호러게임 『살육의 천사』 대망의 소설화!

© Dachima Inaka, Iida Pochi. 2017
KADOKAWA CORPORATION

일반공격이 전체공격에 2회 공격인 엄마는 좋아하세요? 1~3권

이나카 다치마 지음 ㅣ 이이다 포치, 일러스트 ㅣ 이승원 옮김

“이제부터 이 엄마와 함께 실컷 모험을 하는 기야.”, “맙소사…….”
고교생 오오스키 마사토는 그렇게 염원하던 게임세계로 전송되지만,
어찌된 영문인지 그의 어머니이자
아들이라면 껌뻑 죽는 마마코도 따라오는데?!
길드에서는 「아들의 연인이 될지도 모르는 애들이니까」라는 이유로
마사토가 고른 동료들에게 면접을 실시하고,
어두운 동굴에서는 반짝반짝 빛나는데다,
무릎베개로 몬스터를 재우는 걸로 모자라,
전체공격에 2회 공격인 성검으로 무쌍을 찍는 등
아들인 마사토가 질릴 정도로 대활약을 하는데?!
현자인데도 유감스런 미소녀 와이즈,
치유계 여행 상인인 포타를 동료로 맞이한 그들이 구하려는 것은
위기에 처한 세계가 아니라 부모자식간의 정.

제29회 판타지아 대상 〈대상〉 수상작인
신감각 모친 동반 모험 코미디!

라이트노벨의 새로운 빛! L노벨의 신간은 매월 10일에 발매됩니다. http://cafe.naver.com/lnovel11

잘 가거라 용생, 어서 와라 인생 1~5권

나가시마 히로아키 지음 | 이치마루 키스케 일러스트 | 정금택 옮김

밭일에 힘쓰고 음식을 얻기 위해 동물을 사냥한다.
검소하지만 따뜻한 변경의 생활에 청년 드란은 「삶」의 기쁨을 맛보고 있었다.

그러던 어느 날,
부근의 숲에서 마을을 괴멸시킬지도 모르는 위협과 직면하게 된다.

반인반사(半人半蛇)의 미소녀 라미아, 경국의 미인 검사와 협력!
우리 마을을 지키기 위해, 청년 드란은 용종(竜種)의 마력을 해방시킨다!

**삶에 지친 최강최고(最强最古)의 용이,
변경의 청년으로서 「인생」을 산다!**

VRMMO 학원에서 즐거운 마개조 가이드 1~2권
~최약 직업으로 최강 대미지를 뽑아봤다~

하야켄 지음 | 아키타 히카 일러스트 | 이경인 옮김

게임을 좋아하는 소년, 타카시로 렌의 취미는 세간에서 평가가 낮은 비인기 직업이나
유감스러운 스킬을 마개조해서 빛나게 만드는 것이다!!
그런 렌은 중학교 때부터 온라인 게임 친구였던 아키라의 권유를 받아
VRMMO 게임을 수업에 도입한 특별한 고등학교에 입학!
숨 쉬는 것처럼 당연하게 게임 안에서
최약이라 이름 높은 직업【문장술사】를 고른 렌은
그 직업을 최강 화력으로 마개조하기 시작하는데―.
"어, 아키라는 여자아이였어?!", "그런데?"

실은 미소녀였던 온라인 게임 친구와 함께 하는 최강 게임 라이프, 개시!

아지랑이 데이즈 1~8권

진(자연의적P) 지음 | 시즈 일러스트 | 이수지 옮김

『아지랑이 데이즈』를 비롯하여 투고한 곡의 관련
동영상 재생수가 1,000만을 넘는 초인기 크리에이터 · 진(자연의적P).
그 본인이 새로 쓴 소설 등장!
관련된 모든 곡을 연결하는 이야기가 처음으로 밝혀지면서
한층 더 「수수께끼」를 불러일으킨다!

─이것은, 8월 14일과 15일의 이야기.
몹시 시끄러운 매미 소리, 일렁이는 **아지랑이**. 어느 한여름 날 어떤
거리에서 일어난 하나의 사건을 중심으로, 다양한 시점이 뒤얽힌다……

일본 현지 시리즈 누계 900만부 돌파!
(소설 · 코믹 · 서적)

새로운 감각의 찬연한 청춘 엔터테인먼트 소설!

© Takehaya
illustration Poco
Originally published by HOBBY JAPAN

단칸방의 침략자!? 1~24권

타케하야 지음 | 뽀코 일러스트 | 원성민 옮김

소년 사토미 코타로가 홀로서기를 위해 찾아낸 단칸방.
부엌 욕실 화장실 포함에 월세는 단돈 5천엔.
어느샌가 그 방은 침략 목표가 되었다?!

'미소녀', '유령', '외계인', '코스프레이어' 그 누가 상대라해도

"너희에게 이 방을 넘겨줄 수는 없어!"

단 한칸의 방을 걸고 벌어지는 침략일기, 시작합니다!

TV애니메이션 방영 화제작!!